John Boyne
Haus der Geister

John Boyne

HAUS DER GEISTER

Roman

Aus dem Englischen von Sonja Finck

Piper München Zürich

Mehr über unsere Autoren und Bücher:
www.piper.de

Die englische Originalausgabe erschien 2013 unter dem Titel
»The Hause is Haunted« bei Transworld.

Von John Boyne liegen bei Piper vor:
Das Haus zur besonderen Verwendung
Das Vermächtnis der Montignacs
Das späte Geständnis des Tristan Sadler
Haus der Geister

ISBN 978-3-492-06004-2
© John Boyne, 2014
© der deutschsprachigen Ausgabe:
2014 Piper Verlag GmbH, München
Satz: Kösel Media GmbH, Krugzell
Gesetzt aus der Dante
Papier: Danube extra white FSC, Salzer/St. Ölten, Austria
Druck und Bindung: CPI books GmbH, Leck
Printed in Germany

Für Sinéad

Erstes
Kapitel

London, 1867 Ich mache Charles Dickens für den Tod meines Vaters verantwortlich. Wenn ich an den Moment zurückdenke, an dem das Grauen in mein Leben trat und es in seinen Grundfesten erschütterte, sehe ich mich wieder im Wohnzimmer unseres kleinen Reihenhauses in der Nähe des Hyde Parks sitzen, den abgenutzten Kaminvorleger betrachten und darüber nachsinnen, ob ich ihn ausbessern sollte oder ob es nicht an der Zeit wäre, einen neuen zu kaufen. Banale, alltägliche Gedanken. Draußen ging ein zögerlicher, aber beharrlicher Nieselregen nieder, und als ich mich vom Fenster abwandte und mich im Spiegel über dem Kamin musterte, schlug mir der Anblick aufs Gemüt. Ich war nie besonders attraktiv gewesen, aber an jenem Tag wirkte meine Haut noch blasser als sonst und mein schwarzes Haar war drahtig und ungekämmt. Ich saß mit aufgestützten Ellbogen, hochgezogenen Schultern und einer Tasse Tee in der Hand am Tisch, und als ich meine gekrümmte Haltung bemerkte, straffte ich die Schultern und drückte den Rücken durch. Dann tat ich etwas überaus Törichtes: Ich lächelte mir zu, als könne ein fröhlicher Gesichtsausdruck etwas an dem Ergebnis verbessern. Plötzlich entdeckte ich zu meinem Entsetzen ein zweites Gesicht, kleiner als meines, das mir aus der unteren linken Ecke des Spiegels entgegenstarrte.

Ich schnappte nach Luft und legte mir eine Hand auf die Brust. Im nächsten Moment lachte ich über meine Dummheit, denn was ich sah, war nur das Spiegelbild des Porträts meiner verstorbenen Mutter, das an der Wand hinter meinem Stuhl hing. Im Spiegel sah man unsere beiden Gesichter nebeneinander, und der Vergleich fiel nicht gerade zu meinen Gunsten aus, denn Mutter war eine Schönheit mit großen, leuchtenden Augen, während meine schmal und blässlich waren. Ihre Wangenknochen waren weiblich, während meine zu männlicher Härte neigten, und sie hatte einen zierlichen Körper, während meiner sich immer schon klobig und albern angefühlt hatte.

Das Porträt war mir natürlich wohlvertraut. Es hing schon so lange an seinem Platz, dass ich es seit einer ganzen Weile nicht mehr wirklich wahrgenommen hatte, so wie man über gewohnte Dinge – ein Sofakissen oder Familienangehörige – leicht hinwegsieht.

Doch an jenem Morgen ließ mich ihr Gesichtsausdruck nicht los. Obwohl sie diese Welt schon vor über einem Jahrzehnt verlassen hatte, spürte ich in diesem Moment, wie traurig ich über ihren Tod war. Damals war ich noch ein halbes Kind gewesen. Jetzt dachte ich an das Jenseits und fragte mich, wo ihr Geist nach dem Tod wohl seine letzte Ruhe gefunden hatte und ob sie all die Jahre über mich gewacht, sich an meinen kleinen Erfolgen erfreut und meine zahlreichen Fehler beklagt hatte.

Draußen senkte sich der Morgennebel auf die Straße, und ein schneidender Wind fuhr in den Kamin, wehte durch den bröckeligen Schacht und stieß ins Zimmer, ohne an Kraft zu verlieren, sodass ich mein Schultertuch enger um mich ziehen musste. Ich schauderte und sehnte mich zurück in mein warmes Bett.

Ich wurde aus meinen Tagträumen gerissen, als Vater einen verzückten Schrei ausstieß. Er saß mir gegenüber, hatte seinen Teller mit den halb gegessenen Heringen und Eiern beiseitegeschoben und blätterte in der *Illustrated London News*. Die Zeitung lag seit dem vorigen Samstag ungelesen auf dem Beistelltisch im Wohnzimmer, und ich hatte sie am Morgen wegwerfen wollen, doch aus irgendeinem Grund hatte Vater plötzlich beschlossen, beim Frühstück einen Blick hineinzuwerfen. Ich sah erstaunt auf – erst dachte ich, er hätte sich verschluckt, aber dann sah ich seine in freudiger Erregung geröteten Wangen. Er reichte mir die Zeitung und tippte mehrmals mit dem Finger darauf.

»Schau mal, Liebes«, sagte er. »Ist das nicht wunderbar?«

Ich nahm die Zeitung und starrte auf die aufgeschlagene Seite. In dem Artikel ging es um einen großen Kongress, der kurz vor Weihnachten in London stattfinden und sich mit dem amerikanischen Kontinent beschäftigen würde. Ich las ein paar Absätze, verlor aber angesichts der politischen Rhetorik, die den Leser wohl gleichermaßen in Aufruhr versetzen und in den Bann ziehen sollte, rasch den Faden. Ich blickte auf und sah Vater verwirrt an. Er hatte sich nie zuvor für Amerika interessiert. Im Gegenteil, bei jeder sich bietenden Gelegenheit tat er seine Überzeugung kund, jenseits des Atlantischen Ozeans lebten nichts als primitive, streitsüchtige Halunken, die man niemals in die Unabhängigkeit hätte entlassen dürfen, denn diese sei ein Verrat an der Krone, und der Duke of Portland, der Premierminister, der schuld an dem ganzen Schlamassel sei, solle auf ewig verflucht sein.

»Was ist damit?«, fragte ich. »Du möchtest doch wohl

nicht aus Protest hingehen, oder? Das Museum würde es gewiss nicht gutheißen, wenn du anfängst, dich politisch zu betätigen.«

»Was?«, fragte er verwirrt über meine Erwiderung und schüttelte dann hastig den Kopf. »Nein, nein. Ich meine nicht den Artikel über diese Schurken. Sie haben sich die Suppe eingebrockt, nun sollen sie sie auch auslöffeln. Die können mir den Buckel runterrutschen. Nein, weiter links. Die Anzeige am Rand.«

Ich nahm die Zeitung wieder zur Hand und sah sogleich, was er meinte. Charles Dickens, der weltberühmte Schriftsteller, würde am nächsten Abend, einem Freitag, aus seinen Werken lesen, und zwar in einem Saal in Knightsbridge, nicht mehr als eine halbe Stunde zu Fuß von unserem Haus entfernt. Interessenten wurden gebeten, früh zu kommen, denn es sei bekannt, dass Mr Dickens stets eine große und begeisterte Zuhörerschaft anziehe.

»Da müssen wir hingehen, Eliza!«, rief Vater mit strahlendem Gesicht und schob sich genüsslich einen Happen Hering in den Mund.

Draußen wehte der Wind eine Schindel vom Dach, und sie krachte in den Vorgarten. Ich hörte ein Knistern im Gebälk.

Ich biss mir auf die Lippen und las die Anzeige ein zweites Mal. Vater litt seit über einer Woche unter einem hartnäckigen Husten, der ihm die Brust zuschnürte, und bisher gab es kein Anzeichen von Besserung. Zwei Tage zuvor hatte er einen Arzt aufgesucht, der ihm einen klebrigen, grünen Trank verschrieben hatte. Ich musste ihm die Medizin fast mit Gewalt einflößen, aber bisher zeigte sie überhaupt keine Wirkung. Im Gegenteil, sein Zustand hatte sich eher noch verschlimmert.

»Denkst du, das wäre vernünftig?«, fragte ich. »Du hast deine Krankheit noch nicht ganz überstanden, und das Wetter ist schrecklich ungemütlich. Es wäre vernünftiger, wenn du noch ein paar Tage zu Hause am Kamin bleiben würdest, findest du nicht?«

»Unsinn, Liebes«, sagte er kopfschüttelnd und machte ein bestürztes Gesicht, weil ich ihm seinen größten Wunsch zu verweigern drohte. »Ich versichere dir, dass ich schon beinahe wieder gesund bin. Morgen werde ich ganz der Alte sein.«

Als wollte er seine eigenen Worte Lügen strafen, begann er bellend zu husten. Der Anfall nahm kein Ende: Sein Gesicht lief rot an, Tränen schossen ihm in die Augen, und er musste sich keuchend von mir abwenden. Ich rannte in die Küche, schenkte ein Glas Wasser ein und brachte es ihm. Er nahm einen tiefen Schluck und bemühte sich, mir aufmunternd zuzulächeln.

»Siehst du, der Husten löst sich. Ich versichere dir, mir geht es stündlich besser.«

Ich warf einen Blick aus dem Fenster. Wäre es Frühling gewesen und die Sonne hätte durch die knospenden Äste der Bäume geschienen, hätten mich seine Worte vielleicht überzeugt. Aber es war nicht Frühling, sondern Herbst. Ich fand es unbesonnen, dass er seine Gesundheit aufs Spiel setzen wollte, nur um Mr Dickens persönlich zu erleben, wo er die Worte des Schriftstellers doch jederzeit schwarz auf weiß zwischen zwei Buchdeckeln finden konnte.

»Lass uns abwarten, wie es dir morgen geht«, sagte ich, denn schließlich hatte die Entscheidung noch Zeit.

»Nein, lass es uns jetzt gleich beschließen«, rief er, stellte das Wasserglas beiseite und griff nach seiner Pfeife. Er klopfte die Asche vom Vortag in seine Untertasse und stopfte die Pfeife mit seiner ganz speziellen Tabaksorte, die er rauchte, seit er ein junger Mann gewesen war. Der vertraute Duft nach Kastanien und Zimt erfüllte die Luft. Vaters Tabak roch stark nach diesem Gewürz, und immer wenn mir der Geruch anderswo begegnete, erinnerte er mich an zu Hause, an Wärme und Geborgenheit.

»Das Museum hat mich bis Ende der Woche beurlaubt. Ich werde das Haus heute und morgen den ganzen Tag nicht verlassen, und abends ziehen wir uns die Wintermäntel über und gehen gemeinsam zu Mr Dickens' Lesung. Ich möchte sie um nichts in der Welt verpassen.«

Ich nickte seufzend, weil ich merkte, dass ihn nichts von seinem Vorhaben abbringen würde, auch wenn er sonst meist auf meine Ratschläge hörte.

»Großartig!«, rief er, entfachte ein Zündholz, ließ es ein paar Sekunden brennen, bis der Schwefel sich verflüchtigt hatte, und hielt es dann an den Pfeifenkopf. Er sog mit solchem Genuss an dem Mundstück, dass ich nicht umhinkam, über seinen zufriedenen Gesichtsausdruck zu schmunzeln. Im Halbdunkel des Wohnzimmers, im flackernden Kerzenlicht, im Schein des Feuers und hinter der glühenden Pfeife wirkte seine Haut jedoch gespenstig dünn, und mir gefror das Lächeln auf den Lippen, als mir auffiel, wie sehr er in letzter Zeit gealtert war. Wann hatten sich unsere Rollen so gewandelt? Erstaunlich, dass ich, die Tochter, ihm, dem Vater, die Erlaubnis für einen Ausflug geben musste.

Kapitel

Vater war immer ein leidenschaftlicher Leser gewesen. In seinem Arbeitszimmer im Erdgeschoss, in das er sich zurückzog, wenn er mit seinen Gedanken und Erinnerungen allein sein wollte, stand eine reich bestückte Bibliothek. Eine Wand beherbergte mehrere Reihen mit Bänden, die seinem Studienfach, der Insektenkunde, gewidmet waren, ein Gebiet, das ihn seit der Kindheit faszinierte. Als Junge, so hatte er mir erzählt, bewahrte er zum Entsetzen seiner Eltern in einem gläsernen Kasten in einer Ecke seines Zimmers Dutzende von lebenden Insekten auf. In der gegenüberliegenden Ecke stand ein zweiter Behälter, in dem er ihre Körper *post mortem* präsentierte. Das Überwechseln der Insekten von einer Seite des Zimmers zur anderen bereitete ihm große Freude, auch wenn er es selbstverständlich nicht darauf anlegte, dass sie starben. Noch lieber studierte er sie lebend, und er führte gewissenhaft Buch über ihre Entwicklung, Geschlechtsreife und ihr Ableben. Natürlich protestierten die Dienstmädchen, wenn sie sein Zimmer putzen sollten – eine reichte sogar empört ihre Kündigung ein –, und seine Mutter weigerte sich standhaft, das Zimmer zu betreten. (Damals hatte seine Familie noch Geld und konnte sich Bedienstete leisten. Ein älterer Bruder, der nun schon viele Jahre tot ist, brachte das Erbe später durch, weshalb Vater und ich auf derartigen Luxus verzichten mussten.)

Neben Büchern, die vom Lebenszyklus von Termitenköniginnen, dem Darmtrakt von Bockkäfern und den Balzritualen der Fächerflügler handelten, standen mehrere Ordner, in denen er seine Korrespondenz mit Mr William Kirby aufbewahrte. Mr Kirby war sein Mentor und hatte ihm 1832, als Vater gerade volljährig geworden war, seine erste bezahlte Stellung besorgt, als Assistent des neuen Museums in Norwich. Später hatte Mr Kirby Vater dann mit nach London genommen, damit er ihm bei der Gründung der Insektenkundlichen Gesellschaft half, und dieser Weg hatte ihn geradewegs zu seiner jetzigen Beschäftigung als Kurator der Insektenkundlichen Abteilung des Britischen Museums geführt, eine Arbeit, die er sehr liebte. Ich teilte seine Leidenschaft nicht. Insekten stießen mich ab.

Mr Kirby war vor sechzehn Jahren gestorben, aber Vater las seine Briefe und Notizen immer noch mit großer Begeisterung. Auf diese Weise rief er sich die einzelnen Anschaffungen ins Gedächtnis, aus denen die beeindruckenden Sammlungen erst der Insektenkundlichen Gesellschaft und später des Museums entstanden waren.

Die »Insektenbücher«, wie ich sie scherzhaft nannte, standen in Reih und Glied in dem Regal neben seinem Schreibtisch, wobei nur Vater die Ordnung durchschaute. An der gegenüberliegenden Wand, neben dem Lesesessel am Fenster, wo es mehr Licht gab, befand sich eine kleinere Sammlung von Romanen, beherrscht von Mr Dickens, dem Autor, der nach Vaters Meinung einzigartig war.

»Wenn er einen Roman über Zikaden oder Grashüpfer statt über Waisenkinder schreiben würde«, sagte ich zu ihm, »würdest du im siebten Himmel schweben, nicht wahr?«

»Liebes, du vergisst *Das Heimchen am Herde*«, entgegnete Vater, der das Werk des Schriftstellers so gut kannte wie niemand sonst. »Und dann gibt es da noch die Spinnenfamilie in *Große Erwartungen*, die in Miss Havishams Hochzeitskuchen, den sie nicht angerührt hat, Quartier bezieht. Und Bitzers Wimpern in *Harte Zeiten*. Womit vergleicht Mr Dickens sie noch gleich? Mit den ›Fühlern geschäftiger Insekten‹, wenn ich mich recht entsinne. Wie du siehst, spielen Insekten in vielen von Dickens' Werken eine herausragende Rolle. Es ist nur eine Frage der Zeit, bis er ihnen ein ganzes Buch widmet. Ich glaube, er ist ein passionierter Insektenkundler.«

Da ich die meisten dieser Romane selbst gelesen hatte, war ich mir dessen nicht ganz so sicher, aber selbst Vater las Dickens schließlich nicht um der Insekten, sondern um der Geschichten willen. Als ich nach dem Tod meiner Mutter aus dem Haus meiner Tanten in Cornwall zurückkehrte, sah ich Vater zum ersten Mal bei der Lektüre von *Die Pickwicker* wieder lächeln. Der Held dieses Romans hatte ihn vor Mutters Tod immer so sehr amüsiert, dass ihm Lachtränen über die Wangen gelaufen waren.

»Eliza, du musst das hier lesen«, sagte er an meinem vierzehnten Geburtstag und drückte mir eine Ausgabe von *Bleakhaus* in die Hand. »Dieses Werk ist sehr viel zeitgemäßer als die Groschenromane, die du so liebst.«

Ich schlug das Buch widerwillig auf, und bei dem Versuch zu verstehen, worum es bei dem Rechtsstreit Jarndyce gegen Jarndyce ging, wuchs mein Unmut, aber natürlich hatte Vater recht, denn als ich mich erst einmal durch die ersten Kapitel gekämpft hatte, begann ich die Geschichte zu durchschauen und entwickelte große Sympathien für Esther Summerson, ganz zu schweigen davon, dass mich die zarte

Romanze berührte, die sich zwischen ihr und Dr. Woodcourt entspann, einem ehrenwerten Mann, der sie trotz ihres unansehnlichem Äußeren liebte. (Was das anging, fand ich in Esther eine Seelenverwandte, auch wenn sie ihre Schönheit verloren hatte, nachdem sie an Pocken erkrankt war, und ich nie eine Schönheit gewesen war.)

Bevor ihn eine Woche zuvor die Erkältung ereilt hatte, war Vater ein kräftiger Mann gewesen. Bei jedem Wetter legte er den Weg zur Arbeit zu Fuß zurück und verzichtete auf den Omnibus, der vor unserer Haustür hielt und ihn direkt zum Museum gebracht hätte. Als ein Mischlingshund namens Bull's Eye ein paar Jahre lang bei uns gelebt hatte, ein sehr viel freundlicheres und ausgeglicheneres Geschöpf als sein Namensvetter, der in *Oliver Twist* von dem Schurken Bill Sikes misshandelt wird, führte er den Hund zusätzlich zweimal täglich im Hyde Park spazieren. Er warf im Kensington Garden Stöckchen für ihn oder ließ ihn am Serpentine-See von der Leine. Eines Tages, zumindest behauptete er das, begegnete er dort Prinzessin Helena, die weinend am Ufer saß. (Warum sie traurig war, weiß ich nicht. Er ging zu ihr und fragte sie nach ihrem Befinden, aber sie schickte ihn fort.) Jedenfalls ging Vater nie spät zu Bett und hatte einen tiefen Schlaf. Er aß maßvoll, trank nicht viel und war weder zu dick noch zu dünn. Es schien nichts dagegen zu sprechen, dass er ein hohes Alter erreichen würde. Und doch sollte es anders kommen.

Vielleicht hätte ich hartnäckiger versuchen sollen, ihn von dem Besuch von Mr Dickens' Veranstaltung abzubringen, aber tief in meinem Herzen wusste ich, dass ich ihm nicht verbieten konnte, den Park zu durchqueren und sich nach Knightsbridge zu begeben, auch wenn er mich stets in dem Glauben ließ, er füge sich mir in häuslichen Dingen.

Trotz seiner Leidenschaft für das Lesen hatte er noch nie das Vergnügen gehabt, den großen Schriftsteller öffentlich sprechen zu hören, und es war allseits bekannt, dass seine Lesungen den Theateraufführungen in der Drury Lane und der Shaftesbury Avenue in nichts nachstanden – wenn sie sie nicht sogar übertrafen. Und so sagte ich nichts, beugte mich seinem Willen und stimmte dem Unternehmen zu.

»Hör auf, dir Sorgen zu machen, Eliza«, sagte er, als wir am Freitagabend aus dem Haus traten und ich vorschlug, er solle sich wenigstens einen zweiten Schal umbinden, denn es war bitterkalt, und obwohl es seit ein paar Tagen nicht geregnet hatte, zogen ausgerechnet jetzt große graue Wolken auf. Vater, der sich nicht gern bemuttern ließ, ignorierte meinen Ratschlag geflissentlich.

Wir schlenderten Arm in Arm zum Lancaster Gate, ließen die Italienischen Gärten links liegen und durchquerten den Hyde Park auf dem Hauptweg. Als wir die Anlage etwa zwanzig Minuten später durch das Queen's Gate wieder verließen, meinte ich plötzlich, im Nebel ein vertrautes Gesicht zu sehen. Ich kniff die Augen zusammen, um es besser erkennen zu können, und schnappte nach Luft, denn es war dasselbe Antlitz, das ich am Morgen im Spiegel gesehen hatte, das Gesicht meiner verstorbenen Mutter. Ich umklammerte Vaters Arm und blieb ungläubig mitten auf der Straße stehen. Er wandte sich mir mit überraschter Miene zu, als eine Frau aus dem Dunst trat und uns im Vorbeigehen zunickte. Natürlich war es nicht Mutter – wie auch? –, aber sie hätte ihre Schwester oder Cousine sein können. Die Ähnlichkeit von Augen- und Stirnpartie war verblüffend.

Dann begann es zu regnen, große schwere Tropfen fielen auf unsere Köpfe und Mäntel, und die Menschen rannten los, um Unterschlupf zu finden. Ein Schauer fuhr mir in die

Glieder, und ich zitterte. Ein Stück vor uns stand eine dicke Eiche, unter deren Blättern wir Schutz hätten finden können, aber als ich darauf zeigte, schüttelte Vater den Kopf und tippte mit dem Zeigefinger auf seine Taschenuhr.

»Wenn wir uns beeilen, sind wir in fünf Minuten da«, sagte er und beschleunigte seine Schritte. »Wenn wir uns jetzt unterstellen, verpassen wir den Anfang.«

Ich ärgerte mich, weil ich den Regenschirm zu Hause vergessen hatte. Ich hatte ihn im Flur neben der Tür stehen lassen, als Vater und ich über den Schal diskutierten, und deshalb rannten wir jetzt schutzlos durch die Pfützen, die sich rasch auf dem Pflaster ausbreiteten. Als wir an unserem Ziel ankamen, waren wir pitschnass. Im Vestibül schälte ich mir die durchnässten Handschuhe von den Händen und wünschte mich zitternd an unser wärmendes Kaminfeuer. Neben mir bekam Vater einen Hustenanfall, der seinen ganzen Körper erschütterte, und ich verachtete die Besucher, die ihn deswegen im Vorbeigehen missbilligend musterten. Er brauchte mehrere Minuten, um wieder zu Atem zu kommen, und ich wollte gerade auf die Straße gehen und eine Droschke herbeiwinken, die uns nach Hause bringen würde, als Vater mich zurückrief und sagte, davon wolle er nichts wissen. Er marschierte schnurstracks in den Saal, und was konnte ich unter diesen Umständen schon anderes tun, als ihm zu folgen?

Drinnen waren an die tausend Menschen versammelt, die alle genauso durchnässt und durchfroren waren wie wir. Der schwere Geruch von nasser Wolle und Schweiß lag in der Luft. Ich sah mich um und hoffte, eine ruhige Ecke zu finden, doch mittlerweile waren fast alle Plätze belegt, und so mussten wir mit zwei Sitzen in der Mitte einer Reihe vorliebnehmen, wo wir von bibbernden und schniefenden

Zuschauern umgeben waren. Glücklicherweise mussten wir nicht lange warten. Schon nach wenigen Minuten trat Mr Dickens auf die Bühne. Applaus brandete auf, und wir standen auf, um ihn gebührend zu empfangen. Die Begeisterung der Zuschauer erfreute ihn sichtlich, denn er breitete die Hände aus, als wollte er uns alle umarmen. Ganz offenbar hielt er den Jubel für wohlverdient.

Er machte keine Anstalten, dem Applaus ein Ende zu bereiten, und erst nach fünf Minuten trat er endlich an den Bühnenrand, bedeutete uns mit einer Geste, dass wir eine kurze Pause einlegen dürften, und erlaubte uns, wieder Platz zu nehmen. Er war recht blass und sein Haar und Bart waren zerzaust, doch sein Anzug und seine Weste waren aus solch teurem Tuch, dass ich den unwiderstehlichen Drang verspürte, den Stoff zu berühren. Ich fragte mich, was er wohl für ein Leben führte. Bewegte er sich tatsächlich ebenso ungezwungen in den Hinterhöfen des Londoner East Ends wie in den hochherrschaftlichen Fluren des Balmoral Castle? Es ging das Gerücht um, die trauernde Queen habe ihn in ihr Schloss geladen, damit er vor ihr auftrete. Gefiel er sich in der Gesellschaft von Einbrechern, Taschendieben und Prostituierten tatsächlich ebenso gut wie in der Gegenwart von Bischöfen, Ministern und Industriellen? In meiner Arglosigkeit konnte ich mir nicht vorstellen, was es hieß, solch ein Mann von Welt zu sein, ein Mann, der dies- und jenseits des Ozeans berühmt war und von allen verehrt wurde.

Jetzt blickte Mr Dickens mit dem Anflug eines Lächelns ins Publikum.

»Heute Abend sind Damen zugegen«, sagte er mit hallender Stimme. »Natürlich freut mich das sehr, aber ich bin auch etwas besorgt. Ich hoffe, keine von Ihnen leidet unter der übertriebenen Empfindsamkeit, die ihrem Geschlecht eigen ist. Liebe Leser, liebe Freunde, verehrte Liebhaber des geschriebenen Wortes, ich werde Sie heute Abend nicht mit den Scherzen eines Sam Weller zum Lachen bringen. Auch werde ich nicht für Ihre Erbauung sorgen, indem ich Ihnen von dem tapferen Jungen Master Copperfield erzähle, den ich so sehr schätze. Ich werde Sie nicht rühren, indem ich die letzten Tage der unglücklichen Nelly Trent schildere, diesem kleinen Engel, möge Gott sich ihrer Seele erbarmen.«

Er verstummte, um die Spannung zu steigern, und das Publikum starrte ihn gebannt an.

»Stattdessen«, fuhr er nach einer längeren Pause fort und sprach jetzt langsam und mit tiefer, einschmeichelnder Stimme, »möchte ich Ihnen eine Geistergeschichte vorlesen, die ich erst kürzlich verfasst habe und die in der Weihnachtsausgabe meiner Zeitschrift *All the Year Round* erscheinen wird. Meine Damen und Herren, es handelt sich hierbei um eine äußerst gruselige Geschichte, die Ihnen das Blut in den Adern gefrieren lassen und Sie um den Schlaf bringen wird. Darin geht es um Übernatürliches, um Untote, um diese erbarmungswürdigen Geschöpfe, deren Seelen nach dem Tod keine Ruhe finden und zwischen den Welten umherirren. Eine der Figuren ist weder lebendig noch tot. Ich habe die Geschichte geschrieben, um Ihnen Grauen einzuflößen und Ihnen die schlimmsten Albträume zu bescheren.«

Da erhob sich ein Schrei im Saal, und als ich den Kopf wandte, sah ich eine junge Frau etwa in meinem Alter – Anfang zwanzig – aufspringen und zum Ausgang laufen. Ich seufzte und verachtete sie insgeheim. Sie war eine Blamage für unser Geschlecht.

»Sollten weitere Damen den Saal verlassen wollen«, sagte Mr Dickens, der den Zwischenfall sichtlich genoss, »möchte ich Sie bitten, das jetzt zu tun. Ich werde nun beginnen und möchte nicht mitten in der Geschichte unterbrochen werden.«

Nun betrat ein kleiner Junge von der Seite her die Bühne, ging zu dem Schriftsteller, verneigte sich tief, drückte ihm einen Stapel Blätter in die Hand und rannte davon. Mr Dickens sah auf das Papier hinab, riss die Augen weit auf, ließ seinen Blick durch den Saal schweifen und begann zu lesen.

»Hallo! Ist da unten jemand!«, brüllte er so laut und unerwartet, dass ich zusammenfuhr. Eine Dame hinter mir rief: »Grundgütiger«, und ein Herr in der Nähe des Gangs ließ seine Brille fallen. Mr Dickens, der sich offenkundig an den Reaktionen des Publikums ergötzte, legte eine Kunstpause ein, bevor er weitersprach, und bald lauschte ich völlig gebannt seiner Geschichte. Eine einzelne Gaslampe erhellte sein blasses Gesicht. Er schlüpfte in die Rolle der handelnden Figuren und vermittelte ihre Angst, Verwirrung und Verzweiflung, indem er nur leicht den Tonfall änderte. Er hatte ein hervorragendes Gespür für Dramatik, brachte uns mit einem Satz zum Lachen, jagte uns mit dem nächsten einen Schauer über den Rücken und versetzte uns mit dem dritten in Angst und Schrecken. Die zwei Hauptfiguren der Geschichte – ein Signalwärter, der vor einem Eisenbahntunnel Dienst tat, und ein zufällig vorbeischauender Besucher – stellte er so lebensnah dar, dass man den Eindruck hatte, zwei Schauspieler stünden auf der Bühne. Die Geschichte selbst war, wie Mr Dickens angekündigt hatte, sehr gruselig, denn der Signalwärter glaubte, dass ein Gespenst ihn vor bevorstehendem Unheil warnte. Als der Geist ihm zum ersten Mal erschienen war, waren gleich darauf zwei Züge im Tunnel zusammengestoßen; beim zweiten Mal war eine Dame in einem vorbeifahrenden Zug gestorben. Nun war der Geist zum dritten Mal aufgetaucht und hatte dem Signalwärter wild gestikulierend bedeutet, den Weg freizugeben. Da bisher kein weiteres Unglück geschehen war, grauste es dem Mann bei dem Gedanken, welche Tragödie ihm noch bevorstand. Ich hatte den Eindruck, dass es Mr Dickens ein teuflisches Vergnügen bereitete, mit den Gefühlen des Publikums zu spielen. Wenn er wusste, dass wir uns fürchteten, trieb er das Spiel auf die Spitze und schürte unsere Angst, indem er eine düstere, bedrohliche Stimmung schuf. Wenn wir sicher waren, dass jeden Moment etwas Furchtbares passieren würde, enttäuschte er unsere Erwartung und ließ wieder Frieden einkehren, sodass der gesamte Saal, nachdem er in Erwartung weiterer Schrecken die Luft angehalten hatte, seufzend ausatmete. Gerade wenn wir dann glaubten, alles wäre wieder gut und wir könnten uns entspannen, überraschte er uns mit einem kurzen Satz und entlockte uns spitze Schreie, jagte uns Schauer des Entsetzens über den Rücken und gestattete sich ein kleines Grinsen bei dem Gedanken, wie sehr er uns in der Hand hatte.

Während Mr Dickens las, begann ich zu fürchten, dass ich in der Nacht kein Auge zumachen würde. Mit einem Mal war ich überzeugt, dass ich von den Seelen derjenigen umgeben war, die ihr irdisches Dasein hinter sich gelassen, aber noch keinen Eingang in den Himmel gefunden hatten und die wehklagend durch die Welt zogen und verzweifelt versuchten, sich bemerkbar zu machen, die Chaos und Leid stifteten, wo immer sie hinkamen, und die nicht wussten, wann sie endlich Ruhe finden würden.

Als Mister Dickens geendet hatte, senkte er den Kopf, und die Zuschauer verharrten vielleicht zehn Sekunden lang in tiefem Schweigen, bevor tosender Applaus losbrach und wir aufsprangen und nach einer Zugabe verlangten. Ich drehte mich zu Vater um, der nicht ganz so begeistert wirkte, wie ich erwartet hatte. Er war entsetzlich blass, ein dünner Schweißfilm glänzte auf seinem Gesicht, und sein Atem ging schwer und rasselnd. Er starrte vor sich auf den Boden und rang verzweifelt nach Luft. In der rechten Faust hielt er ein blutbeflecktes Taschentuch.

Als wir aus dem Theater in die kühle, feuchte Nacht hinaustraten, schlotterten mir immer noch die Knie, und ich war überzeugt, dass überall Geister und Gespenster lauerten, aber Vater schien sich wieder ganz und gar erholt zu haben, denn er verkündete, so einen vergnüglichen Abend habe er schon lange nicht mehr verbracht.

»Er ist ein ebenso begabter Schauspieler wie Schriftsteller«, bemerkte er, während wir den Park in umgekehrter Richtung durchquerten und es abermals zu regnen begann. Im Nebel konnten wir nicht weiter als ein paar Schritte sehen.

»Ich glaube, dass er häufiger Theaterstücke aufführt«, sagte ich, »sowohl in seinem eigenen Haus als auch in dem von Freunden.«

»Ja, davon habe ich auch gelesen«, sagte Vater. »Wäre es nicht wunderbar, wenn wir einmal zu einer solchen –«

Ein weiterer Hustenanfall überkam ihn, und er beugte sich keuchend vor. So gekrümmt gab er ein armseliges Bild ab.

»Vater«, sagte ich, legte ihm einen Arm um die Schultern und versuchte, ihn aufzurichten. »Wir müssen nach Hause. Je eher du aus der nassen Kleidung herauskommst und ein heißes Bad nehmen kannst, desto besser.«

Er nickte, stützte sich auf mich und schleppte sich hustend und niesend vorwärts. Als wir die Bayswater Road entlanggingen und in die Brook Street einbogen, ließ der Regen zu meiner Erleichterung urplötzlich nach, aber bei jedem Schritt spürte ich meine durchweichten Füße in den Schuhen, und ich mochte mir gar nicht vorstellen, wie nass Vaters Füße waren. Als wir endlich zu Hause waren, stieg er schwerfällig in die eiserne Badewanne und lag eine halbe Stunde im heißen Wasser, bevor er sein Nachthemd und seinen Schlafrock anzog und sich zu mir ins Wohnzimmer gesellte.

»Ich werde den heutigen Abend nie vergessen, Eliza«, sagte er, als wir zusammen am Feuer saßen, heißen Tee tranken, Toast mit Butter aßen und der Raum sich abermals mit dem Zimtduft seiner Pfeife füllte. »Was für ein Pfundskerl!«

»Ich fand ihn ziemlich unheimlich«, entgegnete ich. »Ich mag Mr Dickens' Romane fast so sehr wie du, aber ich wünschte, er hätte aus einem seiner dramatischen Bücher vorgelesen. Ich finde keinen großen Gefallen an Spukgeschichten.«

»Machen sie dir Angst?«

»Nein, aber sie beunruhigen mich. Jede Geschichte, die vom Jenseits handelt und von Kräften, die der menschliche Verstand nicht zu fassen vermag, versetzt ihre Leser in Aufruhr. Allerdings möchte ich meinen, dass ich weniger Angst als andere empfinde. Ich verstehe nicht, was daran so schrecklich sein soll. Ich empfinde nur Unbehagen und eine leichte Beklemmung. Zum Beispiel der Signalwärter in der Geschichte. Er hatte entsetzliche Angst vor dem Unheil, das ihm angeblich drohte. Oder die Frau im Publikum, die schreiend den Saal verließ. Wie kann man sich nur so fürchten?«

»Glaubst du denn nicht an Gespenster, Eliza?«, fragte Vater, und ich wandte mich überrascht zu ihm um. Im Wohnzimmer war es dunkel, und sein Gesicht wurde nur von den glühenden Kohlen erhellt, wodurch seine Augen dunkler als sonst wirkten. Hin und wieder flackerte eine Flamme auf und brachte seine Haut zum Schimmern.

»Ich weiß nicht«, sagte ich, und das war die reine Wahrheit. »Du etwa?«

»Ich glaube, dass die Frau nicht ganz bei Trost war«, sagte Vater. »Mr Dickens hatte noch nicht einmal mit der Geschichte begonnen, als sie schon kreischend davonlief. Sie hätte gleich zu Hause bleiben sollen, wenn sie so zartbesaitet ist.«

»Mir jedenfalls gefallen seine realistischen Geschichten besser«, sagte ich und wandte den Blick ab. »Die Romane, die von Waisenkindern handeln und davon, wie sie sich trotz aller Widrigkeiten behaupten. David Copperfield, Oliver Twist und Nicholas Nickleby waren mir schon immer lieber als Mr Scrooge und Mr Marley.«

»*Marley war tot, damit wollen wir beginnen*«, sagte Vater mit tiefer Stimme und imitierte Mr Dickens so gut, dass ich erschauderte. »*Darüber gibt es nicht den mindesten Zweifel.*«

»Nicht«, sagte ich und musste trotzdem lachen. »Bitte verschone mich.«

Gleich nachdem ich zu Bett gegangen war, schlief ich ein, aber ich hatte eine unruhige Nacht und wurde von Albträumen geplagt. Statt aufregende Abenteuer zu erleben, begegnete ich Gespenstern. Ich lief über dunkle Friedhöfe und sah schemenhafte Gestalten, statt die Alpen zu besteigen oder in Venedig in einem Boot über die Kanäle zu fahren. Trotzdem schlief ich bis zum Morgen durch, und als ich benommen und missmutig erwachte, fiel bereits Morgenlicht durch die Vorhänge. Ich sah zu meiner Wanduhr hoch. Es war fast zehn nach sieben, und ich verwünschte mich, da ich zu spät zur Arbeit kommen würde, zumal ich Vater noch das Frühstück bereiten musste. Als ich wenige Minuten später sein Zimmer betrat, um nach ihm zu sehen, bemerkte ich sofort, dass sich sein Zustand verschlechtert hatte. Er war sehr viel kränker, als ich mir hatte eingestehen wollen. Der Regen vom Vorabend hatte seinen Tribut gefordert, die Kälte saß ihm tief in den Knochen. Seine Haut war leichenblass und feuchtkalt. Ich bekam es mit der Angst zu tun, zog mich rasch an und rannte bis zum Ende der Straße, wo Dr. Connolly wohnte, unser Hausarzt und ein langjähriger Freund der Familie. Er begleitete mich zurück und tat zweifellos alles in seiner Macht Stehende, aber nachdem er Vater untersucht hatte, sagte er, wir könnten nur abwarten und hoffen, dass das Fieber sinke. Ich verbrachte den Rest des Tages an Vaters Bett und betete zu einem Gott, der mir nur selten in den Sinn kam, und am frühen Abend, als die Sonne hinter dem Horizont verschwunden und der beklemmende Londoner Nebel heraufgezogen war, spürte ich, wie Vaters Griff um meine Hand schwächer wurde, er sein Leben aushauchte und friedlich dahinschied. Er ließ mich als Waise zurück, wie eine der Romanfiguren, von denen ich am Abend zuvor gesprochen hatte. Wenn man denn eine einundzwanzigjährige Frau als Waise bezeichnen kann.

Drittes
Kapitel

Vaters Beerdigung fand am nächsten Montag in der St. James's Church in Paddington statt, und es war mir ein großer Trost, dass ein halbes Dutzend seiner Arbeitskollegen vom Britischen Museum und drei meiner eigenen Kolleginnen gekommen waren – ich unterrichtete die erste Klasse an der St. Elizabeth's School –, um mir ihr Beileid auszusprechen. Wir hatten keine lebenden Verwandten, und so gab es nur wenige Trauergäste, unter anderem die Witwe, die neben uns wohnte und die sonst immer geflissentlich weggeschaut hatte, wenn ich ihr auf der Straße begegnet war, ein höflicher, aber schüchterner junger Student, dem Vater bei seinen Insektenstudien mit Rat und Tat zur Seite gestanden hatte, Jessie, unser Dienstmädchen, das ein paar Stunden in der Woche zu uns kam, und Mr Billington, der Tabakhändler aus der Connaught Street, bei dem Vater, solange ich denken konnte, seinen Zimttabak gekauft hatte. Seine Anwesenheit rührte mich ganz besonders und erfüllte mich mit Dankbarkeit.

Mr Heston, Vaters unmittelbarer Vorgesetzter in der Insektenkundlichen Abteilung, ergriff mit beiden Händen meine rechte Hand, drückte sie leicht und sagte mir, wie sehr er Vaters klugen Verstand bewundert habe. Eine gewisse Miss Sharpton, eine gebildete Frau, deren Anstellung

Vater anfangs leicht befremdet hatte, teilte mir mit, dass sie seinen Scharfsinn und Humor vermissen werde, eine Bemerkung, die mich sehr erstaunte, die ich aber trotzdem tröstend fand. (Hatte Vater mir unbekannte Seiten gehabt? War er ein Mann gewesen, der geistreiche Gespräche führte, Scherze machte und jungen Frauen imponierte? Möglich war das durchaus, aber doch auch verwunderlich.) Ich bewunderte Miss Sharpton und wünschte, ich könnte sie besser kennenlernen. Ich wusste, dass sie an der Sorbonne studiert und dort auch einen Abschluss erworben hatte, der von englischen Universitäten aber nicht anerkannt wurde. Offenbar hatte ihre Familie sie deswegen sogar verstoßen. Vater erzählte mir einmal, dass er sie gefragt habe, ob sie sich auf den Tag freue, an dem sie heiraten werde und nicht mehr arbeiten müsse. Ihre Antwort – sie würde lieber Tinte trinken – hatte ihn entsetzt und mich neugierig gemacht.

Draußen vor der Kirche verkündete Mrs Farnsworth, die Direktorin meiner Schule, die mich als Mädchen unterrichtet und mich später als Lehrerin angestellt hatte, dass ich mir den Rest der Woche freinehmen müsse, um angemessen um Vater zu trauern, dass aber harte Arbeit erstaunlich gut gegen Schwermut helfe und sie sich deshalb freue, mich am nächsten Montag wieder in der Schule zu sehen. Sie war keine hartherzige Person und hatte im Vorjahr ihren Ehemann und zwei Jahre zuvor einen Sohn verloren. Trauer war ihr ein vertrauter Zustand.

Zum Glück regnete es nicht, während wir Vater zu Grabe trugen, aber in dem dichten Nebel sah ich kaum, wie der Sarg in die Grube gesenkt wurde. Vielleicht war es ein Segen, dass ich den Moment verpasste, in dem man den Sarg zum allerletzten Mal sieht.

Erst als der Priester zu mir trat, um mir die Hand zu

schütteln, ging mir auf, dass die Beerdigung vorbei war und mir nichts blieb, als nach Hause zu gehen.

Ich beschloss jedoch, nicht sofort in das leere Haus zurückzukehren, sondern schlenderte noch eine Weile über den Friedhof, spähte durch die Nebelschleier zu den Grabsteinen und las die eingravierten Namen und Daten. Einige der hier Begrabenen waren wohl eines natürlichen Todes gestorben – Männer und Frauen, die ihr sechzigstes oder sogar siebzigstes Jahr erlebt hatten. Andere hingegen waren viel zu früh aus dem Leben gerissen worden, Kinder, die kaum dem Windelalter entwachsen waren, und junge Mütter, die gemeinsam mit ihren Säuglingen bestattet worden waren. Ich kam am Grab von Arthur Covan vorbei, einem einstigen Kollegen, und als ich daran dachte, was er getan hatte, lief mir ein Schauer über den Rücken. Arthur und ich hatten uns gut verstanden, kurze Zeit hatte ich sogar gehofft, dass mehr daraus werden könnte. Die Erinnerung an meine Zuneigung zu ihm und das Wissen darum, welche Schandtat dieser gestörte junge Mann begangen hatte, wühlten mich noch mehr auf.

Mir kam der Gedanke, dass ein Friedhof in diesem Moment vielleicht nicht der beste Ort für mich war, und suchte nach dem Ausgang, musste aber feststellen, dass ich mich verlaufen hatte. Der Nebel um mich herum wurde immer dichter, und bald konnte ich die Inschriften auf den Grabsteinen nicht mehr lesen. Zu meiner Rechten – unglaublich! – hörte ich ein Paar lachen. Ich drehte mich um und wunderte mich über ein so unschickliches Verhalten an diesem Ort, konnte aber niemanden sehen. Unsicher strecke ich eine Hand aus, doch meine behandschuhten Finger griffen nur ins Leere.

»Ist da jemand?«, fragte ich, traute mich aber nicht, die

Stimme zu heben, weil ich nicht sicher war, ob ich die Antwort tatsächlich hören wollte. Ohnehin blieb es totenstill. Ich erreichte eine Mauer und hoffte, auf ein Tor zu stoßen, wenn ich daran entlangging, stolperte aber nur über einen Haufen alter Grabsteine. Mein Herz begann vor Furcht schneller zu schlagen. Ich rief mich selbst zur Ordnung. Ich musste Ruhe bewahren, tief durchatmen und den Weg nach draußen finden. Doch als ich mich abermals umwandte, entfuhr mir ein Schrei, denn vor mir stand ein kleines Mädchen, nicht älter als sieben Jahre, das trotz der Kälte keinen Mantel trug.

»Mein Bruder ist ertrunken«, sagte das Mädchen, und ich wusste nicht, was ich darauf antworten sollte. »Unsere Eltern hatten ihm verboten, zum Fluss zu gehen, aber er hat nicht auf sie gehört. Er war ungezogen. Deshalb ist er ertrunken. Mama sitzt immer noch an seinem Grab.«

»Wo ist sein Grab denn?«, fragte ich, und das Mädchen zeigte mit dem Finger auf eine Stelle hinter mir. Ich drehte mich um, konnte aber im Nebel niemanden ausmachen. Als ich mich wieder dem Mädchen zuwandte, rannte es davon und verschwand im Nebel. Panik stieg in mir auf. Sie hätte sich zu Hysterie auswachsen können, wenn ich mich nicht dazu gezwungen hätte, ruhig zu bleiben und rasch den Weg entlangzugehen. Schließlich gelangte ich zu meiner großen Erleichterung wieder auf die Straße, wo ich fast mit einem übergewichtigen Mann zusammengestoßen wäre, in dem ich den Abgeordneten unseres Wahlkreises zu erkennen meinte.

Auf dem Heimweg kam ich am *Goat and Garter* vorbei, einem Wirtshaus, in das ich natürlich noch nie einen Fuß gesetzt hatte. Zu meiner Verblüffung saß Miss Sharpton in dem Lokal am Fenster, ein kleines Glas Dunkelbier vor sich.

Sie war in ein wissenschaftliches Buch vertieft und machte sich in einem Heft Notizen. Hinter ihr sah ich die empörten Gesichtsausdrücke der männlichen Gäste – sie hielten sie offenbar für irgendwie verrucht –, aber ich war sicher, dass sich Miss Sharpton einen feuchten Kehricht um ihr Urteil scherte. Wie sehr sehnte ich mich danach, die Gaststätte zu betreten und mich neben sie zu setzen! Sagen Sie, Miss Sharpton, was soll ich mit meinem Leben anfangen?, hätte ich sie gern gefragt. Wie kann ich meine Aussichten verbessern? Bitte helfen Sie mir, denn ich bin ganz allein auf der Welt und habe weder Freund noch Wohltäter. Sagen Sie mir, was ich tun soll.

Andere Menschen hatten Freunde. Natürlich hatten sie das, es war das Normalste von der Welt. Sie fühlten sich in der Gegenwart anderer wohl und vertrauten ihnen ihre geheimsten Gefühle an. Ich hatte nie zu diesen Menschen gehört. Ich war immer ein fleißiges, wissbegieriges Mädchen gewesen, das seine Zeit gern zu Hause bei Vater verbrachte. Außerdem war ich nicht hübsch. In der Schule hatten die anderen Mädchen Gruppen gebildet, von denen ich ausgeschlossen gewesen war. Über mich hatten sie sich das Maul zerrissen. Ich werde die Wörter, mit denen sie mich bedachten, hier nicht wiederholen. Sie machten sich über meinen plumpen Körper, meine blasse Haut und mein struppiges Haar lustig. Ich weiß nicht, warum ich so geboren worden bin. Schließlich war Vater ein stattlicher Mann und Mutter eine große Schönheit, aber aus irgendeinem Grund war ihre Tochter nicht mit einem guten Aussehen gesegnet.

In diesem Moment hätte ich alles dafür gegeben, eine Freundin zu haben, eine Freundin wie Miss Sharpton. Sie hätte mich vielleicht davon abgehalten, die überstürzte Entscheidung zu treffen, die mich fast zugrunde gerichtet hätte. Die mich immer noch zugrunde richten kann.

Ich spähte durch die Scheibe des *Goat and Garter* und versuchte, Miss Sharpton mit reiner Willenskraft dazu zu bringen hochzusehen. Vielleicht würde sie mir winken und darauf bestehen, dass ich mich zu ihr gesellte. Als sie sich nicht rührte, wandte ich mich schweren Herzens ab und ging nach Hause, wo ich den Rest des Nachmittags in meinem Sessel vor dem Kamin verbrachte und zum ersten Mal seit Vaters Tod weinte.

Am späten Nachmittag legte ich Kohlen nach, und da ich entschlossen war, den Anschein von Normalität aufrechtzuerhalten, ging ich zu der Metzgerei am Norfolk Place und kaufte zwei Schweinekoteletts. Ich hatte keinen großen Hunger, aber ich fürchtete, dass ich endgültig in Schwermut versinken würde, wenn ich den ganzen Tag im Haus verbrachte, ohne etwas zu essen. Obwohl ich gerade erst begonnen hatte, um Vater zu trauern, war ich nicht gewillt, mich derart gehen zu lassen. Als ich am Kramladen vorbeikam, beschloss ich sogar, mir eine Tüte Bonbons zu gönnen, und kaufte gleich noch eine Ausgabe der *Morning Post*. (Wenn Miss Sharpton die Sorbonne besucht hatte, konnte ich mich wenigstens darüber informieren, was in meinem eigenen Land vor sich ging.)

Als ich zu Hause meine Tasche auspackte und meinen Fehler bemerkte, wurde mir wieder schwer ums Herz. Zwei Schweinekoteletts? Und für wen war das zweite? Ich hatte es aus reiner Gewohnheit gekauft. Trotzdem briet ich beide Koteletts, aß das eine mit einer gekochten Kartoffel, und gab das zweite dem Spaniel, der im Nachbarhaus lebte. Ich konnte den Gedanken nicht ertragen, es jetzt gleich zu essen oder es für später aufzubewahren. (Außerdem wäre Vater, der Hunde sehr liebte, hocherfreut über meine milde Gabe gewesen.)

Als es Abend wurde, stellte ich zwei Kerzen auf den kleinen Tisch, machte es mir mit der Bonbontüte auf dem Schoß in meinem Sessel gemütlich und schlug die Zeitung auf. Ich blätterte sie rasch durch, da ich mich auf keinen Artikel so richtig konzentrieren konnte, war ich kurz davor, das Ding ins Feuer zu werfen, als ich auf die Stellenanzeigen stieß. Eine Annonce fiel mir sofort ins Auge.

Ein gewisser »H. Bennet« aus Gaudlin Hall im Landkreis Norfolk suchte nach einer Gouvernante, die sich um die Kinder des Hauses kümmern und ihnen Unterricht erteilen sollte. Die Stelle stehe einer geeigneten Bewerberin umgehend zur Verfügung, die Bezahlung sei großzügig, und bei Interesse solle man unverzüglich schreiben. Viel mehr stand da nicht. »H. Bennet«, wer auch immer das war, ging nicht darauf ein, um wie viele Kinder es ging oder wie alt sie waren. Die Zeilen wirkten rasch hingeworfen, ganz so, als ob sie in Eile verfasst und ohne Bedacht an die Redaktion gesandt worden wären. Aber aus irgendeinem Grund berührte mich die Dringlichkeit, die aus der Annonce sprach, und so las ich sie wieder und wieder vom ersten bis zum letzten Wort und fragte mich, wie Gaudlin Hall aussehen mochte und was für eine Art Mensch dieser H. Bennet wohl war.

Bis zu diesem Tag hatte ich London nur ein einziges Mal verlassen, und das war schon zwölf Jahre her, als ich neun Jahre alt gewesen war, kurz nach dem Tod meiner Mutter. In den ersten acht Jahren meiner Kindheit hatte unsere Familie in trauter Eintracht zusammengelebt. Meine Eltern hatten eine hervorstechende Eigenschaft, die sie von anderen Eltern unterschied: Sie gingen liebevoll miteinander um. Was bei uns zu Hause ganz natürlich schien – sie verabschiedeten sich jeden Morgen mit einem Kuss, saßen abends beim Lesen nebeneinander statt in getrennten Zimmern, hatten ein gemeinsames Schlafzimmer, lachten viel miteinander, berührten sich häufig und sagten immer wieder, wie glücklich sie waren –, war in anderen Familien undenkbar. Das wusste ich nur zu gut. Einige wenige Male hatte ich die Häuser von Nachbarsmädchen oder Schulkameradinnen besucht, und bei diesen Gelegenheiten war mir aufgefallen, was für ein distanziertes Verhältnis ihre Eltern hatten. Sie benahmen sich nicht, als wären sie einander begegnet, hätten sich ineinander verliebt, sich einander anvertraut und wären dann vor den Altar getreten, weil sie ihr Leben miteinander verbringen wollten, sondern als wären sie Fremde, eine Art Zellengenossen, die zusammen eine Strafe absaßen, und die nicht mehr miteinander verband als die Jahrzehnte, die sie in der Gesellschaft des anderen verbringen mussten.

Bei meinen Eltern war das völlig anders. Sie machten keinen Hehl aus ihrer Zuneigung füreinander, doch ihre Liebe zu mir brachten sie noch deutlicher zum Ausdruck. Allerdings verwöhnten sie mich nicht – beide waren stramme Anglikaner und legten großen Wert auf Disziplin und Selbstbeherrschung. Sie erfreuten sich lediglich an meiner Gegenwart und gingen liebevoll mit mir um, und so waren wir eine glückliche Familie, bis die beiden mich im Alter von acht Jahren zu sich riefen und mir eröffneten, dass ich im Frühling einen kleinen Bruder oder eine kleine Schwester bekommen würde. Natürlich freuten sie sich sehr darüber, weil sie sich lange ein zweites Kind gewünscht hatten, doch als die Jahre vergingen, waren sie zu der Überzeugung gelangt, dass es einfach nicht sein sollte. Jetzt erzählten sie mir freudestrahlend, dass unsere kleine Familie bald auf vier Mitglieder anwachsen würde.

Ich muss gestehen, dass ich mich in jenen Monaten unmöglich aufführte. Der Gedanke, einen Säugling in den Kreis der Familie aufzunehmen, begeisterte mich weit weniger als meine Eltern. Nach den vielen Jahren als Einzelkind hatte sich eine gewisse Selbstsucht in meinem Herzen eingenistet, und diese kam nun in Form von Aufsässigkeit zum Vorschein. Entgegen meines Naturells verhielt ich mich so ungezogen und widerspenstig, dass Vater mich im letzten Monat von Mutters Schwangerschaft zur Seite nahm und mir sagte, ich müsse mir keine Sorgen machen, es werde sich nichts ändern, in unserem Haus gebe es genug Liebe für mich und ein zweites Kind, und eines Tages werde ich zurückblicken und mir nicht mehr vorstellen können, wie ich ohne diesen jüngeren Bruder oder diese jüngere Schwester gelebt hätte. Er oder sie werde mir gewiss rasch ans Herz wachsen.

Leider erfüllte sich diese Vorhersage, an die ich mich allmählich gewöhnt hatte, nicht. Es war eine schwere Geburt, und schon nach wenigen Tagen mussten wir meine kleine Schwester in einen Sarg legen, in die Arme der Frau, die sie neun Monate in ihrem Leib getragen hatte. Auf dem Grabstein stand: *Angeline Caine, 1813–1855, geliebte Ehefrau und Mutter, und Säugling Mary.* Nun waren Vater und ich allein.

Aufgrund der tiefen Liebe, die Vater für Mutter empfunden hatte, litt er in den Wochen nach ihrem Tod natürlich sehr. Er schloss sich häufig in seinem Arbeitszimmer ein, war nicht imstande zu lesen, aß kaum noch etwas, verfiel zu häufig den Verlockungen des Alkohols, vernachlässigte seine Arbeit und seine Freunde und, noch viel schlimmer, mich. Wäre es so weitergegangen, wären wir gewiss im

Armenhaus oder gleich im Schuldturm gelandet, aber zum Glück kamen Vaters ältere Schwestern Hermione und Rachel aus Cornwall unangekündigt zu Besuch. Sie stellten bestürzt fest, wie sehr sich ihr Bruder gehen ließ und unter welchen Umständen ihre Nichte leben musste, und nahmen die Dinge in die Hand. Trotz Vaters lautstarken Protesten putzten sie das Haus von oben bis unten. Er versuchte, sie wie Mäuse mit dem Besen aus dem Haus zu jagen, aber sie ließen sich davon nicht beeindrucken und weigerten sich standhaft abzureisen, bis sie dem Niedergang Einhalt geboten hätten. Sie sahen Mutters Habseligkeiten durch und bewahrten ein paar kostbare Stücke auf – ein wenig Schmuck, den sie besessen hatte, und ein hübsches Kleid, das mir in zehn Jahren passen würde. Den Rest gaben sie dem Gemeindepfarrer, damit er es an die Armen verteilte, worüber Vater schrecklich in Rage geriet, aber klug und besonnen wie die beiden waren, ignorierten sie den Zorn ihres Bruders und machten unbeirrt weiter.

»Wir werden nicht zulassen, dass hier der Schlendrian einzieht«, sagten meine Tanten zu mir, während sie unsere Vorratskammer ausräumten, alle verdorbenen Lebensmittel wegwarfen und frische in die Regale legten.

»Es ist nicht unsere Art, in Schwermut zu versinken, und du darfst das auch nicht, Eliza.«

Sie nahmen mich in ihre Mitte und sagten mit einer Mischung aus Verständnis und Missbilligung:

»Deine Mutter ist gestorben, und sie ist jetzt bei Gott. Das ist traurig, aber so ist es nun einmal. Für dich und deinen Vater muss das Leben weitergehen.«

»Mein Leben ist zu Ende«, antwortete Vater verbittert. Er stand in der Tür, und wir zuckten vor Schreck zusammen. Wir hatten nicht bemerkt, dass er uns belauschte.

»Ich habe nur noch einen einzigen Wunsch: Ich will wieder mit meiner geliebten Angeline vereint sein, und sei es an jenem finsteren Ort, von dem kein Mensch zurückkehrt.«

»Red keinen Unsinn, Wilfried«, sagte Tante Rachel. Sie stand auf, stemmte die Hände in die Hüften und marschierte auf ihn zu. Auf ihrem Gesicht rangen Wut und Mitleid um die Oberhand. »So einen Blödsinn habe ich ja noch nie gehört. Schämst du dich nicht, so etwas in Gegenwart des Mädchens zu sagen? Glaubst du nicht, dass die Kleine schon genug Kummer hat?«

Vaters Gesicht bot ein Bild des Jammers. Natürlich wollte er mir nicht noch mehr Schmerz bereiten, aber er litt selbst so sehr, dass er nicht gegen die düsteren Gedanken ankam. Als ich zu ihm hochblickte und er sich abwandte, unfähig, mir in die Augen zu sehen, brach ich in Tränen aus und wollte nur noch die Flucht ergreifen. Ich wollte nach draußen rennen und in der namenlosen Menge Londons verschwinden. Fortan würde ich als Bettlerin auf der Straße leben. Bevor ich wusste, wie mir geschah, schnatterten meine Tanten aufgeregt durcheinander, beschimpften und trösteten uns zugleich und versuchten, nicht an uns zu verzweifeln. Bald ging ihnen auf, dass Vater zu sehr in seiner Trauer gefangen war, um sich richtig um mich zu kümmern, und so beschlossen sie, dass ich den Sommer mit Tante Hermione in Cornwall verbringen würde, während Tante Rachel in London blieb, um ihren jüngeren Bruder zu versorgen. Diese Entscheidung stellte sich als sehr weise heraus, denn ich verbrachte einen glücklichen Sommer auf dem Land und lernte, mit dem Tod meiner Mutter zurechtzukommen, während Tante Rachel es irgendwie schaffte, Vater aus seiner Verzweiflung herauszuholen, sodass er wieder imstande war, Verantwortung für sein Leben und seine Tochter zu übernehmen. Als ich im Herbst nach London zurückkehrte und wir wieder vereint waren, war das Schlimmste überstanden. Natürlich vermissten wir Mutter weiterhin und sprachen oft von ihr, aber wir waren beide zu der Erkenntnis gelangt, dass der Tod zum Leben dazugehörte, auch wenn das für die Hinterbliebenen nicht leicht war. Es war der Preis, den wir alle zahlen mussten.

»Ich fürchte, ich habe dich im Stich gelassen«, sagte Vater, als wir wieder allein zu Hause waren. »Das wird nicht wieder vorkommen, das verspreche ich dir. Ich werde dich beschützen, Eliza. Ich werde immer für dich da sein.«

Von diesem Tag an waren wir ein glückliches, wenn auch leicht schicksalergebenes Paar. Es verstand sich von selbst, dass ich für den Haushalt zuständig war. Ich übernahm das Kochen, und von Vaters Lohn konnten wir ein Dienstmädchen einstellen, das zweimal die Woche nachmittags kam, um das Haus sauber zu halten. Jessie war Schottin und beschwerte sich ständig über ihre Rückenschmerzen und die Arthritis in ihren Händen, obwohl sie nur ein oder zwei Jahre älter war als ich. Trotz ihres ewigen Gejammers war ich dankbar, dass wir uns Jessie leisten konnten, denn ich hasste nichts mehr als putzen, und sie entband mich von dieser lästigen Pflicht.

Ich besuchte weiterhin die St. Elizabeth's School, und da ich immer eine gute Schülerin gewesen war, bot man mir nach meinem Abschluss eine Stelle als Vertretungslehrerin der ersten Klasse an. Ich machte meine Arbeit so gut, dass ich nach sechs Monaten eine Festanstellung bekam. Ich hatte viel Freude an meinen jungen Zöglingen und brachte ihnen die Grundlagen des Rechnens und Schreibens und die Geschichte des englischen Königshauses bei. Damit bereitete ich sie auf den schwierigeren Stoff vor, den sie bei Miss

Lewisham durchnehmen würden, in deren strenge Hände ich die zitternden und weinenden Mädchen nach zwölf Monaten übergab. Ich hing sehr an meinen kleinen Schülerinnen. Sie waren reizende Geschöpfe und ungeheuer zutraulich. Aber ich begriff früh, dass ich, wenn ich als Lehrerin Erfolg haben wollte – und ich nahm es als gegeben hin, dass ich immer Lehrerin sein würde, denn an eine Heirat war nicht zu denken, schließlich hatte ich kein Vermögen, keine besondere gesellschaftliche Stellung und, schlimmer noch, ein Gesicht, das Milch zum Gerinnen brachte, wie Tante Hermione einmal gesagt hatte (»Ich meine das nicht böse, Kind«, setzte sie hinzu, als sie meine Betroffenheit bemerkte, allerdings fragte ich mich, wie sie es sonst gemeint haben könnte) –, wenn ich also als Lehrerin Erfolg haben wollte, musste ich sowohl freundlich als auch bestimmt auftreten. Der Gedanke, für immer als Lehrerin zu arbeiten, gefiel mir ausgesprochen gut. Ich würde als alte Jungfer leben, meine Schülerinnen unterrichten und im Sommer vielleicht die eine oder andere Reise unternehmen – ich träumte davon, die französischen Alpen oder Venedig in Italien zu besuchen, und in den Sommermonaten würde ich vielleicht sogar eine bezahlte Stellung als Gesellschafterin finden. Ansonsten würde ich mich um Vater und das Haus kümmern. Ich würde Jessie bemitleiden, wenn ihre Gelenke schmerzten, und sie fragen, ob sie schon die Fußleisten geschrubbt hatte. Ich würde mir keine Gedanken um mögliche Verehrer machen, da diese sich auch keine Gedanken um mich machten, und vernünftig und voller Zuversicht in die Zukunft blicken. Damit war ich vollkommen zufrieden.

Das Einzige, was mein geruhsames Leben störte, war die Ankunft von Arthur Covan, der die ältesten Mädchen unterrichten sollte. Wie bereits erwähnt, schlossen wir rasch

Freundschaft. Mr Covan war Absolvent der Harrow School und wollte ein Jahr lang Unterrichtserfahrung sammeln, bevor er an die Universität ging, um Klassische Literatur zu studieren. Arthur brachte mich zum Lachen – er war ein Meister im Imitieren andere Leute –, und seine Aufmerksamkeit schmeichelte mir. Er war ein attraktiver junger Mann, ein Jahr jünger als ich, mit vollem schwarzen Haar und einem strahlenden Lächeln. Zu meiner Schande erging ich mich in den wildesten Phantasien darüber, was wohl passieren würde, wenn wir »miteinander ausgehen« würden, obwohl er niemals etwas sagte oder tat, um mich zu ermutigen. Und selbst als wenige Monate später alles herauskam, als sein Name in sämtlichen Zeitungen war und die Öffentlichkeit Blut sehen wollte, brachte ich es nicht über mich, ihn ganz zu verurteilen, auch wenn ich natürlich nie mehr ein Wort mit ihm sprach. Wenig später nahm er sich das Leben. Aber genug davon. Ich wollte von meiner Arbeit an der St. Elizabeth's School erzählen, nicht von meinen kindischen Träumereien.

Erst nach Vaters Tod ging mir auf, wie allein auf der Welt ich war, und ich fragte mich, ob meine Zukunftspläne mich tatsächlich auf Dauer glücklich machen würden. In der Zwischenzeit waren meine Tanten gestorben. Ich hatte keine Geschwister, um die ich mich kümmern musste, und niemanden, der sich um mich kümmern würde, keine Cousinen, für deren Leben ich mich interessieren konnte, oder welche, die sich für meins hätten interessieren können. Ich hatte keinen Menschen mehr. Würde ich mitten in der Nacht sterben oder auf dem Heimweg von der Schule ermordet werden, würde mich niemand vermissen. Ich war mutterseelenallein.

Womöglich übte die Anzeige, in der eine Gouvernante

für einen Herrenhaus in Norfolk gesucht wurde, deshalb einen so großen Reiz auf mich aus.

Hätte ich mir mehr Zeit mit der Entscheidung lassen sollen? Vielleicht, aber ich war vor Trauer wie von Sinnen. Als es am Abend an die Tür klopfte und ein grobschlächtiger Mann, der sich Mr Lowe nannte, vor der Tür stand – ein ziemlich passender Name, bedeutet »*low*« doch »niedrig« –, war die Sache besiegelt. Er teilte mir mit, dass das Haus, in dem ich aufgewachsen war, Vater nicht gehöre, sondern wir nur Mieter gewesen seien, und hielt mir Papiere unter die Nase, die seine Behauptung belegten.

»Aber ich dachte, ich hätte das Haus geerbt und es wäre jetzt meins«, sagte ich verwirrt. Er grinste mich an und entblößte eine Reihe gelber Zähne mit einem einzelnen schwarzen Zahn in der Mitte.

»Wenn Sie wollen, können Sie gern bleiben«, verkündete er. »Das hier ist die wöchentliche Miete, und ich erwarte mein Geld pünktlich jeden Dienstag. Ihr Vater hat mich in dieser Hinsicht nie enttäuscht, möge Gott seiner Seele gnädig sein.«

»Aber das kann ich mir nicht leisten«, sagte ich. »Ich bin nur eine einfache Lehrerin.«

»Und ich bin Geschäftsmann«, schnaubte er. »Wenn Sie nicht zahlen können, packen Sie Ihre Sachen. Oder Sie nehmen sich einen Untermieter. Aber keine Männer. Das hier ist ein anständiges Haus.«

Ich lief rot an und hatte große Lust, ihn in den Allerwertesten zu treten. Ich hatte keine Ahnung, warum Vater mir nie gesagt hatte, dass das Haus ihm nicht gehörte, und warum er mich nicht gebeten hatte, einen Teil der Miete zu übernehmen, nachdem ich mein eigenes Geld verdiente.

Zu einer anderen Zeit hätte ich mich über seine Geheimniskrämerei geärgert, aber in diesem Moment überbrachte mir der Mann vor der Tür einfach nur eine weitere schlechte Nachricht. Die Annonce fiel mir wieder ein, und später am Abend setzte ich mich hin und schrieb einen Bewerbungsbrief. Gleich am nächsten Morgen, bevor ich es mir anders überlegen konnte, warf ich ihn in den Briefkasten. Am Dienstag und Mittwoch war ich den ganzen Tag lang beschäftigt – ich sortierte Vaters Sachen und räumte mit Jessies Hilfe sein Schlafzimmer leer, bis nichts mehr auf den langjährigen Bewohner hinwies. Ich schrieb Mr Heston vom Museum und bot ihm Vaters Insektenbücher und Korrespondenz an, und er antwortete sogleich, er sei hocherfreut über meine Großzügigkeit. Mr Dickens' Romane räumte ich in eine Kiste, die ich ganz hinten in den Kleiderschrank stellte, da ich ihren Anblick nicht mehr ertragen konnte. Am Donnerstagmorgen erreichte mich ein Brief aus Norfolk, in dem stand, meine Referenzen seien zufriedenstellend und ich könne die Stelle sofort antreten. Von einem Gespräch war nicht die Rede. Natürlich war ich überrascht. Die Annonce hatte deutlich gemacht, dass H. Bennet es eilig hatte, aber wollte er mich denn nicht kennenlernen, bevor er mich einstellte? Vielleicht passte ich ganz und gar nicht in sein Haus. Doch das schien ihm nichts auszumachen. Er war offenkundig willens, das Wohlergehen seiner Kinder in meine Hände zu legen.

Selbstverständlich fragte ich mich, ob es nicht unvernünftig war, mein Leben von heute auf morgen auf so grundlegende Weise zu verändern, aber nun, da mir ein Angebot vorlag, dachte ich, dass mir ein Ortswechsel sicher guttun würde. Am Vormittag besuchte ich Mrs Farnsworth in ihrem Büro, um meine Kündigung einzureichen. Sie machte keinen Hehl aus ihrem Ärger und wies mich darauf hin, dass ich sie mitten im Schuljahr im Stich lasse. Wo sollte sie auf die Schnelle eine neue Lehrerin für die jüngsten Mädchen finden? Reumütig senkte ich den Kopf und gab dem Kummer die Schuld, dieser heimtückischen Krankheit, damit sie mich nicht weiter tadelte. Schließlich erkannte sie, dass ich nicht umzustimmen war, schüttelte mir widerwillig die Hand und wünschte mir alles Gute. Als ich an jenem Mittag die St. Elizabeth's School verließ, war ich ebenso von freudiger Aufregung wie von Unruhe erfüllt.

Am Freitag, weniger als eine Woche, nachdem Vater und ich durch den strömenden Regen nach Knightsbridge gegangen waren, nicht einmal sieben Tage, nachdem Mr Dickens die Bühne des Saals betreten hatte, in dem sich tausend treue Anhänger in nasser Kleidung drängten, hatte ich das Haus verschlossen, Jessie mit einem Wochenlohn fortgeschickt und saß im Zug, um in einen Teil des Landes zu fahren, in dem ich noch nie gewesen war, um dort für eine Familie zu arbeiten, der ich nie zuvor begegnet war, und um einer Arbeit nachzugehen, mit der ich keinerlei Erfahrung hatte. Wenn ich sagen würde, dass ich eine ereignisreiche und nervenaufreibende Woche hinter mir hatte, wäre das eine erhebliche Untertreibung. Doch wenn ich behaupten würde, diese Woche sei aufregender gewesen als das, was vor mir lag, wäre das schlicht gelogen.

Kapitel

Als ich London verließ, schien zu meinem Erstaunen die Sonne. Die Stadt hatte meinen geliebten Vater umgebracht, und nun, da die schändliche Tat vollbracht war, zeigte sie sich wieder von ihrer besten Seite. Ich empfand Abscheu gegenüber London, ein Gefühl, das mich überraschte, da ich meine Geburtsstadt immer geliebt hatte, doch als der Zug aus der Liverpool Street Station fuhr und die Sonne mich durch das Fenster blendete, kam mir die Hauptstadt hart und ungerecht vor, wie eine alte Freundin, die mich grundlos verraten hatte, weshalb ich heilfroh war, ihr den Rücken kehren zu können. In diesem Moment war ich geneigt zu glauben, ein zufriedenes Leben führen zu können, ohne London je wiederzusehen.

Mir gegenüber im Abteil saß ein junger Mann in meinem Alter, und obwohl wir seit dem Einsteigen kein Wort miteinander gewechselt hatten, gestattete ich mir mehrere verstohlene Blicke in seine Richtung, denn er war recht attraktiv, und obwohl ich mich bemühte, woanders hinzuschauen und die vorbeiziehenden Äcker und Weiden zu betrachten, ertappte ich mich immer wieder dabei, wie mein Blick zu ihm zurückwanderte. Um ehrlich zu sein, erinnerte er mich ein wenig an Arthur Covan. Als wir in Colchester einfuhren, erbleichte er und seine Augen wurden feucht. Er schloss sie für einen Moment, vielleicht in der Hoffnung, die Tränen zurückzudrängen, doch als er die Augen wieder öffnete, rannen ihm einige Tränen über die Wangen, und er wischte sie mit seinem Taschentuch fort. Als er meinen Blick bemerkte, fuhr er sich hastig mit der Hand über das Gesicht. Ich hätte ihn gern gefragt, ob alles in Ordnung sei und er nicht Lust habe, ein wenig zu plaudern. Doch was immer ihm auf dem Herzen lag und ihn derart aus der Fassung brachte, sollte ein Geheimnis bleiben, denn als der Zug aus dem Bahnhof fuhr, stand er beschämt auf und setzte sich in ein anderes Abteil.

Natürlich weiß ich im Rückblick, dass ich in jener Woche eine Reihe von impulsiven und törichten Entscheidungen traf. Meine Welt war innerhalb von sieben Tagen aus den Fugen geraten, und statt mich auf den Unterricht zu konzentrieren und in der Arbeit mit meinen Schülerinnen Trost zu suchen und ja, sogar in der Gesellschaft von Menschen wie Mrs Farnsworth und Jessie, beschloss ich Hals über Kopf, meiner Heimat den Rücken zu kehren und die Straßen rings um den Hyde Park, in denen ich als Kind gespielt hatte, den Serpentine-See, der mich immer noch an Bull's Eye erinnerte, und die verwinkelten Gassen, durch die ich jeden Tag lief, um in mein vertrautes Klassenzimmer zu gelangen, hinter mir zu lassen. Ich sehnte mich verzweifelt nach Veränderung, aber ich hätte doch auch einfach die Vorhänge in dem düsteren Zimmer im ersten Stock aufziehen können, in dem meine beiden Eltern und mein kleines Schwesterchen gestorben waren, ich hätte das Fenster weit aufstoßen und die Londoner Luft hereinlassen können, ich hätte das Zimmer neu möblieren und es wieder zu einem einladenden Ort machen können, einem Ort, an dem man lebte und nicht starb. Aber nein, ich ließ alles hinter mir und brach in einen Teil des Landes auf, in dem ich nie zuvor gewesen war. Und wozu? Um für eine Familie, die mich noch nicht einmal kennenlernen wollte, bevor sie mir eine Stelle anbot, als Gouvernante für Gott weiß wie viele Kinder zu arbeiten. Dummes Mädchen! Du hättest bleiben können. Du hättest ein glückliches Leben haben können.

In Stowmarket wich die Londoner Sonne einem kalten Wind, der gegen den Zug blies und mich unruhig machte, und als wir am frühen Abend Norwich erreichten, fuhren wir in dichten Nebel hinein, ein Waschküchenwetter, das mich an zu Hause erinnerte, obwohl ich alles tat, um diesen Ort aus meinem Gedächtnis zu verbannen. Als wir uns der Thorpe Station näherten, zog ich den Brief, den ich am Tag zuvor erhalten hatte, aus meiner Tasche und las ihn bestimmt schon zum zehnten Mal sorgfältig durch.

Gaudlin Hall, den 24. Oktober 1867

Verehrte Miss Caine,

haben Ihre Bewerbung erhalten. Ihre Referenzen sind zufriedenstellend. Sie können die Stelle als Gouvernante antreten. Den Lohn und die Bedingungen entnehmen Sie der Morning Post vom 21. Oktober. Kommen Sie am 25. Oktober mit dem Fünf-Uhr-Zug. Heckling, der Kutscher von Gaudlin Hall, wird Sie abholen. Bitte seien Sie pünktlich.

Ergebenst
H. Bennet

Abermals kam ich nicht umhin zu bemerken, wie seltsam der Brief war. Die Worte wirkten hastig aufs Papier geworfen, und wie schon in der Zeitungsannonce fehlte auch hier der Hinweis, um wie viele Kinder ich mich kümmern sollte. Und wer mochte dieser »H. Bennet« sein, der eine so knappe Abschiedsformel wählte? War er überhaupt ein Gentleman oder gehörte er einer niederen Schicht an? Womit mochte er seine Zeit verbringen? Auch darauf gab es keinen Hinweis. Ich seufzte, und als der Zug in den Bahnhof einfuhr, befiel mich eine gewisse Beklommenheit, aber ich war fest entschlossen, stark zu sein. Diese Einstellung sollte mir in den folgenden Wochen zugutekommen.

Ich stieg aus dem Zug und schaute mich um. Im trüben Grau des Nebels war kaum etwas zu erkennen, doch die anderen Fahrgäste strebten auf den Ausgang zu, und ich musste ihnen nur folgen. Gerade als ich mich in Bewegung setzte, hörte ich, wie zuschlagende Türen und der Pfiff des Schaffners die Rückfahrt des Zuges nach London ankündigten. Ein paar Reisende stürzten an mir vorbei, um den Zug noch zu erwischen, und eine Frau, die mich im Nebel übersehen haben musste, stieß mit mir zusammen, schlug mir den Koffer aus der Hand und ließ dabei ihren eigenen fallen.

»Verzeihung«, sagte sie, klang dabei aber nicht besonders entschuldigend. Ich nahm ihr die Sache nicht weiter übel, denn offensichtlich wollte sie den Zug nicht verpassen. Ich hob ihren Koffer auf, der links von mir zu Boden gefallen war, und hielt ihn ihr hin. Dabei bemerkte ich ein rotes Monogramm, das in das dunkelbraune Leder eingebracht war: HB. Ich starrte auf die Buchstaben und fragte mich, warum sie mir so bekannt vorkamen. In diesem Moment trafen sich unsere Blicke, und fast schien es, als wären wir uns schon einmal begegnet, denn kurz huschte ein Ausdruck des Wiedererkennens über ihr Gesicht, in dem sich Mitleid und Bedauern mischten. Dann riss sie mir den Koffer aus der Hand, schüttelte hastig den Kopf und verschwand im Nebel. Ich hörte, wie sie in den Zug stieg.

Da stand ich, noch ganz überrumpelt von ihrer Grobheit, als mir dämmerte, warum mir die Initialen »HB« so bekannt vorkamen. Doch das war natürlich lächerlich. Ein dummer Zufall. England musste voll von Leuten mit diesen Initialen sein.

Als ich mich umdrehte, verlor ich vollends die Orientierung. Ich ging in die Richtung, in der ich den Ausgang vermutete, aber mittlerweile war der Bahnsteig wie ausgestorben, und so wusste ich nicht, ob ich mich auf dem richtigen Weg befand. Links stampfte die Lokomotive des Zuges, der jeden Moment abfahren würde; rechts befand sich ein weiteres Gleis, und ich hörte einen zweiten Zug näher kommen. Oder war er hinter mir? Das war schwer zu sagen. Ich drehte mich im Kreis und schnappte nach Luft. Welche Richtung sollte ich einschlagen? Überall war Lärm. Ich streckte eine Hand aus und wollte mich vorantasten, griff aber nur ins Leere. Plötzlich waren da wieder Stimmen, sie wurden immer lauter, und dann drängten sich abermals Passagiere mit Koffern und Taschen an mir vorbei. Wie fanden sie sich in dem Nebel bloß zurecht, wo ich nicht einmal die Hand vor Augen sehen konnte? Seit dem Nachmittag auf dem Friedhof hatte ich mich nicht mehr so verloren gefühlt, und Panik stieg in mir auf, eine dunkle Vorahnung und ein Gefühl des Grauens. Ich dachte, wenn ich jetzt nicht entschlossen weiterliefe, würde ich für den Rest meiner Tage auf diesem Bahnsteig bleiben, blind und außerstande zu atmen. Also nahm ich all meinen Mut zusammen und marschierte gerade wieder los, als das schrille Pfeifen des einfahrenden Zugs zu einem markerschütternden Schrei anschwoll und ich zu meinem Entsetzen zwei Hände auf meinem Rücken spürte, die mir einen heftigen Stoß versetzten, sodass ich strauchelte. Fast wäre ich der Länge nach hingefallen, hätte nicht eine dritte Hand meinen Ellbogen gepackt und mich rasch zurückgezogen. Ich taumelte zu einer Mauer und lehnte mich dagegen, woraufhin der Nebel sich ein wenig lichtete und ich den Mann ausmachen konnte, der mich so unsanft fortgezogen hatte.

»Grundgütiger, Miss«, sagte er, und jetzt konnte ich auch sein Gesicht erkennen, ein freundliches Gesicht mit fein geschnittenen Zügen. Er trug eine elegante Brille.

»Achten Sie nicht darauf, wohin Sie gehen?«, fragte er. »Fast wären Sie auf das Gleis gefallen, direkt vor den einfahrenden Zug. Das hätte böse enden können.«

Ich starrte ihn entgeistert an und blickte zu der Stelle, wo ich soeben noch gestanden hatte. Gleich daneben kam die Lokomotive kreischend zu einem Halt. Hätte ich auch nur einen weiteren Schritt getan, wäre ich vor die Räder gefallen und zu Tode gequetscht worden. Bei dem Gedanken wurde mir ganz flau.

»Ich wollte nicht –«, murmelte ich.

»Sie könnten tot sein.«

»Jemand hat mich gestoßen«, sagte ich und blickte ihn unverwandt an. »Ich habe die Hände auf meinem Rücken gespürt.«

Er schüttelte den Kopf. »Das kann nicht sein. Ich habe alles gesehen. Sie sind auf die Bahnsteigkante zugelaufen. Da war niemand hinter Ihnen.«

»Aber ich habe die Hände gespürt«, beharrte ich. Ich schaute zum Bahnsteig, musste schlucken und wandte mich dann wieder dem Mann zu. »Ich habe sie gespürt!«, wiederholte ich.

»Sie haben einen Schreck bekommen, mehr nicht!«, sagte er. Offenbar hielt er mich für hysterisch.

»Möchten Sie etwas zur Beruhigung? Ich bin Arzt. Vielleicht eine Tasse Tee mit viel Zucker? Kommen Sie, da drüben gibt es ein kleines Teehaus. Leider kann ich nicht viel für Sie tun, aber –«

»Danke, mir geht es gut«, sagte ich, schüttelte den Kopf und versuchte, mich zusammenzureißen. Der Mann hatte wohl recht, entschied ich. Wenn er mich gesehen hatte und niemand außer mir dort gewesen war, musste ich mir das Ganze eingebildet haben. Der Nebel hatte mir einen Streich gespielt, mehr nicht.

»Ich muss mich bei Ihnen entschuldigen«, sagte ich und versuchte, den Vorfall mit einem Lächeln abzutun. »Ich weiß auch nicht, was mit mir los war. Mir wurde auf einmal schwindelig. Ich konnte nichts mehr sehen.«

»Zum Glück war ich ja zur rechten Zeit zur Stelle«, erwiderte er und grinste mich mit ebenmäßigen weißen Zähnen an. »Herrje, das klingt schrecklich eingebildet, nicht wahr?«, setzte er hinzu. »Als würde ich erwarten, dass Sie mir dafür eine Tapferkeitsmedaille ans Revers heften.«

Ich grinste. Der Mann gefiel mir. Ein alberner Gedanke schoss mir durch den Kopf: Er würde sagen, ich solle Gaudlin Hall vergessen und mit ihm kommen. Wohin? Das wusste ich nicht. Fast hätte ich angesichts dieses absurden Einfalls laut gelacht. Was war bloß los mit mir? Erst der junge Mann im Zug und jetzt das. Hatte ich jeden Anstand verloren?

»Ah, da ist ja meine Frau«, sagte er in diesem Moment, und ich fuhr herum und sah eine junge, hübsche Frau auf uns zukommen. Als ihr Mann erklärte, was geschehen war, machte sie ein besorgtes Gesicht. Ich rang mir ein Lächeln ab.

»Sie sollten mit zu uns nach Hause kommen«, sagte Mrs Toxley – denn das war der Name des Ehepaars –, während sie mich fürsorglich musterte. »Sie sind sehr blass. Auf den Schreck können Sie sicher eine kleine Stärkung gebrauchen.«

»Das ist sehr nett von Ihnen«, sagte ich und überlegte krampfhaft, ob ich so etwas Törichtes tun könnte und ob es sich wohl ziemen würde. Vielleicht würden sie mir erlauben, die Gouvernante ihrer Kinder zu sein, falls sie welche hatten. Dann würde ich gar nicht nach Gaudlin Hall gehen müssen. »Das würde ich wirklich gern, aber –«

»Eliza Caine?«

Eine Stimme von links ließ uns alle zusammenfahren. Dort stand ein Mann, den ich auf Anfang sechzig schätzte. Er war nachlässig gekleidet, hatte ein rotes Gesicht und sah nicht so aus, als hätte er sich in den letzten Tagen rasiert. Außerdem passte der Hut nicht zum Mantel, wodurch er ein wenig lächerlich wirkte. Seine Kleider rochen nach Tabak und sein Atem nach Whiskey. Als er sich im Gesicht kratzte, sah ich den Schmutzrand unter seinen Fingernägeln, die genauso fleckig und gelb wie seine Zähne waren. Er sagte kein weiteres Wort, sondern wartete auf meine Antwort.

»Ja«, sagte ich. »Kennen wir uns?«

»Heckling«, antwortete er und tippte sich mehrmals mit dem Daumen auf die Brust. »Die Kutsche steht da drüben.«

Mit diesen Worten wandte er sich ab, stapfte in Richtung besagter Kutsche davon und ließ mich mit meinem Gepäck, meinem Retter und dessen Frau zurück, die mich beide ein wenig verlegen anstarrten. Die Szene und die außerordentliche Unhöflichkeit des Mannes mussten sie befremdet haben.

»Ich bin die neue Gouvernante in Gaudlin Hall«, erklärte ich. »Er ist hier, um mich abzuholen.«

»Oh«, sagte Mrs Toxley und schaute ihren Mann an, der, wie ich bemerkte, ihren Blick kurz erwiderte und dann wegsah. Nach einer längeren Pause fügte sie hinzu:

»Ich verstehe.«

Betretenes Schweigen trat ein – erst dachte ich, ich hätte die Toxleys auf irgendeine Weise brüskiert, doch das war unmöglich, denn ich hatte nichts Ungehöriges gesagt, sondern nur erklärt, wer ich war. Jedenfalls waren die Wärme und Großzügigkeit, die sie mir entgegengebracht hatten, mit einem Mal verschwunden. An ihre Stelle waren Unbehagen und Beklommenheit getreten. Was für seltsame Leute, dachte ich, als ich meinen Koffer nahm, ihnen dankte und auf die Kutsche zuging. Dabei hatten sie anfangs so freundlich gewirkt!

Als ich weiterging, musste ich noch einmal in ihre Richtung sehen und bemerkte, dass sie mir hinterherstarrten, als würden sie noch etwas sagen wollen und fänden nur die richtigen Worte nicht. Mrs Toxley wandte sich ihrem Mann zu und flüsterte ihm etwas ins Ohr, aber er schüttelte den Kopf und machte ein verwirrtes Gesicht. Er schien nicht zu wissen, was er tun sollte.

Wie gesagt, hinterher ist man immer klüger, und wenn ich jetzt an diesen Moment zurückdenke, wenn ich an Alex und Madge Toxley auf dem Bahnsteig der Thorpe Station denke, will ich sie anschreien, ich will zu ihnen laufen und sie schütteln, ich will ihnen in die Augen sehen und rufen:

Ihr wusstet es, ihr wusstet es schon damals. Warum habt ihr nichts gesagt? Warum habt ihr geschwiegen?

Warum habt ihr mich nicht gewarnt?

Fünftes Kapitel

Nachdem der Kutscher von Gaudlin Hall meinen Koffer festgezurrt hatte, kletterte ich auf den Rücksitz. Dann stieß Heckling ein lautes Gebrüll aus, das aus den Tiefen seiner Brust zu dringen schien, und trieb das Pferd, das Winnie hieß, vorwärts. Ich verspürte den Wunsch, mich noch einmal zu den Toxleys umzusehen – ihr merkwürdiges Benehmen und der Unfall, dem ich auf dem Bahnsteig beinahe zum Opfer gefallen wäre, hatten mich doch ein wenig aus der Fassung gebracht –, aber ich beschloss, mich zusammenzureißen. Meine angegriffenen Nerven waren wohl darauf zurückzuführen, dass ich mich in einer fremden Umgebung befand, weit weg von der einzigen Stadt, die ich kannte. Ich würde sicher einige Zeit brauchen, bis ich mich hier zurechtfand. Da durfte ich nicht zulassen, dass mein Verstand mir Streiche spielte. Es war der Beginn eines neuen Lebens, und ich war entschlossen, voller Zuversicht in die Zukunft zu blicken.

»Ist es hier immer so neblig?«, fragte ich und lehnte mich vor, um ein wenig mit Heckling zu plaudern, der allerdings nicht den Anschein erweckte, als hätte er großes Interesse an einem Gespräch. Der Nebel, der sich während meiner Unterhaltung mit den Toxleys ein wenig gelichtet hatte, war wieder dichter geworden, sobald sich die Kutsche in Bewegung gesetzt hatte. Ich fragte mich, wie Heckling überhaupt genug sehen konnte, um den Wagen über die holprigen Wege zu lenken, die uns zu unserem Bestimmungsort führen würden, ein paar Meilen westlich der Norfolk Broads.

»Mr Heckling«, sagte ich, als er keine Anstalten machte, mir zu antworten, und diesmal meinte ich zu sehen, wie er leicht die Schultern straffte. »Ich habe gefragt, ob es hier immer so neblig ist?«

Er drehte den Kopf und bewegte sein Kinn auf unschöne Weise, als würde er auf etwas herumkauen. Dann zuckte er mit den Achseln und wandte den Blick wieder nach vorn.

»Schätze schon«, stieß er zwischen den Zähnen hervor. »Ich kenne es nicht anders. Im Sommer ist es nicht ganz so schlimm. Um diese Jahreszeit schon.« Er dachte kurz über seine Worte nach und nickte dann. »Wir sind es nicht anders gewöhnt.«

»Dann sind Sie also in Norfolk geboren und aufgewachsen?«

»Ja.«

»Dann muss es Ihnen hier gefallen.«

»Muss es das?«, knurrte er. Seine Stimme klang zugleich gelangweilt und verärgert. »Wenn Sie es sagen.«

Ich seufzte und ließ mich zurück in den Sitz fallen. Ich hatte keine Lust, mich mit ihm zu unterhalten, wenn er so mürrisch war. Vater hatte nicht nur eine Abneigung gegen Amerikaner, Franzosen und Italiener gehabt, sondern auch gegen die Einwohner Norfolks, und über Hecklings Grobheit hätte er sich sicher empört. Der Kutscher hatte wahrlich nicht viel mit Mr Barkis aus *David Copperfield* gemein. Als Vater im Museum von Norwich gearbeitet hatte, war er zu dem Schluss gelangt, dass die Norfolker ein misstrausches, ungehobeltes Volk waren. Natürlich konnte es gut sein, dass sie ihm nur deshalb unhöflich begegnet waren, weil es ihnen gegen den Strich ging, dass ein junger Mann aus London in die Stadt kam, um eine Arbeit zu tun, die ein Einheimischer mindestens ebenso gut hätte erledigen können. Es war ein seltsamer Zufall, dass sowohl Vater als auch ich der Arbeit wegen in diesen Teil des Landes zogen, und ich fragte mich, ob ich wohl die Gelegenheit haben würde, das Museum zu besichtigen, das er und Mr Kirby aufgebaut hatten. Es war weniger als fünfzig Meilen von Gaudlin Hall entfernt.

Ich lehnte mich zurück und betrachtete die vorbeiziehende Landschaft, oder besser gesagt, das Wenige, was ich im Nebel ausmachen konnte. Die Sitze waren bequem, wofür ich sehr dankbar war, und eine warme Decke lag bereit. Ich breitete sie mir über die Knie und faltete zufrieden die Hände im Schoß. Die Wege, über die wir fuhren, waren recht uneben, und die Reise wäre sehr viel beschwerlicher gewesen, wäre die Kutsche nicht so gut gefedert gewesen. Dies war zumindest ein Hinweis darauf, dass mein Arbeitgeber kein armer Mann war. Ich begann über H. Bennet nachzudenken und malte mir das Leben aus, das mich in Gaudlin Hall erwartete. Ich hoffte inständig, dass ich in einen glücklichen Haushalt kommen würde, dass die Bennets eine gute Ehe führten und dass ihre Kinder, wie viele auch immer es waren, mich freundlich willkommen heißen würden. Schließlich hatte ich kein eigenes Heim mehr, und wenn alles gut ging und die Familie und ich miteinander auskamen, würde Gaudlin Hall für viele Jahre mein Zuhause sein.

Ich stellte mir ein großes Haus mit vielen Zimmern vor, eine Art Palast mit einer geschwungenen Einfahrt und

Rasenflächen, die sich bis zum Horizont erstreckten. Ich glaube, meine Vorstellung beruhte allein auf der Tatsache, dass mein Arbeitgeber den Namen Bennet trug, ganz so wie die weibliche Hauptfigur in *Stolz und Vorurteil*. Am Ende zieht die Heldin in das prächtige Anwesen Pemberley, das Mr Darcy gehört. Vielleicht hatte es das Schicksal mit meiner Familie Bennet ja ähnlich gut gemeint? Natürlich war mir klar, dass Elizabeth Bennet und ihre Schwestern anders als das Haus, auf das ich zufuhr, Geschöpfe der Phantasie waren. Ich strich über den dicken Stoff des Sitzes und dachte, dass die Bennets zumindest wohlhabend sein mussten. Also war der Gedanke, dass Gaudlin Hall ein besonderer Ort war, nicht abwegig.

»Eine Frage noch«, sagte ich und beugte mich abermals vor. Ich fuhr mir mit der Hand über das Gesicht, denn es hatte leicht zu nieseln begonnen. »Ist Mr Bennet ein Geschäftsmann?«

»Wer?«, fragte Heckling. Er umklammerte die Zügel und hielt den Blick starr auf die dunkle Straße gerichtet.

»Mr Bennet«, wiederholte ich. »Mein neuer Arbeitgeber. Ich frage mich, womit er seinen Lebensunterhalt verdient. Ist er Geschäftsmann? Oder …« So recht wollte mir keine andere Möglichkeit einfallen. (Im Grunde wusste ich nicht einmal genau, was ein »Geschäftsmann« war. Ich wusste nur, dass viele Männer sich so nannten, auch wenn sie ihre Arbeit offenbar nicht näher beschreiben konnten oder wollten.) »Oder ist er Abgeordneter? Soweit ich weiß, entsenden viele reiche Familien ihr Oberhaupt ins Parlament.«

Nun drehte sich Heckling gnädigerweise zu mir um und musterte mich mit ärgerlicher Miene. Er musterte mich, als wäre ich ein Hund, der ihm bellend und schwanzwedelnd um die Füße springt und versucht, ihm die Hand zu lecken, obwohl er seine Ruhe will. Jemand anders in meiner Lage hätte vermutlich die Augen niedergeschlagen, aber ich hielt seinem Blick stand. Ich würde mich nicht von ihm einschüchtern lassen. Schließlich war ich die künftige Gouvernante von Gaudlin Hall und er nur der Kutscher.

»Vom wem reden Sie?«, fragte er unwirsch.

»Wie, von wem rede ich?«, fragte ich zurück und schüttelte über mich selbst den Kopf. Kaum war ich in Norfolk, übernahm ich die Sprechweise der Einheimischen. »Ich meine, wie darf ich Ihre Frage verstehen?«

»Na, Sie reden die ganze Zeit von einem Mr Bennet. Ich kenne keinen Mr Bennet.«

Ich lachte. Sollte das ein Scherz sein? Ein Spiel, das er und die anderen Bediensteten sich ausgedacht hatten, um die neue Gouvernante auf die Probe zu stellen? Wenn ja, war es ein grausames, niederträchtiges Spiel, und ich würde mich nicht darauf einlassen. Als Lehrerin hatte ich gelernt, dass man zu Beginn eines neuen Schuljahres nicht die geringste Schwäche zeigen durfte, sonst hatte man verloren. Ich war aus sehr viel härterem Holz geschnitzt, als er zu glauben schien.

»Also wirklich, Mr Heckling«, sagte ich und bemühte mich um einen leichtfertigen Tonfall. »Natürlich kennen Sie ihn. Schließlich hat er Sie zum Bahnhof geschickt, um mich abzuholen.«

»Ich wurde zum Bahnhof geschickt, um Sie abzuholen, das stimmt«, brummte Heckling. »Aber bestimmt nicht von irgendeinem Mr Bennet.«

Ein Windstoß fegte über mich hinweg, und ich duckte mich tiefer in den Sitz. Mittlerweile hatte es stärker zu regnen begonnen, und ich wünschte, Heckling wäre in der geschlossenen Kutsche gekommen. (Dummes Ding! Ich hing immer noch dem Irrglauben an, Gaudlin Hall ähnele dem Landsitz Pemberley. In meiner Vorstellung wartete dort ein ganzer Fuhrpark auf mich, eine Kutsche für jeden Wochentag.)

»Dann hat Sie der Butler geschickt?«, fragte ich.

»Mr Raisin hat mich geschickt«, antwortete er. »Nun ja, wenn ich es recht bedenke, waren es Mr Raisin und Miss Bennet.«

»Und wer um Himmels willen ist Mr Raisin?«, fragte ich.

Heckling strich sich über das Kinn, und im Mondlicht schimmerte sein dunkler Bart grau.

»Na, der Anwalt.«

»Der Anwalt?«, fragte ich.

»Ja.«

Jetzt verstand ich gar nichts mehr. »Wessen Anwalt?«

»Der Anwalt von Gaudlin Hall.«

Ich schwieg einen Moment und wog diese neue Information ab. »Mr Raisin ist also der Anwalt der Familie«, sagte ich mehr zu mir als zu ihm. »Er hat Sie angewiesen, mich vom Bahnhof abzuholen. Und wer ist dann diese Miss Bennet? Die Schwester des Hausherrn?«

»Was für'n Hausherr?«, fragte Heckling. Jetzt hatte ich aber wirklich die Nase voll.

»Der Hausherr von Gaudlin Hall«, sagte ich ungehalten.

Heckling stieß ein bellendes Lachen aus, schien sich dann aber eines Besseren zu besinnen.

»Es gibt in Gaudlin Hall keinen Hausherrn mehr«, sagte er nach einer Weile. »Dafür hat die gnädige Frau gesorgt.«

»Keinen Hausherrn?«, wiederholte ich ungläubig. Was für ein albernes Spiel trieb er mit mir? »Aber es muss doch einen Hausherrn geben. Wer sonst ist diese Miss Bennet? Sie muss doch mit dem Hausherrn verwandt sein, schließlich ist sie diejenige, die mich eingestellt hat. Ich ging davon aus, dass H. Bennet das Oberhaupt der Familie ist, aber wenn man Ihren Worten Glauben schenken kann, ist dem nicht so.«

»Miss Bennet war die Gouvernante«, sagte er. »Wie Sie. Nicht mehr und nicht weniger.«

»Aber das ist doch seltsam. Warum sollte die Gouvernante eine Annonce aufgeben und nach einer neuen Gouvernante suchen? Das gehört ja wohl kaum zu ihren Aufgaben.«

»Sie wollte eben weg«, brummte Heckling. »Aber erst musste sie eine Nachfolgerin finden. Ich hab sie zum Bahnhof gefahren. Beim Aussteigen hat sie gesagt, ich soll warten, Sie würden gleich kommen. Und so war es auch. Meine Winnie hatte kaum zehn Minuten, um sich auszuruhen.«

Ich ließ mich in den Sitz fallen und wusste nicht, was ich von der Geschichte halten sollte. Sie klang einfach unglaublich. Dem Kutscher zufolge hatte Gaudlin Hall keinen Herrn, und die vorige Gouvernante hatte meine Stelle in der Zeitung annonciert. Nachdem sie sich vergewissert hatte, dass ich angekommen war, war sie in den Zug gestiegen und abgereist. Was hatte das alles zu bedeuten? Ich entschied, dass der Mann verrückt, betrunken oder beides zugleich war. Ich würde mich einfach zurücklehnen, meine Ansichten für mich behalten und warten, bis wir in Gaudlin Hall ankamen. Dort würde sich gewiss alles aufklären.

Da fiel es mir wieder ein. H. B. Die Frau, die auf dem Bahnsteig mit mir zusammengestoßen war. Das musste sie gewesen sein. H. Bennet. Sie hatte mich angesehen, und ich hatte das Gefühl gehabt, sie würde mich wiedererkennen. Sie musste nach einer jungen Frau Ausschau gehalten haben, die auf meine Beschreibung passte, und als sie sich vergewissert hatte, dass ich angekommen war, hatte sie die Flucht ergriffen. Warum hatte sie das getan? Ihr Verhalten war mir ein Rätsel.

Sechstes
Kapitel

Kurz darauf muss ich eingenickt und in einen unruhigen Schlaf gefallen sein. Ich träumte, dass ich in der Schule war oder vielmehr in einem Gebäude, das entfernt an die St. Elizabeth's School erinnerte. Mrs Farnsworth stand an der Tafel und sprach zu meinen kleinen Schülerinnen. Vater saß in der letzten Reihe und unterhielt sich mit einer Frau, von der ich wusste, dass es Miss Bennet war, auch wenn sie ganz anders aussah als die Frau auf dem Bahnsteig, die rothaarig gewesen war und eine eher kräftige Statur gehabt hatte. Die Frau in meinem Traum hingegen hatte einen dunklen Teint und mediterrane Gesichtszüge. Niemand sprach mit mir – ganz so, als wäre ich unsichtbar –, und von da an wurde der Traum immer seltsamer und unheimlicher, wie das bei Träumen häufiger der Fall ist. Ich nehme an, dass ich noch eine ganze Weile geschlafen habe, denn als ich aufwachte, war es stockdunkel. Wir bogen in einen schmalen Weg ein, der allmählich etwas breiter wurde und schließlich den Blick auf ein großes schmiedeeisernes Tor freigab.

»Gaudlin Hall«, verkündete Heckling, zügelte das Pferd für einen Moment und wies unbestimmt in die Ferne, obwohl man in der Finsternis nichts erkennen konnte. Ich setzte mich auf und strich meinen Rock unter der Decke glatt. Meine Augenlider waren geschwollen, ich hatte einen schalen Geschmack auf der Zunge, und mein Mund war völlig ausgetrocknet. Meine Kleider waren mittlerweile ziemlich durchnässt, und ich bedauerte die Tatsache, dass ich in solch einem erbärmlichen Zustand vor meine neuen Dienstherren treten würde – wer auch immer sie waren. Ich mochte keine besonders attraktive Frau sein, aber ich hatte mich immer um ein gepflegtes Auftreten bemüht. An diesem Abend gab es jedoch nicht mehr viel zu retten. Ich hoffte nur, meine Arbeitgeber würden mich nach der Begrüßung rasch entschuldigen und ich könnte auf mein Zimmer gehen und mich etwas zurechtmachen.

Die Einfahrt war tatsächlich recht lang, und es dauerte mehrere Minuten, bis Gaudlin Hall in Sicht kam. Es war nicht so groß wie das Anwesen Pemberley aus *Stolz und Vorurteil*, aber doch ein recht beeindruckendes Landhaus. Es war im Barockstil erbaut und hatte zwei Flügel, die durch einen Säulenvorbau verbunden waren. Ich schätzte, dass es aus dem 17. Jahrhundert stammte, aus der Zeit nach der Stuart-Restauration, als die englische Architektur sich von der europäischen Mode inspirieren ließ. Ich fragte mich, über wie viele Schlafzimmer es wohl verfügte – mindestens ein Dutzend, nahm ich an – und ob der Ballsaal – in einem Haus dieser Größe musste es einen Ballsaal geben – noch in Gebrauch war. Natürlich war mir ein solches Leben völlig fremd, und die Aussicht, in einem so großen Haus zu wohnen, war reizvoll. Trotzdem hatte das Gebäude auch etwas Bedrohliches an sich, etwas Düsteres, das am nächsten Morgen gewiss verschwunden sein würde. Während ich mein neues Heim betrachtete, verspürte ich plötzlich einen merkwürdigen Drang. Am liebsten hätte ich Heckling gebeten, mich auf der Stelle zurück nach Norwich zu bringen. Ich könnte mich in der Thorpe Station auf eine Bank setzen und warten, bis die Sonne aufging. Dann würde ich mit dem ersten Zug zurück nach London fahren und mir mein Scheitern eingestehen.

»Brrr, Winnie«, sagte Heckling, als wir vor dem Haus vorfuhren. Er sprang vom Bock, und seine Stiefel knirschten auf dem Kies, als er um die Kutsche herumging, um meinen Koffer loszubinden. Als mir aufging, dass der Mann nicht den Anstand hatte, mir den Schlag zu öffnen, griff ich selbst nach dem Knauf. Zu meiner Überraschung ließ er sich nicht bewegen. Ich runzelte die Stirn, weil er tadellos funktioniert hatte, als ich in die Kutsche eingestiegen war. Doch nun klemmte er.

»Wollen Sie die ganze Nacht in der Kutsche sitzen bleiben?«, fragte Heckling, der offenbar nicht bemerkt hatte, dass ich Schwierigkeiten mit dem Griff hatte. Er stand auf der anderen Seite der Kutsche und rührte keinen Finger.

»Ich kann nicht aussteigen, Mr Heckling«, antwortete ich. »Die Tür klemmt.«

»Unsinn.« Er hustete, räusperte sich ungeniert und spuckte den Auswurf auf den Boden. »Sie müssen den Knauf drehen.«

Ich seufzte und rüttelte abermals an dem Griff. Hatte der Mann denn überhaupt keine Manieren? Da kam mir eine meiner Schülerinnen in den Sinn, Jane Hebley, die sich aus irgendeinem albernen Grund eines Tages dem Unterricht verweigert hatte und nicht mehr aus der Mädchentoilette hatte herauskommen wollen. Als ich versuchte, die Tür von außen zu öffnen, hielt sie den Knauf umklammert. Sie war entschlossen gewesen, nicht nachzugeben, und hatte meinem Druck mehrere Minuten standgehalten. Genau dasselbe Gefühl hatte ich jetzt. Es war natürlich eine absurde Vorstellung, aber je mehr ich mich abmühte, desto stärker schien eine unsichtbare Kraft von außen dagegenzuhalten. Hätte ich mich nicht unter freiem Himmel befunden und wäre Heckling nicht weit und breit der einzige andere Mensch gewesen, hätte ich geschworen, dass mir jemand einen Streich spielte.

Ich wandte mich um und sah Heckling an. »Würden Sie mir bitte helfen?«

Er stieß einen unterdrückten Fluch aus, ließ den Koffer fallen und stapfte um die Kutsche herum. Ich warf ihm einen verärgerten Blick zu und fragte mich, warum er so grob war. Ich konnte es kaum erwarten, dass er selbst versuchte, die Tür zu öffnen, damit er sah, dass ich keine dumme, hilflose Frau war, die nicht wusste, wie man einen Knauf dreht. Doch zu meiner Überraschung ließ sich der Schlag mühelos öffnen, genauso wie am Bahnhof, als ich in die Kutsche gestiegen war.

»So schwer war das doch nicht«, brummte Heckling und stapfte davon. Er reichte mir nicht einmal die Hand zum Aussteigen. Ich schüttelte fassungslos den Kopf. Was in aller Welt stimmte mit mir nicht? Hatte ich in die falsche Richtung gedreht? Es war geradezu lächerlich. Die Tür war fest verschlossen gewesen, sodass ich sie nicht hatte öffnen können. Er aber schon.

»Da wären wir«, sagte er, als wir vor der Haustür standen. Er zog an einem dicken Seil, und drinnen läutete eine Glocke. Dann stellte er meinen Koffer auf der Treppe ab und tippte sich an die Mütze. »Schönen Abend noch.«

»Kommen Sie nicht mit rein?«, fragte ich. Ich war überrascht, dass er mich einfach vor der Tür stehen lassen wollte, als wäre ich ein Gepäckstück.

»Nein«, sagte er im Davongehen. »Ich gehe nie ins Haus. Ich wohne da unten.«

Ohne eine weitere Erklärung schwang er sich wieder auf den Kutschbock und fuhr davon, während ich mit offenem Mund dastand und mich fragte, ob man hier alle neuen Angestellten so rüde behandelte.

Gleich darauf wurde die Tür geöffnet, und ich wandte mich in der Erwartung um, nun endlich meinem neuen Arbeitgeber gegenüberzustehen – wer auch immer er oder sie sein mochte.

Doch in der Tür stand weder ein Mann noch eine Frau, sondern ein junges Mädchen. Sie war etwa zwölf Jahre alt und somit älter als meine kleinen Schülerinnen. Sie hatte einen blassen Teint und war sehr hübsch. Das gelockte Haar fiel ihr bis über die Schultern. Sie trug ein weißes hochgeschlossenes Nachthemd, das ihr bis zu den Knöcheln reichte, und wie sie so dastand und die Kerzen in der Eingangshalle sie von hinten beschienen, sah sie aus wie ein Geist. Ein Schauer lief mir über den Rücken.

»Hallo«, sagte sie gleichmütig.

»Guten Abend.« Ich lächelte und versuchte, das mulmige Gefühl zu unterdrücken, das in mir aufstieg. »Ich hatte nicht erwartet, dass die Tochter des Hauses mir die Tür öffnet.«

»Nein? Wer dann? Der Premierminister?«

»Nun ja, der Butler«, sagte ich. »Oder das Hausmädchen.«

Das Mädchen lächelte und schwieg. Dann sagte sie: »Ich fürchte, es sind schwere Zeiten.«

Ich nickte, weil mir keine passende Antwort einfiel. »Vielleicht sollte ich mich erst einmal vorstellen«, sagte ich. »Ich bin Eliza Caine. Die neue Gouvernante.«

Kurz hatte ich den Eindruck, das Mädchen rollte mit den Augen. Sie öffnete die Tür noch ein Stück weiter, um mich hereinzulassen.

»Es ist erst ein paar Stunden her«, sagte sie.

»Was ist erst ein paar Stunden her?«

»Dass Ihre Vorgängerin abgereist ist. Miss Bennet. Nun ja, immerhin hat sie es geschafft. Sie wollte unbedingt von hier fort. Aber das ging natürlich nicht. Sie musste warten, bis sie eine Nachfolgerin gefunden hatte. Das war natürlich sehr rücksichtsvoll von ihr. Man muss es ihr hoch anrechnen. Jedenfalls sind Sie deshalb jetzt hier.«

Ich trat durch die Tür und ließ den Blick schweifen. Ich hatte keine Ahnung, was sie mir eigentlich sagen wollte. Trotz Hecklings Worten rechnete ich jeden Moment damit, dass ihre Mutter oder ihr Vater die Treppe herabkam. Als ich mich umsah, schlug mich das Haus auf Anhieb in seinen Bann. Die Einrichtung war elegant und musste einst viel Geld gekostet haben. Allerdings wirkte sie leicht angestaubt. In letzter Zeit schien sich niemand großartig darum gekümmert zu haben. Dennoch herrschte im Haus penible Sauberkeit und Ordnung. Wer auch immer dafür verantwortlich war, verstand etwas von seiner Arbeit. Hinter mir fiel die Tür mit einem dumpfen Knall ins Schloss. Ich zuckte zusammen und fuhr herum, und wieder blieb mir vor Schreck der Mund offen stehen. Neben dem Mädchen stand ein kleiner Junge, der ebenfalls ein steifes weißes Nachthemd trug. Er war ungefähr vier Jahre jünger als sie. Zuvor hatte ich ihn nirgends gesehen. Hatte er sich hinter der Tür versteckt?

»Eliza Caine«, sagte das Mädchen und tippte sich mit dem Zeigefinger an die Unterlippe. »Was für ein komischer Name. Er klingt gewöhnlich.«

»Die Arbeiterklasse trägt solche Namen, glaube ich«, sagte der Junge und verzog das Gesicht, als zweifle er an seinen eigenen Worten. Ich starrte ihn an und fragte mich, ob er absichtlich gemein zu mir war, aber er schenkte mir ein so freundliches Lächeln, dass ich zu dem Schluss kam, er habe nur das Offensichtliche ausgesprochen. Wenn man es recht bedachte, gehörte ich ja auch zur Arbeiterklasse. Schließlich war ich hier, um zu arbeiten.

»Hatten Sie als Kind eine Gouvernante?«, fragte der Junge. »Oder sind Sie zur Schule gegangen?«

»Ich bin zur Schule gegangen. Auf die St. Elizabeth's School in London.«

»Ich habe mich schon immer gefragt, wie das wohl ist«, sagte das Mädchen. »Eustace würde in einer normalen Schule furchtbar leiden, da bin ich mir sicher.« Sie nickte in Richtung des Jungen. »Wie Sie sehen, ist mein Bruder ein zartes Kind, und Jungen können schrecklich wild sein. Jedenfalls habe ich das gehört. Ich selbst kenne keine Jungen. Außer Eustace natürlich. Kennen Sie viele Jungen, Miss Caine?«

»Nur die Brüder meiner Schülerinnen«, sagte ich. »Die Brüder meiner ehemaligen Schülerinnen, meine ich natürlich. Ich habe in London als Lehrerin gearbeitet.«

»An derselben Schule, die Sie als Kind besucht haben?«

»Ja.«

»Du meine Güte«, sagte sie mit einem leichten Grinsen. »Das ist ja, als wären Sie nie erwachsen geworden. Als wollten Sie für immer Kind bleiben. Aber es stimmt doch, oder? Jungen sind schrecklich wild?«

»Manche.« Ich sah mich um und fragte mich, ob sie wollte, dass wir die ganze Nacht in der Eingangshalle standen und über Belanglosigkeiten plauderten. Warum zeigten die beiden mir nicht mein Zimmer oder brachten mich zu den Erwachsenen?

»Jetzt bin ich jedenfalls hier.« Ich lächelte und versuchte, meiner Stimme Autorität zu verleihen.»Vielleicht kannst du deiner Mutter Bescheid sagen, dass ich eingetroffen bin. Oder deinem Vater. Offenbar haben sie die Kutsche nicht gehört.«

Eustace versteifte sich leicht, als ich seine Eltern erwähnte, aber ich beschloss, darüber hinwegzusehen. Das Mädchen biss sich auf die Unterlippe und wandte den Blick ab. Sie wirkte fast etwas verlegen.

»Arme Eliza Caine«, sagte sie.»Ich fürchte, man hat Sie unter Vorspiegelung falscher Tatsachen hergelockt. So sagt man doch, nicht?«, fügte sie hinzu.»Ich habe den Ausdruck neulich in einem Buch gelesen, und er gefällt mir gut.«

»Ja, so lautet der Ausdruck«, sagte ich.»Aber seine Bedeutung hast du offenbar nicht richtig verstanden. Ich bin hier, um die Stellung als Gouvernante anzutreten. Dein Vater hat eine Annonce in der Morning Post aufgegeben.«

Es kümmerte mich wenig, was Heckling gesagt hatte. Der Gedanke, meine Vorgängerin könnte die Anzeige aufgegeben haben, war absurd.

»Nein, hat er nicht«, sagte das Mädchen leichthin. Eustace trat zu ihr und schmiegte sich an sie. Sie legte einen Arm um seinen mageren Körper. Seine Schwester hatte recht, er war ein zartes Kind. Er wirkte ungeheuer zerbrechlich.

»Vielleicht sollten wir uns setzen, Miss Caine«, fuhr das Mädchen fort und ging voraus in den Salon.»Sie sind sicher müde von der Reise.«

Ich folgte ihr verunsichert. Ihr erwachsenes Auftreten war amüsant, aber auch leicht verstörend. Nachdem ich mich auf ein großes Sofa gesetzt hatte, ließ sie sich in einem Sessel mir gegenüber nieder, ganz so, als wäre sie die Herrin von Gaudlin Hall und nicht die Tochter des Hauses. Eustace stand eine Weile unschlüssig zwischen uns beiden herum.

Dann setzte er sich ans andere Ende des Sofas und starrte auf seine Füße.

»Eure Eltern sind doch zu Hause, oder?« Ich sah sie prüfend an und begann mich zu fragen, ob das Ganze eine raffinierte List war. Vielleicht wollte jemand eine junge, alleinstehende Frau grundlos zum Narren halten. Vielleicht war ich an eine Familie von Wahnsinnigen geraten.

»Nein, leider nicht. Hier gibt es nur Eustace und mich. Mrs Livermore kommt jeden Tag, um sich um den Haushalt zu kümmern. Sie kocht und stellt uns die Mahlzeiten bereit. Ich hoffe, Sie mögen zu weich gekochtes Fleisch und zu hart gekochtes Gemüse. Mrs Livermore wohnt in einem Cottage auf dem Grundstück. Und Heckling kennen Sie ja schon. Er lebt unten bei den Ställen. Ein abstoßender Mann, finden Sie nicht? Er erinnert mich an einen Affen. Und riecht er nicht furchtbar streng?«

»Er stinkt nach Pferd«, sagte Eustace und grinste mich an, wobei er einen fehlenden Schneidezahn entblößte. Trotz meiner Verwirrung konnte ich nicht anders, als sein Lächeln zu erwidern.

»Da hast du wohl recht«, sagte ich und wandte mich wieder seiner Schwester zu. »Entschuldige«, sagte ich, und meine Stimme verriet meine Verwirrung. »Du hast mir noch gar nicht gesagt, wie du heißt.«

»Ach, nein?«

»Nein.«

Sie runzelte die Stirn und nickte. Nach einer halben Ewigkeit sagte sie: »Wie unhöflich von mir. Mein Name ist Isabella Westerley. Ich bin nach einer Königin von Spanien benannt.«

»Isabella von Kastilien.« Ich erinnerte mich noch gut an meinen Geschichtsunterricht.

»Richtig«, sagte sie erfreut. »Meine Mutter stammt aus Kantabrien. Aber mein Vater wurde hier geboren. In diesem Haus.«

»Dann bist du halb Engländerin und halb Spanierin?«

»Wenn Sie mich unbedingt in Teile aufspalten wollen, ja«, erwiderte sie.

Ich sah sie entgeistert an und ließ dann den Blick durch den Raum schweifen. An den Wänden hingen einige faszinierende Porträts, von Vorfahren der jetzigen Bewohner, nahm ich an. Die Wand zum Garten zierte eine reizende Tapete. Das alles würde ich mir bei Tageslicht genauer ansehen.

»Aber ...«, begann ich und suchte nach den richtigen Worten. »Ihr lebt hier doch sicher nicht allein, oder? Nur ihr beiden?«

»Oh nein, natürlich nicht«, sagte Isabella. »Dafür sind wir noch viel zu jung.«

Ich stieß einen erleichterten Seufzer aus.

»Meine Güte, dem Himmel sei Dank«, sagte ich. »Aber wenn eure Eltern nicht hier sind, wer dann? Würdest du bitte den Erwachsenen rufen, der für euch verantwortlich ist?«

Isabella saß reglos in ihrem Sessel und stieß dann urplötzlich einen markerschütternden Schrei aus. Zumindest dachte ich zuerst, es wäre ein Schrei, bis mir aufging, dass sie meinen Namen gerufen hatte. Eliza Caine.

»Was um alles in der Welt«, stammelte ich und legte mir eine Hand auf die Brust. Mein Herz raste. Ich sah zu Eustace hinüber, aber er saß völlig ungerührt da. Er blickte mich einfach nur an, und das Weiß seiner Augen wirkte im Kerzenlicht sehr hell.

»Verzeihung«, sagte Isabella mit dem Anflug eines

Lächelns. »Sie baten mich, den Erwachsenen zu rufen, der für uns verantwortlich ist.«

»Aber du hast meinen Namen gerufen. Du hast ihn sogar geschrien.«

»Weil Sie der Erwachsene sind, der für uns verantwortlich ist«, sagte sie fest. »Miss Bennet ist fort. Sie haben ihren Platz eingenommen. Sie sind der einzige Erwachsene im Haus, der sich um uns kümmern kann.«

»Ha!«, machte Eustace. Er schüttelte den Kopf, als schenkte er den Worten seiner Schwester keinen Glauben. Ich konnte mir aus alldem keinen Reim machen.

»Aber die Annonce …«, begann ich. Allmählich fand ich es ermüdend, immer wieder dieselbe Geschichte zu erzählen.

»… hat Miss Bennet aufgegeben«, führte Isabella meinen Satz fort. »Das habe ich Ihnen doch schon gesagt. Sie sind ihre Nachfolgerin.«

»Aber wer kümmert sich dann um das Haus? Wer zahlt zum Beispiel meinen Lohn?«

»Mr Raisin.«

Schon wieder dieser Name. Mr Raisin, der Anwalt. Also hatte Heckling mir nicht nur Unsinn erzählt.

»Und wo ist dieser Mr Raisin, wenn ich fragen darf?«

»Er lebt im Dorf. Ich kann Sie morgen hinbringen, wenn Sie wollen.«

Ich warf einen Blick auf die Pendeluhr, ein prachtvolles Stück, die in einer Ecke stand. Es war schon Viertel nach zehn.

»Mr Raisin kümmert sich um alles«, fuhr Isabella fort. »Er bezahlt die Gouvernante, er bezahlt Mrs Livermore und Heckling. Eustace und ich bekommen von ihm ein Taschengeld.«

»Und er erstattet euren Eltern Bericht?«, fragte ich. Diesmal zuckte Isabella mit den Schultern und wandte den Blick ab.

»Sie müssen müde sein«, sagte sie.

»Das bin ich«, erwiderte ich. »Es war ein langer Tag.«

»Sind Sie vielleicht hungrig? In der Küche gibt es sicher noch –«

»Nein«, unterbrach ich sie. Ich schüttelte den Kopf und erhob mich ruckartig. Für diesen Abend hatte ich genug von alldem.

»Nein, danke. Von der Kutschfahrt ist mir etwas flau im Magen. Vielleicht zeigst du mir jetzt am besten mein Zimmer. Morgen früh, wenn ich ausgeschlafen bin, geht es mir sicher besser. Dann kann ich Mr Raisin aufsuchen und der Sache auf den Grund gehen.«

»Wie Sie wünschen.« Isabella stand auf. Eustace folgte ihrem Beispiel und schmiegte sich an sie. Sie lächelte mich an und setzte wieder ihre Hausherrinnen-Miene auf.

»Wenn Sie mir bitte folgen wollen?«

Wir stiegen die Treppe hoch. Der Aufgang war so breit und prachtvoll, dass ich der Versuchung nicht widerstehen konnte und mit der Hand über die Marmorbalustrade fuhr. Der Teppich unter unseren Füßen war von bester Qualität, auch wenn er offensichtlich schon seit Jahren nicht mehr erneuert worden war.

»Eustace und ich schlafen im ersten Stock«, erklärte Isabella und zeigte auf zwei Türen am Ende eines Flurs. Da nur Isabella eine Kerze trug, konnte ich in der Dunkelheit kaum etwas erkennen.

»Ihr Zimmer liegt im zweiten Stock. Ich hoffe, Sie werden sich dort wohlfühlen. Wirklich.«

Ich sah sie an und fragte mich, ob das scherzhaft gemeint

war, aber sie machte ein stoisches Gesicht, und wir stiegen weiter die Treppe hoch. Isabella lief mit ihrer Kerze voraus, dicht gefolgt von Eustace. Ich ging drei Stufen hinter dem Jungen und starrte auf seine nackten Füße. Sie waren klein und schmal, und an den Fersen hatte er zwei rote Striemen, so als würde er zu kleine Schuhe tragen. Wer kümmerte sich um das Wohlergehen dieses kleinen Jungen, da offenbar kein Erwachsener im Haus war?

»Hier entlang, Eliza Caine.« Isabella ging einen langen Flur entlang, öffnete eine schwere Eichentür und trat in ein Zimmer. Ich folgte ihr und stellte erleichtert fest, dass sie mit ihrer Kerze drei weitere entzündet hatte. Jetzt, da es etwas heller war, sah ich mich um. Das Schlafzimmer war geräumig und geschmackvoll eingerichtet. Im Raum war es weder zu kalt noch zu warm, und das Bett wirkte bequem. Mein Unbehagen löste sich auf, und ich begann mich in dem Haus und mit den Kindern wohlzufühlen. Am nächsten Morgen wäre sicher alles wieder in bester Ordnung. Dann würde sich alles aufklären.

»Ich wünsche Ihnen eine gute Nacht«, sagte Isabella und ging zur Tür. »Ich hoffe, Sie können gut schlafen.«

»Gute Nacht, Miss Caine«, sagte Eustace und trottete hinter seiner Schwester her. Ich lächelte und nickte den beiden zu, wünschte ihnen ebenfalls eine gute Nacht und fügte noch hinzu, dass ich mich darauf freue, sie am nächsten Morgen besser kennenzulernen.

Als ich allein war, zum ersten Mal, seit ich am Morgen mein Haus in London verlassen hatte, setzte ich mich für einen Moment auf das Bett und stieß einen erleichterten Seufzer aus. Ich ließ den Blick durchs Zimmer schweifen und überlegte, ob ich angesichts dieses seltsamen Tages in Tränen ausbrechen oder laut lachen sollte. Dann erhob ich mich, ließ das Schloss an meinem Koffer aufschnappen und entschied mich dagegen, noch an diesem Abend auszupacken. Das konnte bis zum Morgen waren. Ich holte mein Nachthemd aus dem Koffer, zog meine nassen Kleider aus, streifte mir das Nachthemd über und machte in der Schüssel, die neben einem Wasserkrug auf der Kommode stand, eine Katzenwäsche. Schließlich zog ich den Vorhang auf, um einen Blick aus dem Fenster zu werfen, und stellte erfreut fest, dass mein Zimmer im vorderen Teil des Hauses lag und ich auf die Rasenfläche hinaussah. Ich versuchte, das hohe Fenster zu öffnen, um etwas frische Luft hereinzulassen, aber es war fest verschlossen. Sosehr ich auch an dem Griff rüttelte, ich bekam es nicht auf. Die Zufahrt, die Heckling und ich entlanggefahren waren, verschwand als heller Streifen in der Ferne, und der Halbmond beschien die Ländereien, die völlig verlassen dalagen. Beruhigt stieg ich ins Bett und erfreute mich an der weichen Matratze und dem flauschigen Kopfkissen. Alles wird gut, sagte ich zu mir selbst. Eine erholsame Nacht wirkt Wunder.

Ich blies die letzte Kerze auf meinem Nachttisch aus, zog mir die Decke zum Kinn und gestattete mir, lauthals zu gähnen. In der Ferne hörte ich einen Schrei und fragte mich, ob sich Winnie vielleicht beschwerte, weil sie in den Stall geführt wurde. Als das seltsame Geräusch ein zweites Mal erklang, war klar, dass es kein Pferdewiehern war. Es musste der Wind sein, der durch die Bäume pfiff. Mittlerweile hatte sich draußen ein regelrechter Sturm erhoben, und Regen peitschte gegen mein Fenster. Ich beschloss, dass das Tosen des Windes mich nicht vom Schlafen abhalten würde, ganz gleich, wie grausig es klang – fast wie das Stöhnen einer Frau, die erwürgt wird. Ich war hundemüde, denn die lange

Reise und das seltsame Verhalten der drei Bewohner von Gaudlin Hall, die ich bisher kennenlernen durfte, hatten mich zutiefst erschöpft.

Ich schloss seufzend die Augen und streckte die Beine unter der Decke aus. Ich rechnete fest damit, dass meine Zehen jeden Moment den hölzernen Rahmen berühren würden, aber das taten sie nicht. Zufrieden stellte ich fest, dass das Bett länger war als mein Körper. Ich konnte mich so lang machen, wie ich wollte. Meine verkrampften Muskeln begannen sich zu lösen, weil meine Glieder in alle Richtungen Platz hatten. Ich wackelte vergnügt mit den Zehen, als plötzlich zwei Hände meine Knöchel packten und mich tiefer ins Bett hinabzogen. Ich spürte die Finger hart an meinen Knochen, schrie auf, kroch hastig wieder nach oben und fragte mich, was das für ein furchtbarer Albtraum war. Mit einem Satz sprang ich zu Boden, riss die Bettvorhänge auf und zog die Decke fort. Die Matratze war leer. Mit klopfendem Herzen stand ich da. Ich hatte mir das Ganze auf keinen Fall eingebildet. Zwei Hände hatten meine Knöchel gepackt und daran gezogen. Ich konnte die Umklammerung immer noch spüren. Ich starrte ungläubig auf das Bett, doch bevor ich einen klaren Gedanken fassen konnte, flog die Tür auf. Helles Licht fiel vom Flur zu mir herein, und im Rahmen stand eine weiße gespenstige Gestalt.

Isabella.

»Geht es Ihnen gut, Eliza Caine?«, fragte sie.

Ich stieß einen leisen Schrei aus und rannte auf sie und das tröstliche Kerzenlicht zu.

»Da ist etwas …«, stammelte ich und wusste nicht, was ich sagen sollte. »In meinem Bett, da war etwas … Ich habe es genau gespürt …«

Isabella kam ins Zimmer, hielt die Kerze über das Bett und bewegte sie vom Kopfkissen bis zum Fußende.

»Das Bett ist leer«, stellte sie fest. »Haben Sie schlecht geträumt?«

Das war natürlich die einzige vernünftige Erklärung.

»Das muss ich wohl. Ich glaubte, ich wäre noch wach, aber ich war wohl schon eingeschlafen. Es tut mir leid, dass ich dich geweckt habe. Ich weiß nicht, was über mich gekommen ist.«

»Sie haben Eustace geweckt, nicht mich. Er hat einen leichten Schlaf.«

»Wie auch immer, es tut mir leid.«

Sie zog eine Augenbraue hoch, als überlegte sie, ob sie mir gnädigerweise verzeihen könne, nickte schließlich und verließ das Zimmer. Die Tür fiel ins Schloss, und ich war wieder allein.

Ich stand lange Zeit neben dem Bett, bis ich mich davon überzeugen konnte, dass mir meine Phantasie einen Streich gespielt hatte. Schließlich stieg ich zurück ins Bett, ließ die Vorhänge aber offen, damit das Mondlicht hereinfallen konnte. Nachdem ich unter die Decke geschlüpft war, streckte ich ganz vorsichtig die Beine aus, aber sie berührten nichts anderes als die weichen Laken.

Ich schloss abermals die Augen, überzeugt, dass ich in dieser Nacht keinen Schlaf finden würde, doch die Müdigkeit musste mich überwältigt haben, denn als ich aufwachte, fiel helles Sonnenlicht durch die Fenster. Regen und Wind hatten sich gelegt, und ein neuer Tag, mein erster in Gaudlin Hall, war angebrochen.

Kapitel

Ich war froh, dass mich an meinem ersten Tag in Gaudlin Hall strahlender Sonnenschein begrüßte, aber auch überrascht, dass auf den heftigen Regen der Nacht solch ein wolkenloser Himmel folgen konnte. Natürlich war mir das Norfolker Wetter fremd, und das schöne Wetter war vielleicht eine beispielhafte Antwort auf ein nächtliches Unwetter, aber ich konnte mich nicht daran erinnern, wann ich beim Aufwachen zum letzten Mal einen so blauen Himmel gesehen hatte. In London war die Luft stets schwer von dem unvermeidlichen Nebel und dem Rauch der Kohlenfeuer gewesen, und ich hatte immer das beklemmende Gefühl gehabt, dass ein heimtückischer Schmutzfilm meine Haut überzog, mir in die Poren kroch und in den Körper eindrang. Als ich in Gaudlin Hall aus dem Fenster auf die Ländereien hinausblickte, hatte ich den Eindruck, ich müsste nur nach draußen laufen und einen tiefen Atemzug von der frischen Landluft nehmen, dann würden alle Anspannungen der vergangenen Woche von mir abfallen.

Dieses zuversichtliche Gefühl versetzte mich in Hochstimmung, wo mich sonst vielleicht Furcht und Einsamkeit niedergedrückt hätten. Zu meiner Überraschung hatte ich gut geschlafen, und all die schlimmen Ereignisse des Vortages – der beinahe tödliche Vorfall auf dem Bahnhof, das mühsame Gespräch mit Heckling, die Ungewissheit darüber, wer mein Arbeitgeber war, und der lächerliche Albtraum im Bett (denn es konnte nur ein Albtraum gewesen sein, dessen war ich mir nun sicher, ein Hirngespinst, weil ich müde und hungrig gewesen war) –, all diese Dinge waren in weite Ferne gerückt. Ich war fest entschlossen, dass der erste Tag meines neuen Lebens, mein erster Tag fernab von London, ein guter Tag werden würde.

Von unten duftete es köstlich nach Essen, und ich folgte dem Geruch die Treppe hinunter und durch eine Flucht von Zimmern im Erdgeschoss. Der Duft wurde mit jedem Raum stärker. Ich durchquerte den Salon, in dem ich am Abend zuvor mit den Kindern gesessen hatte, einen prachtvollen Saal mit einem großen Esstisch, an dem mühelos zwanzig Personen Platz hatten, einen kleinen, lichtdurchfluteten Leseraum, einen Flur, der mit Aquarellgemälden von Schmetterlingen geschmückt war, und gelangte schließlich in die Küche. Ich wusste nicht, wo die Westerleys am Morgen aßen, denn ich hatte noch keine Hausführung bekommen, aber ich war sicher, dass ich, wenn ich nur meiner Nase folgte, auf die gesamte Familie stoßen würde, die am Frühstückstisch beisammensaß und nur darauf wartete, mich willkommen zu heißen. Sicher würde sich dann all der Unfug über die Abwesenheit von Isabellas und Eustaces' Eltern in Wohlgefallen auflösen.

Doch zu meiner Überraschung war die Küche leer, auch wenn der Duft, der in der Luft hing, davon zeugte, dass hier vor Kurzem jemand das Frühstück zubereitet hatte.

»Hallo«, rief ich und betrat auf der Suche nach der Köchin die Vorratskammer. »Ist hier jemand?«

Es war niemand da. Ich sah mich um: Die Regale waren gut gefüllt. Frisches Gemüse und Obst lag in Körben bereit, und als ich den Eisschrank öffnete, stieß ich auf mehrere Glasbehälter mit Rind- und Hühnerfleisch. Unter dem Fenster stand eine Schüssel mit braunen Eiern, und daneben lag ein Laib Nussbrot, von dem bereits mehrere Scheiben abgeschnitten worden waren. Ich stand in der Vorratskammer und fragte mich, was ich als Nächstes tun sollte, als mein Blick auf ein wunderschönes romanisches Bogenfenster fiel. Ich sah nach draußen und entdeckte eine beleibte ältere Frau in einer Art Dienstmädchenuniform. Darüber trug sie einen Mantel und auf dem Kopf einen Hut. Sie ging über den Kiesweg auf die Ställe und Hecklings Häuschen zu. In der linken Hand trug sie eine prall gefüllte Tasche, und ich fragte mich, ob das Mrs Livermore war, von der Isabella gesprochen hatte. Am Abend zuvor hatte ich mich nicht erkundigt, wer Mrs Livermore war, weil ich davon ausgegangen war, dass sie die Haushälterin war, aber das Kostüm, das die Frau trug, sprach dagegen.

Ich trat zu der Tür, die nach draußen führte, und rüttelte an dem Schlüssel, der im Schloss steckte. Er wollte sich nicht drehen lassen, ganz so wie der Fenstergriff in meinem Schlafzimmer, der sich auch am Morgen bei einem erneuten Versuch nicht hatte öffnen lassen. Mit roher Gewalt bekam ich die Tür nach einer Weile auf, und als ich endlich nach draußen stolperte, verschwand die Frau gerade um die Hausecke. Ich rief ihr nach und erwartete, dass sie kehrtmachte und zu mir zurückkam. Sie tauchte jedoch nicht wieder auf, und so ging ich ihr mit raschen Schritten nach. Ich war fest entschlossen, sie einzuholen, aber als ich gleich darauf um die Hausecke bog, hatte sie sich in Luft aufgelöst. Verblüfft sah ich mich um – ich begriff nicht, wo sie hin war. In der kurzen Zeit konnte sie nicht weit gekommen sein, aber es war nun einmal eine Tatsache, dass sie von jetzt auf gleich verschwunden war. Ich blickte nach links zu den Bäumen hinter der Rasenfläche. Das Pferd Winnie stand geduldig vor seinem Stall und sah zu mir herüber. Sein starrer Blick war irgendwie unheimlich. Mir blieb nichts anderes übrig, als zurück in die Küche zu gehen, doch zu meinem Ärger war die Tür zur Vorratskammer ins Schloss gefallen und ließ sich von außen nicht öffnen – wie das geschehen konnte, war mir ein Rätsel. Ich hatte die Tür weit aufstehen lassen, und es ging kein Lüftchen. Der Wind konnte sie also nicht zugeschlagen haben. So musste ich das Haus umrunden und zur Vordertür von Gaudlin Hall gehen, die glücklicherweise unverschlossen war. Ich durchquerte das Erdgeschoss und kehrte zurück in die Küche.

Dort setzte ich mich an den Tisch und fragte mich stirnrunzelnd, was ich nun tun sollte. Wurde von mir erwartet, dass ich mein eigenes Frühstück zubereitete? Hatten die Kinder schon gegessen? Waren sie überhaupt schon auf oder gehörte es auch zu meinen Aufgaben, sie zu wecken? Gerade hatte ich beschlossen, nach oben zu gehen und an Isabellas Tür zu klopfen, als zu meinem Entsetzen zwei Hände meine Fußknöchel packten, ganz so, wie ich es mir in der vergangenen Nacht eingebildet hatte, doch noch bevor ich schreien oder aufspringen konnte, kam ein kleiner Junge unter dem Tisch hervorgekrochen und grinste mich schelmisch an.

»Eustace!«, rief ich kopfschüttelnd und legte mir eine Hand auf die Brust. »Du hast mir einen furchtbaren Schreck eingejagt!«

»Sie haben nicht bemerkt, dass ich unter dem Tisch war, nicht?«

»Nein, du kleiner Schlingel«, antwortete ich lächelnd. Ich konnte ihm einfach nicht böse sein. »Ich dachte, ich wäre allein.«

»In Gaudlin Hall ist man nie allein«, sagte er. »Miss Harkness hat immer gesagt, dass sie einen Monatslohn für einen ruhigen Tag hergeben würde.«

»Ich habe gern Gesellschaft«, erwiderte ich. Dann setzte ich hinzu: »Wenn ich Einsamkeit mögen würde, wäre ich in London geblieben.«

Ich stand auf und musterte ihn von Kopf bis Fuß. »Du siehst heute aber schick aus.«

In der Tat bot er einen reizenden Anblick. Er trug strahlend weiße Hosen, ein weißes Hemd, eine weiße Krawatte und eine blaue Jacke aus Kammgarn. Wie schon bei Mr Dickens' Weste eine Woche zuvor, verspürte ich auch jetzt den Drang, die Hand auszustrecken und über den Stoff zu streichen, um das teure Tuch zwischen den Fingerspitzen zu spüren. Frisch gewaschen war Eustace auch, von seinem Körper ging der durchdringende Duft von Karbolseife aus. Sein Haar war säuberlich gescheitelt und mit Pomade geglättet. Er war herausgeputzt, als wolle er Verwandten einen Besuch abstatten oder am Gottesdienst teilnehmen.

»Mutter mag es, wenn ich mich jeden Tag fein mache«, sagte er in vertraulichem Ton und senkte die Stimme, obwohl außer uns beiden niemand in der Küche war. »Sie sagt, einen Gentleman erkennt man daran, dass er auch im Haus feine Kleider trägt, nicht nur, wenn er ausgeht. Schließlich weiß man nie, wer zu Besuch kommt.«

»Das stimmt«, sagte ich. »aber als ich noch ein Kind war, nicht viel älter als du jetzt, trug ich zu Hause, wenn wir keinen Besuch erwarteten, am liebsten bequeme Kleider. Darin fühlte ich mich wohler. Findest du diese feinen Kleider nicht unpraktisch? Vor allem an einem so warmen Tag wie heute?«

»Mutter gefalle ich so besser«, sagte er fest und setzte sich neben mich. »Möchten Sie etwas essen? Sie müssen doch hungrig sein?«

»Das bin ich«, sagte ich. »Aber ich konnte die Köchin nirgends finden.«

»Wir haben keine Köchin«, sagte Eustace. »Nicht mehr. Früher hatten wir natürlich eine. Sie hieß Mrs Hayes. Sie roch nach Suppe und wollte mir ständig das Haar zerzausen. Ich musste sie deswegen zurechtweisen, schließlich gehörte sie zum Personal. Aber sie war eine gute Köchin.« Er nickte altklug. »Nun ja, jetzt ist sie nicht mehr da. Sie hat danach gekündigt.«

»Danach?«, fragte ich, aber er zuckte nur mit den Achseln und wandte den Blick ab. »Aber wer bereitet die Mahlzeiten zu, wenn ihr keine Hilfe habt?«

»Meistens die Gouvernante. Oder Isabella. Meine Schwester ist eine ziemlich gute Köchin. Ich necke sie immer damit, dass sie noch als Bedienstete enden wird, aber dann haut sie mich. Vielleicht sollte ich das lieber lassen.«

Verwirrt ließ ich den Blick durch die Küche schweifen und wusste nicht, ob ich lachen oder weinen sollte. Sollte ich etwa alle im Haus anfallenden Arbeiten erledigen? In der Annonce hatte nichts von Kochen gestanden, aber ich begann zu ahnen, wie irreführend die Zeilen gewesen waren.

»Das ist doch nicht zu fassen«, rief ich und warf die Hände in die Luft. »Ich kenne mich in eurer Küche doch gar nicht aus, und ich weiß auch nicht, was ihr Kinder gern esst. Außerdem war heute Morgen schon jemand hier unten und hat gekocht. Als ich hereinkam, roch es nach Essen.«

»Ach so«, sagte Eustace, ging zum Herd, öffnete eine Klappe und blickte hinein. »Sie haben recht, da stehen zwei Teller für uns bereit, sehen Sie nur. Isabella muss das Frühstück für uns zubereitet haben. Sie kann sehr freundlich sein, wenn sie mir nicht gerade mit Schlägen droht. Wir sollten essen, bevor es ungenießbar wird.«

Ich musste lachen. Mir ging durch den Kopf, was das für eine seltsame Bemerkung war. Ich nahm ein Geschirrtuch, um mir nicht die Finger zu verbrennen, zog die zwei Teller aus dem Herd und stellte sie auf den Tisch. Das Frühstück war nichts Besonderes, für jeden zwei Würstchen, ein paar Scheiben Speck und etwas Rührei. Jeder nicht ganz ungeschickte Mensch konnte ein solches Mahl zubereiten, aber weil es von Isabella stammte, wirkte es aus unerfindlichen Gründen unappetitlich. Vermutlich hatte das Essen einfach nur zu lang im Herd gestanden.

»Und wo isst Heckling?«, fragte ich, nachdem wir den ersten Bissen zu uns genommen hatten. Ich gab mir große Mühe, beiläufig zu klingen, damit er meinen Fragen beantwortete.

Eustace zuckte mit den Achseln. »Im Stall, nehme ich an. Bei dem Pferd.«

»Und das Dienstmädchen?«

»Welches Dienstmädchen?«

»Ich habe sie heute Morgen ums Haus herumgehen sehen. Wo nimmt sie ihre Mahlzeiten ein?«

»Wir haben kein Dienstmädchen.«

»Schwindel mich nicht an, Eustace, das gehört sich nicht«, sagte ich streng. »Ich habe sie vor knapp zehn Minuten selbst gesehen. Ich bin ihr nach draußen gefolgt, habe sie dann aber aus den Augen verloren.«

»Wir haben kein Dienstmädchen«, beharrte er.

»Und wer war dann die Frau mit der Tasche und der Dienstmädchenuniform, die vor dem Fenster der Vorratskammer vorbeigelaufen ist? Habe ich sie mir etwa eingebildet?«

Er antwortete nicht, und ich beschloss, ihn nicht zu bedrängen. Ich wollte ihm Zeit lassen, so viel Zeit, wie er brauchte. Ich würde schweigen, bis er etwas sagte.

»Ich weiß nicht viel über die Frau«, murmelte er schließlich. »Sie kommt ab und zu ins Haus. Ich soll nicht mit ihr sprechen.«

»Wer sagt das?«

»Meine Schwester.«

»Und warum sagt sie so etwas?«, fragte ich. »Kommen Isabella und Mrs Livermore nicht gut miteinander aus? Ihr Name ist doch Mrs Livermore, nicht? Isabella hat gestern Abend jemand mit diesem Namen erwähnt.«

Er nickte.

»Mögen sich die beiden nicht?«, fuhr ich fort. »Hat es zwischen ihnen einen Streit gegeben?«

»Warum halten Sie uns für böse Kinder?«, fragte Eustace plötzlich stirnrunzelnd und legte Messer und Gabel nieder. Er stand auf und warf mir einen finsteren Blick zu. »Sie sind uns doch gerade erst begegnet. Ich finde es ungerecht, dass Sie mich einen Schwindler nennen und behaupten, meine Schwester würde Streit anfangen. Sie kennen uns doch gar nicht.«

»Aber ich halte euch doch gar nicht für böse Kinder, Eustace«, sagte ich und errötete leicht. »Du hast hervorragende Manieren, das ist mir gleich aufgefallen. Ich wollte dich nicht kränken. Ich wollte nur … Ach, ich weiß auch nicht. Jedenfalls tut es mir leid. Wenn Isabella und Mrs Livermore sich nicht verstehen, gibt es dafür sicher einen guten Grund. Deine Schwester wirkt genauso wohlerzogen wie du.«

»Mutter sagt, wir müssen immer höflich sein«, murmelte er. »Das ist ihr sehr wichtig. Ungezogenes Verhalten lässt sie uns nicht durchgehen. Dann wird sie sehr wütend.«

»Und wo ist deine Frau Mutter?«, fragte ich und überlegte, ob ich wohl am Tag mehr aus ihm herausbekommen würde als am Abend zuvor. »Ich würde sie gern kennenlernen.«

Er wandte sich ab und holte tief Luft.

»Essen Sie Ihr Frühstück denn gar nicht?«, fragte er. »Es wird kalt, und dann war die ganze Mühe umsonst.«

Ich sah auf meinen Teller hinab, und bei dem Anblick des blassen Rühreis, der lauwarmen Würstchen und des ranzigen Specks wurde mir leicht übel.

»Ich glaube nicht.« Ich schob den Teller beiseite. »Mein Magen ist noch etwas empfindlich von der Reise. Ich esse später eine Kleinigkeit.«

»Das wird Isabella gar nicht gefallen«, sagte er dumpf. Ich starrte ihn an und wusste nicht, was ich darauf antworten sollte.

»Dann werde ich mich wohl bei ihr entschuldigen müssen«, sagte ich nach einer Weile. Ich lächelte und beugte mich zu ihm hinüber. »Warum machst du so ein besorgtes Gesicht? Hat deine Schwester eine spitze Zunge? Wird sie mit mir schimpfen?«

»Ganz sicher nicht«, antwortete er und rückte von mir ab. »Sie wird nichts sagen.«

»Kein Wort?«

»Wir dürfen nie sagen, was wir denken, sagt Isabella.«

»Warum das denn?«, fragte ich. Wieder holte er tief Luft, starrte auf die Tischplatte und kratzte mit dem Daumennagel an einer Delle im Holz herum. »Eustace«, sagte ich streng. »Warum sollst du nicht sagen, was du denkst?«

»Isabella sagt, es ist besser, wenn wir mit niemandem darüber sprechen«, murmelte er.

»Worüber sprechen?« Ich starrte ihn an und verspürte

den Drang, ihn zu schütteln. »Eustace, wovon redest du? Was verschweigst du mir?«

Er sah zu mir hoch, und seine braunen Augen vor dem klaren Weiß hätten jedes noch so harte Herz zum Schmelzen gebracht. Dann öffnete er den Mund, klappte ihn jedoch gleich wieder zu. Sein Blick sagte mir, dass jemand hinter mir stand.

Ich sprang auf und wirbelte herum. Vor Schreck entwich mir ein unterdrückter Fluch. Das Mädchen stand so dicht hinter mir, dass ich mich fragte, wie ich ihre Anwesenheit nicht hatte bemerkten können.

»Guten Morgen, Eliza Caine.«

»Isabella«, keuchte ich. Sie war genauso adrett gekleidet wie ihr Bruder – das Rüschenkleid hätte sie auch zu einer Hochzeit oder einem Empfang am Hof tragen können –, und das sorgfältig gekämmte Haar fiel ihr offen über die Schultern. »Ich habe dich gar nicht hereinkommen hören.«

»Ich hoffe, Eustace hat Sie nicht mit seinen dummen Geschichten gelangweilt.« Sie stand reglos da und verzog keine Miene. »Kleine Jungen haben eine blühende Phantasie, finden Sie nicht? Sie denken sich die verrücktesten Sachen aus. Außerdem sind sie notorische Lügner. Das ist wissenschaftlich bewiesen. Davon habe ich in einem Buch gelesen.«

»Ich bin kein Lügner«, rief Eustace. »Und ich bin auch kein kleiner Junge. Ich bin schon acht.«

»Das ist noch recht jung«, sagte ich, und er runzelte verärgert die Stirn. Sofort bereute ich meine Worte. Es wäre netter gewesen, ihm einfach zuzustimmen.

»Wenn Sie das nicht mehr wollen«, sagte Isabella und wies mit dem Kinn auf mein Essen, »kann ich es ja dem

Hund geben. Er lebt mit Heckling unten bei den Ställen, und er wird sich im Gegensatz zu Ihnen darüber freuen. Es ist eine Sünde, Essen verkommen zu lassen. Oder haben Sie etwas dagegen?«

»Nein, natürlich nicht«, sagte ich. »Ich bin dir sehr dankbar, dass du mir Frühstück gemacht hast, aber ich fürchte, ich habe heute Morgen einfach keinen rechten Appetit.«

»Das hat keine von euch Gouvernanten«, erwiderte sie, nahm den Teller vom Tisch und marschierte zur Hintertür. »Es ist wirklich erstaunlich. Ich frage mich, wie ihr überleben könnt.«

»Isabella«, schrie Eustace, und ich starrte ihn an. Ich hatte keine Ahnung, warum ihre Worte ihn so sehr aus der Fassung brachten. Als ich wieder zu seiner Schwester sah, wirkte sie selbst recht erschüttert.

»Ich meinte doch nur …«, stammelte sie und verlor kurz einmal die Beherrschung. »Natürlich wollte ich damit nicht sagen, dass …« Sie schüttelte den Kopf, als wollte sie das Gesagte ungeschehen machen, und lächelte mir zu.

»Ich gebe das Essen dem Hund«, wiederholte sie. »Er wird sich freuen und mich von nun an abgöttisch lieben.«

Sie verschwand durch die Tür, und Eustace und ich blieben allein zurück. Er schien immer noch empört über ihre Worte zu sein, und ich hielt das für eine übertriebene Reaktion. Das war doch nur eine Redensart gewesen. Isabella hatte sich nichts weiter dabei gedacht. Ich ging zum Spülbecken, drehte den Hahn auf und wusch mir unter dem eiskalten Wasser die Hände.

»Kannst du mir sagen, wo sich Mr Raisins Kanzlei befindet? Mr Raisin ist der Anwalt, von dem deine Schwester gestern Abend gesprochen hat.«

»Irgendwo im Dorf, glaube ich«, sagte Eustace. »Ich war

noch nicht selbst dort, aber ich bin ziemlich sicher, dass er dort ein Büro hat.«

»Und ist es weit bis zum Dorf?«

»Oh, nein. Es geht immer geradeaus, man kann sich nicht verlaufen. Möchten Sie ihm einen Besuch abstatten?«

Ich nickte. »Ich glaube, das wäre eine gute Idee«, erklärte ich. »Schließlich sind eure Eltern nicht hier, um mich zu begrüßen. Vielleicht gehe ich jetzt gleich hin. Wie lange braucht man zu Fuß ins Dorf?«

»Vor dem Haus steht ein Laufrad«, sagte er. »Das können Sie nehmen. Damit brauchen Sie nur eine Viertelstunde.«

Ein Laufrad! Die Aussicht gefiel mir. Mrs Farnsworth hatte eines Morgens ein Laufrad mit in die Schule gebracht. Sie hatte sich nicht um die empörten Blicke der Passanten geschert, die der Meinung waren, eine Dame solle nicht mit einem solchen Gefährt unterwegs sein. Ich hatte mich so sehr für das Laufrad begeistert, dass sie mir mehrmals erlaubt hatte, es auszuprobieren, und schon nach kurzer Zeit hatte ich den Dreh herausgehabt. Meine Abenteuerlust war geweckt. Außerdem war ich der Meinung, dass mir die frische Morgenluft guttun würde. Vielleicht würde sie die dummen Gedanken aus meinem Kopf scheuchen.

»Und was hast du heute Morgen vor, Eustace?«, fragte ich. »Während ich fort bin?«

»Ich habe einiges zu erledigen«, sagte er in geheimnisvollem Ton, sprang auf und rannte aus der Küche. Ich lachte. Er war ein sonderbarer Junge, aber ich hatte ihn bereits ins Herz geschlossen.

Achtes Kapitel

Ich trat durch die Vordertür ins Freie und tatsächlich, an einer Säule lehnte ein Laufrad mit schwerem Holzrahmen, stabilen Rädern und einem darüber thronenden Sattel. Ich schob es ein Stück die Einfahrt entlang und schwang dann ein Bein über den Sattel. Der Kies knirschte unter den Rädern. Obwohl ich erst gut zwölf Stunden in Gaudlin Hall verbracht hatte, empfand ich zu meiner Überraschung ein kurioses Gefühl der Erleichterung, als der Abstand zwischen mir und dem Haus größer wurde.

Eustaces' Beschreibung erwies sich als zutreffend. Der Weg ins Dorf war leicht zu finden, und meine Laune hob sich beträchtlich, als ich zwischen kürzlich abgeernteten Feldern hindurchrollte, auf denen schon wieder etwas Grün spross. Die frische Luft wehte mir aufs Angenehmste um die Nase, und ich fragte mich, warum irgendjemand freiwillig in London lebte, in dieser dreckigen, nebelverhangenen, verqualmten Stadt mit ihren hinter jeder Ecke lauernden Mördern, Straßenmädchen und Dieben. Der stinkende, verseuchte Fluss, der sich durch die Stadt wand, der leere Palast, der von der Königin gemieden wurde, das schlechte Wetter, die streikenden Arbeiter, der Unrat auf den Straßen. In Norfolk befand ich mich in einer völlig anderen Welt. Hier war es idyllisch. Zumal hier draußen in der freien Natur eine ganz andere Stimmung herrschte als in Gaudlin Hall. Gewiss würde ich eine Menge neuer Dinge entdecken, und als ich um die letzte Kurve bog und plötzlich ein malerisches Dörfchen vor mir lag, hatte ich zum ersten Mal seit Vaters Tod das Gefühl, dass die Welt ein schöner Ort war und ich meinen Platz darin gefunden hatte.

Im Dorf angekommen, lehnte ich das Laufrad an ein Geländer vor der Kirche und ließ den Blick schweifen, um herauszufinden, was für ein Ort mein neues Zuhause war. Natürlich war ich hier, weil ich Mr Raisin aufsuchen wollte, aber ich hatte es nicht eilig, und da konnte es nicht schaden, wenn ich mich etwas umsah. Ich betrat die Kirche, die recht beeindruckend war. Zwar war ihr Grundriss klein, aber das Innere wirkte erstaunlich geräumig. Ich schlenderte durch das Kirchenschiff und betrachtete die Reliefs an den Wänden, die kunstvoll bemalte Decke und das große Glasfenster, das Moses auf dem Berg Horeb zeigte. Er hat seine Sandalen ausgezogen und wendet sich geblendet ab, als das Gesicht Gottes in dem brennenden Dornenbusch erscheint. Das Fenster war wunderschön, und ich fragte mich, ob der Glasmaler aus dem Dorf stammte oder ob es anderswo in Auftrag gegeben worden war. Mir fiel ein, dass Vater mich als Kind einmal mit nach Whitefriars genommen hatte, um mir die Produktionsstätte von Powell & Sons zu zeigen. Der Detailreichtum der Glasfenster, die dort hergestellt wurden, hatte mich fasziniert. Besonderen Gefallen hatte ich damals an ihrem Werkszeichen gefunden, einem kleinen Mönch in der rechten unteren Ecke. Ich lehnte mich vor, um zu sehen, ob auch dieses Fenster eine Signatur trug, und entdeckte einen Schmetterling, dessen Flügel unten an einen Schwalbenschwanz gemahnten. Er erinnerte mich an die Schmetterlinge auf den Aquarellbildern, die im Flur von Gaudlin

Hall hingen. Ob diese Schmetterlingsart in der Gegend heimisch war? Vater hätte das natürlich gewusst.

In der Kirche war es totenstill. Außer mir war die einzige Besucherin eine alte Frau, die in einer Bank in der Mitte der Kirche saß. Sie hob den Kopf, nickte und lächelte, schien sich dann aber eines Besseren zu besinnen, denn ihre Miene verdüsterte sich und sie wandte rasch den Blick ab. Ich dachte mir nichts weiter dabei – sie musste fast neunzig sein und war vermutlich nicht mehr ganz klar im Kopf – und schlenderte weiter durch das Hauptschiff, bis ich auf eine kleine Kapelle stieß, in der vielleicht zwanzig Gläubige vor einem schlichten Altar Platz hatten. Dort ließ ich mich auf einer Bank nieder. Als ich mich umsah, fiel mir auf, wie gruselig viele der Reliefs waren. Blutrünstige Kreaturen starrten mich aus irren Augen an, Greife und Trolle, die einer mittelalterlichen Sagenwelt zu entstammen schienen und eigentlich nicht in ein Gotteshaus gehörten.

Hinter mir näherten sich Schritte, und als ich mit Schaudern herumfuhr, wurden sie rasch leiser und verklangen. Die alte Frau war nirgends mehr zu sehen, aber sie konnte es nicht gewesen sein, denn neben ihr auf der Bank hatten zwei Gehstöcke gelegen und die Schritte, die ich gehört hatte, hatten fest und jung geklungen.

Ich stand auf und spazierte weiter durch die Kirche. Auf einem Lesepult lag ein aufgeschlagenes Buch mit einer Sammlung von Bibelversen. Jeder Kalendertag hatte seinen Vers, und ich las den Spruch des Tages: *Zu den andern Männern aber sprach er, sodass ich es hörte: Geht ihm nach durch die Stadt und schlagt drein; eure Augen sollen ohne Mitleid blicken und keinen verschonen. Erschlagt Alte, Jünglinge, Jungfrauen, Kinder und Frauen, schlagt alle tot; aber die das Zeichen tragen, von denen sollt ihr keinen anrühren.*

Die Zeilen jagten mir einen Schauer über den Rücken, und ich wandte mich ab, als plötzlich die Orgel zu spielen begann. Gleich darauf verstummte die Musik wieder. Ich fand, dass ich lang genug herumgetrödelt hatte, und eilte nach draußen in den Kirchgarten. Dort schlenderte ich zwischen den Grabsteinen umher und las die Inschriften. Die meisten hier begrabenen Toten hatten ein hohes Alter erreicht, aber es waren auch ein paar Kinder darunter, und in einem noch recht frischen Grab lag eine junge Frau namens Harkness, die erst ein paar Monate zuvor dahingeschieden war. Die arme Seele war nur wenige Jahre älter als ich gewesen, und bei diesem Hinweis auf meine eigene Sterblichkeit wurde mir mulmig zumute. Ich starrte auf den Grabstein – warum kam mir der Name nur so bekannt vor? –, aber da mich mein Gedächtnis im Stich ließ, ging ich weiter.

Als ich wieder auf der Straße stand, fiel mein Blick auf ein kleines Teehaus an der Ecke, und plötzlich merkte ich, wie hungrig ich war. Schließlich hatte ich kaum etwas von dem Frühstück gegessen, das Isabella für mich zubereitet hatte. Ich trat durch die Tür und bestellte eine Kanne Tee und einen Scone mit hausgemachter Stachelbeermarmelade.

»Sind Sie neu hier in der Gegend, Miss?«, fragte das junge Mädchen hinter dem Tresen, während sie mich bediente. Sie hatte ein derbes Gesicht, vermutlich, weil sie seit frühester Kindheit hatte arbeiten müssen, musterte mich aber freundlich, ganz so, als wäre sie froh über meine Gesellschaft. Die Grübchen in ihren Wangen verliehen ihrem Gesicht einen gewissen Reiz, allerdings sah mich nur ihr linkes Auge direkt an, während das rechte immer wieder nach außen rutschte. Ich bemühte mich, nicht darauf zu starren.

»Oder sind Sie nur auf der Durchreise?«

»Nein, ich bleibe hier, zumindest hoffe ich das«, sagte ich. »Ich bin erst gestern Abend angekommen, und heute Morgen wollte ich mir ein wenig das Dorf ansehen. Sie haben ja ein wirklich entzückendes Teehaus. Führen Sie es allein?«

»Es gehört meiner Mutter«, erklärte sie. »Allerdings liegt die wieder mal mit schlimmen Kopfschmerzen im Bett, deshalb bleibt die ganze Arbeit an mir hängen.«

»Das ist bestimmt nicht leicht«, sagte ich. Es konnte nicht schaden, sich von Anfang an mit den einheimischen Geschäftsleuten gutzustellen. »Um die Mittagszeit haben Sie gewiss viel zu tun.«

»Ehrlich gesagt, ist es leichter, wenn Mutter nicht da ist«, sagte das Mädchen und kratzte sich am Kopf. »Sie hat die dumme Angewohnheit, aus jeder Mücke 'nen Elefanten zu machen. Wenn ich allein bin, kriege ich viel mehr geschafft. Wissen Sie, was ich meine, Miss? Ich hab' meine Art, sie hat ihre, und beide passen nicht unbedingt zusammen.«

»Ich verstehe Sie sehr gut«, sagte ich lächelnd und streckte ihr die Hand hin. »Eliza Caine«, sagte ich. »Es ist mir ein Vergnügen.«

»Ebenfalls, Miss«, antwortete sie. »Ich bin Molly. Molly Sutcliffe.«

Sie kehrte hinter die Ladentheke zurück, und ich nahm am Fenster Platz, trank meinen Tee, aß den Scone und ließ den lieben Gott einen guten Mann sein. Auf dem Nebentisch lag eine Ausgabe der *Illustrated London News*, die irgendwie ihren Weg in das Dorf gefunden hatte. Ich griff danach, besann mich dann aber eines Besseren. Diese Zeitung hatte Mr Dickens' Lesung angekündigt, und hätte Vater die Notiz nicht gelesen, wäre er jetzt noch bei mir. Ich wollte mit diesem Blatt nichts mehr zu tun haben. Stattdessen beobachtete ich die Dorfleute, die draußen vorbeigingen. Der Pfarrer, ein überraschend junger Mann von großem, schlankem Wuchs, steuerte auf die Kirche zu und zog einen jungen Hund hinter sich her. Der Welpe konnte nicht älter als ein paar Monate sein und war noch nicht so recht an die Leine gewöhnt. Er blieb alle paar Schritte stehen, wandte den Kopf und versuchte, das Seil durchzubeißen, um sich zu befreien. Der Pfarrer blieb beharrlich, verlor aber nie die Geduld. Er zerrte nicht an der Leine, sondern blieb immer wieder stehen, ging in die Hocke, streichelte den Hund und sagte ihm ein paar freundliche Worte, woraufhin das Tier ihm begeistert das Gesicht leckte. Es schien seinem Herrn voll und ganz zu vertrauen. Als der Pfarrer sich wieder einmal aufrichtete, warf er einen Blick in meine Richtung, zuckte mit den Schultern und lächelte hilflos. Ich musste lachen und sah den beiden nach, als sie durch das Tor in den Kirchgarten gingen.

Ich trank meinen Tee aus, stand auf, zahlte die Rechnung und dankte Molly. Sie räumte mein Geschirr vom Tisch und sagte, sie hoffe, mich bald einmal wiederzusehen. Falls ihre Mutter dann da sei und wie eine Furie herumbrülle, solle ich mich daran nicht weiter stören.

»Wir sehen uns bestimmt bald wieder«, sagte ich. »Ich bin die neue Gouvernante von Gaudlin Hall und werde von nun an wohl regelmäßig ins Dorf kommen.«

In dem Moment, als ich das sagte, fiel ihr die Teetasse aus der Hand und zersprang am Boden in tausend Stücke.

»Du liebe Güte«, sagte ich und blickte auf die Scherben. »Ich hoffe, es war kein kostbares Porzellan.«

Doch Molly scherte sich nicht um die zerbrochene Tasse. Sie war totenbleich geworden und starrte mich entsetzt an. Alle Wärme und Freundlichkeit waren aus ihrem Gesicht verschwunden. Ich stand da und wusste nicht, was zum

Himmel mit ihr los war. Schließlich gab sie sich einen Ruck, schüttelte den Kopf und verschwand hinter der Theke. Sie holte einen Handbesen und ein Kehrblech und kniete nieder, um die Scherben aufzufegen. Mich würdigte sie keines Blickes mehr. Ich nahm an, dass ihr das Missgeschick peinlich war.

»Nun dann, auf Wiedersehen«, sagte ich und ging zur Tür. Ich fragte mich, warum ihre Laune so plötzlich umgeschlagen war, aber ich hatte keine Zeit, darüber nachzudenken, denn als ich auf die Straße trat, raste ein Milchwagen vorbei, und wäre ich nur einen Moment früher aus der Tür getreten, hätten die Pferde mich umgerannt. Ich schnappte nach Luft, und es dauerte eine Weile, bis ich mich von dem Schreck erholt hatte. Ich kam zu dem Schluss, dass ich künftig die Augen besser aufmachen musste. Auch wenn das hier ein kleines Dorf war, wusste man nie, wo eine Gefahr lauerte.

Ich schlenderte die Straße entlang und betrachtete die in den Schaufenstern ausgestellten Waren, ohne ein Geschäft zu betreten. Diese Gewohnheit hatte ich ein Jahr zuvor angenommen. In London war ich die Regent Street entlang flaniert und hatte mir die prachtvolle Auslage der feinen Geschäfte angesehen, all die Dinge, die ich mir niemals hätte leisten können, die aber mein Begehren weckten. Hier in Gaudlin kam ich an einem reizenden Obst- und Gemüseladen vorbei, der Früchte feilbot, die ich noch nie zuvor gesehen hatte. Sie mussten aus lokalem Anbau stammen. Wer inmitten von Äckern und Feldern lebte, dachte ich, konnte sich wahrlich glücklich schätzen, denn hier war die Nahrung frisch und gesund. Dieser Gedanke brachte mich zurück zu Isabella und ihrem ungenießbaren Frühstück. Ich hoffte sehr, dass das Abendessen nicht ähnlich furchtbar schmecken würde, und überlegte, ob es nicht besser wäre, wenn ich es selbst zubereitete. Als ich an einer Schneiderwerkstatt vorbeikam, konnte ich durch das Schaufenster ein weiteres Mutter-Tochter-Gespann beobachten. Die Jüngere beriet gerade eine Dame bei der Auswahl eines neuen Kleids, die Ältere saß mit zahlreichen Stecknadeln im Mund an ihrer Nähmaschine. Ich hoffte nur, niemand würde sie erschrecken, sonst würde sie die Nadeln noch verschlucken. Im Nebenhaus befand sich eine Konditorei, und im Fenster waren allerlei Köstlichkeiten ausgestellt. Ich fragte mich, ob ich einen Kuchen mit nach Hause bringen sollte, um mich bei den Kindern beliebt zu machen. Nach Hause! Was für eine seltsame Bezeichnung für Gaudlin Hall. Als könnte dieser Ort jemals mein Zuhause sein. Ich kam an der Dorfpumpe vorbei, von deren Wasser ein paar kleine Kinder tranken, und stand schließlich vor einer Tür, neben der ein kleines Schild aus Mahagoni angebracht war: *Alfred Raisin, Rechtsanwalt. Für den anspruchsvollen Klienten.* Ich strich meinen Mantel glatt, rückte den Hut zurecht und trat durch die Tür.

Ein junger Mann saß an einem Schreibtisch und beugte sich über ein großes Geschäftsbuch. Als das Glöckchen über der Tür klingelte, sah er auf. Er sah leicht sonderbar aus: Er hatte eine beginnende Glatze und rosige Wangen mit Koteletten, die dringend gestutzt werden mussten. Unter seinem linken Auge prangte ein schwarzer Tintenklecks, den er offenbar noch nicht bemerkt hatte. Er nahm seine Brille ab, setzte sie wieder auf und legte die Schreibfeder nieder. Seine Hände waren voller schwarzer Tinte, und mit den Manschetten seines Hemdes würde seine Frau am Waschtag kein leichtes Spiel haben.

»Kann ich Ihnen helfen, Miss?«, fragte er.

»Das hoffe ich doch sehr«, antwortete ich. »Sind Sie Mr Raisin?«

»Nein, ich bin Mr Cratchett«, antwortete er. »Mr Raisins Sekretär.«

Ich musste mir ein Lachen verkneifen. »Cratchett? Wirklich?«, fragte ich.

»Ja, Miss«, sagte er gekränkt. »Ist an dem Namen irgendetwas komisch?«

Ich schüttelte den Kopf. »Es tut mir leid. Ich musste an einen Namensvetter von Ihnen denken. Er kommt in einem Spukroman mit dem Titel *Eine Weihnachtsgeschichte* vor und ist der Sekretär der Hauptfigur. Haben Sie das Buch gelesen?«

Er starrte mich an, als würde ich einen alten russischen Dialekt sprechen.

»Ich habe keine Zeit zum Lesen«, entgegnete er. »Ich habe viel zu tun. Wer die Muße dazu hat, soll ruhig ein Buch zur Hand nehmen, aber für mich ist das nichts.«

»Aber Sie haben doch zumindest davon gehört?«

»Nein, das habe ich nicht.«

»Sie haben noch nie von der *Weihnachtsgeschichte* gehört?«, fragte ich verblüfft, denn der Roman war ein außerordentlicher Erfolg gewesen. »Von Charles Dickens.«

»Nein, Miss. Diesen Gentleman kenne ich nicht.«

Jetzt konnte ich nicht mehr an mich halten und lachte los. Ich war überzeugt, dass er mich auf den Arm nahm, aber sein Gesicht lief vor Wut rot an. Er hatte noch nie von Charles Dickens gehört? Wie war das möglich? Hatte er auch noch nie von der Queen Victoria gehört? Und von dem Papst in Rom?

»Nun ja, das macht ja nichts«, murmelte ich verlegen, weil sein finsterer Blick mir bedeutete, dass er es nicht auf die leichte Schulter nahm, wenn man ihm eine Verfehlung unterstellte. »Ich bin auf der Suche nach Mr Raisin. Ist er zu sprechen?«

»Haben Sie einen Termin?«

»Leider nicht. Könnte ich einen Termin vereinbaren?«

Cratchett warf einen Blick auf seine Uhr und runzelte die Stirn. »Er hat in einer Stunde ein Treffen mit einem wichtigen Klienten«, sagte er. »Ich werde ihn fragen, ob er Sie jetzt empfangen kann, aber Sie müssen schnell zur Sache kommen. Ihren Namen bitte?«

»Eliza Caine.« Er nickte und verschwand im Nebenzimmer, während ich dastand und mich umsah. Es gab keine Sitzgelegenheit für Besucher und nichts Interessantes zu entdecken. Ich griff nach der aktuellen Ausgabe der *Times*, die auf Cratchetts Schreibtisch lag, und überflog die Schlagzeilen. Wieder ein Mord in Clerkenwell, diesmal an einem jungen Mädchen. Ein weiterer Mord in Wimbledon. Das Opfer war ein polizeibekannter Mann mittleren Alters. In der Paddington Station war ein Kleinkind verloren gegangen, und der Prinz von Wales wollte Newcastle besuchen.

»Miss Caine?«, sagte Cratchett, der aus dem Nebenraum zurückgekehrt war. Ich legte die Zeitung hastig zurück und fühlte mich, als hätte er mich bei etwas Verbotenem ertappt. Sein Blick ging zum Schreibtisch, und er wirkte verärgert, ganz so, als hätte ich in seinen Sachen herumgewühlt.

»Kommen Sie bitte mit. Mr Raisin hat fünf Minuten für Sie, aber Sie müssen versprechen, seine Geduld nicht übermäßig zu strapazieren.«

»Fünf Minuten sind völlig ausreichend«, sagte ich, obwohl ich vom Gegenteil überzeugt war. Mir gingen genug Fragen durch den Kopf, um das Zehnfache dieser Zeit zu füllen, aber fünf Minuten mussten fürs Erste genügen. Ich folgte Cratchett in den Nebenraum, der wesentlich luxuriöser eingerichtet war als das Vorzimmer, und er schloss die Tür. Am Fenster stand ein schwerer Eichenschreibtisch, auf dem säuberliche Dokumentenstapel lagen. Als ich ins Zimmer trat, erhob sich der Mann, der an dem Schreibtisch gesessen hatte, kam auf mich zu und schüttelte mir die Hand. Er mochte auf die vierzig zugehen, war elegant gekleidet und hatte ein müdes, aber freundliches Gesicht. Eigentlich war er recht gut aussehend, wenn man eine Vorliebe für ältere Gentlemen hat.

»Alfred Raisin«, sagte er und verbeugte sich höflich. »Sie wollten mich sprechen? Leider habe ich heute nicht viel Zeit für Sie. Ich weiß nicht, ob Cratchett es bereits erwähnt hat, aber –«

»Ja, ich bin im Bilde«, antwortete ich. Er bot mir den Stuhl vor dem Schreibtisch an und setzte sich selbst wieder in seinen Sessel. »Ich bin einfach vorbeigekommen und habe gehofft, Sie hier anzutreffen.«

»Und Ihr Name ist Miss …?«

»Caine«, sagte ich. »Eliza Caine.«

»Sie sind neu in Gaudlin? Ich glaube nicht, dass wir uns schon einmal begegnet sind.«

»Das sind wir auch nicht. Ich bin erst gestern Abend angekommen. Mit dem Zug aus London. Mr Heckling hat mich mit der Kutsche in Norwich abgeholt.«

»Heckling«, wiederholte er und machte ein verblüfftes Gesicht. »Sie meinen doch nicht –«

»Doch, den Kutscher von Gaudlin Hall. Ich bin die neue Gouvernante.«

Er legte sich die Hände vors Gesicht und drückte mit den Fingerspitzen einen Moment lang gegen die geschlossenen Augenlider, so als wäre er zutiefst erschöpft. Dann lehnte er sich zurück und musterte mich ebenso überrascht wie neugierig. Schließlich stand er auf, warf einen Blick auf seine Uhr und schüttelte den Kopf.

»Es geht nicht«, sagte er. »Ich habe ganz vergessen, dass ich einen Termin mit ... mit ... Mr Hastings habe, dem Herrn von Bramble Lodge. Ich fürchte, ich kann jetzt nicht mit Ihnen sprechen.«

»Bitte«, sagte ich. »Es dauert auch nicht lang.«

»Es tut mir leid, Miss Caine, aber –«

»Bitte«, wiederholte ich etwas lauter. Es entstand eine unbehagliche Stille. Er starrte mich weiterhin an, und ich wandte verlegen den Blick ab. Auf dem Kaminsims stand ein kunstvoll geschnitztes Holzboot, in dem sich eine wunderschöne Uhr befand. Ich hatte Lust, aufzustehen, das Boot in die Hand zu nehmen und über das glänzende Holz zu streichen.

»Die neue Gouvernante«, sagte er und setzte sich seufzend wieder in seinen Sessel. »So, so. Sie sind also schon hier.«

»Dann wussten Sie, dass ich komme?«, fragte ich und wandte mich ihm wieder zu.

»Miss Bennet hat so etwas in der Art erwähnt«, murmelte er, wirkte dabei aber nicht ganz aufrichtig. »Nun ja, um ehrlich zu sein, war sie sogar ziemlich deutlich. Sie war vor drei Tagen hier und saß auf demselben Stuhl, auf dem Sie jetzt sitzen. Sie sagte, dass sie fortwolle. Ich hatte gehofft, sie zum Bleiben bewegen zu können.«

Plötzlich war mir aus irgendeinem Grund mulmig zumute. Mir gefiel der Gedanke nicht, dass ich auf demselben Stuhl saß wie diese Frau. Das war natürlich albern – schließlich war sie nicht darauf gestorben. Trotzdem rutschte ich unruhig auf der Sitzfläche hin und her und wünschte, wir würden möglichst bald auf das Sofa überwechseln, das an einer Wand stand.

»Dann wissen Sie mehr als ich«, erwiderte ich. »Mr Raisin, ich bin hier, weil ich ziemlich durcheinander bin. Ich dachte, ich würde eine Stellung als Gouvernante bei einer Familie antreten. Doch als ich gestern Abend in Gaudlin Hall eintraf, wurde ich weder von Mr noch von Mrs Westerley begrüßt. Ja, die beiden waren noch nicht einmal zugegen. Dann erfuhr ich, dass meine Vorgängerin mit demselben Zug, mit dem ich angekommen bin, zurück nach London gefahren ist. Ich verstehe einfach nicht, was hier los ist.«

Mr Raisin nickte seufzend. Dann lächelte er und zuckte unmerklich mit den Achseln.

»Ich kann mir vorstellen, dass das alles ziemlich verwirrend ist, Miss Caine«, sagte er.

»Da haben Sie allerdings recht, Sir.«

»Und womit kann ich Ihnen helfen?«, sagte er und legte die Finger zu einem Dreieck zusammen.

Ich fragte mich, warum er so eine dumme Frage stellen musste. »Nun ja«, sagte ich und spürte Ärger in mir aufsteigen, »mir wurde gesagt, dass Sie sich um die Finanzen von Gaudlin Hall kümmern.«

»Das ist richtig«, bestätigte er. Dann setzte er sich abrupt auf. »Ah, jetzt verstehe ich. Sie sind wegen des Lohns hier. Da können Sie ganz unbesorgt sein, Miss Caine. Sie können Ihr Geld jeden Dienstagvormittag hier in der Kanzlei abholen. Cratchett wird es für Sie bereithalten. Um die Finanzen von Gaudlin Hall steht es bestens.«

»Nein, es geht mir nicht um dem Lohn«, sagte ich, obwohl ich zugeben musste, dass mir der Gedanke schon durch den Kopf gegangen war. Ich hatte nicht viel Erspartes, nur das

Wenige, was ich von meinem Lehrerinnengehalt beiseitegelegt hatte, und ein paar hundert Pfund, die Vater mir hinterlassen hatte. Allerdings hatte ich beschlossen, das Geld nicht anzurühren, sondern mir lieber die Zinsen auszahlen zu lassen. Ich war auf den Lohn für meine Arbeit angewiesen, wenn ich nicht verhungern wollte.

»Auch über das Haushaltsgeld müssen Sie sich keine Gedanken machen«, fuhr Mr Raisin fort. »Der Lebensmittelhändler hier im Dorf liefert alles Notwendige direkt ins Haus. Die Rechnungen schickt er an mich, und ich begleiche sie umgehend. Und was den Lohn von Heckling und Mrs –« Er hustete und verbesserte sich: »Die Auszahlung aller Löhne übernimmt unsere Kanzlei. Sie müssen sich um nichts kümmern außer um das, weswegen Sie hier sind.«

»Wie meinen Sie das?«, fragte ich.

»Das liegt doch wohl auf der Hand«, sagte er und lächelte nachsichtig, als wäre ich minderbemittelt. »Sie sind hier, um für die Kinder zu sorgen. Schließlich sind Sie die Gouvernante. Wer sonst sollte sich um sie kümmern?«

»Vielleicht die Eltern?«, erwiderte ich. »Ich werde doch wohl nicht auf unbestimmte Zeit mit Isabella und Eustace allein sein? Die Eltern sind doch gewiss bald zurück?«

Mr Raisin wandte den Blick ab und machte ein betretenes Gesicht.

»Hat Miss Bennet Ihnen das geschrieben?«, fragte er.

»Nein, hat sie nicht«, sagte ich. »Ich bin einfach davon ausgegangen ...«

»Um ehrlich zu sein, Miss Bennet hatte keinerlei Befugnis, ohne meine Zustimmung eine Anzeige aufzugeben. Ich traute meinen Augen kaum, als ich die *Morning Post* aufschlug und die Annonce durch Zufall entdeckte. Wir hatten deswegen eine Auseinandersetzung, Miss Caine, das möchte ich nicht verhehlen. Eine recht heftige Auseinandersetzung. Aber sie war nicht von ihrer Entscheidung abzubringen. Sie wollte uns verlassen. Natürlich kann man ihr das unter den gegebenen Umständen nicht zum Vorwurf machen, aber –«

»Warum?«, fragte ich. »Warum kann man ihr das nicht zum Vorwurf machen?«

»Nun ja«, sagte er und rang um Worte. »Sie hat sich nie richtig eingelebt. Sie war ganz einfach unglücklich.« Dann fügte er hinzu: »Sie war eben nicht von hier.«

»Ich bin auch nicht von hier, Mr Raisin.«

»Nein, aber vielleicht passen Sie besser zu uns als Miss Bennet.« Er warf einen Blick auf seine Uhr. »Du meine Güte, ist es schon so spät? Leider muss ich Sie bitten, jetzt zu gehen, Miss Caine.« Er stand auf und wies zur Tür. »Wie schon gesagt, habe ich einen wichtigen Termin.«

»Natürlich«, murmelte ich, obwohl ich mich über seine ausweichenden Antworten ärgerte. Ich erhob mich und erlaubte ihm, mich zur Tür zu geleiten.

»Sie haben meine Frage zu Isabellas und Eustaces' Eltern noch nicht beantwortet. Wann darf ich damit rechnen, Mr und Mrs Westerley kennenzulernen?«

Er sah mir unverwandt in die Augen und runzelte besorgt die Stirn. Das Schweigen zog sich in die Länge, aber ich nahm mir fest vor, nichts zu sagen, bis er geantwortet hätte. Ganz gleich, wie lange es dauerte.

»Sind Sie eigentlich allein nach Gaudlin gekommen?«, fragte er unvermittelt.

Ich hob überrascht eine Augenbraue.

»Wie bitte?«

»Ich habe mich nur gefragt, ob irgendjemand Sie herbegleitet hat. Ein Verwandter oder Freund der Familie vielleicht? Ein älterer Bruder?«

»Ich habe keine Geschwister und keine engen Freunde, Mr Raisin. Meine Mutter ist verstorben, als ich noch ein Kind war, und mein Vater ist vor einer Woche dahingeschieden. Warum fragen Sie?«

»Das tut mir leid.« Er streckte die Hand aus und berührte meinen Arm, eine so vertrauliche Geste, dass es mir für einen Moment den Atem verschlug. »Das mit Ihrem Vater, meine ich«, fügte er hinzu. »Einen geliebten Menschen zu verlieren, ist furchtbar.«

Ich wollte etwas sagen, wusste aber mit einem Mal nicht mehr, was. Seine Hand lag immer noch auf meinem Ellbogen, und zu meinem Erstaunen empfand ich die Geste als sehr tröstlich. Er folgte meinem Blick, zog die Hand abrupt zurück, räusperte sich und wandte sich ab. Um meine Verlegenheit zu überspielen, erkundigte ich mich abermals, wann die Eltern meiner Schützlinge zurückkehren würden.

»Das kann ich Ihnen leider nicht sagen«, lautete seine eher enttäuschende Antwort. »Miss Caine, mögen Sie Kinder?«

»Wie bitte?« Seine unerwartete Frage überraschte mich. »Natürlich mag ich Kinder. In London habe ich an einer Schule die jüngsten Mädchen unterrichtet.«

»Und mögen Sie auch die Westerley-Kinder? Ich weiß, Sie haben sie gerade erst kennengelernt, aber was ist Ihr erster Eindruck? Mögen Sie die beiden?«

Ich dachte kurz nach und sagte schließlich: »Sie sind etwas ungewöhnlich, aber sehr aufgeweckt. Isabella scheint nicht auf den Kopf gefallen zu sein, und Eustace ist ein richtiger Schatz. Ich bin sicher, dass wir gut miteinander auskommen werden.«

»Dann möchte ich Ihnen einfach nur ans Herz legen, gut für die Kinder zu sorgen, Miss Caine. Kümmern Sie sich um ihr Wohl, erteilen Sie ihnen Unterricht und lassen Sie ihnen wenn nötig etwas Erziehung angedeihen. Zumindest dem Jungen. Was den Rest angeht ...« Er öffnete weit die Arme, um anzudeuten, dass er sonst nichts für mich tun könne. Ich fragte mich kurz, ob er erwartete, dass ich mich ihm an den Hals warf. (Und so albern das klingen mag, spielte ich einen Moment lang tatsächlich mit dem Gedanken.)

Ich seufzte. Das Gespräch war höchst unbefriedigend verlaufen, und ich verstand immer noch keinen Deut besser, was hier eigentlich los war. Doch mir blieb nichts anderes übrig, als die Kanzlei zu verlassen. Draußen auf der Straße überkam mich Mutlosigkeit. Zum Glück verschwand das Gefühl auf dem Weg zurück nach Gaudlin Hall, denn ich redete mir ein, dass das alles nicht weiter schlimm war. Schließlich wusste ich jetzt, wo ich Mr Raisin finden konnte. Ich würde ihm in den nächsten Tagen einfach einen weiteren Besuch abstatten, um mehr über meine Pflichten als Gouvernante herauszufinden – im Prinzip konnte ich zu ihm gehen, so oft ich wollte. Ich würde mich eben vorher anmelden. Wenn ich einen Termin für eine halbe Stunde hatte, konnte er mich nicht nach fünf Minuten hinauskomplimentieren.

Alfred Raisin. Was für ein schöner Name, fand ich.

Der Rückweg war beschwerlicher als der Hinweg, was mich überraschte, da die Straße in beide Richtungen keine großartigen Steigungen aufwies, sondern die meiste Zeit vollkommen eben verlief. Überhaupt gab es hier in Norfolk kaum Hügel. Endlich rollte ich durch das große schmiedeeiserne Tor, das die Grundstücksgrenze von Gaudlin Hall markierte. Hier hatte Heckling am Abend zuvor kurz haltgemacht, um mir das Anwesen zu zeigen. Obwohl immer noch die Sonne schien, erhob sich mit einem Mal wie aus dem Nichts ein Wind. Während ich mich auf das Haus zubewegte, frischte der Wind immer mehr auf und drängte mich regelrecht zurück, sodass ich absteigen und das Laufrad schieben musste.

Vor dem Haus blies mir der Sturm so stark ins Gesicht, dass ich Mühe hatte, die Augen offen zu halten. Zum Glück stand die Vordertür einen Spalt offen, und ich stellte das Laufrad ab und lief geduckt darauf zu. Doch der Wind schien mich vom Haus fernhalten zu wollen. Als ich mich die drei Stufen zur Eingangstür hoch kämpfte, schlug diese mit einem Knall zu. Ich schnappte nach Luft. Stand eines der Kinder dahinter und spielte mir einen Streich? Eustace hatte sich schon am Abend zuvor hinter der Tür verborgen. Steckte er wieder hinter diesem Unsinn?

Ich streckte die Hand nach der Klingel aus, aber mein Arm war zu schwach, um gegen den Sturm anzukommen. Wie war das möglich, so dicht an der Hauswand? Hier hätte ich mich eigentlich im Windschatten befinden müssen. Ich schob meine Hand mit aller Kraft vorwärts, aber der Wind war stärker. Jetzt wirkte er regelrecht wütend. Er hob mich kurz von den Füßen und stieß mich vom Haus fort. Ich stolperte rückwärts die Treppe hinab und kämpfte verzweifelt darum, nicht hinzufallen, während der Wind mich immer weiter vom Haus fortschob. Ich konnte mich kaum noch auf den Füßen halten. Plötzlich hob er mich ein zweites Mal hoch und schleuderte mich ein Stück durch die Luft. Ich fiel hin, schürfte mir das Knie auf und schrie vor Schmerz auf. Gleichzeitig hörte ich, wie die Haustür geöffnet wurde. Plötzlich war es wieder völlig windstill. Der Sturm hatte sich genauso schnell gelegt, wie er aufgekommen war.

»Eliza Caine«, rief Isabella und kam auf mich zu, ihren Bruder im Schlepptau. »Was machen Sie da am Boden?«

»Sieh mal, das viele Blut«, raunte Eustace, und ich sah auf mein Knie hinab, von dem tatsächlich Blut rann. Instinktiv wusste ich, dass kein Knochen gebrochen war und die Wunde nur gesäubert und verbunden werden musste, dann wäre alles wieder in Ordnung. Doch ich stand noch immer unter dem Schock des Erlebten, vor allem, weil sich nun kein Lüftchen mehr regte – geschweige denn ein tosender Sturm, der nicht zulassen wollte, dass ich mich dem Haus näherte.

»Der Wind«, sagte ich und starrte die Kinder an, deren Haar kein bisschen zerzaust war. »Der Wind! Habt ihr ihn nicht gespürt, Kinder? Habt ihr ihn nicht gehört?«

Neuntes Kapitel

In den nächsten Tagen lebte ich mich etwas in Gaudlin Hall ein, und zu meiner Erleichterung ereigneten sich keine weiteren rätselhaften Vorfälle. Es störte mich weiterhin, dass ich nur so wenig über die Westerley-Familie wusste, und ich begriff immer noch nicht, warum man mich so lang mit Isabella und Eustace allein ließ, aber ich beschloss, mein Unbehagen fürs Erste zu vergessen und mich ganz darauf zu konzentrieren, mich mit den Kindern anzufreunden. Wie angekündigt, wartete am folgenden Dienstag mein Lohn in Mr Raisins Kanzlei auf mich. Cratchett, der Sekretär, der eine regelrechte Abneigung gegen mich zu hegen schien, zählte die Scheine ab und händigte sie mir aus. Als ich ihn bat, mir einen Termin bei Mr Raisin zu geben, teilte er mir mit, Mr Raisin hätte Norfolk aufgrund dringender Geschäfte verlassen müssen und er sei nicht befugt, ohne die Zustimmung seines Chefs einen Termin zu vereinbaren. Während unseres kurzen Gesprächs huschte sein Blick immer wieder zur Tür von Mr Raisins Büro, weshalb ich zu dem Schluss gelangte, dass der Anwalt keinesfalls außer Haus weilte, sondern an seinem Schreibtisch saß und nur nicht gewillt war, mich zu empfangen, was ich sehr enttäuschend fand. Doch ich konnte schlecht Zweifel an Cratchetts Worten äußern, ohne hysterisch zu wirken, und so verkündete ich nur, dass ich wiederkommen würde, und rauschte verärgert aus der Kanzlei.

Ich unternahm auch mehrere Versuche, Mrs Livermore abzupassen, aber sie schien mir auf keinen Fall begegnen zu wollen. Stand ich um acht Uhr auf, sah ich sie gerade noch im Mantel und mit ihrer Tasche in der Hand die Einfahrt hinuntergehen. Stand ich eine halbe Stunde früher auf, verließ sie das Haus eine halbe Stunde eher. Sie ging mir ganz offensichtlich aus dem Weg, obwohl sie wissen musste, dass eine neue Gouvernante im Haus war. Als ich sie eines Tages zufällig durch das Küchenfenster erblickte, eilte ich nach draußen, aber wie bei unserer ersten Begegnung bog sie um die Hausecke und löste sich in Luft auf. Plötzlich war ich mir nicht mehr sicher, ob ich mir das Ganze nur eingebildet hatte. In Momenten wie diesen fragte ich mich, ob es irgendeinen unsichtbaren Stoff in der Norfolker Luft gab, der Halluzinationen verursachte.

Trotz solcher bedrückender Gedanken begann ich mich an mein neues Leben in Gaudlin Hall zu gewöhnen. Natürlich dachte ich häufig an Vater, und bisweilen, vor allem, wenn ich abends in meinem Zimmer allein war, trieb mir die Erinnerung an ihn Tränen in die Augen, aber je mehr Zeit verging, desto besser kam ich mit dem Verlust zurecht. Lange Spaziergänge im Park, der das Haus umgab, halfen mir. Ich tröstete mich mit dem Gedanken, dass Vater im Großen und Ganzen ein glückliches und erfülltes Leben geführt hatte und dass er von zwei Menschen aufrichtig geliebt worden war, von seiner Frau und von seiner Tochter. Wenn ich dann ins Haus zurückkehrte, belebt von der frischen Luft, die Beine ein wenig schwer vom langen Gehen, war ich frohen Mutes und von Zuversicht erfüllt.

Doch so sehr ich den Komfort meiner neuen Umgebung

genoss, so sehr ärgerte ich mich über die stickige Luft in meinem Zimmer. Es war mir immer noch nicht gelungen, das Fenster zu öffnen. Es war ein hohes Fenster – vom Rahmen bis zur Decke und vom Rahmen zum Boden waren es jeweils nur etwa drei Fuß –, und es erinnerte an die Spitzbogenfenster in gotischen Kirchen. Allerdings war es breiter und bestand aus zwei Flügeln. Eines Nachmittags, als ich Heckling durch den Garten gehen sah, während ihm sein Hund Pepper um die Füße tollte, beschloss ich, ihn wegen des Fensters zur Rede zu stellen.

»Nein, es lässt sich nicht öffnen«, brummte er, zuckte mit den Achseln und sah mich gleichmütig an, als könnte er nicht glauben, dass ich so dumm war, davon auszugehen.

»Aber natürlich lässt es sich öffnen, Mr Heckling«, widersprach ich. »Es hat zwei Griffe, die keinem anderen Zweck dienen. Nur leider wollen sie sich keinen Fingerbreit bewegen. Vielleicht müssen sie geölt werden?«

»Mr Westerley hat die Fenster versiegelt«, teilte er mir mit. Er kaute auf irgendetwas Widerlichem herum, und das schmatzende Geräusch ließ mich einen Schritt zurückweichen. »Er hat heißen Teer ins Schloss gegossen, damit nie wieder jemand das Fenster aufkriegt.«

Ich starrte ihn an und überlegte, ob er mich zum Narren hielt. »Warum um alles in der Welt sollte er so etwas tun?«, fragte ich.

»Er störte sich an dem Luftzug. Er hat einen großen Teil der Fenster von Gaudlin Hall versiegeln lassen. Sie können gern nachsehen, wenn Sie mir nicht glauben. Es kostet ein Vermögen, ein Haus dieser Größe zu heizen. Und Geld ist nicht für die Ewigkeit. Wer welches hat, gibt es auch gern aus, nicht wahr?«

Ich seufzte. Die Maßnahme kam mir übertrieben vor,

und die Luft in meinem Zimmer war schrecklich abgestanden. Ich hatte keine Lust, zum Lüften die Tür offen stehen zu lassen – mir war meine Privatsphäre wichtig, und die Kinder sollten nicht glauben, sie könnten bei mir ein und aus gehen und nach Belieben in meinen Sachen herumstöbern. Leider war die stickige Luft meiner Nachtruhe offenbar nicht zuträglich, denn in den letzten Tagen hatte ich schlecht geschlafen.

»Bekommen Sie Ihren Lohn eigentlich pünktlich jede Woche ausgezahlt, Mr Heckling?«, fragte ich. Ich wollte die Gelegenheit nutzen und ihm ein paar Fragen stellen, denn wenn ich mich ihm sonst näherte, machte er immer rasch kehrt und stapfte davon. Einmal hatte er sich sogar auf Winnie geschwungen und war davongaloppiert. Sein Verhalten mir gegenüber war wirklich sonderbar. Jetzt kniff er die Augen zusammen, biss sich auf die Unterlippe und schien nachzudenken. Schließlich nickte er und sagte:

»Ja. Warum? Machen Sie sich Sorgen um Ihr Geld?«

»Ganz und gar nicht.« Ich errötete leicht, sah ihm aber unverwandt in die Augen. Ich war fest entschlossen, mich nicht einschüchtern zu lassen. »Schließlich hat Mr Westerley Mr Raisin seine Finanzen anvertraut, nicht wahr?«

»Ja. Soweit ich weiß.«

»Glauben Sie, dass wir ihn bald mal zu Gesicht bekommen?«

»Mr Raisin?« Er zuckte mit den Achseln. »Ich wüsste nicht, warum. Wenn Sie ihn sehen wollen, müssen Sie –«

»Ich meine Mr Westerley«, berichtigte ich ihn, obwohl ich sicher war, dass er genau wusste, von wem ich gesprochen hatte. Einen Moment lang dachte ich, er würde zur Abwechslung einmal lächeln, aber er besann sich augenscheinlich eines Besseren. Er sah auf Pepper hinab, der sich auf seine Hinterläufe gesetzt hatte und während des Gesprächs den Kopf zwischen uns beiden hin und her wandte. Mir kam der Gedanke, dass der Hund verständiger war als sein Herr.

»Das halte ich für sehr unwahrscheinlich«, brummte Heckling schließlich. »Ich muss jetzt weiter, Miss. Pepper braucht seine Bewegung, sonst wird er aggressiv.«

»Mr Westerley muss ein viel beschäftigter Mann sein, wenn er nicht einmal für ein paar Tage herkommen kann, um seine Kinder zu sehen«, bemerkte ich. »Und Mrs Westerley muss die beiden doch schrecklich vermissen. Die beiden sind so liebe Kinder.«

Heckling stieß ein bellendes Lachen aus, und ein paar Speicheltröpfchen trafen mich. Angewidert wich ich einen Schritt zurück und wischte mir die Spuke vom Gesicht. Natürlich kam es dem Rohling nicht in den Sinn, sich zu entschuldigen.

»Liebe Kinder«, wiederholte er kopfschüttelnd. »So kann man das natürlich auch nennen.« Er lachte abermals. Der Gedanke schien ihn köstlich zu amüsieren.

Ich sah ihm nach, während er die Einfahrt entlangging. Hin und wieder hob er einen Stock auf und warf ihn durch die Luft, damit der Hund ihn apportierte. Ich nahm mir fest vor, dass ich mich nicht eher abwenden würde, bis er ganz aus meinem Blickfeld verschwunden wäre. Offenbar fühlte er sich beobachtet, denn er drehte sich um und starrte in meine Richtung. So standen wir da und sahen uns an, zwei Angestellte dieses Hauses. Wer würde als Erstes nachgeben? Heckling war zu weit entfernt, als dass ich seinen Gesichtsausdruck hätte deuten können, doch als er einen weiteren Stock aufhob, diesmal einen größeren, und ihn drohend schwang, während der Hund voller Vorfreude auf und ab sprang, lief mir ein Schauer über den Rücken. Ich wandte mich ab und verwünschte mich dafür, dass ich den Kerl nicht bezwungen hatte.

Kapitel

Der tägliche Unterricht fand im Schulzimmer statt, in das man über eine kurze Treppe am Ende des Flurs im zweiten Stock gelangte. Der Raum hatte hohe Fenster, durch die helles Licht fiel. Von hier aus hatte man einen herrlichen Blick über das Anwesen. An der Wand hing eine Tafel, und davor stand ein großer Schreibtisch mit unzähligen Schubladen für die Lehrerin. Für die Kinder gab es zwei kleinere, nebeneinanderstehende Pulte.

»Wie viele Schülerinnen hatten Sie in London in Ihrer Klasse?«, fragte Isabella mich eines Morgens. Sie saß an ihrem Pult, wie immer fein herausgeputzt. Ihre Stifte lagen in Reih und Glied vor ihr.

»Ich habe ungefähr dreißig kleine Mädchen unterrichtet«, antwortete ich.

»Und waren sie eher in meinem oder in Eustaces' Alter?«

»Eher in Eustaces'.«

Bei meiner Antwort sah der Junge auf und schenkte mir ein strahlendes Lächeln. Er hatte wirklich ein reizendes Gesicht, dachte ich. Meist war er wachsam und wirkte geradezu verschüchtert, aber wenn er lächelte, verschwand der ängstliche Gesichtsausdruck und er war ein völlig anderes Kind.

»Sie waren sogar noch ein wenig jünger als Eustace. Sie waren die Kleinsten an unserer Schule.«

»Und waren sie aufmüpfig?«, hakte Isabella nach.

»Aufmüpfig?«

»Mussten Sie sie oft bestrafen?«

»Hin und wieder, aber eher selten. Weißt du, Isabella, an der Schule, an der ich unterrichtet habe, geht es nicht zu wie in der schönen Literatur. Wir haben unsere Schützlinge nicht ständig mit dem Stock verprügelt und sie auch nicht wie David Copperfield mit einem Schild über den Hof laufen lassen, auf dem steht: ›Vorsicht, er beißt‹. An unserer Schule gab es auch keinen Mr Bocklehurst wie in *Jane Eyre*. Wir haben unsere Schülerinnen freundlich behandelt, und sie zollten uns Respekt, indem sie fleißig lernten. Meistens jedenfalls.«

»Mir würde es gefallen, mit anderen Mädchen zur Schule zu gehen«, sagte Isabella gedankenverloren. »Aber Vater hat gesagt, dass wir zu Hause unterrichtet werden müssen.«

»Privatunterricht ist ein Privileg wohlhabender Familien«, erklärte ich. »Nur ärmere Kinder werden zusammen unterrichtet. Die meisten meiner kleinen Schülerinnen werden die Schule vor ihrem zwölften oder dreizehnten Lebensjahr verlassen.«

»Und was passiert dann mit ihnen?«, fragte Eustace. »Heiraten sie?«

»Gute Güte, nein«, sagte ich und musste lachen. »Meinst du nicht, dass sie dafür noch etwas jung wären? Kannst du dir etwa vorstellen, dass Isabella heiratet?«

Eustace stieß ein Schnauben aus, und seine Schwester brachte ihn mit einem strafenden Blick zum Schweigen. Dann musterte sie mich finster, und ich begriff, dass sie mir die Bemerkung übel nahm.

»Das war sehr taktlos von Ihnen«, murmelte sie. »Glauben Sie etwa, niemand würde mich wollen?«

»Ach, komm schon, Isabella«, sagte ich leichthin. »Natürlich habe ich nichts dergleichen gemeint. Ich wollte nur sagen, dass es eher ungewöhnlich für ein Mädchen deines Alters ist, einen Verehrer zu haben. Zu gegebener Zeit wirst du dich vor jungen Männern, die um deine Hand anhalten wollen, gar nicht mehr retten können.«

»Und was ist mit Ihnen, Eliza Caine?« Isabella lehnte sich vor, nahm einen ihrer Bleistifte und drückte sich die gespitzte Miene langsam in den linken Handrücken. »Sie sind nicht verheiratet, oder?«

Ich zögerte, weil ich fürchtete, sie würde sich ernsthaft wehtun.

»Nein«, sagte ich dann. »Das bin ich nicht.«

»Und Sie sind nicht mehr die Jüngste. Wie alt sind Sie eigentlich?«

»Was schätzt du denn?«, fragte ich und wünschte gleichzeitig, wir würden das Thema wechseln.

»Siebenundsechzig«, warf Eustace ein.

»Ich bin einundzwanzig, du kleiner Frechdachs«, sagte ich lächelnd.

»Einundzwanzig und unverheiratet«, sagte Isabella. »Haben Sie keine Angst, als alte Jungfer zu enden?«

»Daran verschwende ich keine Gedanken«, log ich.

»Ehrlich nicht? Nie?«

»Nein. Schließlich habe ich meine Arbeit hier in Gaudlin Hall. Damit bin ich sehr zufrieden.«

»Aber würden Sie Ihre Arbeit einem Ehemann vorziehen?«, fragte Isabella weiter.

»Nun ja ... Das weiß ich nicht.« Nun klang meine Stimme nicht mehr ganz so sicher.

»Möchten Sie denn keine eigenen Kinder? Stört es Sie nicht, sich immer nur um die Kinder anderer Leute zu kümmern?«

»Ich möchte schon gern Kinder haben«, sagte ich. »Eines Tages wird es hoffentlich so weit sein.«

»Aber wenn Sie heiraten, könnten Sie nicht mehr arbeiten«, fuhr Isabella fort. Sie sprach jetzt mit großem Nachdruck und bohrte sich gleichzeitig die Bleistiftspitze immer tiefer in ihre Haut. Ich fürchtete, sie würde die Haut durchstoßen und Blut würde fließen.

»Warum denn nicht?«, fragte ich.

»Wer würde sich denn dann um Ihre Kinder kümmern? Sie würden sie doch wohl nicht von einer Fremden großziehen lassen, oder?«

»Isabella«, wisperte Eustace. Er stieß sie in die Seite und machte ein unglückliches, verängstigtes Gesicht, dabei war ihre Bemerkung doch eigentlich recht harmlos gewesen.

»Nein, da hast du wohl recht«, sagte ich. »Vermutlich würde mein Mann arbeiten, und ich würde mich um die Kinder kümmern. So läuft es schließlich in unserer Welt. Aber das sind doch alles vollkommen hypothetische Überlegungen, Isabella, und –«

»Kinder gehören in die Obhut ihrer Mutter, finden Sie nicht?«, fuhr sie unbeirrt fort. »Keine andere Frau sollte versuchen, ihnen die Mutter zu ersetzen.«

»Natürlich nicht.« Ich hatte keine Ahnung, was sie eigentlich sagen wollte.

»Sie würden das auch nicht zulassen, oder?«, bohrte sie weiter. »Wenn jemand um Ihre Hand anhalten würde, meine ich. Und Sie Ja sagen würden. Und Sie dann Kinder haben würden. Sie würden nicht zulassen, dass eine fremde Frau Ihre Kinder großzieht, oder?«

»Nein«, sagte ich. »Das wäre wohl meine Aufgabe.«
»Dann verstehen Sie es ja.« Sie lehnte sich zurück, legte den Bleistift zurück in die Rinne oben an ihrem Pult und machte ein zufriedenes Gesicht.
»Was verstehe ich?«, fragte ich. Ganz gleich, wie sehr ich mir den Kopf zerbrach, ich hatte keinen Schimmer, wovon sie sprach.
»Alles«, sagte sie seufzend, drehte den Kopf und blickte aus dem Fenster. Ich starrte sie an, und eine halbe Ewigkeit rührte sich keiner von uns. Das Mädchen wirkte wie erstarrt, und ihr Zustand schien sich auf mich übertragen zu haben. Erst als Eustace etwas sagte, schreckten wir beide auf.
»Miss Caine«, flüsterte er, und ich fuhr zu ihm herum.
»Ja«, sagte ich. »An die Arbeit, Kinder. Wir können schließlich nicht den ganzen Tag verplaudern. Heute werden wir uns mit den Königen und Königinnen von England beschäftigen. Dabei könnt ihr viel über unser Land lernen. Ihr werdet ihre Lebensgeschichten sicher faszinierend finden.«
»Wir wissen schon einiges darüber«, bemerkte Eustace. »Gaudlin Hall hatte schon einmal Besuch von einem König.«
»Wirklich?«, fragte ich lachend. Der Junge hatte offenbar eine blühende Phantasie.
»Er sagt die Wahrheit«, mischte sich Isabella ein. Endlich wandte sie den Blick vom Fenster ab und sah mich mit ihren tiefblauen Augen an. »Vater hat uns die Geschichte erzählt. Natürlich ist das schon sehr lange her. Über hundert Jahre. Es war im Jahr 1737. Als Urgroßvater in Gaudlin Hall lebte.«
»1737«, sagte ich und ging im Kopf die Zeittafeln durch. »Dann war es König –«
»George der II.«, vervollständigte sie. »Ich habe doch gesagt, dass Eustace keine Märchen erzählt. Wenn er sich

die Geschichte ausgedacht hätte, hätte ich die Antwort nicht so schnell gewusst, oder?«

»Nein, gewiss nicht«, sagte ich. »Eustace, ich wollte deine Worte nicht anzweifeln.«

Der Junge strahlte mich an.

»Ich war einfach nur überrascht. Der König hier in Gaudlin Hall! Das muss sehr aufregend gewesen sein.«

»In der Tat«, sagte Isabella. »Leider wurde Königin Caroline von Ansbach nach einem Spaziergang im Park krank. In dem Zimmer, das neben Ihrem liegt, Eliza Caine, hat der Arzt sie zur Ader gelassen und ihr ein Klistier gegeben, aber damit hat er sie nur noch mehr geschwächt. Der Doktor war ein Scharlatan. Er wusste einfach nicht, wie er sie behandeln sollte. Landärzte sind häufig völlig unfähig. Man überlässt seinen kranken Körper lieber der Natur, als einem Doktor aus Norfolk zu vertrauen. Er war vielleicht gerade gut genug, um die Pferde im Stall oder Hecklings Hund zu behandeln.«

Ich starrte sie an. Ihre Art zu sprechen verblüffte und belustigte mich zugleich. Es klang, als wiederholte sie etwas, was sie schon oft gehört hatte – vielleicht hatte ihr Vater die Geschichte unzählige Male in Gegenwart von Freunden zum Besten gegeben –, aber es war irritierend und sogar ein wenig verstörend, derart erwachsene Worte aus dem Mund eines so jungen Menschen zu hören.

»Schließlich wurde die Königin zurück nach London gebracht«, fuhr Isabella fort, »doch ihr Darm riss und sie starb. Der König war untröstlich, denn er liebte seine Frau sehr. Er heiratete nie wieder, obwohl er noch ein Vierteljahrhundert lebte. Das ist äußerst ehrenhaft, finden Sie nicht? Leider nahm er Urgroßvater die Sache übel und lud ihn nicht mehr an den Hof ein. Das war für Urgroßvater, der immer ein treuer Anhänger der Krone gewesen war, ein schwerer Schlag. Unsere Familie war dem Königshaus seit der Restauration eng verbunden gewesen. Während der Rosenkriege standen wir zwar auf der falschen Seite, aber die lagen zum Glück ja schon weit zurück. Diesen Fehltritt hatte man uns nach einer Zeit vergeben. Aber so eine Sache bleibt immer haften, meinen Sie nicht? Ein Todesfall im Haus?«

»Aber du hast doch gesagt, die Königin sei gar nicht hier in Gaudlin Hall gestorben«, sagte ich.

»Ich meinte doch auch nicht die Königin«, erwiderte sie abfällig. Offenbar fand sie meine Bemerkung unglaublich dumm. »Nun denn, lernen wir heute etwas über George II., Eliza Caine, oder gehen wir weiter in die Vergangenheit zurück? Vielleicht zu den Häusern Lancaster und York, da ich nun schon damit angefangen habe?«

»Wir gehen weiter in die Vergangenheit zurück.«

Ich schlug mein Buch auf und blätterte zu dem Kapitel, das ich mir für den heutigen Tag vorgenommen hatte. Ein kalter Luftzug ließ mich schaudern, und ich wünschte, ich hätte meine Strickjacke dabei. Ich hatte jedoch keine große Lust, durch das leere Haus zu gehen, um sie zu holen, vorbei an dem Zimmer, in dem Caroline von Ansbach zur Ader gelassen worden war.

»Ich beginne mit Edmund Tudors Gefangennahme und den Ursprüngen dieses siegreichen, aber blutrünstigen Herrschergeschlechts.«

Ich sah zum Fenster und seufzte verärgert. Eines der Kinder musste etwas auf die beschlagene Scheibe geschrieben haben, als ich mich für einen Moment abgewandt hatte. Etwas so Geschmackloses, dass ich es schlicht ablehnte, davon Notiz zu nehmen.

Elftes Kapitel

Sonntags besuchten die Kinder und ich den Gottesdienst in der Dorfkirche. In diesen ersten Wochen fühlte ich mich immer ein wenig, als wäre ich im Tierpark ausgestellt. Wenn wir durch die Tür traten und zu der Bank in der ersten Reihe gingen, die für die Westerley-Familie reserviert war, beäugten uns die anderen Kirchgänger verstohlen. Niemand starrte uns offen an, aber ich spürte die Blicke in meinem Rücken. Anfangs dachte ich, wir würden Aufsehen erregen, weil die Kinder immer so hübsch zurechtgemacht waren, aber bald ging mir auf, dass die Leute sich vielmehr für mich interessierten. Dieses Gefühl war neu für mich, denn ich war es nicht gewöhnt, dass sich die Leute nach mir umdrehten.

Der Frieden, der mich in diesen dicken Steinmauern umfing, und der Gesang des Chors auf der hinteren Empore berührten mich zutiefst. Ich begann, mich auf den Sonntagmorgen zu freuen. Pfarrer Deacons' Predigt war immer anregend, anders als so mancher Gottesdienst, den ich in London besucht hatte. Seine Worte klangen nicht, als hätte er sie schon tausendmal heruntergeleiert und würde sie nur für eine neue Gemeinde wieder aufwärmen, aber natürlich war er auch noch jung und fühlte sich offenkundig wahrhaftig zum Priester berufen. Wenn er davon sprach, dass wir unseren Mitmenschen Liebe und Güte entgegenbringen sollten, musste ich oft an Vater denken, und bisweilen kämpfte ich mit den Tränen. Ich hatte mich ganz gut in Norfolk eingelebt, zumindest glaubte ich das, aber mein überstürzter Aufbruch aus London so kurz nach seinem Tod hatte meine Gefühlswelt durcheinandergebracht, und jetzt, da ich hier etwas Fuß gefasst hatte, dachte ich wieder öfter an ihn, meist, wenn ich allein war oder in der Kirche. Wenn ich ehrlich war, fehlte er mir schrecklich. Ich vermisste unsere Gespräche, ja, ich vermisste sogar seine Insektenbücher und bereute sehr, dass ich nicht wenigstens eins behalten hatte, sondern sie alle Mr Heston und dem Britischen Museum übergeben hatte. »Ich werde dich beschützen«, hatte er nach meiner Rückkehr aus Cornwall zu mir gesagt. »Ich werde immer für dich da sein.« Und wer kümmerte sich jetzt, wo er tot war, um mich? Wer beschützte mich? Wer war für mich da, falls ich in Schwierigkeiten geriet?

Eines Tages, als ich nach einer besonders bewegenden Predigt den Tränen nahe war, weil ich mich daran erinnerte, wie glücklich wir zusammen gewesen waren, sagte ich den Kindern beim Hinausgehen, dass ich noch kurz bleiben und ein paar persönliche Gebete sprechen wolle. Wir vereinbarten, uns wenig später an der Dorfpumpe zu treffen und von dort aus gemeinsam zurück nach Gaudlin Hall zu gehen. Der Rest der Gemeinde verließ die Kirche, und ich sank in einer Bank auf die Knie, vergrub das Gesicht in den Händen und betete darum, dass Vaters Seele Frieden fand, er vom Himmel auf mich herabsah und mich weiterhin beschützte. Als ich das Gebet beendete, liefen mir Tränen über die Wangen. Mein Blick fiel auf Pfarrer Deacons, der den Altar abräumte und mich beobachtete. Rasch erhob ich mich, setzte mich auf die Bank und bemühte mich, ihn anzulächeln. Er kam näher und fragte:

»Ist alles in Ordnung?«

»Ja, vielen Dank.« Ich errötete leicht. »Verzeihen Sie, ich wollte Sie nicht in Verlegenheit bringen.«

Er schüttelte den Kopf, setzte sich auf die Bank vor mir und drehte den Körper so, dass er mich direkt ansehen konnte. Er hatte ein offenes Gesicht, und ich mochte ihn auf Anhieb.

»Bitte entschuldigen Sie sich nicht«, sagte er freundlich. »Sie sind Miss Caine, nicht wahr?«

»Ja.«

»Die neue Gouvernante von Gaudlin Hall?«

Ich nickte. Er wandte kurz den Blick ab und machte dann ein besorgtes Gesicht.

»Ich fürchte, ich muss mich bei Ihnen entschuldigen, Miss Caine.«

Ich hob überrascht eine Augenbraue.

»Wofür denn?«

»Sie sind nun schon seit mehreren Wochen hier. Ich habe Sie im Dorf gesehen und jeden Sonntag hier in der Kirche, aber ich habe mich Ihnen noch nicht vorgestellt und ein paar Worte mit Ihnen gewechselt. Ich hoffe, Sie nehmen mir meine Unachtsamkeit nicht übel.«

»Ganz und gar nicht.«

Bisher war ich gar nicht auf die Idee gekommen, er könnte mich kennenlernen wollen. Wer war ich denn? Nichts als eine bezahlte Angestellte, eine Gouvernante. Ich war schließlich nicht die Herrin von Gaudlin Hall, selbst wenn ich die einzige Erwachsene im Haus war.

»Ich nehme an, Sie haben viel zu tun.«

»Das habe ich tatsächlich«, sagte er und nickte langsam,

»aber das ist keine Entschuldigung. Ich hätte mir die Zeit nehmen müssen. Ich habe mir immer wieder vorgenommen, mit Ihnen zu sprechen, aber ...«

Er schauderte leicht und machte ein Gesicht, als hätte er ein Gespenst gesehen.

»Jedenfalls tut es mir leid«, wiederholte er und schüttelte den Kopf, als wollte er einen unliebsamen Gedanken verscheuchen. »Wie kommen Sie denn zurecht?«

»Gut«, sagte ich. »Die Kinder bereiten mir viel Freude.«

»Meiner Meinung nach sind die beiden außergewöhnliche Kinder«, sagte Pfarrer Deacons. »Natürlich sind sie reinen Herzens, aber sie haben so sehr gelitten. Isabella ist ein außergewöhnlich intelligentes Mädchen. Sicher wird sie eines Tages die Frau eines geistreichen Mannes. Und auch in Eustace setze ich große Hoffnungen.«

Ich runzelte die Stirn. Eines seiner Worte hallte mir im Kopf wider. »Gelitten? Inwiefern?«

Er zögerte und sagte dann:

»Leiden wir nicht alle, Miss Caine? Das Leben besteht aus Leiden, bis zum Tag des Jüngsten Gerichts, wenn alle, die reinen Herzens sind, in den Himmel kommen.«

Ich starrte ihn entgeistert an. Natürlich kannte ich Pfarrer Deacons nicht, aber ich hatte das Gefühl, dass eine solche Bemerkung unter seiner Würde war.

»Aber Sie sagten doch gerade, die Kinder hätten gelitten«, hakte ich nach. »Es klang, als gäbe es dafür einen bestimmten Anlass, nicht, als sprächen Sie von einer allgemeinen menschlichen Erfahrung. Darf ich fragen, was Sie gemeint haben?«

»Die Kinder haben in letzter Zeit viel durchgemacht«, sagte er und starrte auf sein Gebetsbuch, auf dem die Initialen AD prangten.

»Schließlich sind Sie in diesem Jahr … lassen Sie mich überlegen … schon die sechste Gouvernante in Gaudlin Hall.«

Ich starrte ihn verblüfft an. Das war mir völlig neu.

»Die sechste?«, fragte ich. »Sie müssen sich irren. Ich bin erst die zweite. Meine Vorgängerin war Miss Bennet. Sie war doch sicher für einige Zeit hier?«

»Oh nein! Leider nicht«, antwortete Pfarrer Deacons. »Nein, Miss Bennet blieb nur einen Monat. Wenn überhaupt.«

»Einen Monat? Das verstehe ich nicht. Warum ist sie denn so schnell schon wieder abgereist? Und wenn es stimmt, was Sie sagen, wo sind dann die anderen vier? Sie können ja auch nicht lange geblieben sein, wenn ich die sechste Gouvernante in einem Jahr bin.«

Der Pfarrer verzog das Gesicht, als bereute er, das Gespräch angefangen zu haben. Ich sah ihm an, dass er sich zurück in sein Pfarrhaus wünschte, wo gewiss das Sonntagsessen auf ihn wartete. Anschließend würde er wohl einen Nachmittagsspaziergang mit seinem Welpen unternehmen.

»Das alles besprechen Sie besser mit Mr Raisin. Schließlich verwaltet er die Finanzen von Gaudlin Hall.«

Mr Raisin! Schon wieder dieser Mann! Zu meiner Schande errötete ich. Vielleicht hatte ich in den vergangenen Tagen ein wenig zu oft an ihn gedacht.

»Ich habe bereits versucht, Mr Raisin zu treffen«, sagte ich leicht ungehalten, weil ich mich über meine eigene Dummheit ärgerte. »Mehrmals sogar. Aber er ist nicht leicht zu fassen. Sein Sekretär, Mr Cratchett, führt ein strenges Regiment über den Terminkalender. Ich frage mich, ob es nicht einfacher wäre, in den Himmel vorgelassen zu werden als zu Mr Raisin.«

Pfarrer Deacons runzelte die Stirn, und ich wandte verlegen den Blick ab und überlegte, ob meine Bemerkung blasphemisch gewesen war.

»Verzeihung«, murmelte ich. »Es ist nur so frustrierend. Nirgends bekomme ich Antworten auf meine Fragen. Ich fühle mich manchmal recht alleingelassen.«

»Dann sollten Sie forscher auftreten«, sagte er. »Lassen Sie nicht zu, dass Cratchett entscheidet, wen Sie wann treffen. Schließlich haben Sie ein Recht darauf.«

Sein eindringlicher Tonfall jagte mir einen Schauer über den Rücken.

»Sie befinden sich in einer schwierigen Lage, dabei sind Sie selbst noch ein halbes Kind. Sie haben ein Recht darauf, alles zu erfahren!«

Zahllose Fragen schwirrten mir im Kopf umher, und ich zögerte kurz. Ich vermutete, dass Pfarrer Deacons sich verschließen und einfach nur wiederholen würde, ich solle mit Mr Raisin sprechen, wenn ich ihn zu sehr bedrängte. Doch ich hatte auch das Gefühl, dass er mir etwas sagen wollte. Ich musste nur die richtige Frage stellen.

»Sie sagten, ich sei die sechste Gouvernante in einem Jahr.« Ich versuchte, gelassen zu klingen. »Dann haben Isabella und Eustace ihre Eltern also schon länger nicht mehr gesehen?«

»Seit einem guten Jahr nicht«, antwortete er.

Ich runzelte die Stirn. Was waren das denn für Rabeneltern, die ihre Kinder so lange allein ließen? Natürlich hatten sie genug Geld, und das Reisen war heutzutage viel leichter als früher. Sie konnten ein Schiff von Southampton nach Frankreich genommen haben und weiter nach Rom gefahren sein. Eine solche Reise dauerte nur noch wenige Wochen, wenn man sich unterwegs nicht allzu viel Zeit ließ. So lebten die reichen Leute in meiner Vorstellung, eine Vorstellung, die sich hauptsächlich aus der Lektüre von Romanen speiste. Sie reisten quer durch Europa, mieteten Villen in Italien und Häuser im Zweistromland. Sie machten eine Kreuzfahrt auf dem Nil und tranken Cocktails am Bosporus. Anders als ich waren sie nicht dazu verdammt, an ein und demselben Ort zu bleiben und nie etwas Neues zu entdecken. Aber warum hatten die Westerleys ihre Kinder zurückgelassen, vor allem, wo diese doch noch so jung waren? Eustace musste sogar seinen achten Geburtstag ohne sie gefeiert haben. Das war schlichtweg empörend! Wie konnten sie von sich behaupten, zu den besseren Kreisen zu gehören, wenn sie ihre Kinder derart vernachlässigten? Letztlich waren sie genauso herzlos wie Wolfspinnen, die ihre eigenen Nachkommen auffraßen.

»Und was war mit den anderen vier Gouvernanten?«, fragte ich. »Haben auch sie nur kurz hier gearbeitet und dann wie Miss Bennet eine Anzeige aufgegeben, um eine Nachfolgerin zu finden? Rechnen die Gentlemen von der *Morning Post* vielleicht jeden Tag damit, dass ich zu ihnen komme und meine Stelle annonciere?«

Pfarrer Deacons runzelte die Stirn und wirkte zutiefst erschüttert.

»Nur Miss Bennet hat die Annonce selbst aufgegeben«, erklärte er. »Die anderen Male war es Mr Raisin.«

»Ach so. Und warum sind die vier ersten Gouvernanten abgereist? Gefiel ihnen das Haus nicht? Es ist doch wunderschön! Kamen sie nicht mit den Kindern zurecht? Das kann ich gar nicht glauben, wo sie doch so –« Ich suchte nach dem richtigen Wort. *Lieb* traf es nun wirklich nicht. *Sanftmütig?* Ganz sicher nicht. *Reizend?* Auch das wäre gelogen. Schließlich gebrauchte ich das Wort, mit dem der Pfarrer sie beschrieben hatte: »– intelligent sind. Und außergewöhnlich.«

»Es hatte nichts mit dem Haus zu tun und nichts mit den Kindern«, antwortete er. Er sprach jetzt lauter und hastiger. Offenkundig setzte ich ihn unter großen Druck, aber ich hatte nicht vor, damit aufzuhören.

»Warum dann? Warum sind sie abgereist?«

»Sie sind nicht abgereist. Sie sind gestorben.« Er hatte die Worte fast geschrien. Seine Stimme wurde von den dicken Steinwänden zurückgeworfen und hallte durch die Kirche.

Ich starrte ihn an. Ich war froh, dass ich saß, denn mit einem Mal wurde mir schwindelig.

»Sie sind gestorben?«, fragte ich nach längerem Schweigen. Meine Stimme war kaum mehr als ein Flüstern. »Alle Gouvernanten sind gestorben? Woran denn?«

»Nein, nicht alle«, antwortete er und wandte sich ab. Er hatte es nun offenkundig sehr eilig, das Gespräch zu beenden.

»Die erste Gouvernante, Miss Tomlin, verunglückte auf tragische Weise. Die nächsten drei auch: Miss Golding, Miss Williams und Miss Harkness. Miss Bennet, Ihre Vorgängerin, hat überlebt. Natürlich gab es auch bei ihr einen furchtbaren Zwischenfall, woraufhin sie Hals über Kopf abgereist ist, aber sie hat überlebt.«

»Und was für ein Zwischenfall war das?« Ich lehnte mich vor. »Bitte, ich weiß nichts von all diesen Dingen. Sagen Sie es mir.«

Er stand auf und schüttelte den Kopf. »Ich habe schon viel zu viel gesagt. Bei gewissen Themen ist Zurückhaltung geboten, Miss Caine. Das müssen Sie doch verstehen. Ich habe Sie gebeten, mit Mr Raisin über diese Dinge zu sprechen, und ich kann meine Bitte nur wiederholen. Richten Sie Ihre Fragen an ihn. Er ist für alles, was mit Gaudlin Hall zusammenhängt, zuständig. Wenn Sie eine spirituelle Frage haben, wenden Sie sich gern an mich, aber zu den Ereignissen der letzten zwölf Monate werde ich mich nicht äußern. Ich habe bereits vier Ihrer Vorgängerinnen beerdigt, und ich möchte keine weitere Gouvernante von Gaudlin Hall zu Grabe tragen. Entschuldigen Sie mich bitte, ich fürchte, ich konnte Ihnen nicht helfen und habe mehr Fragen aufgeworfen als Antworten gegeben, aber ich muss jetzt wirklich gehen.«

Ich nickte. Es war offensichtlich, dass ich nichts mehr aus ihm herausbekommen würde, und so stand ich auf, schüttelte ihm die Hand und ging den Gang entlang auf die Tür zu. Draußen schien hell die Sonne. An der Tür drehte ich mich noch einmal um und sah, wie Pfarrer Deacons zur ersten Bankreihe ging, sich schwer darauf niederließ und das Gesicht in den Händen vergrub. Ich zögerte kurz und wandte mich dann ab.

Draußen auf der Straße hielt ich nach den Kindern Ausschau, konnte sie aber nirgends entdecken. Stattdessen entdeckte ich Dr. Toxley mit seiner Frau, das Ehepaar, das mir am Bahnhof von Norfolk, als ich fast vor einen einfahrenden Zug gelaufen wäre, das Leben gerettet hatte.

»Miss Caine«, rief Mrs Toxley fröhlich, als ich auf sie zulief. »Wie geht es Ihnen?«

»Sehr gut, vielen Dank«, antwortete ich. »Ich bin so froh, dass ich Sie treffe. Ich habe mich gefragt, ob Sie diese Woche nicht einmal zum Tee kommen wollen? Vielleicht am Mittwoch?«

Natürlich hatte ich mich nichts dergleichen gefragt, vielmehr war mir die Idee ganz spontan gekommen. Ich hatte hier in der Gegend keine Freunde, keine Gefährten, und Mrs Toxley war nur wenige Jahre älter als ich. Warum sollte ich sie nicht zum Tee einladen? Sicher, sie war Arztgattin und ich nur eine Gouvernante, aber was spielte das schon für eine Rolle? Das Lächeln gefror ihr auf den Lippen, und ich bemerkte, wie ihr Ehemann unruhig von einem Fuß auf den anderen trat.

»Warum nicht?«, stammelte sie, wohl überrumpelt von der unvermittelten Einladung. »Aber wollen wir uns nicht in Mrs Sutcliffes Teehaus hier im Dorf treffen? Würde Ihnen das nicht weniger Umstände machen?«

»Ich würde mich wirklich sehr freuen, Sie in Gaudlin Hall zu empfangen«, sagte ich.

»Mrs Sutcliffe backt sehr leckere Puddingtörtchen. Sie müssen sie unbedingt pro-«

»Bitte, kommen Sie doch nach Gaudlin Hall«, unterbrach ich sie, streckte die Hand aus und berührte sie am Ellbogen, eine für mich eher untypische Geste. Ich war kein Mensch, der jeden gleich anfasste. »Sagen wir um drei?«

Sie sah zu ihrem Mann, der ein bekümmertes Gesicht machte, schien dann aber unabhängig von ihm einen Entschluss zu fassen. Sie nickte stumm. Ich lächelte.

»Wunderbar. Dann sehen wir uns am Mittwoch. Und jetzt entschuldigen Sie mich bitte. Ich möchte nicht unhöflich wirken, aber Mr Cratchett ist gerade aus dem Gasthaus gekommen, und ich muss dringend etwas mit ihm besprechen.«

Die Toxleys starrten mir verblüfft nach, als ich sie unvermittelt stehen ließ. Ich eilte auf Mr Raisins Sekretär zu, aber als er mich bemerkte, machte er auf dem Absatz kehrt und ging in die entgegengesetzte Richtung davon.

»Mr Cratchett«, rief ich, aber er tat so, als hörte er mich

nicht. Ich rief noch etwas lauter: »Mr Cratchett! Warten Sie!«

Nun konnte er mich nicht länger ignorieren, denn mehrere Dorfbewohner waren stehen geblieben und gafften. Sie musterten mich, als wäre ich eine Aussätzige.

»Ah, Miss Caine«, sagte er. »Wie schön, Sie zu sehen.«

»Lassen wir die Spielchen, Mr Cratchett«, antworte ich. »Ich wollte Ihnen nur mitteilen, dass ich am Dienstag um elf Uhr zu einem Termin bei Mr Raisin erscheinen werde. Das Gespräch wird etwa eine Stunde dauern, und ich möchte währenddessen nicht gestört werden. Ich hoffe, dass er Zeit für mich hat, aber wenn das nicht der Fall ist, sollten Sie beide wissen, dass es mir überhaupt nichts ausmacht, im Vorzimmer zu warten, bis er gewillt ist, mich zu empfangen. Ich werde ein Buch mitbringen, um mir die Zeit zu vertreiben. Oder zwei. Und für den Fall, dass er beschließt, mich endlos warten zu lassen, werde ich einfach Shakespeares gesammelte Werke mitbringen. So werde ich mich schon nicht langweilen. Jedenfalls werde ich nicht eher gehen, bis ich ihn gesprochen habe. Ich hoffe, ich habe mich deutlich ausgedrückt? Und jetzt wünsche ich Ihnen noch einen schönen Sonntag, Mr Cratchett. Sie freuen sich bestimmt schon auf das Mittagessen. Ihr Atem riecht übrigens nach Whiskey.«

Mit diesen Worten ging ich davon. Vermutlich stand er völlig verdattert da und ärgerte sich über meine Unerschrockenheit, aber ich war hochzufrieden mit mir. Ich hatte kein einziges Mal gezögert oder gestockt, obwohl ich mir die Worte nicht vorher zurechtgelegt hatte. Dienstag um elf also. Endlich hatte ich einen Termin, und diesmal würde ich Mr Raisin schon dazu bringen, meine Fragen zu beantworten. Ich reckte das Kinn und musste fast über meine Willensstärke lachen. Erleichtert stellte ich fest, dass Isabella und Eustace in der Nähe der Pumpe auf mich warteten und brav mit Stock und Ball spielten.

»Kommt, Kinder«, sagte ich und marschierte an ihnen vorbei. Ich fühlte mich wie ein völlig neuer Mensch. »Lasst uns nicht herumtrödeln. Das Mittagessen kocht sich schließlich nicht von selbst.«

Kapitel

Meine Hochstimmung hielt während des gesamten Mittagessens und noch in den Nachmittag hinein an, doch dann schlug das Wirrwarr der Gefühle, die ich seit dem Morgen empfunden hatte – Trauer, Verwirrung, Wut und Euphorie –, in Melancholie um. Ich schlenderte durch den Park, ebenso aufgewühlt von den Neuigkeiten, die ich im Dorf erfahren hatten, wie von all den Dingen, die ich immer noch nicht wusste. Die sechste Gouvernante in einem Jahr! Unfassbar! Die ersten vier waren tot, und die fünfte hatte mich auf dem Bahnhof von Norwich fast umgerannt, so eilig hatte sie es, von hier wegzukommen. Was war ihnen bloß geschehen? Welch schreckliche Dinge konnten ihnen zugestoßen sein?

Als ich zum Haus zurückkehrte und zu meinem Fenster im zweiten Stock hochsah, überkam mich ein gewisses Unbehagen, und ich schlang mir die Arme um den Körper und rieb mir fröstelnd die Schultern. Ich fragte mich, ob meine Vorgängerinnen dasselbe Zimmer wie ich bewohnt hatten. Das Haus verfügte über mindestens ein Dutzend Schlafzimmer, weshalb das sehr unwahrscheinlich war, aber allein die Vorstellung jagte mir einen Schauer über den Rücken. Mein Zimmer war sehr viel luxuriöser als die Kammern, in denen üblicherweise das Personal untergebracht wurde (soweit ich das überhaupt beurteilen konnte). Es war geräumig und bot einen herrlichen Ausblick über den Park. Wäre das Fenster nicht versiegelt gewesen, wäre es fast vollkommen gewesen. Ich stieß einen Seufzer aus. Vielleicht hatten mir die Kinder ja ein anderes Zimmer als meinen Vorgängerinnen gegeben, eines, mit dem sie keine schlechten Erinnerungen verbanden...

Als ich abermals zu dem Fenster hochsah, entdeckte ich zu meiner Überraschung eine Gestalt, die sich leicht vorbeugte und mich zu beobachten schien. Ich konnte nicht sagen, wer dort oben stand, denn die weiße Spitzengardine versperrte mir die Sicht. Ich runzelte die Stirn. Es musste Isabella sein, denn Eustace hatte vermutlich noch kein Interesse daran, in den Habseligkeiten anderer Leute herumzustöbern. Genau aus diesem Grund ließ ich meine Tür nicht offen, dachte ich. Ich legte Wert auf meine Privatsphäre. Als ich länger zu der Gestalt hochstarrte, zog sie sich vom Fenster zurück. Ich marschierte durch die Haustür in die Eingangshalle, fest entschlossen, dem Mädchen gehörig den Kopf zu waschen. Doch zu meiner Verwunderung saß Isabella in dem Salon links von der Tür auf einem Sofa und las in einem Märchenbuch. Eigentlich war ich nicht nur überrascht, sondern vor allem auch enttäuscht. Dann war es also doch Eustace gewesen! Offenbar hatte ich ihn falsch eingeschätzt. Mir gefiel der Gedanke nicht, ihn ausschimpfen zu müssen, denn ich hielt ihn für einen lieben Jungen, aber es ließ sich wohl nicht vermeiden. Ich würde ein ernstes Wort mit ihm reden müssen. Ich stapfte auf die Treppe zu, um zu meinem Zimmer hochzugehen, aber noch bevor ich einen Fuß auf die unterste Stufe setzen konnte, tauchte Eustace hinter seiner Schwester auf – das Sofa hatte ihn verborgen –, gefolgt von Pepper, Hecklings Hund. Das Tier sah zur Decke hoch, stieß ein dumpfes Knurren aus und scharrte unruhig mit den Pfoten.

Furchtlos erklomm ich die Treppe, wandte mich nach links, stieg die breitere Treppe zum zweiten Stock empor, ging den Flur entlang zu meinem Zimmer, stieß die Tür auf und sah mich im Zimmer um, bereit, dem Eindringling die Stirn zu bieten.

Zu meiner Verblüffung war das Zimmer leer. Verwirrt ließ ich den Blick schweifen. Vor weniger als einer Minute hatte ich die Gestalt hinter der Gardine gesehen, und niemand konnte das Zimmer verlassen und die Treppe herabgestiegen sein, ohne an mir vorbeizukommen. Ich öffnete den Schrank, sah unter dem Bett nach, doch es war niemand da. Fast hätte ich gelacht. Hatte ich mir die Gestalt nur eingebildet? Hatten die Ereignisse des Tages mich so sehr mitgenommen, dass ich Gespenster sah? Ich seufzte. Das war die einzige mögliche Erklärung. Dabei war ich mir so sicher gewesen!

Ich trat ans Fenster, zog die Gardine zurück und legte beide Hände flach auf die Scheibe des Fensters. Ich stand nun an genau derselben Stelle, wo ich die Gestalt gesehen hatte. Erschöpft schloss ich die Augen und lehnte die Stirn an das kühle Glas. Was dann geschah, dauerte zehn, höchstens fünfzehn Sekunden, auch wenn es sich viel länger anfühlte. Ich erinnere mich noch so lebhaft an das Ereignis, als würde ich es in diesem Augenblick durchleben.

Das Fenster, das sich nicht öffnen ließ und dessen Schloss mit heißem Teer versiegelt war, sprang auf. Beide Flügel flogen nach außen, und ein Schwall frischer Luft fuhr ins Zimmer. Zugleich versetzten mir zwei Hände – ich konnte sie spüren! Ich konnte sie deutlich spüren! – einen heftigen Stoß. Wie an dem Nachmittag, als ich aus dem Dorf zurückgekehrt war und der Sturm mich durch die Luft geschleudert hatte, hob es mich von den Füßen. Die Hände waren von ebensolcher mörderischen Entschlossenheit beseelt wie die unsichtbare Kraft, die mich bei meiner Ankunft in der Thorpe Station vor den Zug stoßen wollte. Ich wurde durch das offene Fenster geschleudert, und in dem Bruchteil der Sekunde, in dem ich zwischen Himmel und Erde hing, die Augen weit aufgerissen angesichts der fünfzehn Meter, die es in die Tiefe ging, ein Sturz, der mich zweifellos töten würde, versetzte mir ein zweites Paar Hände, ebenso unsichtbar wie die ersten, aber größer und stärker, einen Stoß vor die Brust. Der Schlag nahm mir die Luft und warf mich zurück ins Zimmer. Draußen heulte der Wind um das Haus, und ich schnappte nach Luft. Alles ging so schnell, dass ich gar nicht begriff, wie mir geschah. Aber es war noch nicht vorbei: Die Hände im Zimmer versetzten mir abermals einen Stoß, und ich wurde wieder aus dem Fenster geschleudert, hing wieder in der Luft und sah die Kieseinfahrt unter mir, der Ort, an dem ich zu Tode kommen würde, der Ort, wo mein Körper zerschmettert werden würde. Doch bevor ich hinunterstürzen konnte, stieß mich das zweite Paar Hände wieder zurück, diesmal noch härter. Bei dem Schlag schoss mir ein Schmerz durch den Körper, wie ich ihn noch nie verspürt hatte. Ich flog zurück ins Zimmer, rollte über den Boden und schlug so hart mit dem Rücken gegen die Wand, dass ich aufschrie. In diesem Moment knallten die Fensterflügel zu, der Wind erstarb, und ich blieb verängstigt und schluchzend zurück. Jede Faser meines Körpers tat mir weh.

Ich muss ungefähr eine halbe Stunde dort gelegen haben, nicht imstande, mich zu bewegen. Ich hatte panische Angst davor, was passieren würde, wenn ich mich aufrichtete, aber schließlich spürte ich, dass Frieden im Zimmer eingekehrt war, und rappelte mich mühsam auf. Ich öffnete mein Kleid und besah mir meinen Oberkörper. Auf der Brust prangte ein großer Bluterguss, ein riesiger roter Fleck, der wehtat, als ich ihn vorsichtig berührte. Ich wusste, dass er in den nächsten Tagen anschwellen und sich verfärben würde. Hätte ich mir meinen Rücken ansehen können, hätte ich darauf sicher ähnliche Spuren gefunden. Da ich fest entschlossen war, meiner Angst Herr zu werden, kehrte ich zum Fenster zurück und streckte die Hand langsam nach dem Griff aus. Mir war immer noch mulmig zumute, auch wenn ich aus irgendeinem Grund davon überzeugt war, dass der Spuk vorbei war. Ich versuchte, den Griff zu drehen, aber er ließ sich nicht bewegen. Das Fester war so fest versiegelt wie zuvor. Es war, als wäre es nie offen gewesen.

Ich stolperte rückwärts zum Bett und sank auf die Decke. Ein Angstschrei stieg in meiner Kehle empor, und ich schlug die Hände vor den Mund, um ihn zu unterdrücken. Was war mit mir geschehen? Wie konnte so etwas sein? Ich hatte mir das Ganze nicht eingebildet, das bewies der Bluterguss. In diesem Haus ging es nicht mit rechten Dingen zu. Etwas Unheilvolles trieb in diesen Gemäuern sein Unwesen. Bisher hatte ich diesen Gedanken als Hirngespinst abgetan, aber jetzt war er nicht mehr von der Hand zu weisen. Allerdings gab es da noch etwas, was ich mir zuvor nicht hatte vorstellen können.

Sie waren zu zweit.

Kapitel

Obwohl Mr Cratchett am Sonntag alles getan hatte, um mir aus dem Weg zu gehen, schien er sich, als ich am Dienstag um kurz vor elf Mr Raisins Büro betrat, mit meinem Erscheinen abgefunden zu haben. Ich war von Gaudlin Hall ins Dorf gelaufen, ein Marsch von fast einer Stunde, der aber einer Fahrt auf dem Laufrad eindeutig vorzuziehen war. Die Blutergüsse auf meiner Brust und meinem Rücken waren größer geworden, hatten sich unschön verfärbt, und wenn man sie berührte, taten sie weh. Ich hatte gehofft, etwas Bewegung an der frischen Luft würde den Schmerz lindern. Außerdem war ich recht niedergeschlagen und glaubte, der Spaziergang würde mir guttun.

Natürlich hatte ich nach dem grausigen Vorfall in der Nacht von Sonntag auf Montag schlecht geschlafen. Da ich nicht hinuntergehen und den Kindern erzählen wollte, was geschehen war, fand ich mich in der unglücklichen Lage wieder, mich niemandem anvertrauen zu können. Ich hatte keinen Freund, keinen Verwandten, keinen Vertrauten. Wie sehr wünschte ich mir in diesem Moment, ich hätte einen älteren Bruder, dem mein Schicksal am Herzen läge, oder meine jüngere Schwester Mary wäre nicht kurz nach der Geburt gestorben und wäre jetzt an meiner Seite. Aber da war niemand. Ich war vollkommen allein.

Ich überlegte, ob ich in ein anderes Zimmer umziehen sollte, einen der leeren Räume im ersten oder zweiten Stock, aber welches Spukwesen auch immer Anstoß an meiner Anwesenheit in Gaudlin Hall nahm, würde sich wohl nicht von einer so einfachen Veränderung hinters Licht führen lassen. Schließlich hatte es mich auch an dem Tag, als ich mit dem Laufrad aus dem Dorf zurückgekehrt war, vom Haus fernhalten wollen. Und nun versuchte es mit noch drastischeren Mitteln, mich zu vertreiben. Ich überlegte, ob ich Mrs Farnsworth, der Direktorin meiner früheren Schule, schreiben und sie um Rat bitten sollte, aber aus Angst, wie eine Verrückte zu klingen, wenn ich meine Ängste in Worte fasste, schreckte ich davor zurück. Sie würde mir antworten, ich würde mir das alles nur einbilden, oder den anderen Lehrern der St. Elizabeth's School im Vertrauen sagen, ich hätte aus Trauer um den Tod meines Vaters zu trinken begonnen. Doch auch wenn Unbeteiligte gewiss an meinem Verstand zweifeln würden, war ich von der Wahrhaftigkeit der Geschehnisse überzeugt. Die Prellungen an meinem Körper waren ein untrüglicher Beweis dafür, dass ich angegriffen worden war. Derartige Verletzungen konnte man sich nicht selbst zufügen, und sie waren auch keine Trugbilder meines kranken Verstandes.

So beschloss ich, mich nicht vom Fleck zu rühren. Natürlich hatte ich große Angst. Mein Leben war in Gefahr, so wie das meiner Vorgängerinnen, und in den frühen Morgenstunden, als mich Furcht und Grauen zu überwältigen drohten, dachte ich darüber nach, eilig eine Tasche zu packen, Hecklings Pferd und Wagen zu nehmen, zur Thorpe Station zu fahren und von dort aus weiter nach London, Cardiff oder Edinburgh – ganz gleich, wohin. Doch es gab eine Sache, oder besser gesagt zwei, die mich davon abhielten: Isabella und Eustace. Ich konnte die beiden nicht mit dem unheimlichen Wesen, das im Haus herumgeisterte, allein lassen. Wenn es mich schwer verletzen konnte, eine erwachsene Frau, was mochte es dann zwei hilflosen Kindern antun? Ich halte mich nicht für besonders mutig, aber ich konnte Norfolk nicht verlassen, so lange ich die Kinder nicht in Sicherheit wusste. Mein Gewissen verbot es mir. Selbst Miss Bennet hatte diese Verantwortung gespürt. Als der Morgen anbrach, war ich entschlossen, mich der Herausforderung zu stellen. Ich musste das Rätsel lösen und, falls nötig, den Kampf gewinnen.

»Miss Caine.« Mr Cratchett erhob sich, als ich durch die Tür trat, und schenkte mir ein unterwürfiges Lächeln. »Wie schön, Sie zu sehen.«

Er musste es am Morgen beim Rasieren eilig gehabt haben, denn er hatte zwei blutige Krusten im Gesicht, eine über der Oberlippe, die andere unter dem Kinn. Der Anblick war nicht gerade erbaulich.

»Guten Morgen, Mr Cratchett«, sagte ich und lächelte schüchtern. Ich war nicht mehr von derselben unerschütterlichen Willenskraft beseelt wie am Sonntag, als ich ihn nach dem Gottesdienst zur Rede gestellt hatte. Nun ließ ich mich wieder von der Tatsache beeindrucken, dass er und Mr Raisin Männer von Welt waren, die wichtigen Geschäften nachgingen und über Besitztümer verfügten, während ich nur eine Gouvernante war, die auf Kost und Logis von ihrem Arbeitgeber angewiesen war.

»Ich hoffe, Sie fanden mein Auftreten am Sonntag nicht zu forsch«, sagte ich, weil ich mich mit ihm gut stellen wollte, »aber es war einfach so furchtbar schwer, mit Mr Raisin einen Termin zu vereinbaren.«

»Machen Sie sich keine Sorgen, meine Teuerste«, antwortete er und wedelte gönnerhaft mit der Hand. »Sie müssen sich nicht entschuldigen.«

»Wie nett von ihnen«, sagte ich und verkniff mir die Bemerkung, dass ich ihn nicht um Verzeigung gebeten, sondern ihm nur eine Erklärung geliefert hatte.

»Miss Caine, Sie müssen wissen, dass Mrs Cratchett und ich schon seit drei Jahren miteinander verheiratet sind. Nichts ist mir mehr vertraut als die Neigung des schwachen Geschlechts zu Nervosität und Angstzuständen.«

Er verbeugte sich höflich, und ich erwog, den wuchtigen Briefbeschwerer von seinem Schreibtisch zu nehmen, der aus unerfindlichen Gründen die Form von Irland hatte, und ihm das Ding an den Kopf zu werfen. Welcher Geschworene im Land würde mich dafür richten?

»Nun denn«, sagte ich, wandte den Blick ab und versuchte, meinen Ärger in Zaum zu halten. »Jedenfalls gehe ich davon aus, dass Mr Raisin sich hat freimachen können?«

»Es war keine leichte Aufgabe«, erwiderte er. Offenbar wollte er mir unbedingt zeigen, wer das Heft in der Hand hielt. »Doch es ist mir tatsächlich gelungen, Ihnen den gewünschten Termin zu verschaffen, indem ich – wie soll ich sagen? – ein paar Figuren auf dem Schachbrett hin- und hergeschoben habe. Ich habe einen Termin auf den Nachmittag verlegt und einen anderen von heute Nachmittag auf einen späteren Wochentag.« Er machte merkwürdige Handbewegungen, als würde er tatsächlich unsichtbare Gegenstände versetzen. »Kurzum, ich habe getan, was ich konnte, und ich freue mich, Ihnen mitteilen zu können, dass Mr Raisin heute Zeit für Sie hat.«

»Haben Sie viele Dank«, sagte ich erleichtert. »Darf ich …?«

Ich nickte zur Tür von Mr Raisins Büro und machte Anstalten, mich darauf zuzubewegen, doch er schüttelte den Kopf und bugsierte mich zu einem Sessel, der seit meinem letzten Besuch aufgestellt worden war.

»Mr Raisin wird Sie in Kürze empfangen«, sagte Mr Cratchett. »Bitte nehmen Sie so lange Platz. Ich fürchte, ich habe nichts zu lesen, was für Damen geeignet wäre. Unsere einzige Zeitung ist die *Times*. Die Lektüre würde Sie sicher nur langweilen. Darin geht es nur um Politik, Verbrechen und Wirtschaft.«

»Ach, ich blättere einfach trotzdem ein wenig darin herum und schaue, ob ich nicht etwas über die neueste Hutmode erfahre«, sagte ich mit einem süffisanten Lächeln. »Vielleicht stoße ich ja auch auf ein schönes Rezept oder ein Strickmuster.«

Er seufzte, reichte mir die Zeitung und setzte sich wieder an seinen Schreibtisch, wo er sich den Kneifer auf die Nase setzte und daranging, ein Dokument abzuschreiben. Kurz darauf öffnete sich die Tür zum Nebenzimmer, aber niemand erschien auf der Schwelle. Stattdessen rief jemand Mr Cratchetts Namen, und er teilte mir mit, ich könne jetzt hineingehen.

»Miss Caine«, sagte Mr Raisin, als ich vor ihn trat. Er saß bekleidet mit Hemd, Krawatte und Weste an seinem Schreibtisch und hatte sich gerade eine Pfeife gestopft. Jetzt versuchte er, den Tabak im Pfeifenkopf anzuzünden, womit er allerdings einige Schwierigkeiten hatte. Das Streichholz erlosch zu früh, und er entzündete ein weiteres und saugte an dem Mundstück, bis das Kraut endlich aufglomm.

»Der Tabak ist ausgetrocknet«, erklärte er und wies auf das Sofa an der Wand. Ich ging hinüber und ließ mich darauf nieder, während er sein Jackett von einem Kleiderbügel nahm, es überzog und mir gegenüber in einem Sessel Platz nahm. Zu meiner Überraschung empfand ich seine Nähe als tröstlich.

»Natürlich ist das meine Schuld«, fuhr er fort. »Ich habe ihn gestern Abend im Salon gelassen und vergessen, den Deckel zu schließen. Immer wenn mir das passiert, habe ich dieses Problem.«

»Mein Vater war ebenfalls Pfeifenraucher«, sagte ich. Zum Glück roch Mr Raisins Tabak anders als der, den Vater benutzt hatte, denn der unverwechselbare Geruch von Vaters Mischung hätte mich gewiss aus der Fassung gebracht.

»Es hat so etwas wunderbar Entspannendes«, sagte Mr Raisin mit einem Lächeln. »Sir Walter Raleigh war wirklich ein großer Mann.«

Ich starrte ihn verwirrt an, bis mir einfiel, dass so der Seefahrer hieß, der die Tabakpflanze aus der Neuen Welt nach England gebracht hatte.

»Wussten Sie eigentlich«, fügte Mr Raisin hinzu, nahm die Pfeife aus dem Mund und wies mit dem Hals in meine Richtung, »dass Sir Walters Witwe nach seiner Hinrichtung seinen Kopf in einer Samthandtasche mit sich herumtrug?«

»Nein, das wusste ich nicht«, antwortete ich und hob überrascht die Augenbrauen.

»Finden Sie das nicht unglaublich?«

»Sie muss ihn wohl sehr geliebt haben«, sagte ich, woraufhin Mr Raisin in schallendes Gelächter ausbrach.

»Ich liebe meine Frau von Herzen, Miss Caine, wirklich von ganzem Herzen. Aber ich versichere Ihnen, wenn sie wegen Hochverrats im Old Palace Yard enthauptet werden würde, würde ich ihren Kopf mit dem Rest des Körpers begraben und ihn nicht mit mir herumtragen. Ich finde das Ganze sehr makaber, Sie etwa nicht? Man kann es mit der Liebe auch übertreiben!«

»Wer trauert, legt bisweilen ein seltsames Verhalten an den Tag. Niemand ist unter solchen Umständen ganz bei Sinnen«, erwiderte ich und strich mit dem Finger über das glatte Holz des Tisches, der zwischen uns stand. Aus irgendeinem Grund war mir bei seinen Worten flau im Magen geworden. Am liebsten wäre ich aufgestanden und gegangen, dabei hatte ich doch so viele Fragen an ihn.

»Mhm«, machte Mr Raisin und dachte über meine Worte nach, wirkte aber nicht überzeugt. »Und welche Sorte hat Ihr Herr Vater geraucht? *Old Familiar*, so wie ich?«

Ich schüttelte den Kopf. »*Johnson's Original*«, sagte ich. »Kennen Sie die Sorte?«

»Ja, aber sie ist keine meiner Lieblingsmischungen. Ich mag es süßer.«

»Vaters Tabak roch nach Kastanien und Zimt«, erklärte ich. »Eine seltsame Kombination, ich weiß, aber wenn er sich abends zum Lesen an den Kamin setzte, sich die Pfeife ansteckte und der Duft den Raum erfüllte, fand ich das immer sehr heimelig.«

Mr Raisin nickte. »Dann ist er überraschend verstorben?«

»Die Krankheit kam ganz plötzlich.« Ich schlug den Blick nieder und musterte den Teppich. »Er hat sich im Regen erkältet.«

»Dann war er schon älter?«

»Nein, das kann man nicht sagen. Aber er war seit einiger Zeit gesundheitlich angeschlagen. Ich gebe mir eine Mitschuld an seinem Tod, weil ich ihm erlaubt habe, bei so unwirtlichem Wetter auszugehen. Aber er wollte einfach nicht auf mich hören. Wir waren bei einer Lesung von

Charles Dickens, nicht weit entfernt von unserem Haus. Mr Dickens hat eine seiner Gespenstergeschichten vorgelesen.«

»Ach ja«, sagte Mr Raisin, und ein strahlendes Lächeln erhellte sein schön geschnittenes Gesicht. »Ich bin ebenfalls ein glühender Bewunderer von Mr Dickens. Haben Sie sein neuestes Werk gelesen? *Unser gemeinsamer Freund?* Für meinen Geschmack ist es etwas phantastisch. Ich hoffe, sein nächstes wird wieder besser.«

»Nein, ich habe es nicht gelesen«, sagte ich. »In Gaudlin Hall bekommen wir leider keine Zeitschriften.«

Mr Raisin seufzte. »Die Dinge haben sich geändert, das Haus hat schon weitaus bessere Zeiten gesehen. Früher hatte Mr Westerley natürlich alle wichtigen Tageszeitungen abonniert. Dazu die *Household Words*, die *Illustrated Times* und *All the Year Round*. Keine fehlte. Er war ein begeisterter Leser, müssen Sie wissen, und über alles, was in der Welt geschah, auf dem Laufenden. So wie sein Vater auch. Natürlich war der alte Mr Westerley –«

Mir dämmerte, dass Mr Raisin mit mir plauderte, um dem eigentlichen Thema aus dem Weg zu gehen. Je länger wir über meinen verstorbenen Vater, Charles Dickens und die Zeitungen sprachen, die man als wohlhabender Mensch abonnieren konnte, desto weniger Zeit blieb ihm, meine Fragen zu beantworten. Die Minuten würden unaufhaltsam verstreichen, der Uhrzeiger würde sich immer mehr der Zwölf nähern, und bevor ich mich versah, würde sein eifriger Sekretär hereinplatzen und mich hinauskomplimentieren, indem er sagte, Mr Raisin hätte noch viele Termine und meine Zeit sei jetzt um.

»Mr Raisin«, sagte ich mit Nachdruck, und er starrte mich mit aufgerissenen Augen an. Offenbar war er es nicht gewohnt, unterbrochen zu werden, schon gar nicht von einer Frau. Er schien nicht zu wissen, wie er damit umgehen sollte.

»Verzeihen Sie, aber könnten wir jetzt wohl zum eigentlichen Anlass meines Besuchs kommen. Ich habe viel mit Ihnen zu besprechen.«

»Natürlich, Miss Caine, natürlich«, sagte er und straffte die Schultern. »Es gibt doch keinen Anlass zur Klage, oder? Mit Ihrem Lohn ist alles in Ordnung? Heckling verhält sich anständig?«

»Der Lohn wird mir stets pünktlich ausgezahlt, und mein Verhältnis zu Mr Heckling ist so gut wie eben möglich. Aber ich muss gestehen, dass ich unser vorheriges Treffen, unser bisher *einziges* Treffen, eher unbefriedigend fand.«

»Ach ja?«, sagte er. »Warum das?«

»Mr Raisin, als ich hier ankam, war ich einfach nur glücklich, eine Arbeit und ein Dach über dem Kopf zu haben. Ich war glücklich, dass ich nach dem Tod meines Vaters ein neues Leben anfangen konnte. Mittlerweile weiß ich, dass ich die Stelle überstürzt angenommen habe, ohne gebührende Überlegung. Vor meiner Zusage hätte ich ein paar Erkundungen einholen sollen, und auch mir hätte man gewisse Fragen stellen sollen. Aber jetzt ist es zu spät. Ich bin nun schon seit ein paar Wochen hier und habe mich ein wenig eingelebt. Allerdings waren die letzten Tage ... wie soll ich sagen ...« Ich fand nicht das rechte Wort.

»Seltsam?«, schlug er vor.

»Beunruhigend trifft es wohl eher. Es gab ein paar rätselhafte Vorfälle, und ehrlich gesagt weiß ich nicht, wie ich Ihnen davon erzählen soll, ohne dass Sie an meinem Verstand zweifeln. Wenn Sie gestatten, Mr Raisin, werde ich vorerst darüber schweigen. Ich will Ihnen eine einfache

Frage stellen und wäre Ihnen für eine offene Antwort dankbar.«

Der Anwalt nickte langsam und runzelte besorgt die Stirn. Vielleicht dämmerte ihm allmählich, dass er nicht länger Ahnungslosigkeit vortäuschen konnte. Mit Zeigefinger und Daumen entfernte er einen Tabakfaden, der zwischen seinen Schneidezähnen hing, und schob sich dann die Pfeife wieder zwischen die Lippen. Für kurze Zeit verschwand sein Gesicht in einer dichten Rauchwolke.

»Stellen Sie Ihre Frage, Miss Caine«, sagte er dumpf, »aber ich kann nicht versprechen, dass ich antworten werde. Sie müssen verstehen, dass ich keine vertraulichen Dinge über meine Klienten preisgeben darf.«

Er seufzte leise und fügte versöhnlicher hinzu: »Aber bitte, fragen Sie nur. Wenn ich Ihre Frage beantworten kann, werde ich es tun.«

»Die Eltern meiner Schützlinge«, sagte ich, »Mr und Mrs Westerley. Wo sind sie?«

Er nickte und wandte den Blick ab. Ich hatte den untrüglichen Eindruck, dass meine Frage ihn nicht überraschte, ja, dass er sogar damit gerechnet hatte.

»Sie leben nun also schon seit ein paar Wochen im Dorf«, sagte er tonlos.

»Das ist richtig.«

»Dann befremdet es mich, dass Sie mir die Frage überhaupt stellen müssen. Ich habe mein ganzes Leben in Gaudlin verbracht, und die Leute hier lieben Klatsch und Tratsch. Ich möchte meinen, sie befördern Neuigkeiten schneller als die Königliche Post.«

»Ich habe mehrere Dorfbewohner auf Isabellas und Eustaces' Eltern angesprochen«, sagte ich, »bin aber überall auf Ablehnung gestoßen. Niemand will mir antworten. Sobald ich den Namen ›Westerley‹ ausspreche, wechseln alle das Thema. Plötzlich unterhalten wir uns über das Wetter oder den Getreidepreis oder darüber, ob Mr Disraeli gute Aussichten auf das Amt des Premierministers hat. Ob die Bedienung im Teehaus oder der Pfarrer, alle geben mir dieselbe Antwort.«

»Und die wäre?«

»Fragen Sie Mr Raisin.«

Er musste grinsen. »Und deshalb sind Sie nun hier.«

»Deshalb bin ich nun hier. Um Mr Raisin zu fragen.«

Er holte tief Luft, erhob sich, trat zum Fenster und blickte in den Garten hinaus, wo die Blätter eines Ahornbaums in flammendem Rot leuchteten. Daneben standen Rosenbüsche in Reih und Glied, und ich überlegte, ob er oder Mr Cratchett sich darum kümmerte. Ich beschloss jedoch, ihn nicht mit dieser Frage zu behelligen, sondern ihn in Ruhe nachdenken zu lassen. Gewiss überlegte er, ob er mir die Wahrheit sagen sollte, und wenn ich ihn zu sehr bedrängte, würde ich nichts aus ihm herausbekommen. Nach langem Schweigen wandte er sich mit ernster Miene zu mir um, und ich bekam einen Eindruck davon, wie es sich anfühlen musste, als Beschuldigter in seinem Büro zu stehen.

»Was ich Ihnen sagen kann, Miss Caine«, begann er, »ist allgemein bekannt, also begehe ich damit auch keinen Vertrauensbruch. Ehrlich gesagt, bin ich überrascht, dass Sie noch nichts davon wissen, denn vor einem Jahr waren die Zeitungen voll von Berichten über den Skandal.«

Ich runzelte die Stirn. In Wahrheit las ich nur selten Zeitung, auch wenn ich gern das Gegenteil behauptete. Natürlich war ich trotzdem einigermaßen über die Politik auf dem Laufenden. Ich kannte die Namen des Premierministers und des Innenministers, und ich hatte von dem Krieg zwischen Preußen und Österreich und von dem Attentat in Kiew gehört, denn über diese Themen hatten wir im Lehrerzimmer der St. Elizabeth's School gesprochen. Doch abgesehen davon hatte ich vom Zeitgeschehen nicht viel Ahnung.

»Sie wollen also etwas über die Eltern Ihrer Schützlinge erfahren«, fuhr Mr Raisin fort. »Nun, dann fange ich wohl am besten mit Mr Westerley an. Wir kannten uns schon als Kinder. Wir sind zusammen zur Schule gegangen. Damals waren wir wie Brüder. Meine Mutter ist gestorben, als ich noch sehr jung war, und mein Vater hat mich allein großgezogen. Da er ausschließlich für den alten Mr Westerley arbeitete, verbrachten James und ich von klein auf viel Zeit miteinander.«

»Ihre Geschichte ähnelt meiner«, warf ich ein. »Meine Mutter ist gestorben, als ich neun Jahre alt war.«

Er nickte, und ich merkte, dass er sich allmählich ein wenig für mich erwärmte.

»Dann wissen Sie ja, wie es ist, nur mit dem Vater aufzuwachsen. Jedenfalls war James als Junge ziemlich frech, aber er wuchs zu einem warmherzigen, klugen, gebildeten jungen Mann heran, der im Dorf sehr beliebt war. Sein Vater, der alte Mr Westerley, war recht aufbrausend, aber das stand ihm ja auch zu. Wer Geld hat und große Verantwortung auf sich nimmt, kann nicht immer nur freundlich sein. Er wollte, dass James eine junge Frau aus Ipswich heiratete, die Tochter eines Großgrundbesitzers, aber dazu kam es nie. Schließlich leben wir nicht mehr in feudalen Zeiten. James wollte sich nicht vorschreiben lassen, wen er zu ehelichen hatte. Letztlich heiratete er nicht einmal eine Engländerin.«

»Das hat mir Isabella erzählt«, erklärte ich. »Sie sagte, ihre Mutter sei Spanierin.«

»Ja, das ist richtig. James ging für sechs Monate nach Madrid – das muss jetzt vierzehn Jahre her sein –, und dort verliebte er sich in eine junge Frau. Sie war ein Niemand aus einer mittellosen Familie. Es hatte da irgendeinen Skandal gegeben, das ist ein sehr heikles Thema, aber James interessierte sich nicht für ihre Vergangenheit. Er wollte Santina, so hieß die junge Dame, unbedingt zur Frau nehmen, und es sah alles danach aus, als wollte sie das auch. Jedenfalls kamen die beiden zusammen nach Norfolk zurück, und er stellte sie seinem Vater vor. Natürlich gab das einen ziemlichen Aufruhr, und der alte Westerley verbot seinem Sohn, die Ehe einzugehen, aber es war zu spät. Die junge Frau trug den Ring längst am Finger. Das alles war sehr schwierig für alle Beteiligten, aber obwohl der alte Mr Westerley so ein harter Knochen war, beschloss er, sich nicht mit seinem einzigen Sohn zu überwerfen. Nach einiger Zeit verzieh er ihm sogar und brachte seiner Schwiegertochter eine gewisse Liebenswürdigkeit entgegen.«

»Dann waren sie einander also nicht entfremdet?«

»Anfangs schon, aber nur für kurze Zeit. Als sich die Wogen geglättet hatten, versöhnten sie sich wieder. Santina gab sich auch große Mühe, das muss man ihr lassen. Sie behandelte den alten Mr Westerley äußerst respektvoll und schloss Freundschaft mit den Leuten im Dorf. Sie nahm an dem Leben hier teil. In diesen ersten Jahren war alles in bester Ordnung. Obwohl sie Ausländerin war, wurde sie nach einer Weile von allen akzeptiert.«

Ich nickte und dachte über seine Worte nach. Eine Ausländerin, eine Fremde, zog an einen Ort wie diesem in das Herrenhaus ein. Die neue Mrs Westerley musste es alles andere als leicht gehabt haben.

»Die Geschichte klingt zu schön, um wahr zu sein«, sagte

ich. »Warum habe ich nur das Gefühl, dass Sie die Idylle gleich zerstören werden?«

»Sie haben einen wachen Verstand, Miss Caine. Ein gutes Jahr später verstarb der alte Mr Westerley, und James erbte den gesamten Besitz. Santina war zu dieser Zeit in Umständen, und als sie wenige Monate später eine Tochter gebar, Isabella, veränderte sich alles auf einen Schlag. Es war wirklich erstaunlich. Wenige Tage vor der Niederkunft war ich noch in Gaudlin Hall, und als Isabella etwa eine Woche alt war, besuchte ich die Westerleys wieder, und ich schwöre, Santina war eine völlig andere Frau.«

»In welcher Hinsicht?«, fragte ich und lehnte mich vor.

Er runzelte nachdenklich die Stirn. Die Erinnerung war augenscheinlich sehr qualvoll, und er legte großen Wert darauf, die richtigen Worte zu wählen.

»Meine Frau hatte ein Geschenk gekauft, um das Kind in dieser Welt willkommen zu heißen.«

Er kehrte zu seinem Sessel zurück, nahm Platz und sah mich mit schmerzerfülltem Gesicht an.

»Nur ein kleines Spielzeug, nichts Besonderes. Wir fuhren zum Herrenhaus, um den Westerleys einen Besuch abzustatten, und als wir ankamen, war Santina in ihrem Schlafzimmer, weil sie von der Geburt recht erschöpft war. James ging nach oben, um sie zu holen. Er ließ mich und meine Frau mit dem Neugeborenen allein, und Charlotte verschwand kurz nach nebenan, um sich frisch zu machen. Gleich darauf wachte Isabella auf und begann zu weinen. Ich nahm an, dass sie hungrig war. Sie müssen wissen, Miss Caine, dass ich selbst Vater bin. Ich bin den Umgang mit Kleinkindern gewohnt und habe anders als viele meiner Geschlechtsgenossen keine Scheu davor, einen weinenden Säugling zu beruhigen. Die Kleine weinte bitterlich, und ich wollte sie trösten, also nahm ich sie hoch. Gerade als ich sie aus der Krippe hob, kam Santina durch die Tür und begann fürchterlich zu schreien. Sie war völlig außer sich! So ein Kreischen hatte ich noch nie gehört. Ich wusste nicht, wie mir geschah. Ich stand wie angewurzelt da und war völlig schockiert. Selbst Isabella war angesichts der beängstigenden Schreie ihrer Mutter verstummt. James kam ins Zimmer gestürzt, und sein Blick ging verständnislos zwischen uns beiden hin und her. Ich legte Isabella zurück in die Krippe und verließ das Zimmer. Wenig später traf ich mit Charlotte in der Eingangshalle zusammen, und wir baten Heckling, unsere Kutsche vorzufahren. Die ganze Sache war mir schrecklich unangenehm. Ich hatte irgendetwas getan, was Santina völlig aus der Fassung gebracht hatte – aber was? Ich konnte mir ihr Verhalten einfach nicht erklären.«

Ich starrte ihn an. »Und Sie haben wirklich nichts anderes getan, als das Kind hochzunehmen?«, fragte ich.

»Ich schwöre bei Gott, das war alles.«

»Warum war sie dann so ungehalten?«

Mr Raisin stieß ein bitteres Lachen aus.

»Ungehalten? Sie war nicht ungehalten, Miss Caine. Sie war verrückt. Sie hatte sich nicht mehr unter Kontrolle. Gleich darauf kam James zu uns nach draußen, und er war genauso bestürzt wie wir. Er entschuldigte sich, ich entschuldigte mich, und wir beide bestanden wie die Narren darauf, dass es unser Fehler gewesen sei, bis ich andeutete, dass Charlotte und ich jetzt wirklich gehen müssten, und er uns entließ. Das Ganze hatte meine Frau und mich sehr mitgenommen, aber ich versuchte, die Sache zu vergessen.«

Nach kurzem Nachdenken fragte ich:

»Wie war denn Ihr Verhältnis zu Mrs Westerley gewesen?

Waren Sie einander freundschaftlich verbunden? Sie sagen, dass Mr Westerley und Sie fast wie Brüder aufgewachsen sind. War Mrs Westerley vielleicht eifersüchtig darauf, wie vertraut sie miteinander waren?«

Er schüttelte den Kopf.

»Das kann ich mir nicht vorstellen. Charlotte und ich haben Santina nach ihrer Ankunft in England ein wenig unter unsere Fittiche genommen, und sie hatte mir oft gesagt, wie dankbar sie uns war. Ich hatte immer den Eindruck gehabt, dass sie mich mochte. Bis zu jenem Tag war zwischen uns nie ein böses Wort gefallen. Wir hatten uns immer gut verstanden.«

Er nahm die Pfeife aus dem Mund und legte sie auf einen kleinen Beistelltisch. Mir fiel auf, dass seine Hände leicht zitterten. Es fiel ihm offensichtlich nicht leicht, mir von den damaligen Ereignissen zu berichten. Dann stand er auf und trat zu einem kleinen Glasschrank an der rechten Wand.

»Es ist noch recht früh, ich weiß«, sagte er, während er sich einen Whiskey einschenkte. »Aber ich brauche jetzt eine kleine Stärkung. Ich habe lange nicht über diese Dinge gesprochen.«

»Das ist schon in Ordnung«, sagte ich.

»Möchten Sie auch einen?«

Ich schüttelte den Kopf, und er nickte, stellte die Karaffe zurück und trank einen kleinen Schluck.

»Jedenfalls veränderte sich die Stimmung in Gaudlin Hall von einem Tag auf den anderen«, fuhr er fort. »Santina war nicht mehr wiederzuerkennen. Sie konnte es nicht ertragen, auch nur eine Minute von ihrer Tochter getrennt zu sein, und sie ließ nicht zu, dass sich irgendjemand anderes um sie kümmerte. Natürlich hatte James vor, ein Kindermädchen einzustellen, denn so hatte es die Westerley-Familie schon immer gehalten, aber Santina wollte nichts davon wissen. Sie sagte, sie würde selbst für ihr Kind sorgen.«

»Aber das ist doch nur verständlich«, sagte ich, auch wenn ich von diesen Dingen eigentlich keine Ahnung hatte. »Sie liebte ihre Tochter eben sehr. Solch eine Hingabe ist doch bewundernswert.«

»Aber das war es nicht«, widersprach er. »Ich weiß, wie Mutterliebe aussieht. Meine Frau liebt unsere Kinder auch sehr. Die meisten Frauen, die ich kenne, lieben ihre Kinder innig. Die meisten Männer im Übrigen auch, selbst wenn sie es hinter viel Knurren und Poltern zu verbergen suchen. Aber das hier war keine gewöhnliche Mutterliebe. Santina war regelrecht besessen. Sie wollte niemanden in Isabellas Nähe lassen. Niemand durfte sie berühren oder auf den Arm nehmen. Niemand durfte sich um sie kümmern, nicht einmal James. An einem Abend, an dem wir zugegebenermaßen recht viel von einem guten schottischen Whiskey getrunken hatten, vertraute mir mein Freund an, dass er und seine Gattin – verzeihen Sie mir, Miss Caine, aber ich muss offen sprechen, wenn ich Ihnen die Wahrheit erzählen will – dass er und seine Gattin nicht länger das Bett teilten.«

Ich wandte den Blick ab und fühlte mich plötzlich so erschöpft, dass ich bereute, an jenem Tag überhaupt in Mr Raisins Büro gekommen zu sein. Was ging mich das alles an? Wieso glaubte ich, etwas über das Eheleben von zwei völlig fremden Menschen erfahren zu dürfen? Am liebsten wäre ich aufgesprungen, aus dem Zimmer gelaufen und davongerannt. Ich wollte nichts mehr hören. Aber mir erging es wie Pandora, die die Büchse geöffnet und alles Böse in die Welt entlassen hatte. Ich hatte Mr Raisin nach dem Verbleib der Eltern meiner Schützlinge gefragt, und er war nun dabei, mir diese Frage zu beantworten. Einmal geöffnet, konnte die Büchse nicht wieder geschlossen werden.

»Soll ich besser nicht weitermachen, Miss Caine?«, fragte er. »Sie sehen aus, als wäre Ihnen nicht gut.«

»Sprechen Sie weiter«, sagte ich und schluckte, denn ich fürchtete mich doch ein wenig vor der Fortsetzung. Trotzdem sagte ich: »Bitte erzählen Sie mir alles, was Sie wissen.«

»Natürlich verschlechterte sich das Verhältnis zwischen den Eheleuten immer mehr«, fuhr Mr Raisin fort, »und so können Sie sich meine Überraschung vorstellen, als Santina ein paar Jahre später wieder in Umständen war, diesmal mit Eustace. James vertraute mir an, dass es eine kurze Annäherung gegeben habe, während der er auf eine Erfüllung der ehelichen Pflichten bestanden habe. Beim zweiten Kind kam alles genauso. Womöglich war es sogar noch schlimmer. Santinas Besessenheit hatte etwas Krankhaftes. Sie wich den Kindern selbst nachts nicht von der Seite und ging auf jeden los, der sich ihnen nähern wollte. Offensichtlich war sie nicht ganz bei Verstand. Sie brauchte ärztliche Betreuung. Ich nehme an, irgendetwas hatte ihren Geist getrübt. Vielleicht litt sie unter Ereignissen aus der eigenen Kindheit, vielleicht hatte sie damals einen Schaden davongetragen. Wie gesagt, waren mir Gerüchte über einen Familienskandal zu Ohren gekommen, aber ich konnte nicht herausfinden, ob sie der Wahrheit entsprachen.«

»Was war das denn für ein Skandal?«, fragte ich.

»Es tut mir leid, Miss Caine. Dabei ging es um zu abscheuliche Dinge. Ich kann nicht darüber sprechen.«

»Ich würde es wirklich gern wissen.«

Er starrte mich an, und kurz meinte ich, Tränen in seinen Augen zu sehen.

»James hat mir nur ein einziges Mal davon erzählt«, sagte

er leise. »Er hat mir berichtet, was Santina ihm anvertraut hatte. Oder vielmehr hat er es angedeutet. Er fand wohl selbst keine Worte, um derartige Verderbtheit zu beschreiben.«

»Sie müssen schon deutlicher werden, Mr Raisin.«

»Santinas Vater und Onkel«, sagte er und räusperte sich, »waren üble Burschen. Sie haben ein verabscheuungswürdiges Verbrechen begangen und wider die Gesetze der Natur gehandelt. Offenbar haben sie sich ihr ... unsittlich genähert, als sie noch ein Kind war. Muss ich noch deutlicher werden, Miss Caine, oder verstehen Sie mich?«

Mir drehte sich der Magen um, und ich nickte.

»Ich verstehe Sie sehr gut, Sir.« Ich wunderte mich darüber, wie fest meine Stimme klang. »Das arme Mädchen muss furchtbar gelitten haben.«

»Es ist unvorstellbar. Ich weiß nicht, wie ein Vater so etwas tun kann. Oder ein Onkel. Es übersteigt einfach meinen Verstand. Sind wir denn tief im Inneren nichts als Tiere, Miss Caine? Verbergen wir unsere niederen Triebe nur unter schönen Worten, hübschen Kleidern und höflichem Benehmen? Es gibt Leute, die sagen, dass wir, wenn wir unseren wahren Gelüsten folgen würden, brutal übereinander herfallen würden.«

Mit dem, was Mr Raisin da beschrieb, mochten die meisten jungen Frauen meines Alters noch nie in Berührung gekommen sein, doch aufgrund der Dinge, die sich im Jahr zuvor an der St. Elizabeth's School ereignet hatten, wusste ich leider nur zu gut, wovon er sprach. Der junge Mann, mit dem ich mich zu jener Zeit ein wenig angefreundet hatte, Mr Covan, unterrichtete damals die ältesten Schülerinnen, die zwischen zehn und zwölf Jahre alt waren. Eines dieser Mädchen, ein ruhiges, hübsches kleines Ding, deren Namen ich nicht niederschreiben möchte, veränderte sich im Verlauf des Schuljahrs sehr. Zuvor war sie eine gesittete, fleißige Schülerin gewesen, aber innerhalb weniger Monate entwickelte sie sich zu einer notorischen Unruhestifterin, und niemand verstand, warum. Eines Tages griff sie Mr Covan mitten im Unterricht an. Wir mussten sie überwältigen, und das Mädchen drohte der Schule verwiesen zu werden, aber bei einer eingehenden Befragung vertraute sie Mrs Farnsworth ein paar haarsträubende Dinge an, woraufhin wir die Polizei riefen und Mr Covan noch am selben Tag verhaftet wurde. Uns blieb erspart, als Zeugen vor Gericht auszusagen, weil der junge Mann sich das Leben nahm, aber das Ereignis nahm uns Lehrerinnen trotzdem alle sehr mit. Ich war besonders erschüttert, da ich zärtliche Gefühle für Arthur Covan gehegt hatte. Die Enthüllung seiner wahren Natur machte mir Angst, und ich fühlte mich hintergangen. Aber natürlich hatte das Mädchen ungleich mehr Schaden genommen. Als ich ein Jahr später die Schule verließ, hatte sie sich noch nicht von der Sache erholt. Sie war nach wie vor schrecklich aufsässig und stiftete nur Chaos.

»Die menschliche Natur kann sehr verstörend sein«, sagte ich zu Mr Raisin. »Manche Menschen sind der abscheulichsten Dinge fähig. Wenn Mrs Westerley von ihrer eigenen Familie Leid angetan wurde, ist es nur verständlich, dass sie ihren eigenen Kindern nahe sein will. Sie möchte verhindern, dass ihnen irgendetwas geschieht.«

»Ihren Wunsch, die Kinder zu beschützen, verstehe ich ja, Miss Caine«, erwiderte er. »Aber Herrgott noch mal, Santina hat ja kaum zugelassen, dass ihr eigener Vater sie hochnimmt oder mit ihnen spielt, geschweige denn jemand anderes. Das konnte so nicht weitergehen. Und doch ging es mehrere Jahre so weiter, und wir gewöhnten uns daran, dass in Gaudlin Hall eine Verrückte lebte. Man könnte auch sagen, wir verschlossen die Augen davor. Wir dachten, die Sache ginge uns nichts an. James' und Santinas Ehe war zerrüttet, und er war um Jahre gealtert. Der arme Mann wusste nicht mehr ein noch aus. Vor etwa achtzehn Monaten kam es zu einem äußerst bedauerlichen Vorfall, und die Dinge spitzten sich zu. Santina war mit Isabella und Eustace im Park, und als sie ihnen für einen kurzen Moment den Rücken wandte, fragte sie eine andere Frau, ob sie nicht mit ihren Kindern Fangen spielen wollten. Santina verlor die beiden für kurze Zeit aus den Augen, und sie wurde völlig … Nun ja, das Wort ›verrückt‹ habe ich bereits verwendet, aber glauben Sie mir, Miss Caine, das ist der einzig treffende Ausdruck. Sie drehte vollkommen durch.«

Ich starrte ihn mit aufgerissenen Augen an.

»Was hat sie denn getan?«, fragte ich.

»Sie hob einen heruntergefallenen Ast vom Boden auf, ein schweres, wuchtiges Stück Holz, schlug damit auf die arme Frau ein und verletzte sie schwer. Hätten Passanten nicht eingegriffen, hätte sie sie wohl getötet. Es war entsetzlich. Einfach entsetzlich.«

Er war jetzt richtig blass geworden.

»Natürlich wurde die Polizei gerufen, aber James gelang es, eine Anklage zu verhindern. Sie müssen wissen, Miss Caine, dass man sich hier bei uns mit Geld und der entsprechenden gesellschaftliche Stellung so ziemlich jeden Gefallen erkaufen kann. Allerdings wäre es für alle besser gewesen, wenn sie damals verhaftet und eingesperrt worden wäre. Dann wäre uns viel erspart worden.«

Er seufzte, fuhr sich mit der Hand über das Gesicht und trank von seinem Whiskey. Diesmal nahm er einen großen Schluck.

»Ich fürchte, die Fortsetzung der Geschichte wird Ihnen sehr zu Herzen gehen, Miss Caine. Sie müssen sich auf das Schlimmste gefasst machen.«

»Was Sie mir bisher erzählt haben, ist doch schon schlimm genug«, sagte ich. »Ich kann mir kaum etwas Schlimmeres vorstellen.«

Er stieß ein bitteres Lachen aus.

»Hören Sie selbst«, sagte er. »Ich weiß nicht, welchen Handel James mit der Polizei schloss, und ich weiß auch nicht, was für ein Gespräch er nach dem Angriff im Park mit seiner Frau geführt hat, aber der Schleier, der James jahrelang den Blick vernebelt hatte, war zerrissen. Endlich sah er, wie schädlich das innige Verhältnis zwischen seiner Frau und den Kindern war. Er begriff, dass ihre Liebe weit über das gesunde Maß hinausging und dass sie eher etwas mit Besessenheit und Grausamkeit zu tun hatte. Sie sehen ja selbst, wie seltsam sich Isabella verhält, wie erwachsen und zugleich kindlich sie ist. Das alles kommt von der übergroßen Nähe zu ihrer Mutter. Jedenfalls bestand James darauf, dass sich etwas ändern müsse. Er entschied, dass Santina nicht mehr all ihre Zeit mit den Kindern verbringen dürfe. Sie bräuchten andere Einflüsse. Deshalb stellte er gegen ihren Willen eine Gouvernante ein. Die erste Gouvernante, Miss Tomlin. Sie war eine nette junge Frau, etwas älter als Sie und ein hübsches Ding. Wir alle mochten sie sehr. Sie sprach fließend Französisch, aber daran störte sich niemand. Ich sah sie manchmal mit den Kindern im Dorf und begann, mit mir selbst ein albernes Spiel zu spielen: Wo war Santina? Immer wenn ich mich umsah, entdeckte ich sie hinter einem Baum oder einer Hausecke, von wo aus sie ihre Kinder belauerte. Damals glaubte ich, ihr Verhalten sei zumindest gesünder als zuvor. Ich dachte, sie würde mit der Zeit lernen, Isabella und Eustace freizugeben. Und ich war überzeugt, ich war aufrichtig davon überzeugt, Miss Caine, dass das auf lange Sicht das Beste wäre. Schließlich würden die Kinder eines Tages erwachsen sein, heiraten und aus Gaudlin Hall ausziehen, und Santina würde damit umgehen müssen. Doch leider irrte ich mich, denn sie konnte den Gedanken, dass jemand anderes für ihre Kinder sorgte, nicht ertragen. In ihrem Wahn dachte sie, dass sie jeden Tag ein paar Stunden lang in höchster Gefahr schwebten.

Eines Abends, vor etwas über einem Jahr, betrat Santina den Salon von Gaudlin Hall – die Kinder waren schon oben. Ihr Mann und die Gouvernante waren in ein Gespräch vertieft und sahen nur kurz auf. Santina war vollkommen gefasst. Sie wartete, bis beide ihr wieder den Rücken kehrten, griff nach dem Schürhaken, dem schweren Eisenschürhaken, einem Erbstück der Familie, und stürzte sich auf ihre wehrlosen Opfer. Sie schlug ebenso brutal auf sie ein wie auf die arme Frau im Park. Nur war diesmal niemand da, der ihr Einhalt gebieten konnte, und ein Schürhaken, Miss Caine, ist eine sehr viel tödlichere Waffe als ein Ast.«

Er senkte den Kopf und verstummte.

»Mord?« Das schreckliche Wort wagte ich nur zu flüstern. Er nickte.

»Leider ja, Miss Caine«, sagte er leise. »Kaltblütiger Mord. Wenn ich daran denke, wie reizend Miss Tomlin war, wie jung und schön … Sie wurde auf so schaurige Weise aus dem Leben gerissen. An jenem Abend bot sich mir eine grausige Szene. Als Anwalt und langjähriger Freund der Familie riefen mich die Polizisten, die als Erste in Gaudlin Hall eintrafen, zum Tatort, und ich kann Ihnen sagen, Miss Caine, ich werde den Anblick nie vergessen. Wer Zeuge eines solchen Blutbads geworden ist, kann nie mehr ruhig schlafen.«

Ich wandte den Blick ab. Mir war speiübel, und ich wünschte, ich hätte die Geschichte nie gehört. War ich nichts als eine Tratschtante, die ihre Nase in Dinge steckte, die sie nichts angingen? Aber nun war es zu spät. Wir mussten es zu Ende bringen.

»Und was geschah mit Mrs Westerley?«, fragte ich. »Mit Santina? Diesmal blieb sie nicht auf freiem Fuß, nehme ich an.«

»Sie kam vor Gericht, Miss Caine, und der Richter konnte keine mildernden Umstände erkennen. Wie auch? Er verurteilte Santina zum Tod durch den Strang.«

Bestürzt legte ich mir eine Hand auf die Brust. Der Bluterguss war immer noch deutlich zu spüren.

»Und was können Sie mir von den anderen Gouvernanten erzählen?«

Mr Raisin schüttelte den Kopf und warf einen Blick auf die Standuhr.

»Nicht heute, Miss Caine. Wir müssen unser Gespräch jetzt leider beenden. Ich fahre heute noch nach Norwich, und ich werde wohl einen Moment brauchen, um mich ein wenig zu sammeln. Unsere Unterhaltung hat mich sehr aufgewühlt. Können wir ein anderes Mal weiterreden?«

»Natürlich.« Ich stand auf und zog mir den Mantel an. »Vielen Dank, dass Sie sich die Zeit für das Gespräch genommen haben, Mr Raisin. Ich muss Sie um Verzeihung bitten. Ich kann sehen, wie sehr Sie die Erinnerung an diese Geschichte quält. Ich fürchte, ich habe alte Wunden wieder aufgerissen.«

»Sie haben ein Recht darauf, es zu erfahren«, sagte er. »Und Sie haben auch ein Recht darauf, den Rest zu erfahren. Nur nicht heute ... Würden Sie sich noch etwas gedulden?«

Ich nickte und ging zur Tür. Als ich die Hand auf den Griff legte, wandte ich mich noch einmal um.

»Aber es ist doch unfassbar, nicht?«, sagte ich. Ich versuchte, mir vorzustellen, wie Mutterliebe in derartige Besessenheit ausarten konnte. »Wie kann eine Frau zwei Morde begehen, nur um andere daran zu hindern, sich ihren Kindern zu nähern? Allein der Gedanke ist erschreckend.«

Mr Raisin musterte mich stirnrunzelnd. »Zwei Morde, Miss Caine?«, fragte er.

»Ja«, sagte ich. »Mr Westerley und Miss Tomlin.«

Der Anwalt schüttelte den Kopf.

»Es tut mir leid«, sagte er. »Ich fürchte, ich habe mich undeutlich ausgedrückt. Miss Tomlin war an jenem verhängnisvollen Abend das einzige Mordopfer. Oh, natürlich wollte Santina sie alle beide töten, und sie war verdammt nah dran, wenn Sie meine Ausdrucksweise entschuldigen. Aber nein, James Westerley ist nicht gestorben. Obwohl man angesichts des Zustands, in dem seine Frau ihn zurückgelassen hat, sagen könnte, dass es vielleicht besser für ihn gewesen wäre.«

Ich starrte ihn verblüfft an.

»Mr Westerley lebt?«

»Ja.«

»Dann muss ich die Frage, die ich Ihnen vor über einer Stunde gestellt habe, wiederholen. Ich habe mich nach dem Verbleib der Eltern meiner Schützlinge erkundigt. Mittlerweile weiß ich, wo Mrs Westerley ist. Aber wo ist Mr Westerley?«

Er sah mich an, als wäre ich nicht ganz richtig im Kopf.

»Das wissen Sie nicht?«

»Natürlich nicht«, sagte ich verärgert. »Wenn ich es wüsste, warum sollte ich dann fragen? Ist er aus Norfolk fortgegangen? Hat er seine Kinder im Stich gelassen?«

»Miss Caine, James Westerley würde seine Kinder niemals im Stich lassen, genauso wenig wie ich. Und er hat Norfolk seit jener folgenreichen Reise nach Madrid nicht mehr verlassen. Nein, James ist immer noch hier. Er ist in Gaudlin Hall. Er lebt mit Ihnen unter einem Dach.«

Kapitel

Ich hatte nie einen Wecker gebraucht, um morgens aufzuwachen, und selbst als ich noch ein Kind war, musste Vater nie an meine Tür klopfen, um mich rechtzeitig für die Schule zu wecken. Als Tante Hermione mich in dem Sommer nach Mutters Tod mit nach Cornwall nahm, wunderte sie sich darüber, dass ich immer zu genau der Uhrzeit, die sie mir am Abend zuvor genannt hatte, zum Frühstück erschien. Sie sagte, ich sei ihr unheimlich, aber meine Pünktlichkeit schien sie zu beeindrucken. Mein ganzes Leben lang war es so gewesen: Wenn ich zu einer bestimmten Zeit wach werden wollte, schlug ich ganz von selbst zur fraglichen Stunde die Augen auf.

Als ich mir nach dem Gespräch mit Mr Raisin vornahm, am nächsten Morgen um vier Uhr früh aufzustehen, wusste ich deshalb, dass es mir mühelos gelingen würde. Und tatsächlich, als ich die Augen öffnete, lag mein Zimmer noch im Dunkeln, und die Uhr zeigte genau vier Uhr an. Ich stand auf, zog die Vorhänge zurück und sah auf das Grundstück hinaus. Dabei hielt ich vorsichtshalber einen gewissen Abstand zum Fenster, obwohl der Geist, der in diesen Mauern sein Unwesen trieb, offenbar nie zweimal auf dieselbe Art angriff. Angst hatte ich vor allem deshalb, weil ich nie wusste, wann die nächste Attacke erfolgen und wie sie aussehen würde.

Dichter Nebel hing über dem Park, ein Waschküchenwetter, das mich an London erinnerte. Draußen war kaum etwas zu erkennen, und so kleidete ich mich rasch an und ging hinunter in die Küche. Ich setzte mich so hin, dass ich das Fenster im Auge behalten konnte und jeden sehen würde, der auf dieser Seite um das Haus herumging, machte mir einen Tee und wartete. Es wurde halb fünf, fünf, und ein zarter Lichtschimmer zeigte sich am Horizont. Immer wieder fielen mir die Augen zu, und nachdem ich einmal fast eingedöst wäre, ging ich in die Bibliothek, um mir ein Buch zu holen. Während ich die Regale absuchte, hörte ich in der Küche ein Geräusch. Ich schlich zur Tür und spähte um die Ecke. Erleichtert, aber auch etwas ängstlich stellte ich fest, dass mir meine Beute endlich in die Falle gegangen war.

»Mrs Livermore.«

Sie zuckte zusammen, legte sich die Hand auf die Brust und fuhr herum.

»Um Himmels willen«, stieß sie hervor. Es waren die ersten Worte, die sie an mich richtete, obwohl wir seit mehreren Wochen in demselben Haus ein und aus gingen.

»Was fällt Ihnen ein, sich so anzuschleichen? Sie haben mich zu Tode erschreckt.«

»Wie sonst sollte ich Sie abpassen?«, fragte ich und kümmerte mich nicht um die üblichen Höflichkeiten. »Es ist nicht leicht, Ihnen zu begegnen.«

»Das ist richtig«, sagte sie mit einem knappen Nicken. Sie musterte mich geringschätzig und drehte sich dann wieder zum Herd, auf dem ein Kessel stand. »Wer den ganzen Morgen im Bett herumtrödelt, verpasst mich natürlich. Sie müssen schon früher aufstehen, junge Dame, wenn Sie mit mir reden wollen.«

»Hätte ich damit denn Erfolg gehabt?«, erwiderte ich. »Ich habe den Verdacht, dass Sie kein Interesse daran haben, mit mir Konversation zu betreiben.«

Sie seufzte und warf mir einen müden Blick zu. Sie war eine kräftige Frau, eher fünfzig als vierzig Jahre alt, und trug das graue Haar zu einem straffen Knoten gebunden. Doch ihre Augen leuchteten wach, und ich dachte bei mir, dass sie vermutlich kein Blatt vor den Mund nahm.

»Sie müssen sich schon deutlich ausdrücken«, sagte sie. »Ich bin keine gelehrte Frau.«

Ich nickte verlegen. War »Konversation« etwa ein Begriff, den nur gelehrte Leute verwendeten?

»Aber Sie haben wohl recht«, sagte Mrs Livermore einlenkend, nur um mir gleich darauf wieder den Rücken zu kehren. »Ich koche gerade Tee.«

»Darf ich Ihnen Gesellschaft leisten?«

»Mit einem Nein geben Sie sich bestimmt nicht zufrieden, oder?«, brummte sie. »Setzen Sie sich rüber in den Salon, ich komme gleich mit dem Tee nach. Dann können Sie loswerden, was Sie zu sagen haben. Aber viel Zeit habe ich nicht, ich muss wieder an die Arbeit. Einverstanden?«

Ich nickte und wandte mich zum Gehen. Bisher hatte ich mich kaum in dem Salon aufgehalten. Als ich die Küche gerade verlassen wollte, fiel mein Blick auf einen grauen Fleck auf meiner Hand. Das Treppengeländer musste staubig gewesen sein. Ich trat ans Spülbecken, um den Fleck abzuwaschen, drehte den Hahn auf, hielt meine Hände unter das Wasser und schnappte nach Luft. Mrs Livermore fuhr herum.

»Was ist denn nun schon wieder?«

»Nichts«, sagte ich und errötete. »Das Wasser ist nur so schrecklich kalt.«

»Was denn sonst? Wir sind hier schließlich nicht im Buckingham Palace.«

Ich durchquerte die Küche und rieb meine Hände aneinander, damit sie wieder warm wurden. Natürlich wusste ich, dass es in der Küche nur kaltes Wasser gab. Wenn wir in Gaudlin Hall heißes Wasser brauchten, mussten wir es auf dem Herd erhitzen.

»Der Tee«, sagte Mrs Livermore wenige Minuten später, als sie mit einem Tablett in den Salon kam. Darauf standen zwei Tassen, die Teekanne, ein Milchkännchen und eine Zuckerdose.

»Gebäck hab ich keins, also sparen Sie sich die Mühe, danach zu fragen. Sie können sich später selbst Frühstück machen.«

»Natürlich, das mache ich doch gern«, sagte ich und schlug einen versöhnlicheren Ton an als zuvor. »Es tut mir leid, wenn ich Sie vorhin erschreckt habe. Ich wollte Ihnen keine Angst machen.«

»Schon gut«, sagte sie. »Aber lassen Sie das künftig lieber sein, junge Frau. Sonst bekommen Sie beim nächsten Mal noch einen Schöpflöffel übergebraten.«

Ich lachte und streckte die Hand nach der Teekanne aus, aber sie schlug mir auf die Finger.

»Lassen Sie ihn noch etwas ziehen«, befahl sie. »Sonst kann der Tee seine wohltuende Wirkung nicht entfalten.«

Mrs Livermore schob eine Hand in die Schürzentasche, holte eine Zigarette hervor und entzündete sie. Ich starrte sie verblüfft an. Ich hatte noch nie eine Frau rauchen sehen, und erst recht nicht eine selbstgedrehte Zigarette. Natürlich war mir zu Ohren gekommen, dass die Damen in London in letzter Zeit das Rauchen für sich entdeckt hatten. Sie konnten sich so etwas natürlich auch herausnehmen, aber dass eine Bedienstete im Haus ihres Arbeitgebers zur Zigarette griff, war wirklich erstaunlich.

»Ich habe nur eine«, sagte Mrs Livermore, als sie meinen neugierigen Blick bemerkte. »Sie brauchen mich also gar nicht erst anzuschnorren.«

»Das hatte ich auch gar nicht vor«, erklärte ich. So ein übel riechendes Ding wollte ich ohnehin nicht. Ich sah zur Teekanne, und diesmal bedeutete sie mir mit einem Kopfnicken, ich könne einschenken. Der Tee war tiefschwarz und dampfend. Ich fügte Milch und Zucker hinzu und nahm einen Schluck, um mich aufzuwärmen.

»Na los«, sagte Mrs Livermore. »Spucken Sie's aus.«

Ich starrte sie fassungslos an. Hatte sie den Tee vielleicht vergiftet?

»Nicht den Tee, Sie dummes Ding«, sagte sie mit dem Anflug eines Grinsens. »Sie haben doch irgendwas auf dem Herzen, also spucken Sie es lieber aus, bevor sie daran ersticken.«

»Ich war gestern bei Mr Raisin«, sagte ich und bemühte mich um einen gelassenen Tonfall. Ich wollte mich nicht von ihr einschüchtern lassen. »Dem Anwalt im Dorf.«

»Ich weiß, wer Mr Raisin ist«, sagte sie und schnaufte herablassend. »Schließlich fällt mein Lohn nicht vom Himmel.«

»Ja, gut«, sagte ich. »Jedenfalls war ich bei ihm, und wir hatten eine längere Unterhaltung. Ich wollte ein paar Dinge wissen, und er war so freundlich, mich aufzuklären.«

»Sie worüber aufzuklären?«

Sie kniff die Augen zusammen und griff nach ihrer Teetasse.

»Darüber, dass Mr Westerley sich hier im Haus befindet. In Gaudlin Hall. Dass er mit uns unter einem Dach lebt.«

Sie stieß ein schnaubendes Lachen aus, schüttelte den

Kopf, nahm einen tiefen Zug von ihrer Zigarette und spülte den Geschmack mit einem großen Schluck Tee hinunter.

»Wie lange sind Sie jetzt schon hier?«

»Seit drei Wochen.«

»Ihre Vorgängerin, Miss Bennet, hatte das in der Hälfte der Zeit herausgefunden. Und die arme Miss Harkness, Gott sei ihrer Seele gnädig«, sie bekreuzigte sich zweimal, »war schon nach zwei Tagen dahintergekommen. Aber sie war auch ein schrecklich neugieriges Ding und ziemlich hysterisch. Ich weiß, ich sollte nicht schlecht von den Toten reden, aber ich trage mein Herz nun mal auf der Zunge, Miss –« Sie starrte mich verblüfft an. »Ich weiß gar nicht, wie Sie heißen.«

»Eliza Caine.«

Sie zog an ihrer Zigarette und musterte mich von oben bis unten.

»Meine Mutter hieß auch Eliza«, sagte sie schließlich. »Ich mag den Namen. Ich habe zu meinem Henry gesagt, wenn wir eine Tochter haben, nennen wir sie Eliza. Aber leider haben wir nur einen Haufen Jungs in die Welt gesetzt. Einer dümmer als der andere. Sie sind aus London?«

Ich nickte.

»Als ich noch jung war, etwa in Ihrem Alter, war ich mal da. Dieser Lärm! Das hält man ja im Kopf nicht aus. Ich würde verrückt werden. Ich verstehe nicht, warum die Leute in der Stadt nicht alle durchdrehen. Aber man sagt ja auch, die Londoner wären nicht ganz richtig im Kopf. Glauben Sie das nicht auch?«

»Nein, ganz und gar nicht«, antwortete ich. »Aber solche Vorurteile sind weit verbreitet. Es heißt ja auch, die Leute auf dem Land seien alle ungebildet oder sogar einfältig.«

Sie blies einen Rauchring in die Luft, und ich verzog angewidert das Gesicht. Mrs Livermore schien meine Antwort zu gefallen, ja, sie schien mich sogar dafür zu bewundern.

»Ich will damit nur sagen, dass Sie schon seit drei Wochen im Haus sind und der Sache erst jetzt auf den Grund gehen«, sagte sie mit Nachdruck und lehnte sich vor. »Sie sind ja eine ganz Helle. Vielleicht haben Sie ländliche Vorfahren?«

»Ehrlich gesagt, wüsste ich immer noch nichts von Mr Westerleys Anwesenheit, wenn Mr Raisin mir nicht davon erzählt hätte. Ich finde, irgendwer hätte es mir gegenüber erwähnen müssen. Mein Arbeitgeber lebt in diesem Haus, aber wir sind einander noch nie begegnet. Auch mit den Kindern habe ich ihn noch nie gesehen. Er nimmt die Mahlzeiten nicht mit uns ein. Wie sieht sein Tagesablauf aus? Wann und wo isst er? Oder ist er vielleicht gar kein Mensch, sondern ein Gespenst?«

»Oh nein, er ist kein Gespenst«, sagte Mrs Livermore. »Er ist ein Mensch aus Fleisch und Blut, und er lebt hier im Haus. Aber warum haben Sie Mr Raisin all diese Fragen nicht gestellt, als Sie bei ihm waren? Mir steht es nicht zu, Ihnen Antworten zu geben.«

»Es blieb keine Zeit mehr«, erklärte ich. »Mr Raisin hatte weitere Verpflichtungen. Außerdem war er ziemlich aufgewühlt, nachdem er mir von dem Vorfall erzählt hatte, der sich hier in Gaudlin Hall ereignet hatte.«

»Dem Vorfall? Welchem Vorfall?«, fragte sie stirnrunzelnd.

»Ich spreche von dem Tag, an dem Mrs Westerley ...« Ich zögerte, denn es war noch etwas früh am Tag für solch eine grauenhafte Geschichte. »... von dem Tag, als Mrs Westerley ihren Mann und die erste Gouvernante, Miss Tomlin, angegriffen hat.«

»Hör sich das einer an!«, rief Mrs Livermore und stieß ein

bitteres Lachen aus. »So hübsche Worte für eine so schreckliche Tat. Angegriffen, sagen Sie? Sie meinen wohl eher, als sie die eine ins Grab geprügelt und es bei dem anderen versucht hat.«

»Ja«, sagte ich leise, »genau das meine ich.«

»Und das nennen Sie einen ›Vorfall‹?«

»Jedenfalls hat Mr Raisin gesagt, ich solle Mr Westerley treffen.«

»Oh, hat er das?«

»Ja, wirklich«, sagte ich und hielt ihrem Blick stand. »Er meinte, Sie würden mich zu ihm bringen.«

Sie runzelte die Stirn. »Davon hat er mir aber nichts gesagt.«

»Ich versichere Ihnen, dass es stimmt.«

»Für gewöhnlich bin ich die Einzige, die Mr Westerley besucht.«

»Abgesehen von den Kinder natürlich«, ergänzte ich.

»Nein. Die Kinder waren seit dem Vorfall, wie Sie es nennen, nicht mehr bei ihm.«

Ich starrte sie an. »Das kann doch nicht sein! Warum denn nicht?«

»Wenn Sie Mr Westerley sehen würden, würden Sie's verstehen. Aber ich halte das für keine gute Idee.«

»Das ist doch unfassbar!«, rief ich empört. »Der Hausherr von Gaudlin Hall und Vater von zwei Kindern hält sich versteckt und pflegt mit niemandem Umgang außer mit Ihnen, Mrs Livermore. Mit Verlaub, das ist doch nicht normal.«

»Es gibt Schlimmeres.«

»Bitte lassen Sie den Sarkasmus. Ich will doch nur verstehen, was hier vor sich geht. Können wir nicht Freundschaft schließen? Immerhin sind wir beide hier im Haus angestellt, ich als Gouvernante und Sie als Mr Westerleys Köchin oder Kammerfrau.«

Sie nahm einen langen Zug von ihrer Zigarette. Die Geste erinnerte mich an Mr Raisin. Mrs Livermore blieb eine ganze Weile stumm, als würde sie über meine Frage nachdenken. Schließlich sagte sie leise:

»Als Mr Westerleys Köchin, sagen Sie. Oder Kammerfrau.«

»Oder was auch immer Ihre Stellung hier im Haus ist. Das meine ich nicht ehrenrührig.«

»Das hoffe ich doch sehr, Miss Caine. Im Dorf würden sich viele um eine Stelle in Gaudlin Hall reißen, sei es als Köchin oder Dienstmädchen. Für ein junges Mädchen mit den richtigen Fähigkeiten ist das eine Arbeit. Oder für eine Witwe. Zu Zeiten des alten Mr Westerley gab es hier im Haus viele Dienstboten. Nicht so wie jetzt. Das Gebäude ist dem Verfall preisgegeben, weil sich niemand darum kümmert. Haben Sie nicht bemerkt, in welch schlechtem Zustand es ist? Das Dach wird bald über uns zusammenstürzen, wenn sich niemand findet, der es repariert. Aber Sie irren sich, wenn Sie glauben, dass ich Mr Westerleys Köchin oder Kammerfrau bin.«

Dann fügte sie hinzu: »Allerdings koche ich ihm sehr wohl das Essen. Aber auch Sie haben schon einmal in der Küche gestanden, nicht wahr? Sie wissen, wie man einen Eintopf oder ein Lammragout zubereitet?«

»Selbstverständlich«, sagte ich. »Als ich noch mit Vater in London wohnte, habe ich all unsere Mahlzeiten selbst zubereitet.«

»Aber das macht noch lange keine Köchin aus Ihnen, nicht wahr?«

»Nein, natürlich nicht. Es tut mir leid, Mrs Livermore, ich

wollte Sie nicht beleidigen. Auch wenn ich nicht verstehe, warum meine Worte Sie gekränkt haben.«

Sie lachte und schüttelte den Kopf.

»Es braucht schon etwas mehr, um mich zu kränken. Ich bin aus hartem Holz geschnitzt. Das muss ich auch, bei dem Leben, das ich geführt habe. Nein, ich bin keine Köchin. Ich habe einen anderen Beruf.«

»Mrs Livermore, Sie sprechen in Rätseln«, sagte ich und fühlte mich plötzlich zutiefst erschöpft. »Können wir nicht einfach offen miteinander sprechen?«

»Nun gut.« Sie drückte ihren Zigarettenstummel aus, stand auf und strich ihre Schürze glatt, die tatsächlich nicht wie die einer Köchin aussah, wie mir nun auffiel. »Mr Raisin hat also angeblich gesagt, ich solle Sie zum Herrn bringen. Dann nehme ich Sie jetzt beim Wort.«

Sie marschierte zur Tür, blieb stehen und wandte sich um. »Was ist? Kommen Sie oder kommen Sie nicht?«

»Jetzt gleich?« Ich erhob mich ebenfalls. »Sollten wir nicht besser noch etwas warten? Wird er nicht böse sein, wenn wir ihn zu so früher Stunde wecken?«

»Machen Sie sich darum mal keine Sorgen. Kommen Sie einfach mit.«

Mit diesen Worten ging sie zurück in die Küche, und ich folgte ihr. Ich musste fast rennen, um mit ihr Schritt zu halten. Wohin würde sie mich führen? Im Kopf ging ich fieberhaft alle Möglichkeiten durch. In meinen Mußestunden hatte ich fast alle Zimmer im Haus besichtigt, und die meisten standen leer. Nirgends war ich auf Spuren eines weiteren Bewohners gestoßen. Der Herr von Gaudlin Hall musste doch mehrere Zimmer zur Verfügung haben? Ein Schlafzimmer, eine Bibliothek, ein Arbeitszimmer und ein Badezimmer?

Wir durchquerten das Erdgeschoss, stiegen die Haupttreppe empor und kamen an dem Flur vorbei, auf dem die Zimmer der Kinder lagen. Mrs Livermore blieb stehen und zögerte.

»Hier?«, fragte ich, und sie schüttelte den Kopf.

»Sie schlafen noch«, sagte Mrs Livermore. »Kommen Sie. Wir müssen nach oben.«

Wir stiegen weiter die Stufen hoch und gelangten in den zweiten Stock, wo sich mein Zimmer befand. Von meinem Flur gingen sechs weitere Zimmer ab, aber Mr Westerley bewohnte keins von ihnen, dessen war ich mir sicher. Ich hatte einen Blick in jedes Zimmer geworfen, und sie alle waren verlassen. Zu meiner Überraschung ging Mrs Livermore zur letzten Tür am Ende des Flures und öffnete sie. Ich folgte ihr über die Schwelle, aber es gab nichts zu sehen. Das Zimmer war kalt und unbewohnt. In der Mitte stand ein leeres Himmelbett ohne Bettzeug. Mrs Livermore sah mich an, und ich starrte zurück.

»Ich verstehe nicht recht«, sagte ich.

»Hier entlang.«

Sie trat zu einer Wand und legte eine Hand auf die Vertäfelung. Wie ich erst jetzt sah, befand sich dort eine verborgene Tür, die in derselben Farbe wie die Wand gestrichen war, damit niemand sie auf den ersten Blick bemerkte. Ich schnappte überrascht nach Luft, als Mrs Livermore die Tür aufschob und dahinter mehrere Steinstufen zum Vorschein kamen. Ich raffte meinen Rock, damit er nicht über den staubigen Steinboden schleifte, und folgte ihr.

»Wo sind wir?«, wisperte ich.

»Alle Herrenhäuser haben solche geheimen Durchgänge«, erklärte sie, während sie die steilen Stufen erklomm. »Bedenken Sie nur, aus welcher Zeit sie stammen. Damals waren die Häuser regelrechte Festungen. Glauben Sie etwa, dass ist die einzige Geheimtür in Gaudlin Hall? O nein. Für gewöhnlich benutze ich sie natürlich nicht. Sonst komme ich von außen.«

Ich dachte an die beiden Male, als ich ihr um eine Hausecke gefolgt war und sie von einem Moment auf den nächsten verschwunden war. Als könnte sie meine Gedanken lesen, drehte sie sich zu mir um und lächelte.

»Schauen Sie sich die Hauswand einmal genauer an, Miss Caine. Wenn man nur richtig hinsieht, kann man die Tür deutlich erkennen. Und wenn man sie erst einmal bemerkt hat, fällt sie einem sofort ins Auge. Nur beim ersten Mal ist es schwierig.«

»Dann wussten Sie also, dass ich Ihnen gefolgt bin?«, fragte ich.

»Ich habe schließlich Ohren«, brummte sie und stieg weiter die Treppe hoch. »Und auf den Kopf gefallen bin ich auch nicht.«

Mittlerweile waren wir fast unter dem Dach von Gaudlin Hall angekommen. Von hier oben führte eine weitere Treppe hinab zur anderen Seite des Hauses.

»Dort geht es nach draußen«, erklärte Mrs Livermore. »Normalerweise komme ich diese Treppe hoch.«

Wir standen vor einer Tür, und ein kalter Schauer lief mir über den Rücken. War er tatsächlich ganz in der Nähe? Mrs Livermore schob die Hand in ihre Schürzentasche und zog einen großen, schweren Schlüssel hervor. Ich zögerte. Plötzlich überkam mich die absurde Angst, die Tür könnte ins Freie führen und Mrs Livermore würde mich als Strafe für meine dreisten Fragen vom Dach stoßen. Sie schloss auf, wir gingen durch die Tür und stießen auf zwei weitere Treppen, die in unterschiedliche Richtungen führten.

»Da drüben geht's zum Dach«, erklärte Mrs Livermore und wies mit dem Kopf nach links. »Und hier lang geht's zum Herrn.«

Wir stiegen eine kurze Treppe hoch und gelangten auf einen Absatz vor einer schweren Eichentür. Mrs Livermore blieb stehen und wandte sich zu mir um. Ihr Gesicht war ganz weich geworden.

»Wie alt sind Sie, Miss Caine?«, fragte sie.

»Zweiundzwanzig«, antwortete ich, obwohl ich keine Ahnung hatte, warum sie das wissen wollte.

»Sie sehen aus wie eine junge Frau, die in ihrem Leben noch nicht viel Unangenehmes erlebt hat. Habe ich recht?«

Ich dachte kurz nach und nickte schließlich.

»Ja, da haben Sie wohl recht.«

Mrs Livermore zeigte zur Tür.

»Wenn Mr Raisin gesagt hat, dass Sie den Herrn sehen dürfen, werde ich mich nicht querstellen. Aber Sie müssen das nicht tun. Noch können Sie kehrtmachen. Wir können die Treppe wieder hinabsteigen und die Tür hinter uns zuziehen. Sie können sich weiter um die Kinder kümmern, Sie werden besser schlafen, ich kann wieder meine Arbeit tun. Die Entscheidung liegt ganz bei Ihnen. Aber Sie müssen sie jetzt treffen, denn später gibt es kein Zurück mehr.«

Ich schluckte. Ich wollte unbedingt wissen, was hinter der Tür war, aber ihre eindringliche Warnung ließ mich meinen Entschluss noch einmal überdenken. Natürlich wollte ich Mr Westerley kennenlernen, und das war ja wohl auch mein gutes Recht, aber war er vielleicht durch die abscheuliche Tat seiner Frau zu einem Monstrum geworden? Würde er mich angreifen, statt sich höflich mit mir zu unterhalten? Außerdem wunderte ich mich immer noch darüber, dass Mrs Livermore mich zu so früher Stunde zu ihm führte. Würde Mr Westerley nicht noch schlafen?«

»Also, was ist, Gouvernante?«, fragte Mrs Livermore. »Ich habe keine Zeit, hier den ganzen Tag herumzustehen.«

Ich öffnete den Mund und wollte gerade sagen, dass ich es mir anders überlegt hatte und lieber wieder gehen wolle, als mir plötzlich eine Formulierung auffiel, die sie soeben verwendet hatte. Ich starrte sie an.

»Sie sagten, Sie könnten wieder Ihre Arbeit tun. Das waren Ihre Worte. Und unten haben Sie darauf beharrt, dass Sie keine Köchin und keine Kammerfrau sind.«

»Das ist richtig«, antwortete sie stirnrunzelnd. »Worauf wollen Sie hinaus?«

»Was ist denn nun Ihre Arbeit, Mrs Livermore?«, fragte ich. »Was tun Sie in diesem Haus?«

Sie zögerte eine Weile. Dann glättete sich ihre Stirn und der Anflug eines Lächelns erschien auf ihren Lippen. Sie legte mir eine Hand auf den Arm und drückte ihn sanft. Für kurze Zeit sah ich, dass sich unter der harten Schale eine gutmütige Frau verbarg. Offenbar wollte sie mir nicht mein Recht verwehren, sondern mich nur beschützen.

»Wissen Sie das nicht längst, mein Kind? Haben Sie es immer noch nicht begriffen?«

Ich schüttelte den Kopf.

»Sagen Sie es mir. Bitte!«

Mrs Livermore lächelte und zog ihre Hand zurück.

»Ich bin Krankenschwester«, sagte sie. »Ich bin Mr Westerleys Krankenschwester.«

Plötzlich spürte ich einen Hauch in meinem Nacken. Ich hätte schwören können, dass für einen Augenblick wieder etwas hinter mir war, ein Geist oder dergleichen. Aber diesmal war es ein wohlwollendes Wesen, kein bösartiges wie das, das mich gezwungen hatte, vom Laufrad abzusteigen, und mich aus dem Fenster gestoßen hatte. Vielleicht war es ja der Geist, der mich an jenem Tag aufgefangen hatte. Oder ich bildete mir das Ganze nur ein.

Ich nickte entschlossen.

»Bitte öffnen Sie die Tür, Mrs Livermore«, sagte ich. »Ich möchte meinen Arbeitgeber kennenlernen.«

 Fünfzehntes Kapitel

Zur Mittagszeit hatte ich mich einigermaßen von dem Schock erholt.

Die Kinder hatten sich über den freien Vormittag gefreut. Es war mir nichts übrig geblieben, als den Unterricht ausfallen zu lassen. Unmöglich konnte ich mich nach so einer erschütternden Erfahrung auf Shakespeares Sonette oder den Unterschied zwischen einer Halbinsel und einer Landzunge konzentrieren.

Nachdem Mrs Livermore fort war – sie hatte sich in ihr Cottage zurückgezogen, das hinter einer Baumgruppe an der Rückseite des Stalls verborgen lag; zwischen ihrer Bleibe und dem Hauptgebäude ging sie jeden Tag mehrmals hin und her, meist, ohne dass ich sie bemerkte –, irrte ich trostlos und verloren durchs Haus. Isabella und Eustace waren draußen beim Spielen, und mir stand nicht der Sinn danach zu lesen, zu nähen oder auf dem kleinen Klavier zu spielen, das ich ein paar Tage zuvor im Salon entdeckt hatte und auf dem ich hin und wieder ein paar leichte Etüden klimperte. Stattdessen wünschte ich mir nichts sehnlicher, als dass es Abend wurde, damit ich zu Bett gehen und in den Schlaf sinken könnte, »den großzügigen Segen«, wie Coleridge ihn nennt. Ich hoffte, dass am nächsten Morgen aller Schrecken vergessen wäre und ich mich frisch und ausgeruht fühlen würde. Die ganze Zeit fragte ich mich, ob ich die Anwesenheit der merkwürdigen Erscheinung wieder spüren würde, die im Haus herumgeisterte, aber es blieb alles ruhig, bis die Türklingel ertönte und ich vor Schreck zusammenfuhr.

Es war Nachmittag geworden. Um diese Jahreszeit wurde es früh dunkel, und es war wieder Nebel aufgezogen. Ich warf einen Blick aus dem Fenster, aber die Kinder waren nirgends zu sehen.

Mit flauem Magen ging ich in die Eingangshalle. Ich fürchtete mich ein wenig davor, die Tür zu öffnen, und machte sie zunächst nur einen Spalt auf. Doch als ich sah, wer dort stand, fiel alle Anspannung von mir ab.

»Mrs Toxley«, sagte ich.

Im ersten Moment wunderte ich mich über ihren Besuch, aber dann fiel mir ein, dass ich sie am Sonntag zum Tee eingeladen hatte. Ich hatte die Verabredung vollkommen vergessen.

»Sie wirken überrascht«, sagte sie, blieb vor der Tür stehen und sah sich unruhig um. »Wir haben doch Mittwoch gesagt, oder?«

»Natürlich«, beeilte ich mich zu versichern. »Es tut mir furchtbar leid. Darf ich ehrlich zu Ihnen sein und gestehen, dass mir unsere Verabredung entfallen ist? Es gab hier im Haus ein paar Vorkommnisse, die mich sehr mitgenommen haben, und darüber habe ich Sie leider ganz vergessen.«

»Ich kann gern an einem anderen Tag wiederkommen, wenn es Ihnen besser passt«, schlug sie vor, trat einen Schritt zurück und machte ein erleichtertes Gesicht. Ich schüttelte den Kopf und winkte sie herein.

»Sie müssen mich für schrecklich unhöflich halten«, sagte ich. »Wie kann man jemanden nur zum Tee einladen und ihn dann vergessen? Ich bitte sie um Verzeihung.«

Ich spähte hinaus in den Nebel. Ein Schatten huschte zwischen den Bäumen hindurch. Ich blinzelte, und er war verschwunden.

»Haben Sie zufällig die Kinder draußen irgendwo gesehen?«

»Ja, ich bin Isabella begegnet. Sie lief mit einem Ball in der Hand an mir vorbei und machte ein finsteres Gesicht. Ich hörte Eustace hinter ihr herrufen, habe ihn aber nicht gesehen. Ist alles in Ordnung?«

Ich warf einen Blick auf die Standuhr in der Eingangshalle. Es war noch früh, die Kinder konnten ruhig noch eine Weile draußen bleiben.

»Ja, natürlich.«

»Sie sehen müde aus, Miss Caine«, meinte sie besorgt. »Schlafen Sie in letzter Zeit nicht gut?«

»Doch, doch«, antwortete ich. »Ich bin heute Morgen nur furchtbar früh aufgestanden, deshalb wirke ich vielleicht etwas abgespannt.«

»Es gibt nichts Schlimmeres, als wenn einem jemand sagt, man sehe müde aus, nicht?«, sagte sie lächelnd und nahm mir damit die Befangenheit. »Ich finde eine solche Bemerkung immer schrecklich unhöflich. Ich hätte das nicht sagen sollen.«

»Gehen wir in die Küche«, sagte ich. »Ich setze Wasser für den Tee auf.«

Sie trat durch die Tür, und ich nahm ihr Mantel, Hut und Handschuhe ab. Sie überreichte mir eine Schachtel mit einer hübschen Schleife.

»Ein kleines Geschenk«, sagte sie.

Gerührt von so viel unerwarteter Freundlichkeit, öffnete ich die Schachtel. Ein köstlicher Duft stieg mir in die Nase. Mrs Toxley hatte Birnenküchlein mit Zimt mitgebracht, und bei dem vertrauten Geruch wurden mir die Knie weich.

»Die habe ich in Mrs Sutcliffes Teeladen gekauft. Ich hätte ja auch selbst etwas gebacken, aber Alex hat gesagt, ich solle mich vom Ofen fernhalten, wenn ich niemanden vergiften wolle. Ich bin eine miserable Köchin. Miss Caine, geht es ihnen gut?«

Ich nickte, sank auf einen Stuhl und vergrub das Gesicht in den Händen. Bevor ich etwas dagegen tun konnte, liefen mir Tränen die Wangen herab.

»Meine Liebe«, sagte sie, setzte sich neben mich und legte mir einen Arm um die Schultern. »Was ist denn los?«

»Es tut mir so leid.« Ich versuchte zu lächeln und wischte mir die Tränen vom Gesicht. »Ich wollte Sie nicht in Verlegenheit bringen, aber bei dem Geruch von Zimt muss ich immer an meinen Vater denken. Er ist vor einem Monat verstorben, und ich vermisse ihn so sehr. Vor allem in den vergangenen Tagen, die nicht ganz leicht waren.«

»Es ist meine Schuld«, sagte sie kopfschüttelnd. »Ich hätte das Gebäck nicht mitbringen sollen.«

»Das konnten Sie doch nicht wissen«, widersprach ich, blinzelte die Tränen fort, holte tief Luft und schenkte ihr ein strahlendes Lächeln.

»So«, sagte ich. »Schluss mit den Dummheiten. Ich wollte uns doch Tee machen.«

Ich ging zur Spüle, drehte den Hahn auf und ließ das Wasser laufen, bis alle Ablagerungen aus der Leitung geschwemmt waren. Dann hielt ich einen Finger unter den Strahl und zuckte zurück. Wie schon am Morgen war das Wasser eiskalt.

»Haben Sie sich denn gut eingelebt?«, fragte Mrs Toxley, als wir uns hingesetzt hatten und an unserem Tee nippten.

Sie hatte mich gebeten, sie Madge zu nennen. Ich aß rasch mein Birnenküchlein auf, damit der Zimtgeruch nicht länger in der Küche hing.

»Zu Anfang schon«, antwortete ich. »Aber seit ein paar Tagen geht es drunter und drüber.«

»Sie wissen über Mr Westerley Bescheid, nicht?«, fragte sie und sah mich aufmerksam an. Ich nickte.

»Ich habe es allerdings erst gestern erfahren. Mr Raisin hat mir erzählt, was Mrs Westerley ihm angetan hat. Ich war heute Morgen bei ihm.«

»Bei Mr Raisin?«

»Nein, bei Mr Westerley.«

Sie riss die Augen auf.

»Sie haben ihn gesehen? Das wundert mich. Ich dachte, niemand dürfe zu ihm.«

Ich zuckte mit den Achseln.

»Wenn ich ehrlich bin, weiß ich nicht, ob ich ihn sehen durfte. Ich habe einfach darauf bestanden.«

»Und wie geht es ihm?«, fragte Madge.

Ich schüttelte den Kopf, und sie seufzte.

»Er ist irgendwo oben im Haus, nicht wahr? Der Gedanke daran macht mich so traurig. Alex und ich waren eng mit den Westerleys befreundet. Wir aßen oft miteinander zu Abend, und Alex und James gingen gemeinsam jagen. Es war eine schöne Zeit.«

»Kannten Sie Mrs Westerley gut?«

»Santina? Ja, sicher. Ich war mehrere Jahre lang mit ihr befreundet. Ich hatte mich ein wenig um sie gekümmert, als James sie aus Spanien herbrachte. Der alte Mr Westerley war außer sich vor Wut. Er wollte nicht hinnehmen, dass sein Sohn eine Ausländerin in die Familie brachte, noch dazu von niederer Abstammung, aber ich mochte sie gern.

Und bildhübsch war sie! Aber es ging das Gerücht um, sie wäre nur hinter dem Geld her.«

»Und war sie das?«

Madge lachte und schüttelte den Kopf.

»Noch nie bin ich einer Frau begegnet, die sich so wenig aus Geld machte wie Santina Westerley. Oh, natürlich hatte sie nichts dagegen, ein gutes Auskommen zu haben. Warum auch? Aber sie hat James nicht des Geldes wegen geheiratet.«

»Dann hat sie ihn also aus Liebe geheiratet?«

Madge dachte kurz nach.

»Ich bin mir nicht sicher«, sagte sie. »In den ersten Jahren war sie James schon sehr zugetan. Aber ich vermute, sie hat ihn vor allem geheiratet, weil er sie aus ihrer Familie herausgeholt hat. Anfangs weigerte sich der alte Mr Westerley jedenfalls, ihr ein monatliches Taschengeld zu zahlen. Er glaubte steif und fest, sie habe es auf sein Vermögen abgesehen. Aber sie interessierte sich nicht besonders für materielle Dinge. Zum Beispiel hielt sie nicht ständig nach neuen Kleidern Ausschau. Sie war mit denen zufrieden, die sie besaß. Auch an Schmuck hatte sie kein Interesse. Natürlich kaufte James ihr anfangs welchen, aber bei ihrer Schönheit hatte sie es nicht nötig, sich großartig fein zu machen. Hin und wieder legte sie einen Anhänger um, mehr aber auch nicht. Selbst der alte Mr Westerley sah irgendwann ein, dass sie James nicht aus Geldgier geheiratet hatte.«

»Und hat er sie geliebt?«

»Oh ja. Davon gehe ich aus. Natürlich waren sie beide noch sehr jung, als James sie aus Spanien herbrachte. Aber sie wirkten sehr glücklich. In den ersten Jahren war alles in Ordnung. Erst später stellte sich heraus, dass sie, nun ja, gestört war.«

»In welcher Hinsicht?«, fragte ich.

Sie schüttelte den Kopf, als fände sie nicht die richtigen Worte.

»Sie hatte Schlimmes erlebt, so viel steht fest«, antwortete sie schließlich. »Als Mädchen, meine ich.«

»Mr Raisin hat so etwas angedeutet«, sagte ich und beugte mich vor. Der Gedanke, dass irgendein Erwachsener einem Kind so etwas antun konnte, war schrecklich. »Es ist eine Schande.«

»Ja, aber ich hatte gedacht, dass sie das alles hinter sich gelassen hatte, wenn so etwas überhaupt möglich ist. Ich glaubte ernsthaft, dass James und sie miteinander alt werden würden. Ich stand voll und ganz hinter ihrer Ehe. Und eine Zeit lang waren sie ja auch glücklich, davon kann mich niemand abbringen.«

Wir blieben eine Weile stumm, tranken unseren Tee und hingen unseren Gedanken nach. Ich dachte an Santina und daran, was für abscheuliche Dinge sie als Kind erlebt haben musste, dass sie eine so schwere Gemütskrankheit entwickelte. Madge wiederum erinnerte sich wohl an glücklichere Tage, die die beiden Ehepaare miteinander verlebt hatten.

»Sind Sie und Ihr Mann eigentlich schon lange verheiratet?«, fragte ich nach längerem Schweigen, und Madge lächelte und nickte.

»Seit neun Jahren. Alex und ich haben uns kennengelernt, als mein Bruder ihn an einem Wochenende mit nach Hause brachte. Sie waren an derselben Universität und hatten sich gleich zu Beginn des Studiums angefreundet. Ich war erst sechzehn, als ich ihm zum ersten Mal begegnete, und er drei Jahre älter, und natürlich habe ich –«

»Sie haben sich auf Anhieb in ihn verliebt.«

»Nein, ich habe ihn gehasst«, sagte sie und lachte. »Machen Sie nicht so ein schockiertes Gesicht, Eliza, das Gefühl hielt nicht lange an. Aber an jenem ersten Wochenende hat er mich nur getriezt. Er warf mir die grässlichsten Dinge an den Kopf, und ich zahlte es ihm mit gleicher Münze heim. Mutter dachte schon, sie müsse uns beim Abendessen auseinandersetzen, weil wir uns die ganze Zeit beschimpften. Natürlich war das alles nur ein Spiel. Wenig später schrieb er mir einen Brief, in dem er sich für sein Benehmen entschuldigte.«

»Und hat er sein Verhalten erklärt?«

»Er schrieb, als er mich zum ersten Mal gesehen habe, habe er gleich gewusst, dass es ihm nicht gelingen würde, mich an dem Wochenende dazu zu bringen, mich in ihn zu verlieben. Deshalb habe er sich für das Nächstbeste entschieden und alles darangesetzt, dass ich ihn verachtete. Natürlich habe ich sofort geantwortet und ihm geschrieben, ich wäre in meinem ganzen Leben noch nie einem so ungehobelten, flegelhaften, vulgären, eitlen, verabscheuungswürdigen und widerwärtigen Rüpel begegnet. Sollte er noch einmal übers Wochenende zu uns zu Besuch kommen, würde ich nichts mit ihm zu tun haben wollen. Er kam am nächsten Wochenende und schenkte mir Blumen und eine Ausgabe von Keats' Gedichten, und ich gestand ihm, dass der Brief eine Lüge gewesen sei und er mir nicht mehr aus dem Kopf ging.«

Ich war überrascht von ihrer Offenheit und davon, wie freimütig sie mir von den Umständen ihres Kennenlernens erzählte. Offenbar schwelgte sie gern in diesen Erinnerungen.

»Ein Jahr später haben wir geheiratet«, fügte Madge hinzu. »Ich hatte großes Glück. Alex ist ein guter Mann.

Und was ist mit Ihnen, Eliza? Wartet in London ein Verehrer sehnsüchtig auf Ihre Rückkehr?«

Ich errötete und schüttelte den Kopf.

»Ich glaube kaum, dass ich der Traum eines jeden jungen Mannes bin«, sagte ich, und Madge Toxley widersprach nicht, was ich ihr hoch anrechnete. Denn wer Augen hatte, konnte sehen, dass ich die Wahrheit sagte. Sie war bezaubernd, und ein Mann wie Alex Toxley war ihr auf den ersten Blick verfallen, ich hingegen war alles andere als eine Schönheit.

»Nun ja«, sagte Madge und rutschte unbehaglich auf ihrem Stuhl hin und her. »Wer weiß, was die Zukunft bringt. Wie geht es ihm denn?«, fragte sie unvermittelt. »James, meine ich. Geht es ihm gut?«

»Nein«, antwortete ich.

»Wie dumm von mir«, sagte sie und errötete leicht. »Natürlich geht es ihm nicht gut. Ich sollte wohl eher fragen: Wie kommt er zurecht? Er weigert sich nämlich, mich und Alex zu empfangen. Im vergangenen Jahr war Alex deswegen sehr aufgebracht. Nachdem James aus dem Krankenhaus entlassen worden war, versuchte er immer wieder vergeblich, ihn zu sehen. Er schrieb Briefe und sprach mit den Ärzten. Als Mrs Livermore eingestellt wurde, um sich um ihn zu kümmern, wandte er sich an sie, und sie versprach, ihr Bestes zu tun, aber James will offenbar nicht, dass wir ihn besuchen.«

»Meine Liebe«, sagte ich und legte eine Hand auf ihre. »Um ehrlich zu sein, glaube ich kaum, dass er Ihre Anwesenheit bemerken würde.«

Sie starrte mich an und schüttelte verwirrt den Kopf.

»Wie meinen Sie das?«

»Heute Morgen habe ich einen Mann gesehen – und ich

verwende das Wort ›Mann‹ mit einigem Vorbehalt, denn es ist nicht mehr viel von ihm übrig –, von dem ich nicht weiß, wie er den Angriff überlebt hat. Sein Gesicht ist … Es tut mir leid, Madge, ich will Ihnen keinen unnötigen Kummer bereiten, aber … sein Gesicht ist völlig entstellt. An ihm ist kaum noch etwas Menschliches.«

Sie schlug sich die Hand vor den Mund, aber ich bereute meine Wortwahl nicht. Es war mein Recht gewesen, die Wahrheit über Mr Westerley zu erfahren, und ich war eine Fremde. Sie und ihr Mann hingegen waren alte Freunde. Wenn Madge glaubte, er säße aufrecht im Bett und verfügte darüber, wen er empfangen wolle und wen nicht, und wenn seine vermeintliche Ablehnung sie kränkte, dann verdiente auch sie es, die Wahrheit zu erfahren.

»Soll ich lieber schweigen?«, fragte ich. »Gehen Ihnen meine Worte zu sehr zu Herzen?«

»Ja, das tun sie, aber ich möchte die Wahrheit wissen. Und Alex auch, da bin ich mir sicher. Bitte erzählen Sie mir alles.«

Ich seufzte und sagte:

»Er ist ans Bett gefesselt, und sein Gesicht ist wie gesagt völlig entstellt. Es ist eine einzige klaffende Wunde, aus der Knochen und Knorpel hervorschauen. Mrs Livermore muss dreimal am Tag die Verbände wechseln, sagt sie, sonst droht eine Entzündung. Er hat keine Zähne mehr. Der Mund steht offen, und er bekommt kaum Luft. Beim Atmen gibt er ein schreckliches Röcheln von sich, Madge. Es klingt wie ein Hund, der in der Gosse verendet. Den Rest seines Körpers habe ich natürlich nicht gesehen, der war von einem Laken verborgen, aber ich bin sicher, dass er nie wieder aufstehen wird. Er kann ja kaum die Arme bewegen. Dieser Mann ist so gut wie tot. Nur sein Herz ist noch nicht stehen geblieben. Ich weiß, das ist eine Gotteslästerung, aber es wäre vermutlich besser gewesen, wenn der arme Mann bei dem Angriff umgekommen wäre, anstatt zu überleben. Zu überleben!«, wiederholte ich, stieß ein bitteres Lachen aus und fügte hinzu: »Wenn man überhaupt von überleben sprechen kann.«

Ich warf Madge einen raschen Blick zu. Sie war sehr blass geworden und schien den Tränen nah zu sein, bewies aber eine innere Stärke, die mir schon bei unserer ersten Begegnung am Bahnhof aufgefallen war. Jetzt holte sie tief Luft und nickte.

»Ich weiß nicht, was ich sagen soll, Eliza. Mir fehlen die Worte. Ich kann immer noch nicht fassen, was Santina ihm angetan hat.«

»Waren Sie an dem Abend, als es geschah, hier?«, fragte ich.

»Ja, wir trafen kurz nach dem schrecklichen Vorfall in Gaudlin Hall ein. Ich habe Miss Tomlins Leiche nicht gesehen, und James auch nicht. Alex hat sich um ihn gekümmert. Aber ich habe Santina gesehen. Die Polizei führte sie gerade nach draußen. Ihr Gesicht war voller Blut. Ihr Kleid auch. Es war schrecklich.«

»Haben Sie mit ihr gesprochen?«

»Kurz. Natürlich wusste ich zu dem Zeitpunkt noch nicht, was passiert war. Ich nahm an, bei ihnen wäre vielleicht eingebrochen worden. Ich dachte, die Westerleys hätten den Einbrecher auf frischer Tat ertappt, er hätte sie angegriffen, und nur Santina sei unverletzt geblieben. Ich wäre nie auf den Gedanken gekommen, Santina könnte der Angreifer gewesen sein.«

»Und in welcher Verfassung war sie?«, fragte ich und beugte mich vor.

Madge dachte gründlich nach und sagte dann:

»Sie war seltsam gefasst. Sogar gelöst. Wie eine Frau, die etwas getan hat, was sie seit Langem vorgehabt hatte. Sie wirkte irgendwie entrückt, verstehen Sie? Sie sah fast nicht mehr wie ein Mensch aus, eher wie ein Geist. Sie hatte etwas Unwirkliches an sich.«

»Und haben Sie Santina später noch einmal wiedergesehen?«

»Mehrmals sogar. Das erste Mal, als sie vor Gericht stand. Ich und Alex wurden in den Zeugenstand gerufen. Ich sollte mich zu ihrem Charakter und ihrem seltsamen Verhalten in den Monaten vor der Tat äußern. Ein weiteres Mal sah ich sie bei der Urteilsverkündung, und dann noch einmal am Morgen des Tages, an dem sie gehängt wurde. Ich hatte Alex nicht erzählt, dass ich sie besuchen wollte. Er hätte es nicht verstanden. Sie müssen wissen, Eliza, dass diese Zeit für uns alle sehr schwer war. Wir haben die Sache noch lange nicht verwunden. Ich glaube, das ganze Dorf steht immer noch unter Schock. Aber ich musste Santina ein letztes Mal sehen. Wenn ich Ihnen davon erzähle, versprechen Sie mir dann, mein Vertrauen nicht zu enttäuschen? Werden Sie es für sich behalten?«

»Ich gebe Ihnen mein Wort. Bitte sagen Sie mir alles! Denn auch ich muss Ihnen etwas gestehen: Ich spüre Santinas Anwesenheit. Hier in diesem Haus.«

Madge starrte mich an.

»Wie meinen Sie das?«, fragte sie und wich ein wenig vor mir zurück.

»Glauben Sie an ein Leben nach dem Tod?«, fragte ich zurück.

»Ich glaube an Gott, falls Sie das meinen. Und an das Jüngste Gericht.«

»Glauben Sie auch an den Himmel und die Hölle?«

»Selbstverständlich.«

»Und könnte es nicht sein, dass manche Menschen nach ihrem Tod weder in den Himmel noch in die Hölle kommen«, begann ich vorsichtig. Ich hörte selbst, wie albern meine Worte klangen, aber ich musste sie trotzdem laut aussprechen. »Was, wenn die Seele des Verstorbenen im Diesseits bleibt?«

Madge starrte mich an, schluckte und wusste offenkundig nicht, was sie sagen sollte. Ich machte eine beschwichtigende Geste.

»Sie sagten, Sie hätten Santina am Tag ihrer Hinrichtung noch gesehen. Wo war das? Im Gefängnis?«

»Ja. Ich habe ihr einen Besuch abgestattet, kurz bevor sie gehängt wurde. Ich fand, dass sie es trotz allem verdiente, an jenem Tag ein vertrautes Gesicht zu sehen. Ich sagte niemandem etwas davon. Zum ersten und einzigen Mal in meinem Leben habe ich Alex belogen.«

»Und wie verlief der Besuch?«, fragte ich. »Wie verhielt sich Santina? Was hat sie gesagt?«

»Ich werde es nie vergessen.« Madge wandte den Blick ab. »Manchmal schrecke ich mitten in der Nacht aus dem Schlaf hoch und mir steht alles wieder vor Augen. Man brachte mich in einen fensterlosen Raum, in dem –«

»Eliza Caine.«

Ich sprang halb von meinem Stuhl auf, und Madge zuckte zusammen. Isabella und Eustace standen in der Tür.

»Kinder«, rief ich empört. Wie lange standen sie schon dort? Wie viel hatten sie mit angehört? »Was macht ihr denn hier?«

»Eustace hat sich wehgetan«, erklärte Isabella, und der Junge trat einen Schritt vor. Sein Knie blutete, aber die

Wunde schien nicht besonders tief zu sein.« »Er ist hingefallen.«

»Ich bin nicht hingefallen«, sagte Eustace. Sein Kinn bebte, und er war den Tränen nah. »Ich war nur überrascht. Der alte Mann hat mich überrascht. Draußen hatte ich ihn noch nie gesehen.«

»Komm und setz dich, Eustace«, sagte ich. »Ich muss die Wunde sauber machen. Du bist doch ein tapferer Junge, nicht?«

»Ich glaube schon«, schniefte er.

Madge winkte ihn zu sich und hob ihn auf ihren Schoß. Ihre Nähe schien ihn zu trösten, schließlich kannte er sie schon sein ganzes Leben lang. Ich ging zur Spüle, schob den Stöpsel in den Ausfluss und drehte den Hahn auf. Während das Becken volllief, ging ich in die Vorratskammer, um nach einem sauberen Tuch zu suchen. Ich wurde rasch fündig, kehrte in die Küche zurück, drehte den Hahn zu und schickte mich an, das Tuch nass zu machen, um Eustaces' Knie mit kaltem Wasser zu säubern. Ich tauchte die Hände bis zu den Unterarmen in die Spüle. Selbst jetzt erinnere ich mich noch lebhaft an das seltsame Gefühl. Kurz spürte ich, dass etwas nicht stimmte, dass etwas anders war als sonst. Das Wasser war nicht eiskalt. Der Gedanke schoss mir für den Bruchteil einer Sekunde durch den Kopf. Im nächsten Moment stieß ich einen gellenden Schrei aus. Ich zog meine Hände aus dem Wasser, stolperte zurück und streckte meine verbrühten Hände in die Luft. Die Haut färbte sich bereits rot und begann Blasen zu schlagen. Meine Fingernägel hoben sich schneeweiß von der scharlachroten Haut ab. Der Hahn, aus dem nie etwas anderes als eisiges Wasser geflossen war, hatte die Spüle mit kochend heißem Wasser gefüllt. Ich schrie wie am Spieß, so laut, dass sich Isabella die Ohren zuhielt, Eustace mich mit aufgerissenen Augen anstarrte und Madge aufsprang und zu mir gelaufen kam.

Obwohl ich unerträgliche Schmerzen litt, konzentrierte sich ein Teil meines Verstandes auf etwas, was Eustace gesagt hatte, zwei kleine Sätze, die in meinen Ohren hallten und deren Bedeutung ich nicht verstand:

Der alte Mann hat mich erschreckt. Draußen hatte ich ihn noch nie gesehen.

Sechzehntes Kapitel

Ich beschloss, mit den Kindern einen Ausflug zu machen, um einen Tag lang von Gaudlin Hall fortzukommen. All die Geheimnisse, die man vor mir verborgen hielt und von denen ich erst erfuhr, wenn ich einen der Dorfbewohner dazu zwang, meine Fragen zu beantworten, lasteten mir auf der Seele. Mittlerweile verstand ich, warum meine Vorgängerin, Miss Bennet, bei der Suche nach einer Nachfolgerin eine so raffinierte List angewendet hatte. Gewiss hatte sie herausgefunden, dass die ersten vier Gouvernanten verunglückt waren, und sie hatte den Gedanken nicht ertragen, noch länger in diesem Haus zu bleiben. Ich wusste nicht, ob auch ihr mehrere »Unfälle« widerfahren waren, so wie mir seit meiner Ankunft. Wenn mich die Niedergeschlagenheit überkam, spielte ich mit dem Gedanken, es ihr gleichzutun: Ich könnte eine Annonce in der Zeitung aufgeben und mich als Herr von Gaudlin Hall ausgeben, indem ich nur den ersten Buchstaben meines Vornamens verwendete. Auf diesem Weg würde ich gewiss jemanden finden, der bereit war, meine Stellung zu übernehmen. Vermutlich würden sich viele junge Frauen über die Gelegenheit freuen, eigenes Geld zu verdienen. Mit etwas Glück könnte ich Gaudlin Hall wie Miss Bennet innerhalb einer Woche verlassen.

Nur eins hielt mich davon ab: die Kinder. Oder besser gesagt, Eustace. Seit ich wusste, dass die Westerley-Geschwister sich selbst überlassen waren, empfand ich es als meine Pflicht, für sie zu sorgen. Je besser ich sie kennenlernte, desto mehr fühlte ich mich für sie verantwortlich, und Eustace war mir richtig ans Herz gewachsen. Er war so ein lieber Junge, der gern lächelte und immer ein freundliches Wort fand, auch wenn die Dinge, die um ihn herum geschahen, ihn spürbar mitnahmen, Dinge, die er genauso wenig verstand wie ich. Mit Isabella kam ich weniger gut zurecht. Sie war stets höflich, blieb mir gegenüber aber misstrauisch. Sie war ein verschlossenes Kind – vielleicht hatte sie sich in der Vergangenheit jemandem geöffnet und war enttäuscht worden –, und so stand ich ihr nicht so nah wie ihrem Bruder. Unser Verhältnis war mitunter recht angespannt.

Ich fragte mich, ob mein Leben anders verlaufen wäre, wenn meine Schwester Mary nicht kurz nach der Geburt gestorben wäre. War mein Beschützerinstinkt gegenüber Kindern deshalb so ausgeprägt, weil ich mein Schwesterchen verloren hatte, bevor sie überhaupt wusste, wer ich war? Nicht nur den Westerley-Geschwistern gegenüber, sondern auch gegenüber meinen kleinen Schülerinnen an der St. Elizabeth School? Über diese Frage dachte ich nur ungern nach, aber sie ging mir nicht aus dem Kopf. Da war diese leise innere Stimme, die mich an meine Bedürftigkeit erinnerte.

Nach einer Woche begannen meinen Hände zu heilen, und Mrs Livermore – Schwester Livermore, sollte ich wohl sagen – half mir, die schweren Verbände zu entfernen, die Dr. Toxley angelegt hatte. Als sie die letzte Schicht Mull entfernte, war mir angst und bange, weil ich mich vor dem Anblick meiner Hände fürchtete. Ich beobachtete

Mrs Livermores Gesicht, und obwohl sie ihre Gefühle zu verbergen suchte, zeugte ihre Miene davon, dass sie in ihrem Leben schon viele unschöne Dinge gesehen hatte und meine Verletzungen mit zu den schlimmsten gehörten.

»Wie sieht es denn aus?«, fragte ich und wagte nicht, auf meine Hände zu sehen, aber Taktgefühl war keine von Mrs Livermores Stärken.

»Sie haben doch Augen im Kopf, Miss Caine«, brummte Mrs Livermore. »Schauen Sie selbst.«

Ich holte tief Luft und sah auf meine Hände. Die Haut war empfindlich, weil sie eine Woche lang von einem dicken Verband bedeckt gewesen war, und gelblich von den Überresten des kühlenden Balsams, den der Doktor aufgetragen hatte, aber ich wusste, dass die Verfärbung mit der Zeit verschwinden würde. Die Narben hingegen, rote, wulstige Stellen, würden wohl niemals verblassen. Sie würden mich mein Leben lang an Gaudlin Hall erinnern. Die Erscheinung – denn so nannte ich sie mittlerweile –, die gruselige Erscheinung, die meine Anwesenheit in Gaudlin Hall missbilligte, hatte meine Hände so stark verbrüht, dass ich für immer entstellt sein würde. Ich krümmte vorsichtig die Finger, und zum Glück ließen sie sich bewegen, auch wenn ich starke Schmerzen hatte. Zumindest hatte ich noch Gefühl in den Fingern.

»Versuchen Sie, Ihre Hände vorerst zu schonen«, sagte Mrs Livermore und ging zum Wasserhahn, um die Verbände auszuspülen. »Lassen Sie Luft heran. Das wird schon wieder.«

Selbstverständlich hatte ich mittlerweile recht große Angst vor der Erscheinung. Sie hatte mich vom Laufrad geweht, hatte mich aus dem Fenster meines Schlafzimmers gestoßen und hatte eisiges Wasser in brühend heißes verwandelt. Zudem war sie höchstwahrscheinlich schuld daran, dass ich bei meiner Ankunft in Norfolk fast auf das Gleis gestürzt und unter den Zug geraten wäre. Sie wusste, wer ich war. Vielleicht war sie Miss Bennet zum Bahnhof gefolgt, hatte erkannt, dass ich die nächste Gouvernante war, und versucht, mich aus dem Weg zu räumen, noch bevor ich Gaudlin Hall erreichte. Ja, ich gebe zu, dass ich Angst vor ihr hatte, aber zugleich empfand ich eine große innere Stärke und war entschlossen, mich nicht entmutigen zu lassen.

Auf jeden Fall würde ich nicht zulassen, dass die Erscheinung den Kindern etwas antat, auch wenn das nicht in ihrer Absicht zu liegen schien.

Dr. Toxley hatte mir eine dicke weiße Salbe in einem Glas vorbeibringen lassen, mit der ich meine Hände eine Woche lang alle sechs Stunden einreiben sollte. Ich war dankbar, dass er so gut für mich sorgte, denn die Salbe half tatsächlich gegen den brennenden Schmerz, der mich plagte. Wenige Tage nach dem Entfernen der Verbände hatte ich mich so weit erholt, dass mir die Idee mit dem Ausflug kam.

»Wir werden hier nicht weggehen«, sagte Isabella, als ich den Kindern beim Frühstück von meinem Plan erzählte. Isabella hatte ein Buch an den Tisch mitgebracht, *Pilgrim's Progress* von John Bunyan, und ich dachte bei mir, dass das eine ungewöhnliche Lektüre für einen so jungen Menschen war. Im Jahr davor hatte ich selbst angefangen, das Buch zu lesen, es aber bald wieder aufgegeben, weil ich mich entsetzlich gelangweilt hatte.

»Wir müssen in Gaudlin Hall bleiben«, fügte Isabella hinzu.

»So ein Unsinn«, rief ich und trank den letzten Schluck meines Tees. »Wer sagt denn so etwas?«

Das Mädchen antwortete nicht, wandte nur den Kopf ab und aß nachdenklich ihren Toast. Ich hörte Pepper, Hecklings Hund, winselnd an der Tür kratzen. Gleich darauf rannte er davon.

»Es ist nicht gesund, den ganzen Tag im Haus zu sitzen«, fügte ich hinzu. »Frische Luft tut Wunder.«

»Wir spielen oft draußen«, protestierte Eustace.

»Das stimmt«, sagte ich, »aber immer nur hier auf dem Grundstück. Würde es euch nicht gefallen, einmal etwas anderes zu sehen?«

»Nein«, sagte Isabella, während Eustace gleichzeitig »Ja, das würde es« rief. Seine Schwester bedachte ihn mit einem finsteren Blick, und er sank auf seinem Stuhl zusammen.

»Es würde mir halt gefallen«, murmelte er, ohne irgendwen anzusehen.

»Heute findet kein Unterricht statt, wir machen einen Ausflug«, sagte ich mit fester Stimme, weil ich hoffte, Isabella würde sich von meiner Unbeirrbarkeit überzeugen lassen. »Das ist ebenso lehrreich. In London habe ich mit meinen Schülerinnen zum Ende des Schuljahres immer das Unterhaus besucht, und einmal durften wir sogar auf die Besuchergalerie.«

»Und wohin soll der Ausflug gehen?«, fragte Isabella misstrauisch.

»Bestimmt ins Dorf«, meinte Eustace und machte ein gelangweiltes Gesicht.

»Du meine Güte, nein«, sagte ich kopfschüttelnd. »Ins Dorf gehen wir doch ständig. Ich könnte Mr Heckling bitten, uns mit der Kutsche nach Norwich zu fahren. Wir wären in knapp zwei Stunden da und könnten uns heute Nachmittag die Stadt ansehen.«

»Was gibt es in Norwich denn zu sehen?«, fragte Eustace.

»Gewiss eine ganze Menge«, antwortete ich. Außer an dem Tag meiner Ankunft, als ich mit dem Zug aus London gekommen war, war ich noch nie in Norwich gewesen. »Da gibt es Geschäfte und Parks, und vielleicht das eine oder andere Museum. Außerdem hat die Stadt eine wunderbare Kathedrale. Davon habe ich in einem Buch, das ich in der Bibliothek eures Vaters gefunden habe, gelesen.«

Als ich ihren Vater erwähnte, wandte Isabella mir hastig den Kopf zu und musterte mich stirnrunzelnd. Sofort bereute ich meine Worte. Vielleicht gefiel es ihr nicht, dass ich die Bibliothek benutzte, oder sie mochte es nicht, wenn jemand von ihrem Vater sprach. Mr Westerley war im Übrigen der zweite Grund, warum ich unbedingt für einen Tag aus Gaudlin Hall fortwollte. So viel Mitleid ich auch mit dem armen Mann hatte, der es wahrlich verdient hätte, in Frieden dahinzuscheiden, anstatt für den Rest seines Lebens in einer Dachkammer vor sich hin zu dämmern, gefangen im eigenen Körper, fand ich den Gedanken abstoßend, dass er ganz in unserer Nähe um jeden Atemzug rang, kaum etwas essen konnte und Mrs Livermore sich um jedes noch so intime Bedürfnis kümmern musste. Das mag sich gefühllos anhören, aber ich bin noch jung. Mir wäre es lieber gewesen, wenn Mr Westerley in einem Krankenhaus versorgt worden wäre, und nicht im selben Haus wie ich untergebracht wäre, selbst wenn es sein Haus war. Es fühlte sich seltsam an, dass wir zu viert in Gaudlin Hall lebten, aber nur drei davon einander begegneten.

»Eine Burg gibt es in Norwich auch«, fuhr ich fort. »William der Eroberer hat sie im 11. Jahrhundert erbauen lassen. Wir könnten sie uns ansehen und das Ganze eine Geschichtsstunde nennen. Wäre das nicht ein großer Spaß, Eustace?«

Er dachte nach und nickte dann. »Ja, das wäre es.«

»Dann ist es abgemacht.«

»Wir sollen aber in Gaudlin Hall bleiben«, wiederholte Isabella.

»Das werden wir aber nicht tun«, entgegnete ich, stand auf und begann den Tisch abzuräumen. »Am besten macht ihr euch fertig, während ich mit Heckling spreche.«

Ich spürte Isabellas Missbilligung, beschloss aber, nicht darauf einzugehen. Stattdessen warf ich einen Blick durchs Fenster in den Garten. Ein Fuchs huschte hinter einem Baum hervor, schaute sich um und verschwand hinter einen Busch. Plötzlich spürte ich wieder die Erscheinung hinter mir. Es fühlte sich an, als bohrte sie mir ihre Fingerknöchel in den Rücken, erst nur leicht, dann immer stärker. Ich wirbelte herum, und der Spuk war vorbei. Ich schluckte, blickte die Kinder an und zwang mich zu lächeln. Ich durfte mir auf keinen Fall etwas anmerken lassen.

»Na dann los«, sagte ich munter.

»Wenn wir schon einen Ausflug machen, möchte ich nach Great Yarmouth«, sagte Isabella. »Aber nur, wenn wir wirklich müssen«, setzte sie rasch hinzu.

»Great Yarmouth?«, fragte ich, überrascht von ihrem plötzlichen Interesse. »Warum ausgerechnet dorthin?«

Isabella zuckte mit den Achseln.

»Weil es dort einen Strand gibt. Wir könnten Sandburgen bauen. Ich wollte da schon immer einmal hin. Miss Bennet hat gesagt, sie würde mit uns hinfahren, aber dazu kam es nie. Sie hat uns angelogen.«

Ich dachte über ihre Worte nach. Tatsächlich hatte ich überlegt, mit den Kindern einen Ausflug nach Great Yarmouth zu machen, aber ich hatte die Idee wieder verworfen, weil ich dachte, sie hätten mehr Freude daran, sich die

Schaufenster der Geschäfte in Norwich anzusehen. Doch jetzt, wo Isabella tatsächlich einmal einen Wunsch äußerte, war es nur gerecht, ihr auf halbem Weg entgegenzukommen.

»Gut«, sagte ich und nickte. »Great Yarmouth ist sicher auch sehr schön.«

»Aber was ist mit der Burg?«, protestierte Eustace und schob schmollend die Unterlippe vor.

»Ein anderes Mal«, sagte ich. »Wir haben noch viel Zeit, schöne Dinge zu unternehmen. Vielleicht fahren wir nächste Woche nach Norwich. Heute folgen wir Isabellas Vorschlag.«

Und so kam es dann auch. Heckling kutschierte uns zum Bahnhof in Norwich, und dort nahmen wir den Zug. Die Fahrt dauerte nicht länger als vierzig Minuten. Wir passierten Brundall und Lingwood, und ich empfand den Anblick der vorbeiziehenden grünen Felder als sehr beruhigend. In Acle stieg eine junge Mutter mit zwei kleinen Kindern zu und setzte sich in unser Abteil, und mir gefiel der Gedanke, mich zur Abwechslung einmal mit einem anderen Erwachsenen zu unterhalten, doch kaum hatten sich die Türen geschlossen, begannen die beiden Kinder, ein Junge und ein Mädchen, die wie Zwillinge aussahen, urplötzlich zu weinen. Isabella und Eustace starrten sie an, während die Mutter sie zu trösten versuchte, aber erst als sie aufstand und in ein anderes Abteil wechselte, beruhigten sich die beiden. Endlich kehrte wieder Ruhe ein, und so war ich dankbar über ihre Entscheidung.

Im Grunde war ich froh, mich zurücklehnen und aus dem Fenster sehen zu können und mit niemandem sprechen zu müssen. Wir hatten das Abteil für uns, die Kinder spielten ein Spiel, das sie mit auf die Reise genommen hatten, und ich betrachtete die Landschaft und las zwischendurch in *Leben und Abenteuer des Robinson Crusoe* von Mr William Defoe, das ich auch auf die Gefahr hin, dass Isabella meine Tat missbilligen würde, aus der Bibliothek ihres Vaters ausgeliehen hatte.

Es war ein heiterer, sonniger Tag, und je weiter wir uns von Gaudlin Hall entfernten, desto schöner wurde das Wetter. Als wir am Bahnhof von Great Yarmouth aus dem Zug stiegen, atmete ich tief ein und füllte meine Lungen mit frischer Luft. Erst jetzt, wo ich aus Gaudlin Hall fort war, fiel mir auf, wie stickig es in dem Haus war. Ich nahm mir vor, Heckling nach unserer Rückkehr zu bitten, von nun an jeden Morgen ein paar Fenster zu öffnen und gründlich durchzulüften. (Seit dem Vorfall in meinem Zimmer schreckte ich davor zurück, mich den Fenstern zu nähern und hielt lieber etwas Abstand.)

Die Kinder schienen die Abwechslung ebenfalls zu genießen, und selbst Isabella war bester Laune. Sie plapperte fröhlich vor sich hin, während Eustace sehnsüchtig zum Strand und zum Meer hinüberblickte. Er sah aus, als würde er am liebsten losrennen und nicht mehr stehen bleiben, bis er völlig erschöpft war, wie ein Hund, der nur sein Haus und die Leine kennt und sich plötzlich in den Bergen wiederfindet, wo er auf jeden Felsen springen und sich an der ungewohnten Freiheit erfreuen kann.

»Wir sind dir zu großem Dank verpflichtet, Isabella«, sagte ich, während wir zum Strand hinuntergingen, über einen niedrigen Holzzaun stiegen und die Dünen durchquerten. »Wer will schon eine enge, schmutzige Stadt wie Norwich besuchen, wenn er das hier haben kann?«

»Ann Williams hat uns immer von Great Yarmouth vorgeschwärmt«, erwiderte Isabella, zog ihre Schuhe aus und beobachtete, wie ihre Zehen im Sand versanken. Eustace folgte ihrem Beispiel, und ich hob seine Schuhe und Strümpfe auf und verstaute sie in meiner Tasche.

»Ann Williams hatte eine unbeschwerte Kindheit, jedenfalls hat sie das immer gesagt. Von so etwas liest man eigentlich nur in Büchern, finden Sie nicht? Im echten Leben scheint es seltener vorzukommen.«

»Ann Williams?«, fragte ich. Den Namen hatte ich noch nie gehört. »Wer ist das? Eine Freundin von dir?«

»Nein, ich habe keine Freundinnen. Das müsste Ihnen doch schon aufgefallen sein, Eliza Caine.«

Ich wandte den Blick ab, weil ich nicht wusste, was ich darauf antworten sollte.

»Ann Williams war unsere dritte Gouvernante, nach Miss Golding und vor Miss Harkness.«

»Ach so«, murmelte ich.

»Ich mochte Ann Williams gern«, bemerkte Isabella und sah aufs Meer hinaus. »Wie blau das Wasser ist.«

Zum ersten Mal, seit ich sie kannte, sah ich ihr Gesicht vor Freude leuchten.

»Die Wellen sind so einladend. Ich glaube, ich würde gern schwimmen gehen.«

»Miss Williams hat immer Verstecken mit mir gespielt«, sagte Eustace leise und zog an meinem Ärmel. »Sie hat sich die Augen zugehalten, bis fünfzig gezählt und dann nach mir gesucht. Natürlich hat sie mich nie gefunden. Meine Verstecke waren viel zu gut.«

»Das glaube ich dir gern«, sagte ich und hätte gerne das Thema gewechselt. Allerdings musste ich unbedingt mehr über meine Vorgängerinnen herausfinden. Dazu würde ich mich wohl noch einmal mit Mr Raisin treffen müssen, und dieses Vorhaben schob ich nun schon eine Weile vor mir her. Anfangs war ich begierig gewesen, die ganze Geschichte zu erfahren, aber mittlerweile war ich nicht mehr sicher, ob ich wirklich so viel wissen wollte. Trotzdem hatte ich das dumpfe Gefühl, der Sache auf den Grund gehen zu müssen.

»Ich habe meinen Badeanzug mitgebracht«, sagte Isabella und sah zu mir hoch. »Darf ich schwimmen gehen?«

»Warum nicht?«, antwortete ich. »Was ist mit dir, Eustace. Hast du Lust zu schwimmen?«

Er schüttelte den Kopf und schmiegte sich an mich.

»Eustace ist wasserscheu«, sagte Isabella, »aber ich habe das Wasser schon immer geliebt. Mutter hat immer gesagt, dass ich zu einer anderen Zeit eine Meerjungfrau gewesen wäre.«

Ich sah sie überrascht an und bemerkte, dass sie ein wenig erblasste. Bisher hatte sie ihre Eltern mit keinem Wort erwähnt, und jetzt diese Bemerkung. Isabella schluckte und wandte den Kopf ab, um mich nicht ansehen zu müssen.

»Ich gehe mich in den Dünen umziehen. Bin gleich wieder da«, rief sie und rannte davon.

Eustace und ich schlenderten ein Stück weiter, damit sie in Ruhe in ihren Badeanzug schlüpfen konnte. Wir gelangten zu einer Stelle mit feinem weißem Sand, wo wir uns niederließen, um Isabella beim Schwimmen zuzusehen. Es war einfach herrlich, dazusitzen, sich die Sonne ins Gesicht scheinen zu lassen und die frische Meeresluft einzuatmen. Wie schön wäre es, wenn ich mit den Kindern in Great Yarmouth leben würde, dachte ich. Wir könnten jeden Tag zum Strand gehen, ganz gleich, bei welchem Wetter, und würden die düsteren Mauern von Gaudlin Hall hinter uns lassen.

Gleich darauf lief Isabella in ihrem Badeanzug an uns vorbei, und ich hatte eine Vision davon, wie sie zehn Jahre später aussehen würde, wenn sie ungefähr so alt wäre wie ich jetzt. Natürlich würde sie mir ganz und gar nicht ähnlich sehen, denn sie wuchs eindeutig zu einer Schönheit heran, während ich keinen ihrer Reize hatte. Isabella würde sich gewiss vor Verehrern kaum retten können und mehrere Herzen brechen, bevor sie einen jungen Mann fand, den sie ernsthaft liebte. Der Mensch, dem es gelang, ihr Herz zu erobern und es dann auch noch festzuhalten, musste etwas ganz Besonderes sein.

»Ist es nicht schön hier?«, sagte ich, und Eustace nickte. »Warst du noch nie im Wasser?«

»Einmal, als ich klein war«, antwortete er. »Aber ich kann nicht schwimmen. Sobald ich nicht mehr stehen kann, habe ich Angst.«

»So schwer ist das gar nicht«, erwiderte ich. »Man muss sich nur trauen. Wasser hat einen natürlichen Auftrieb.«

Er blickte mich verständnislos an.

»Wir gehen eigentlich nicht unter«, erklärte ich. »Viele Erwachsene behaupten, sie könnten nicht schwimmen, aber wenn man ein Baby ins Wasser wirft, schwimmt es ganz von selbst.«

»Warum sollte jemand ein Baby ins Wasser werfen?«, fragte er entsetzt.

»Ich sage ja nicht, dass man das tun sollte«, beruhigte ich ihn. »Ich meine nur, dass unser Körper weiß, wie manche Dinge gehen, bevor wir lernen, vor ihnen Angst zu haben. Das ist einer der Nachteile vom Älterwerden. Wir trauen uns weniger zu.«

Eustace schüttelte den Kopf, als wäre ihm das alles zu kompliziert, und schaufelte Sand auf seinen nackten Beine und Füße, bis sie vollständig bedeckt waren. Dann wackelte er mit den Zehen und seine Beine tauchten wie Ungeheuer aus einem Sumpf auf. Er hatte offenkundig großen Spaß an diesem Spiel, denn er strahlte über beide Ohren.

»Ich bin froh, dass wir etwas Zeit für uns haben, Eustace«, sagte ich nach einer Weile. »Ich wollte mit dir reden.«

Er sah mich nicht an und grub weiter im Sand, aber ich spürte, dass er mir zuhörte. Ich suchte nach den richtigen Worten. Die Sache beschäftigte mich schon seit ein paar Tagen, und ich hatte auf eine Gelegenheit gewartet, ihn darauf anzusprechen.

»Weißt du noch, wie ich mir die Hände verbrüht habe?«, fragte ich.

Er blieb stumm, aber ich fasste sein Schweigen als Zustimmung auf.

»An dem Tag hast du etwas gesagt«, fuhr ich fort, »über einen alten Mann.«

»Habe ich das?«, fragte er arglos.

»Ja, Eustace, das hast du. Als du ins Haus kamst, weil du dir das Knie aufgeschürft hattest.«

»Ich war hingefallen«, sagte er.

Jetzt erinnerte er sich offenbar wieder. Er hob das rechte Bein und musterte sein Knie, aber es war mittlerweile vollständig verheilt. Obwohl die Wunde stark geblutet hatte, war sie nicht tief gewesen.

»Richtig, du warst hingefallen. Weil du einen alten Mann gesehen hattest.«

Er seufzte, und ich war überrascht davon, wie laut er die Luft durch die Nase ausstieß. Ich zögerte. Wenn er nicht darüber sprechen wollte, war es vielleicht nicht richtig von mir, ihn zu bedrängen. Aber nein, beschloss ich, die Kinder befanden sich in meiner Obhut und es war meine Aufgabe, mich um ihr Wohlergehen zu kümmern. Ich musste wissen, ob ihn etwas beunruhigte.

»Eustace«, fragte ich, »hörst du mir zu?«
»Ja«, sagte er leise.
»Erzähl mir von dem alten Mann. Wo hast du ihn gesehen?«
»Er stand auf der Einfahrt. Zwischen den beiden großen Eichen in der Nähe des Tors.«
»Dann kam er von der Straße?«
»Nein, ich glaube nicht. Er war einfach da. Auf der Einfahrt.«
Ich runzelte die Stirn.
»Und kanntest du den Mann?«
»Nein«, sagte Eustace. »Das heißt, ich hatte ihn schon einmal gesehen, aber ich habe keine Ahnung, wer er ist.«
»Dann ist er nicht aus dem Dorf?«
»Ich weiß es nicht.« Er zuckte mit den Achseln.
»Vielleicht ist er ein Bekannter von Mr Heckling?«
»Vielleicht.«
»Und was hat er gesagt?«, bohrte ich weiter. »Hat der alte Mann etwas gesagt, was dir Angst gemacht hat?«
Eustace schüttelte den Kopf.
»Er hat gar nichts gesagt. Er hat mich nur angesehen. Jedenfalls dachte ich, dass er mich ansieht. Aber dann habe ich gemerkt, dass er – oh, sehen Sie nur. Isabella winkt uns.«
Ich sah zum Meer, und tatsächlich stand Isabella im Wasser und winkte in unsere Richtung. Ich winkte zurück. Ich musste sie besser im Auge behalten, dachte ich. Dann watete sie in die Brandung hinaus und schwamm los. An ihren kräftigen Bewegungen erkannte ich, dass sie eine gute Schwimmerin war. Offenbar hatte ihre Mutter recht gehabt, und ich musste mir keine Sorgen machen.
»Was hast du bemerkt, als du den Mann angesehen hast, Eustace?«, fragte ich und wandte mich wieder dem Jungen

zu. Er stand auf, klopfte sich den Sand von den Beinen und machte ein ängstliches Gesicht.

»Ich will nicht darüber reden«, sagte er.

»Warum nicht?«

Wieder seufzte er laut. Ich spürte, dass ihm das Gespräch unangenehm war, aber zu seinem eigenen Wohl musste ich weiterfragen.

»Wenn der Mann dich nicht angesehen hat, wen dann?«, fuhr ich fort. »Hat er das Haus beobachtet? Vielleicht war er ein Einbrecher.«

»Nein, sicher nicht«, sagte Eustace im Brustton der Überzeugung. »Ich habe doch gesagt, dass er alt war.«

»Aber wie sah er aus?«

»Wie alle alten Männer. Er war nicht besonders groß, ging leicht gekrümmt und hatte einen Bart.«

Ich seufzte. Diese Beschreibung traf tatsächlich auf fast alle alten Männer zu, denen ich in meinem Leben begegnet war.

»Eustace«, sagte ich, stand nun ebenfalls auf und legte ihm eine Hand auf die Schulter. Er war blass geworden, zitterte leicht und hatte Tränen in den Augen. »Wen hat der alte Mann angesehen?«

»Isabella und ich waren allein draußen«, murmelte er schließlich, »aber der alte Mann sah an uns vorbei und befahl jemandem, fortzugehen.«

»Und mit wem sprach er?«

»Das weiß ich doch nicht!«, rief Eustace. »Er befahl jemandem, uns in Frieden zu lassen und fortzugehen. Uns meinte er damit jedenfalls nicht.«

Ich runzelte die Stirn. Unzählige Gedanken und Erklärungen gingen mir durch den Kopf, und die verrückteste war, dass der alte Mann, wer auch immer er war, mit der

Erscheinung geredet hatte. Dass er den Geist sehen konnte. Aber wenn der alte Mann ihn sehen konnte, warum konnte ich es dann nicht?

»Eustace«, sagte ich mit Nachdruck. »Wenn du den alten Mann noch einmal siehst oder wenn du das Gefühl hast, dass irgendetwas oder irgendjemand ... Unheimliches in deiner Nähe ist, kommst du sofort –«

»Sehen Sie mal.« Eustace hob die Hand und zeigte in die Ferne. Dort tauchte ein schwarzer Punkt auf, der sich auf uns zuzubewegen schien. Ich sah zu Isabella, die sich immer noch im Wasser befand, wenn auch mittlerweile näher am Ufer, und dann zurück zu der Stelle, auf die Eustace starrte.

»Es ist ein Hund«, sagte Eustace ruhig. »Er will uns anfallen.«

Ich kniff die Augen zusammen, und tatsächlich, ein Hund kam auf uns zugerannt. Ich drehte mich um, weil ich dachte, sein Herr befände sich vielleicht hinter uns und hätte ihn gerufen, aber nein, der Strand war leer. Wir waren allein. Als das Tier näher kam, wurde ich allmählich unruhig. Ich überlegte, ob wir wegrennen und versuchen sollten, die Straße zu erreichen, aber ich wusste, dass man einen angreifenden Hund nur noch mehr anstachelt, wenn man vor ihm davonläuft. Wir sollten besser versuchen, ihm zu bedeuten, dass wir keine bösen Absichten verfolgten.

Der Hund kam immer näher, und bald konnte ich ihn besser erkennen. Er sah aus wie eine Bestie aus einem Albtraum, ein pechschwarzes Tier mit heraushängender rosa Zunge. Als er uns fast erreicht hatte, begann er zu bellen, so grimmig zu bellen, dass mein Herz schneller schlug.

»Rühr dich nicht vom Fleck, Eustace«, sagte ich bemüht gelassen und legte ihm beschützend einen Arm um die

Schulter. »Was auch immer geschieht, du darfst nicht rennen. Er wird dir nichts tun, wenn du ruhig stehen bleibst.«

»Der Hund hat es nicht auf mich abgesehen«, antwortete Eustace ruhig.

Ich musterte ihn verwirrt, aber er starrte weiter dem Hund entgegen. Ich warf einen raschen Blick zum Meer. Isabella kam gerade aus dem Wasser. Sie zog ihren Badeanzug zurecht und sah in unsere Richtung.

Dann war der Hund da. Er blieb direkt vor uns stehen, stemmte die Pfoten in den Sand und stieß ein dumpfes, heiseres Knurren aus. Er hatte Schaum an den Lefzen.

»Guter Junge«, sagte ich einschmeichelnd. »Guter Hund.«

Ich streckte die Hand aus, die immer noch rot und geschwollen war, damit er daran schnuppern konnte, weil ich dachte, das würde ihn vielleicht beruhigen, aber er knurrte so wütend, dass ich die Hand rasch zurückzog und Eustace enger an mich drückte. Das brachte den Hund jedoch nur noch mehr in Rage. Er knurrte und bellte so zornig, dass ich in Panik geriet. Das Tier machte einen Satz auf mich zu, und obwohl er mich nicht direkt angriff, jagte er mir einen solchen Schreck ein, dass ich Eustace losließ und wir voneinander getrennt wurden. Der Hund bezog zwischen uns Stellung. Den Jungen beachtete er überhaupt nicht. Sein Zorn richtete sich allein gegen mich.

»Bitte nicht«, sagte ich, obwohl ich wusste, dass es lächerlich war, auf einen tollwütigen Hund einzureden. Aber was blieb mir schon anderes übrig, als um Gnade zu flehen? »Bitte verschone mich.«

Der Hund scharrte mit einer Hinterpfote im Sand und senkte den Kopf. Sein Blick war starr auf mich gerichtet. Da wusste ich, dass es nur noch eine Frage von Sekunden war, bis er mir an die Kehle ging. Mir blieb keine Wahl: Ich würde ihn töten müssen oder von ihm getötet werden. Ich sagte ein stummes Gebet auf und machte mich bereit, mein Leben zu verteidigen.

»Verschwinde!«, ertönte eine Stimme.

Zu meiner Verblüffung tauchte Isabella wie aus dem Nichts auf und stellte sich zwischen uns.

»Verschwinde«, wiederholte sie. »Hörst du nicht? Du sollst verschwinden.«

Der Hund wich ein Stück zurück und winselte protestierend, aber das Mädchen zeigte sich unerbittlich.

»Lass uns in Ruhe«, schrie sie. »Hörst du nicht, was ich sage?«

Diesmal gehorchte der Hund. Er machte kehrt und trottete mit gesenktem Kopf davon. Nun wirkte er so sanftmütig wie ein wohlerzogenes Haustier. Erschöpft sank ich in den Sand, und Isabella sah mit einer Mischung aus Missbilligung und Geringschätzung auf mich herab.

»Sie haben doch wohl keine Angst vor Hunden, oder? Man muss ihnen zeigen, wer der Herr ist.«

Siebzehntes Kapitel

Erst nach dem Mittagessen hatte ich mich wieder einigermaßen gefangen. Die Begegnung mit dem Tier hatte mich zutiefst erschüttert, während die Kinder sie längst vergessen zu haben schienen. Selbst Eustace, der alles hautnah miterlebt hatte, wirkte völlig ungerührt. Als ich ihn danach fragte, sagte er: »Es war doch nur ein Hund. Er wollte mir nichts Böses.«

Damit hatte er allerdings recht. Der Hund hatte ihn nicht weiter beachtet. Er hatte es nur auf mich abgesehen gehabt.

Im Gegensatz zu mir genossen die Kinder den Tag in vollen Zügen. Isabella war vom Schwimmen erfrischt und ungewöhnlich gut gelaunt.

»Wir sollten öfter herkommen«, rief sie und tanzte wie ein kleines Mädchen um mich herum. Zur Abwechslung verhielt sie sich einmal nicht wie eine kleine Erwachsene. »Es ist so schön hier.«

»Warum nicht?«, erwiderte ich. »Aber es gibt auch noch andere schöne Orte in Norfolk. Beim nächsten Mal fahren wir zur Abwechslung woandershin. Allerdings hast du recht, für einen Tagesausflug ist Great Yarmouth ideal.«

»Danke, dass Sie uns hergebracht haben«, sagte Isabella und strahlte mich zu meiner Verblüffung an. Bisher hatte ich sie kaum lächeln sehen.

»Eustace«, setzte sie hinzu, »sag Eliza Caine, dass du dich über den Ausflug freust.«

»Sehr«, sagte Eustace gedankenverloren. Offenbar war er doch etwas erschöpft von den Anstrengungen des Tages.

»Du siehst müde aus, Eustace.« Ich legte ihm eine Hand auf die Stirn und strich ihm das Haar aus den Augen. »Das liegt bestimmt an der Meeresluft. Und an dem Fisch, den wir zu Mittag gegessen haben. Wir werden heute Abend sicher gut schlafen.«

Ich warf einen Blick auf die Uhr.

»Wir sollten jetzt zurück zum Bahnhof gehen. Ich habe Heckling gesagt, dass er uns um fünf an der Thorpe Station abholen soll.«

»Jetzt schon?«, rief Isabella. »Können wir nicht noch ein bisschen bleiben?«

»Na schön, wenn du möchtest«, antwortete ich. »Aber viel Zeit bleibt uns nicht. Was wollt ihr denn noch tun? Einen Spaziergang machen?«

»Ich möchte mir die Kirche ansehen«, verkündete Isabella und zeigte auf den kleinen Turm. Ich hob überrascht eine Augenbraue.

»Ich dachte, du magst Kirchen nicht.«

»Ich gehe nicht gern zum Gottesdienst«, stellte sie klar. »Aber Kirchen schaue ich mir gern an. Wenn sie leer sind, meine ich. Wenn keine Predigt gehalten wird. Sie mögen Kirchen doch auch, Eliza Caine, nicht wahr? Schließlich wollten Sie die Kathedrale in Norwich besuchen.«

»Ja, das stimmt«, sagte ich. »Also gut, besichtigen wir die Kirche. Aber wir müssen uns ein bisschen beeilen. Wenn wir den Zug um vier Uhr bekommen wollen, dürfen wir nicht herumtrödeln.«

Isabella nickte. Wir gingen schweigend die Straße entlang und hingen unseren Gedanken nach. Tatsächlich hatte ich Kirchen schon immer gemocht. Vater war ein leidlich frommer Mann gewesen und hatte mich als Kind jeden Sonntag mit in die Messe genommen. Einige Male besuchten wir auch eine Kirche außerhalb unserer Gemeinde, weil Vater gehört hatte, dass sie eine kunstvolle Architektur hatte, ihr Innenraum reich verziert war, das Gewölbe dem Chor einen guten Klang bot oder es dort ein beeindruckendes Wandfries zu besichtigen gab. Ich genoss diese Ausflüge immer sehr. Der tiefe Frieden, den ich innerhalb der Mauern einer Kirche verspürte, und die mysteriöse Atmosphäre gefielen mir sehr. Die Kirche in Great Yarmouth war da keine Ausnahme. Sie musste mindestens zweihundert Jahre alt sein, war aber in hervorragendem Zustand, ein meisterhafter Steinbau mit hohen Decken und kunstvoll geschnitzten Kirchenbänken. Im Hauptschiff legte ich den Kopf in den Nacken und betrachtete das Bild von Jesus, unserem Herrn. Er schwebte im Himmel, umgeben von Engeln, die ehrfürchtig und bewundernd zu ihm aufsahen. Etwas abseits war Maria abgebildet, die ihn mit seltsamer Miene musterte. Ihr Gesichtsausdruck war eher herrisch als liebevoll. Ich starrte sie an und frage mich, was sich der Künstler wohl dabei gedacht hatte, denn es war eine ungewöhnliche Darstellung der Muttergottes. Das Bild gefiel mir nicht, und ich wandte mich ab.

Die Kinder waren nirgends zu sehen, aber ich konnte draußen ihre Stimmen hören. Ihr Geplapper wurde immer leiser, sie entfernten sich von der Kirche. Ich schlenderte den Gang entlang zur Tür und stellte mir kurz vor, ich wäre eine frisch vermählte Braut und würde am Arm meines gut aussehenden Ehemannes glücklich lächelnd an meinen Freunden und Verwandten vorbeischreiten, die sich mir zu

Ehren versammelt hatten. Endlich würde ich nicht mehr allein durchs Leben gehen, sondern an der Seite eines Gefährten. Beschämt musste ich mir eingestehen, dass der Mann aus meinem Tagtraum Alfred Raisin war. Dummes Mädchen! Ich lächelte über meine Naivität, aber in Wahrheit fragte ich mich, ob ich ein solches Glück jemals erfahren würde, und kam zu dem Schluss, dass das eher unwahrscheinlich war.

Ich trat hinaus in die helle Nachmittagssonne, schirmte meine Augen mit der Hand ab und sah mich um. Der Vorplatz war nahezu leer, und Isabella und Eustace waren nirgends zu sehen. Auch auf der Straße zum Bahnhof waren die Kinder nicht. Stattdessen entdeckte ich sie auf dem Kirchfriedhof, wo sie sich die Grabsteine ansahen. Ich musste lächeln. Die beiden erinnerten mich oft an mich selbst. Auch ich hatte auf den Ausflügen mit Vater immer viel Freude daran gehabt, die Inschriften auf den Gräbern zu lesen und mir vorzustellen, auf welche Weise die Menschen umgekommen waren. Besonders fasziniert hatten mich immer die Gräber von Kindern und Säuglingen, vermutlich, weil ich damals selbst noch ein Kind war. Kindergräber zogen mich an und stießen mich gleichzeitig ab. Sie erinnerten mich an meine eigene Sterblichkeit.

»Können wir gehen, Kinder?«, fragte ich und ging auf sie zu, doch sie beachteten mich nicht.

»Kinder?«, wiederholte ich etwas lauter, aber sie standen immer noch wie erstarrt da.

»Kommt ihr jetzt bitte?«, rief ich.

Sie wandten den Kopf und machten einen Schritt zur Seite, sodass ich das Grab sehen konnte, auf das sie mit ernsten Gesichtern gestarrt hatten. Ich las den Namen sowie den Geburts- und Todestag. Erst sagte der Name mir nichts, aber dann erinnerte ich mich.

»Ann Williams« stand da in Stein gemeißelt. *Geliebte Tochter und Schwester. Geboren am 15. Juli 1846. Gestorben am 7. April 1867. Wir vermissen Dich schmerzlich.*

»Ann Williams liebte Great Yarmouth«, sagte Isabella in nachdenklichem Ton. »Sie ist bestimmt froh, wieder hier zu sein.«

Zurück in Gaudlin Hall aßen wir eine Kleinigkeit zu Abend. Anschließend schickte ich die Kinder zu Bett. Vor allem Eustace war völlig erschöpft, der arme Junge. Nachdem er auf sein Zimmer gegangen war, wartete ich fünf Minuten und folgte ihm dann.

Er lag bereits im Nachthemd unter der Decke, aber als ich durch die Tür trat, strahlte er mich an.

»Kommen Sie mir Gute Nacht sagen?«, fragte er, und ich nickte lächelnd.

»Hattest du heute einen schönen Tag?« Ich setzte mich auf die Bettkante und strich ihm über das Haar.

»Ja, sehr«, murmelte er schläfrig.

»Was du mir über den alten Mann erzählt hast, ist sehr interessant«, sagte ich in der Hoffnung, er würde mir im Halbschlaf vielleicht mehr verraten. »Eins wollte ich dich noch fragen.«

»Hm?«, machte er, während ihm die Lider schwer wurden.

»Du hast gesagt, du hättest ihn nicht zum ersten Mal gesehen. Der alte Mann hätte vor dem Tag, als du hingefallen und dir das Knie aufgeschlagen hast, schon einmal mit dir gesprochen. Was hat er da gesagt, Eustace? Weißt du das noch?«

»Er hat mich gefragt, ob ich meine neue Gouvernante mag«, antwortete er gähnend, drehte sich auf die Seite und wandte mir den Rücken zu.

»Und was hast du geantwortet?«, fragte ich weiter.

»Dass ich sie mag. Sehr sogar. Da hat er gesagt, das wäre gut. Ich bräuchte mir keine Sorgen zu machen, denn er würde nicht zulassen, dass ihr irgendwas geschieht. Er sei hier, um sie zu beschützen.«

Achtzehntes Kapitel

Ich gewöhnte mir an, jeden Nachmittag einen langen Spaziergang über die Ländereien von Gaudlin Hall zu machen. Mittlerweile hatte ich einen recht festen Tagesablauf entwickelt: Vormittags unterrichtete ich die Kinder, und gegen zwölf Uhr nahmen wir ein leichtes Mahl ein. Beim Essen plauderten Isabella und Eustace über irgendein Thema, für das sie sich gerade erwärmten, während ich stumm dabeisaß und angespannt auf jedes noch so kleine Geräusch im Haus lauschte. Ich schlief nicht gut und fühlte mich zutiefst erschöpft. Mein Gesicht war blass und eingefallen, und ich hatte tiefe, dunkle Ringe unter den Augen. Gegen Abend war ich so müde, dass mir ständig die Augen zufielen, aber wenn ich dann im Bett lag, schlief ich unruhig und nie länger als ein paar Stunden am Stück, weil ich ständig fürchtete, die Erscheinung könnte mich wieder angreifen. Nach dem Mittagessen gewährte ich den Kindern etwas freie Zeit, und am späten Nachmittag nahmen wir den Unterricht dann wieder auf. Während die beiden sich selbst beschäftigten, nahm ich Mantel und Schal und spazierte durch den Wald, der zum Grundstück von Gaudlin Hall gehörte. Die frische Luft tat mir gut, und die eng beisammenstehenden Bäume gaben mir ein Gefühl der Sicherheit.

Wenn das Haus hinter den dichten, grünen Blättern verschwand, wurde mir leichter ums Herz, und an dem See jenseits des Waldes, der die Grundstücksgrenze markierte, konnte ich mich der Illusion hingeben, ich befände mich wieder in London. Ich stellte mir vor, ich würde im Hyde Park am Serpentine-See entlangschlendern und müsste mich um nichts anderes sorgen als um Vaters Abendessen und die Vorbereitung des Unterrichts für den nächsten Tag.

Auch wenn ich Isabella und Eustace ins Herz geschlossen hatte, vermisste ich mein Londoner Leben schmerzlich. Ich hatte meine Schülerinnen immer sehr gemocht. Jeden Morgen hatte ich mich darauf gefreut, jede einzelne von ihnen zu sehen, selbst die frechsten. Das Unterrichten hatte mir immer große Freude bereitet, und ich achtete sorgfältig darauf, dass alle Mädchen sich in meiner Klasse wohlfühlten und nicht von den anderen gehänselt wurden. Meine Schülerinnen wiederum hingen auch an mir, das spürte ich.

An einem Tag, als ich wieder einmal über das Grundstück von Gaudlin Hall spazierte, musste ich an eine meiner ehemaligen Schülerinnen denken. Ihr Name war Clara Sharpe, und sie war im Alter von fünf Jahren in meine Klasse gekommen, ein aufgewecktes, keckes, aber nicht bösartiges Kind, das am Vormittag mächtig überdreht und am Nachmittag ungeheuer träge war. (Ich führte das auf das Frühstück zurück, das sie zu Hause einnahm, und das Mittagessen, das sie in der Schule serviert bekam. Ich vermutete, dass die Mahlzeiten sich ungünstig auf ihre Stimmung auswirkten.)

Trotz ihrer Launen mochte ich Clara sehr und nahm großen Anteil an ihrer Entwicklung, vor allem, als ich ihre Begabung für Mathematik entdeckte. Anders als die meisten anderen Mädchen, für die Zahlen wenig mehr als eine endlose Abfolge von Hieroglyphen waren, bereitete Claras

Verstand das logische Kombinieren keinerlei Mühe, und obwohl sie noch so jung war, sah ich sie in meine Fußstapfen treten und Lehrerin werden. Ich sprach sogar mehrmals mit Mrs Farnsworth über das Mädchen, und die Direktorin vertrat die Ansicht, dass Clara mit ihrem Rechentalent eines Tages als Sekretärin für einen Bankdirektor arbeiten könnte. Ich erinnere mich noch so genau an dieses Gespräch, weil ich scherzhaft meinte, Clara könnte ja vielleicht eines Tages selbst Bankdirektorin werden, woraufhin Mrs Farnsworth ihre Brille abnahm, mich entgeistert anstarrte und mich beschuldigte, eine Revolutionärin zu sein, ein Vorwurf, den ich selbstverständlich von mir wies.

»Sie sind doch wohl keine Anhängerin neumodischer Ideen, oder, Eliza?«, fragte Mrs Farnsworth. Sie war aufgestanden und blickte auf mich herab. Ich fühlte mich so klein wie damals, als ich selbst noch Schülerin gewesen war und sie meine Lehrerin. »So etwas dulde ich an meiner Schule nicht, und der Schulrat ganz sicher auch nicht.«

»Natürlich nicht«, sagte ich und lief rot an. »Ich habe wirklich nur einen Scherz gemacht.«

»Hm«, machte sie argwöhnisch. »Das hoffe ich sehr. Clara Sharpe eine Bankdirektorin! Was für eine Idee!«

Doch auch wenn ich mich nicht für eine Verfechterin neumodischer Ideen hielt, fand ich das Ausmaß ihrer Empörung selbst recht empörend. Warum sollte ein Mädchen nicht nach Höherem streben? Lag das nicht in der Natur des Menschen?

Bei Mrs Farnsworths strenger Rüge kam mir der Gedanke, dass sie wohl am liebsten Vater in ihr Büro bestellt hätte, um die Sache mit ihm zu erörtern, und vielleicht hätte sie das sogar getan, wäre ihr nicht irgendwann aufgegangen, dass ich keine Schülerin war, sondern eine Lehrerin. Ihren kleinen Schützlingen konnte sie damit drohen, die Eltern zu benachrichtigen, bei ihren Lehrerinnen musste sie aber selbst für Disziplin sorgen.

Auf dem Spaziergang kam mir Clara in den Sinn, weil sie bald darauf ein schlimmes Schicksal ereilte. Ihr Vater war ein Trinker, und ihre Mutter versuchte verzweifelt, die Familie von dem kargen Lohn, den ihr Mann nach Hause brachte, zu ernähren. Ihr Mann gab sein Geld lieber für Bier als für Essen und Kleider aus. Bisweilen kam Clara morgens mit einem geschwollenen Gesicht in den Klassenraum. Damals wünschte ich mir so sehr, in einer anständigen, zivilisierten Gesellschaft zu leben, in der ich Nachforschungen hätte anstellen können, um herauszufinden, wer ihr das angetan hatte. Nicht, dass ich auch nur eine Sekunde daran zweifelte, wer der Täter war. An solchen Tagen wollte ich mir gar nicht vorstellen, wie Claras Mutter aussah, denn ich hatte ihren Vater im Verdacht, seine Frau ebenso zu misshandeln wie seine Tochter. Ich überlegte, ob ich die Polizei verständigen sollte, aber die Beamten hätten mich ausgelacht und gesagt, dass es in England niemanden etwas anging, was ein Mann in seinen eigenen vier Wänden trieb.

Doch eines Abends trieb Claras Vater es wohl zu weit und erwischte seine Frau auf dem falschen Fuß, denn sie nahm eine Pfanne vom Herd und zog sie ihm so hart über den Kopf, dass er tot zu Boden fiel. Die arme Frau, die seine Schläge jahrelange ohne Gegenwehr eingesteckt hatte, wurde sofort verhaftet – eine Frau, die ihren Ehemann angriff, gilt als ruchlose Verbrecherin, während ein Mann durchaus das Recht hat, seine Ehefrau zu züchtigen. Anders als Santina Westerley, die eindeutig nicht bei Verstand gewesen war, als sie ihre Verbrechen verübt hatte, wurde

Mrs Sharpe nicht zum Tode verurteilt. Der Richter, der offenbar recht neumodische Ideen vertrat – Mrs Farnsworth hätte das sicher nicht befürwortet –, glaubte, sie hätte mildernde Umstände verdient und verurteilte sie zu einer lebenslangen Gefängnisstrafe ohne Aussicht auf vorzeitige Entlassung. An ihrer Stelle hätte ich es allerdings als sehr viel härtere Strafe empfunden, den Rest meines Lebens im Gefängnis zu sitzen, als eine Woche in nervöser Anspannung zu verbringen, wenige Sekunden lang schreckliche Schmerzen zu erleiden und dann ewigen Frieden zu finden – das Los desjenigen, der zum Tod durch den Strang verurteilt wird. Die kleine Clara, die keine lebenden Verwandten hatte, kam ins Arbeitshaus, und ich verlor sie aus den Augen.

Doch als ich auf dem Spaziergang wie so oft über Santina Westerley nachdachte und darüber, dass sie Miss Tomlin ermordet und ihren Ehemann schwer verletzt hatte, musste ich an Clara denken. Ich fragte mich, was in Frauen, die derartige Taten vollbrachten, vorgehen mochte. Mrs Sharpe war von ihrem Ehemann misshandelt und geschlagen worden, Santina Westerley hingegen hatte ausreichend Geld, eine gute gesellschaftliche Stellung und ein liebevolles Zuhause gehabt. Als ich beide Frauen miteinander verglich, kam ich zu dem Schluss, dass die Motive der Menschen häufig nicht zu durchschauen waren.

In Gedanken versunken, war ich an der Grundstücksgrenze umgekehrt und kam auf dem Rückweg an Hecklings Häuschen vorbei. Der Kerl stand draußen neben einem Hackklotz und spaltete Holz. Als er mich sah, legte er die Axt nieder, wischte sich mit einem Taschentuch den Schweiß von der Stirn und nickte mir zu. Pepper, sein Hund, kam auf mich zugelaufen und sprang mir um die Füße.

»Miss Caine«, sagte Heckling und leckte sich auf widerwärtige Weise über die Lippen.

»Mr Heckling«, antwortete ich. »Wer rastet, der rostet, nicht wahr?«

»Bleibt mir ja nichts anderes übrig. Sonst tut's ja doch wieder keiner«, knurrte er. Der Mann war wirklich eine wahre Frohnatur.

Ich blickte zum Haus hinüber und entdeckte die Tür an der Seite des Gebäudes, die Mrs Livermore mehrmals am Tag benutzte, um in Mr Westerleys Dachkammer zu gelangen. Der Spalt im Mauerwerk war kaum zu sehen, und mir war die Tür erst aufgefallen, nachdem Mrs Livermore mich darauf aufmerksam gemacht hatte. Ich fragte mich, warum der Erbauer von Gaudlin Hall so viel Wert darauf gelegt hatte, dass es dort eine Geheimtür gab.

»Waren Sie schon immer allein, Mr Heckling?«, fragte ich und wandte mich ihm wieder zu. Er starrte mich verwirrt an.

»Wie meinen Sie das?«, fragte er argwöhnisch.

»Kümmern Sie sich schon immer allein um das Anwesen? Sie sind doch der Einzige, der hier alles repariert, Holz hackt und die Kutsche fährt, oder? Wie war das denn früher? Da muss es ja noch viel mehr zu tun gegeben haben?«

»Kann schon sein«, brummte er. Offenbar sprach er nicht gern über die Vergangenheit. »Früher hatte ich ein paar Gehilfen, aber als sie nicht mehr gebraucht wurden, hat man sie entlassen. Ich durfte bleiben, weil man einen Kutscher benötigte. Und weil ich hier geboren bin, natürlich.«

»Sie sind hier geboren?«, fragte ich überrascht.

»In dem Häuschen«, er wies mit dem Kinn auf seine Bleibe. »Schon mein Vater hat hier auf dem Anwesen gearbeitet. Und mein Großvater auch. Ich bin der Letzte.«

Er wandte den Blick ab, und zum ersten Mal erkannte

ich, dass er sich nur so schroff gab, um seine Einsamkeit zu verbergen.

»Sie haben also keine Kinder?«

Er biss sich auf die Unterlippe.

»Keins, das noch lebt.«

»Das tut mir leid«, murmelte ich. Natürlich, wir alle hatten unser Päckchen zu tragen.

»Ist schon in Ordnung.«

Er hob seine Axt vom Boden, lehnte sie an den Hackklotz und zog eine selbst gedrehte Zigarette aus der Tasche.

»Sie bekommen doch sicher viel mit, Mr Heckling, nicht wahr?«, sagte ich.

»Wie meinen Sie das?«

»Sie halten die Augen offen.«

»Außer beim Schlafen.«

»Ist Ihnen in letzter Zeit ein Eindringling aufgefallen?«

Er kniff die Augen zusammen, nahm einen tiefen Zug von seiner Zigarette und starrte mich an.

»Ein Eindringling?«, fragte er. »Warum fragen Sie? Haben Sie jemanden hier herumstreuen sehen?«

Ich schüttelte den Kopf.

»Eustace hat mir von einem älteren Mann erzählt«, erklärte ich. »Er hat ihn auf der Einfahrt gesehen, und die beiden haben ein paar Worte miteinander gewechselt.«

»Hier gibt es keinen älteren Mann«, sagte Heckling. »Und wenn doch, hätte ich ihn bemerkt. Oder Pepper. Das wäre ihm allerdings nicht gut bekommen.«

»Dann hat Eustace sich wohl geirrt«, sagte ich.

»Jungs denken sich doch ständig irgendwelche Geschichten aus. Das müssten Sie doch wissen.«

»Eustace erzählt keine Lügengeschichten«, widersprach ich und wunderte mich selbst über meinen scharfen Tonfall.

»Dann wäre er der erste Junge auf der Welt, der immer die Wahrheit sagt. In seinem Alter habe ich das Blaue vom Himmel heruntergelogen. Mein Vater hat versucht, mir das Märchenerzählen mit Prügel auszutreiben.«

»Oh, das tut mir leid.«

Er machte ein verwirrtes Gesicht. »Warum denn?«

»Nun, das war sicher nicht besonders schön für Sie.«

Er zuckte mit den Achseln. »Ich hatte es nicht anders verdient. Der Junge könnte wohl auch mal eine ordentliche Tracht Prügel gebrauchen, wenn er sich Geschichten ausdenkt.«

»Ich werde Eustace ganz sicher nicht schlagen«, sagte ich fest.

»Das ist ja auch Aufgabe des Vaters«, sagte er. »Nur kann Mr Westerley dem Jungen wohl nicht mehr den Hosenboden straff ziehen.«

Ich wusste nicht, ob er absichtlich taktlos war oder einfach nur eine Tatsache feststellte, aber natürlich hatte er recht. Einen Jungen zu bestrafen, war Aufgabe des Vaters, und Eustaces' Vater würde dazu nie wieder imstande sein. Ich schüttelte ablehnend den Kopf. Das alles war vollkommen unerheblich, denn ich war überzeugt, dass Eustace nicht log.

»Wie auch immer«, erwiderte ich. »Würden Sie mir bitte Bescheid geben, wenn Sie auf dem Grundstück irgendjemanden sehen, der nicht hierhin gehört? Einen älteren Mann oder einen anderen Fremden?«

»Vielleicht hole ich auch mein Gewehr und schieße«, brummte Heckling. »Niemand hat das Recht, hier einfach so einzudringen.«

»Ja, das wäre natürlich auch eine Möglichkeit«, sagte ich und wandte mich zum Gehen.

Das Geräusch von Schritten ließ mich herumfahren. Zu meiner Verblüffung kam Mr Raisin, der Anwalt, hinter Hecklings Häuschen hervor. Als er mich sah, lächelte er strahlend, hüstelte dann verlegen und setzte ein gleichmütiges Gesicht auf. Er verbeugte sich höflich und sagte: »Miss Caine. Wie schön, Sie wiederzusehen.«

»Ja. Was für eine Überraschung«, sagte ich und errötete aus unerfindlichen Gründen leicht.

»Nun ja, ich hatte etwas Geschäftliches mit Heckling zu besprechen, als die Natur rief. Verzeihen Sie mir. Danke, Heckling«, fügte er hinzu und nickte dem Mann zu. »Dann sind wir für heute fertig, nicht wahr?«

»Ja«, murmelte Heckling, hob die Axt auf, trat einen Schritt zurück und wartete darauf, dass wir gingen, damit er weiter Holz hacken konnte. Mr Raisin und ich verstanden den Wink und schlenderten Seite an Seite auf das Haupthaus zu. Auf der Einfahrt stand Mr Raisins Kutsche.

»Ich habe ein paar Rechnungen mit ihm durchgesehen«, erklärte Mr Raisin. »Heckling ist sehr zuverlässig und absolut vertrauenswürdig, und wenn er etwas braucht, bestellt er es einfach im Dorf und lässt mir die Rechnung schicken. Weil ich weiß, dass er sich nie persönlich bereichern würde, mache ich ihm das nicht zum Vorwurf, aber von Zeit zu Zeit gehe ich die Rechnungen mit ihm durch, damit wir beide einen Überblick über die Ausgaben behalten.«

»Ich kann mir vorstellen, dass das eine schwierige Aufgabe ist«, meinte ich.

»Es ist nicht immer leicht«, pflichtete er mir bei, »aber die Verwaltung von Gaudlin Hall gehört zu meinen angenehmeren Pflichten. Erstaunlicherweise schaffen es andere Klienten, die weniger Land und viel weniger Geld besitzen, größere Unordnung zu stiften. Manchmal braucht es die

Fähigkeit eines alten Matrosen, um den Knoten zu entwirren. Ohnehin kümmert sich Mr Cratchett um die tagtäglichen Geschäfte. Ich komme nur bei komplizierten Angelegenheiten ins Spiel. Früher nahm die Verwaltung der Finanzen von Gaudlin Hall natürlich viel mehr Zeit in Anspruch. Als mein Vater noch Anwalt für James' Vater war –«

»Du meine Güte«, rief ich aus. »Muss denn jeder in diesem Land den Beruf seines Vaters übernehmen? Muss jeder die Arbeit seines Vaters tun, wenn dieser sich zur Ruhe setzt? Heckling hat mir gerade erzählt, dass sich schon sein Vater und Großvater um das Anwesen gekümmert haben.«

»Das ist nun einmal der Lauf der Welt, Miss Caine«, sagte er leicht gekränkt, und ich bereute meinen heftigen Tonfall. »Außerdem ist Anwalt ein äußerst ehrenwerter Beruf. Kutscher und Gärtner im Übrigen auch, wenn man in die entsprechende Klasse hineingeboren worden ist. Dasselbe gilt selbstverständlich ebenfalls für den Beruf der Gouvernante.«

»Natürlich«, lenkte ich ein. »Ich wollte Ihnen nicht zu nahetreten.«

»Darf ich fragen, in welchem Bereich Ihr Vater tätig war?«

»Er arbeitete in der Insektenkundlichen Abteilung des Britischen Museums.«

»Und war das sein erster Beruf?«

»Nein. Als junger Mann war er Lehrer an einer Jungenschule.«

»Und bevor Sie zu uns nach Norfolk kamen? Wo haben Sie da gearbeitet?«

Unwillkürlich musste ich lächeln. Zum ersten Mal seit langer Zeit war mir zum Lachen zumute.

»Ich war Lehrerin«, antwortete ich.

»An einer Mädchenschule, nehme ich an?«

»Das ist richtig.«

»Nun dann, Miss Caine«, sagte er und blieb vor seiner Kutsche stehen. Er straffte die Schultern, schob die Brust vor und setzte eine genugtuende Miene auf.

»Offenbar sind die seltsamen Bräuche der Landbevölkerung auch den Bewohnern unserer wunderbaren Hauptstadt nicht fremd.«

Ich sah ihm in die tiefblauen Augen, und wir lächelten uns an. Er hielt meinem Blick stand, machte ein verwirrtes Gesicht und öffnete die Lippen. Ich hatte den Eindruck, dass er etwas sagen wollte, aber nicht die richtigen Worte fand.

»Ja, ja«, sagte ich schließlich und gönnte ihm seinen kleinen Sieg. »Sie haben völlig recht. Asche über mein Haupt. Aber Sie wollen doch wohl nicht schon wieder gehen, Mr Raisin?«

»Möchten Sie denn, dass ich bleibe?«

Auf diese Frage hatte ich keine Antwort. Er seufzte und klopfte seinem Pferd auf den Hals.

»Ich habe mir einen halben Tag freigenommen, Miss Caine. Ich wollte nur kurz mit Heckling die Rechnungen durchgehen und dann nach Hause fahren und es mir mit einem Glas Rotwein und *Oliver Twist* gemütlich machen. Ich lese diese wunderbare Geschichte zum ersten Mal. Wenn Sie wollen, leihe ich Ihnen die Bände, die ich schon ausgelesen habe.«

»Das ist sehr freundlich von Ihnen«, sagte ich.

»Das hat nichts mit Freundlichkeit zu tun«, entgegnete er. »Ich kann mir vorstellen, dass es in Gaudlin Hall von Zeit zu Zeit ... wie soll ich sagen ... etwas langweilig sein kann. Schließlich haben Sie keinen Erwachsenen, mit dem Sie ein

Gespräch führen können. Da sind Bücher doch gewiss eine willkommene Abwechslung?«

Ich musste lächeln, schließlich lebten drei Erwachsene mit mir auf dem Anwesen: Heckling, Mrs Livermore und Mr Westerley. Allerdings wollte der eine partout nicht mit mir sprechen, die andere ging mir aus dem Weg, und der dritte war nicht dazu imstande, auch nur einen Ton zu sagen. Trotzdem war »langweilig« das letzte Wort, das ich gebraucht hätte, um mein Leben in Gaudlin Hall zu beschreiben.

»Mag sein«, antwortete ich. »Mr Raisin, dürfte ich Sie, bevor Sie gehen, um ein paar Minuten Ihrer Zeit bitten?«

Er verzog das Gesicht. Offenbar ahnte er, worum es gehen würde.

»Ich würde sehr gerne noch bleiben, Miss Caine. Es gibt nichts, was ich lieber täte. Aber die Arbeit ruft.«

»Haben Sie nicht gesagt, dass Sie sich einen halben Tag freigenommen hätten?«

»Ach ja«, murmelte er stirnrunzelnd. »Also ... Ich wollte nur sagen ...«

»Mr Raisin, ich werde Sie nicht lang aufhalten, das verspreche ich Ihnen. Es wird nur ein paar Minuten dauern. Ich muss Ihnen ein paar Fragen stellen.«

Er nickte seufzend, da ihm wohl aufgegangen war, dass es keinen höflichen Weg gab, sich mir zu entziehen. Ich zeigte auf eine Bank vor dem Rasen, und wir gingen hinüber und setzten uns. Mr Raisin hielt großen Abstand zu mir. Isabella und Eustace hätten mühelos zwischen uns Platz gefunden, ohne dass sich einer von uns berührt hätte. Ich sah auf seine linke Hand, die im Schoß ruhte, und den goldenen Ring am vierten Finger. Er folgte meinem Blick, rührte sich aber nicht.

»Sie haben doch hoffentlich keine weiteren Fragen zu den Westerleys?«, sagte er schließlich. »Ich habe Ihnen alles erzählt, was ich weiß, von ihrer ersten Begegnung bis zu ihrer letzten.«

»Nein, darum geht es nicht«, sagte ich kopfschüttelnd. »Aber ich möchte mich ganz herzlich dafür bedanken, dass Sie sich neulich so viel Zeit für mich genommen haben. Ich weiß, dass die Erinnerung für Sie sehr schmerzhaft ist. Am Ende unseres Gesprächs spürte ich deutlich, wie sehr Sie das alles mitgenommen hat.«

Er nickte und blickte über den Rasen.

»Niemand, der damals dabei war, wird die Sache jemals vergessen«, sagte er leise. »Aber bevor Sie mich wieder ins Verhör nehmen, Miss Caine, dürfte ich Ihnen eine Frage stellen?«

Ich nickte überrascht.

»Haben Sie nach unserer Unterredung mit Mrs Livermore gesprochen? Haben Sie James kennengelernt?«

»Ja, ich habe ihn gesehen.«

Er wandte den Blick ab, und auf seinen Zügen spiegelten sich Trauer und Besorgnis.

»Ich hätte versucht, Sie davon abzubringen. Sein Anblick ist nichts für zarte Gemüter.«

»Zum Glück bin ich aus hartem Holz geschnitzt, Mr Raisin.«

»Das ist mir auch schon aufgefallen. Gleich bei unserer ersten Begegnung. Und ich muss gestehen, dass ich diesen Charakterzug sehr an Ihnen schätze, Miss Caine. Trotzdem hoffe ich, dass die Begegnung Sie nicht allzu sehr mitgenommen hat.«

»Wäre es falsch, wenn ich sagen würde, dass der arme Mann vermutlich gern von seiner Qual erlöst werden würde?«

Mr Raisin schauderte, als hätte ich eine blasphemische Bemerkung gemacht.

»Natürlich verstehe ich Sie, aber so etwas dürfen wir nicht sagen. Kein Mensch hat das Recht, einem anderen den Tod zu wünschen. Der Herr allein entscheidet, wann ein Leben zu Ende geht. Santina Westerley hat gegen dieses Naturgesetz verstoßen und sich damit an den Galgen gebracht.«

»Wir waren vor ein paar Tagen in Great Yarmouth«, sagte ich unvermittelt.

»Wir?«

»Die Kinder und ich.«

Er nickte erfreut.

»Eine wunderbare Idee. Den beiden hat es gewiss gutgetan, etwas Meeresluft zu atmen und von diesem finsteren Ort wegzukommen. Immer wenn ich den Jungen sehe, Eustace, finde ich, dass er schrecklich blass ist. Isabella hat ja schon immer einen dunkleren Teint gehabt, den hat sie von ihrer Mutter geerbt. Aber Eustace ist ein waschechter Westerley.«

»Ich glaube, sie haben es genossen«, sagte ich. »In jedem Fall war es ein ereignisreicher Tag.«

»Meine Mutter stammt aus Great Yarmouth«, sagte Mr Raisin und erwärmte sich mehr und mehr für das Thema. »Früher sind wir öfter übers Wochenende hingefahren. Meine Großeltern haben sich immer sehr über unseren Besuch gefreut.« Bei diesen glücklichen Kindheitserinnerungen lachte er leise. »Ich und meine Geschwister hatten dort großen Spaß.« Er schlug sich mit der Hand aufs Knie und schüttelte dann den Kopf. »Das waren unbeschwertere Zeiten«, setzte er leise hinzu. »Ich fürchte, das moderne Leben verlangt uns bisweilen zu viel ab. Finden

Sie nicht auch, Miss Caine? An manchen Tagen verabscheue ich die Tatsache, dass wir im Jahr 1867 leben. Die Beschleunigung ist erschreckend. Alles verändert sich ungeheuer schnell. Vor dreißig Jahren, als ich noch ein Junge war, war das Leben geruhsamer.«

»Wir haben die Kirche von Great Yarmouth besichtigt«, sagte ich, weil ich mich nicht mit einem Gespräch über die Enttäuschungen des modernen Lebens ablenken lassen wollte. »Isabella hat darauf bestanden. Es stellte sich heraus, dass sie ein Grab besuchen wollte.«

Mr Raisin runzelte die Stirn. »Isabella? Warum das? Sie hat doch gar keine Familie dort. Um was für ein Grab ging es denn?«

»Um Ann Williams Grab.«

»Ach so«, sagte er und nickte bekümmert. »Miss Williams, natürlich. Ich hatte ganz vergessen, dass auch sie aus Great Yarmourth stammte.«

»Geboren 1846, gestorben 1867«, gab ich die Inschrift des Grabsteins aus dem Gedächtnis wieder. »Ann Williams starb, als sie genauso alt war wie ich jetzt. Einundzwanzig.«

Er sah mich überrascht an, und kurz dachte ich, er würde so taktlos sein zu gestehen, dass er mich für älter gehalten hatte. Aber nein, er schwieg.

»Die Kinder haben gesagt, Miss Williams sei die dritte Gouvernante in Gaudlin Hall gewesen?«

Mr Raisin dachte kurz nach und nickte dann.

»Ja, das stimmt. Allerdings war sie nur sehr kurz in Gaudlin Hall. Sechs oder sieben Wochen, wenn ich mich recht erinnere. Ich müsste im Büro in den Unterlagen nachsehen, aber ich glaube nicht, dass es länger war.«

»Und Miss Tomlin, die Mrs Westerleys Wut zum Opfer fiel, war die erste Gouvernante?«

»Das ist richtig.«

»Miss Tomlin die erste. Miss Williams die dritte. Miss Bennet, die die Anzeige aufgegeben hat, war die fünfte, meine unmittelbare Vorgängerin. Und dann hat Pfarrer Deacons noch eine Miss Golding und eine Miss Harkness erwähnt.«

»Ja, sie waren die zweite und vierte Gouvernante.« Er schluckte und sah zu Boden. »Beides sehr liebenswerte junge Damen. Miss Harkness war das einzige Kind eines alten Freundes von mir, der Richter in Liverpool ist. Der Arme hat ihren Tod nie verwunden.«

»Miss Tomlin, Miss Golding, Miss Williams, Miss Harkness, Miss Bennet und ich, Miss Caine. Ist das die richtige Reihenfolge?«

»Ja.«

»Sechs Gouvernanten in einem Jahr. Ist das nicht ungeheuerlich?«

Er sah mir in die Augen. »Nur ein Dummkopf würde das Gegenteil behaupten, Miss Caine. Aber es gab so viele unglückliche Unfälle –«

»Unfälle!«, schnaubte ich und wandte den Blick ab. Ich betrachtete die Bäume, das Laub, das die Wurzeln bedeckte, die kahlen, abweisenden Äste. Plötzlich meinte ich, zwischen den Stämmen einen Mann mit einem weißen Bart vorbeihuschen zu sehen. Ich schnappte nach Luft, beugte mich vor und starrte zu der Stelle hinüber, aber jetzt regte sich dort nichts mehr.

»Dann glauben Sie also an Zufälle«, bemerkte ich bitter.

»Ich glaube daran, dass Unglücke passieren, Miss Caine. Ich glaube, dass ein Mensch hundert Jahre alt werden kann, und dass Gott ein anderes Kind noch vor seinem ersten Geburtstag zu sich holen kann. Ich glaube, dass die Welt ein rätselhafter Ort ist, den wir nie ganz verstehen werden.«

Ich war fest entschlossen, mich von seinen schönen Worten nicht beeindrucken zu lassen. Wir waren hier schließlich nicht im Gerichtssaal.

»Vom Pfarrer weiß ich, dass von den sechs Gouvernanten nur zwei überlebt haben, Miss Bennet und ich. Glauben Sie nicht, dass hier seltsame Kräfte am Werk sind?«

»Seltsame Kräfte?«, fragte er. »Wie meinen Sie das?«

»Ich glaube, dass in Gaudlin Hall eine bösartige Erscheinung ihr Unwesen treibt«, erklärte ich. »Ein Geist.«

Mr Raisin lief rot an und sprang auf.

»Was wollen Sie von mir?«, fragte er. »Was soll ich dazu sagen?«

»Erzählen Sie mir, was den Gouvernanten zugestoßen ist!«

»Den Gouvernanten? Nein! Es ist zu schrecklich. Ich habe das alles miterlebt, Sie nicht. Sie können nicht von mir verlangen, dass ich all das noch einmal durchmache.«

»Aber ich bin ihre Nachfolgerin!«, rief ich und sah zu ihm hoch. Auf keinen Fall wollte ich Schwäche zeigen. Wenn ich an diesem Ort überleben wollte, musste ich stark sein. »Ich muss wissen, was ihnen zugestoßen ist.«

»Ich glaube nicht, dass das gut für Sie wäre«, widersprach er. »Es wird Sie nur unnötig belasten.«

»Ich habe ein Recht, ihre Geschichten zu erfahren. Da stimmen Sie mir doch sicher zu?«

»Nicht ganz«, entgegnete er. »Sie kannten die jungen Damen schließlich nicht. Für Sie sind sie Fremde.«

»Aber ich habe ihre Stellung inne. Anders als Sie, Mr Raisin, anders als Mr Heckling, und sogar anders als die Königin, habe ich nicht die Beschäftigung meiner Eltern übernommen. Ich bin nur die Letzte in einer langen Reihe von Gouvernanten, und ich tue eine Arbeit, die mehrere meiner Vorgängerinnen das Leben gekostet hat.«

Er seufzte müde, setzte sich wieder auf die Bank und vergrub das Gesicht in den Händen. Das Schweigen zog sich in die Länge, aber ich schwor mir, dass ich auf keinen Fall als Erste etwas sagen würde.

»Nun gut«, meinte er schließlich. »Aber ich versichere Ihnen, Miss Caine, dass es Ihnen nicht viel nutzen wird. Es sind tragische Geschichten, schreckliche Zufälle, nichts weiter.«

»Das kann ich doch wohl selbst entscheiden, Mr Raisin«, sagte ich.

»Daran zweifle ich keine Sekunde«, erwiderte er und legte den Kopf schief.

Ich hatte den Eindruck, dass er nicht genau wusste, ob er meine Beharrlichkeit bewundern sollte, oder ob er bereute, an diesem Morgen überhaupt nach Gaudlin Hall gekommen zu sein.

»Über die erste Gouvernante, Miss Tomlin, wissen Sie ja Bescheid«, fuhr er fort. »Von ihrem tragischen Schicksal habe ich Ihnen erzählt. Danach kam Miss Golding ins Haus. Da Santina im Gefängnis saß und James im Krankenhaus lag, blieb mir nichts anderes übrig, als nach einer Gouvernante für die Kinder Ausschau zu halten. Miss Golding stammte hier aus der Gegend. Nicht aus dem Dorf, sondern aus King's Lynn. Das ist ganz hier in der Nähe, wie Sie sicher wissen. Das Mädchen kam aus einer anständigen Familie. Ich führte das Vorstellungsgespräch persönlich durch. Ich machte mir Sorgen, weil Gaudlin Hall zu trauriger Berühmtheit gelangt war, und fürchtete, die Stellung würde die falsche Sorte Mensch anziehen. Und so war es dann auch. Jede

Menge zwielichtiger Gestalten bewarben sich um den Posten. Ihre Sensationslust widerte mich an. Doch als ich Miss Golding kennenlernte, wusste ich gleich, dass sie die Richtige war. Sie stand mit beiden Beinen auf dem Boden. Solche Frauen mag ich. Ich habe mir noch nie etwas aus Koketterie gemacht. Mir gefallen geradlinige, freimütige Frauen. Ich war vor allem davon angetan, dass Miss Golding angesichts der schrecklichen Ereignisse Mitgefühl zeigte, aber anders als viele andere nicht von ihnen fasziniert war. Ihr ging es vor allem um das Wohlergehen der Kinder, das wurde in dem Gespräch deutlich. Dieser Punkt war mir sehr wichtig, denn wie Sie sich vorstellen können, haben die Geschehnisse Isabella und Eustace ziemlich aus dem Gleichgewicht gebracht. Schließlich lag das alles erst einen Monat zurück.«

»Gewiss«, sagte ich. Mir fiel auf, dass ich nie groß darüber nachgedacht hatte, wie es den Kindern unmittelbar nach dem Mord an ihrer Gouvernante, dem Angriff auf ihren Vater und der Verhaftung ihrer Mutter ergangen war, und ich verspürte ein leises Schuldgefühl. »Es muss schrecklich für die beiden gewesen sein.«

»Isabella war recht gefasst«, sagte Mr Raisin und strich sich nachdenklich über den Bart. »Sie ist ein ungeheuer beherrschtes Kind, nicht wahr? Etwas zu sehr, würde ich sagen. Sie stand ihrem Vater sehr viel näher als ihrer Mutter. Nachts hörte ich sie weinen, deshalb wusste ich, wie sehr sie litt, aber sie zeigte es nicht. Das Mädchen versteht es meisterhaft, ihre wahren Gefühle zu verbergen. So etwas ist nicht gut für einen jungen Menschen.«

»Sie haben Isabella weinen gehört?«, fragte ich überrascht.

»Verzeihung, das hätte ich natürlich erwähnen müssen.

Meine Frau und ich haben die Kinder noch in der Nacht des Angriffs bei uns aufgenommen. Wer hätte sich sonst um sie gekümmert? Wir behielten die beiden ein paar Wochen lang bei uns, bis ich Miss Golding einstellte. Dann bestand Isabella darauf, nach Gaudlin Hall zurückzukehren, und ich sah keinen Grund, ihr diesen Wunsch zu verwehren, zumal es nun einen Erwachsenen im Haus gab, der für die Kinder sorgte.«

»Und wie kam Eustace mit der ganzen Sache zurecht?«, fragte ich.

»Er sagte kein Wort«, antwortete Mr Raisin und lächelte bekümmert. »Der arme Junge verfiel von dem Moment an, als ich ihn an jenem furchtbaren Abend in die Kutsche hob, in Schweigen. Erst Tage nach seiner Rückkehr nach Gaudlin Hall, nachdem Miss Golding ihn in ihre Obhut genommen hatte, begann er wieder zu sprechen. Er ist ein sehr verstörter kleiner Junge, Miss Caine. Das ist Ihnen doch klar, oder? Manchmal denke ich, dass er am meisten unter dieser tragischen Geschichte leidet. Ich mache mir ernsthaft Sorgen um ihn, und ich fürchte um seine Zukunft. Seelische Wunden aus der Kindheit können schlimme Folgen haben.«

Betrübt wandte ich den Blick ab. Was er sagte, war die Wahrheit. Der Junge, der mir in den letzten Wochen so sehr ans Herz gewachsen war, tat mir unendlich leid. Zugleich fühlte ich mich schrecklich hilflos. Was konnte ich schon tun? Ich konnte ihm sein Glück nicht zurückgeben. Seine Unschuld war für immer verloren.

»Also kam Miss Golding als Gouvernante ins Haus«, sagte ich und sah ihn erwartungsvoll an.

»Ja. Eine Weile lief alles gut. Sie stellte sich als genauso tüchtig heraus, wie ich gehofft hatte. Dann begann Santinas

Gerichtsverhandlung. Sie wurde natürlich schuldig gesprochen, schließlich gab es keinen Zweifel daran, dass sie Miss Tomlin ermordet und ihren Ehemann schwer verletzt hatte. Die Urteilsverkündung verzögerte sich ein wenig, weil der Richter erkrankte. Anschließend dauerte es noch einmal eine Woche, bis das Urteil vollstreckt wurde und Mrs Westerley … nun ja … gehängt wurde. In diesen Wochen hatte ich stets den Eindruck, dass Miss Golding hervorragende Arbeit leistete. Den Kindern schien es gut zu gehen, soweit das unter diesen Umständen möglich war, und wann immer ich Miss Golding im Dorf begegnete, erlebte ich sie als fröhlich und energisch. Ich gelangte zu dem Schluss, dass ich die richtige Wahl getroffen hatte.«

»Und was passierte dann?«, fragte ich. »Wie kam sie zu Tode?«

»Es war ein erstaunlicher Zufall. Miss Golding hatte wirklich außerordentliches Pech. Santina wurde an einem Dienstag gehängt, um zwölf Uhr mittags. Ich war bei ihrer Hinrichtung dabei, weil ich fand, das sei meine Pflicht. Ich erinnere mich noch gut an jenen Morgen. Als sie auf den Galgen zuschritt, blickte sie in meine Richtung, und für einen Moment sah ich die hübsche, sorglose junge Frau, die sie einst gewesen war, die junge Dame, die so oft mit uns gegessen hatte und die mich unzählige Male beim Kartenspielen geschlagen hatte. Sie blickte mich an und lächelte bedauernd, und ich brach meinen Eid und rief ihr zu, dass es den Kindern gutgehe. Sie seien in guten Händen, und ich werde mich um sie kümmern, als wären es meine eigenen. Ich dachte, diese Worte würden ihr ein wenig Trost spenden, aber sie erzielten nicht die erhoffte Wirkung, im Gegenteil: Santina brüllte vor Wut, versuchte sich auf mich zu stürzen und hätte mir wohl die Augen ausgekratzt, wenn die Gefängniswärter sie nicht zurückgehalten hätten. Sie war offensichtlich vollkommen verrückt. Das ist die einzige Erklärung. Verrückt vor Angst. Sie fürchtete wohl den Tod durch den Strang.«

»Und Sie waren der einzige Zeuge?«, fragte ich. »Aus dem Dorf, meine ich?«

»Ja, außer mir war niemand da. Ach nein, warten Sie. Mrs Toxley war auch da. Sie kennen Madge Toxley, nicht wahr?«

»Ja.«

»Madge war nicht bei der eigentlichen Hinrichtung, aber sie war an jenem Tag im Gefängnis. Als ich dort eintraf, trat sie aus dem Tor. Damals wunderte ich mich zwar über die Begegnung, vergaß sie aber gleich wieder. Bis eben habe ich nicht mehr daran gedacht. Obwohl die beiden befreundet waren, fand ich es merkwürdig, dass Madge Santina im Gefängnis besuchte. Aber schließlich war ich gekommen, um der Vollstreckung des Urteils beizuwohnen, nicht, um mir den Kopf über andere Leute zu zerbrechen. Ich hatte zuvor schon zwei Hinrichtungen durch den Strang mit angesehen, Miss Caine, und ich kann Ihnen sagen, dass es keine angenehme Erfahrung ist. Ehrlich gesagt, fürchtete ich mich ein wenig vor dem Anblick.«

Ich schauderte. Ich wollte mir nicht einmal vorstellen, wie es war, dabei zuzusehen, wie ein Mensch auf diese Art getötet wird.

»Am Abend übernachtete ich in einem Gasthaus in Norwich, aber ich schlief nicht gut«, fuhr er fort. »Als ich am nächsten Morgen nach Gaudlin zurückkehrte, überbrachte mir Mr Cratchett die schreckliche Nachricht von Miss Goldings Tod.«

»Was war passiert?« Ich lehnte mich vor. »Wie ist sie gestorben?«

»Es war ein schrecklicher Unfall. Unheimlich ist nur die Ähnlichkeit zu Santinas Tod. Miss Golding war sehr erfindungsreich und geschickt mit ihren Händen. Sie wollte den Kindern wohl eine Art Schaukel aufhängen und spannte zu diesem Zweck zwischen zwei Bäumen ein Seil, das sie von Heckling ausgeliehen hatte. Sie erklomm einen Baum, um das Seil zu befestigen. Dann muss sie den Halt verloren und sich im Fallen in das Seil verheddert haben. Es wickelte sich um ihren Hals und erdrosselte sie.«

»Sie wurde erhängt.« Ich schloss die Augen und atmete tief durch. »Genau wie Mrs Westerley.«

»So ist es.«

»Und Mrs Westerley war bereits tot, als dies geschah?«

»Ja, seit etwa fünf Stunden.«

»Ich verstehe.«

Ich dachte kurz nach und empfand keinerlei Überraschung. Hätte er mir erzählt, dass Miss Golding am Morgen verunglückt war, hätte ich ihm nicht geglaubt. Ich war überzeugt, dass der Unfall nur nach Santina Westerleys Hinrichtung hatte stattfinden können.

»Was ist Miss Williams zugestoßen?«, fragte ich weiter. »Der dritten Gouvernante, deren Grab ich in Great Yarmouth gesehen habe?

»Das arme Mädchen«, sagte Mr Raisin kopfschüttelnd. »Sie ertrank in der Badewanne. Eine reizende junge Dame, aber sie war immer furchtbar erschöpft. Ich glaube, sie schlief zu wenig, weil sie bis spät in die Nacht las. Ich frage mich, ob Frauen überhaupt lesen sollten. Vielleicht regt die Lektüre sie zu sehr auf? Das ist doch sicher ein Thema, für das Sie sich interessieren, Miss Caine. Miss Williams hatte jedenfalls immer ein Buch dabei. Ständig stöberte sie in James' Bibliothek herum. Sie brauchte Bücher offenbar so nötig wie die Luft zum Atmen. Einmal hat sie mir erzählt, dass sie schon immer schlecht geschlafen habe, sie aber seit ihrer Ankunft in Gaudlin Hall kaum noch ein Auge zumache. Leider war auch sie vom Pech verfolgt. Von Anfang an passierten ihr ständig irgendwelche Missgeschicke. Ich sagte ihr, sie solle besser auf sich aufpassen, aber da wurde sie regelrecht hysterisch und sagte, die Unfälle seien nicht ihre Schuld, eine unsichtbare Kraft hätte es auf sie abgesehen. Ich nehme an, dass sie an dem Abend, an dem sie verunglückte, noch ein spätes Bad nahm. Sie muss in der Wanne eingeschlafen und ins Wasser gerutscht sein. Jedenfalls ertrank sie auf tragische Weise.«

»Und Miss Harkness?«, fragte ich. »Die vierte Gouvernante?«

»Auch das ist eine recht merkwürdige Geschichte«, sagte Mr Raisin. »Ich gebe zu, dass die Verkettung der Ereignisse seltsam ist, aber Miss Harkness war wirklich äußerst ungeschickt. Zwei Mal lief sie mir im Dorf direkt vor die Kutsche und wäre fast von meinem Pferd niedergetrampelt worden. Sie behauptete, es wäre der Wind gewesen, aber in Wahrheit achtete sie ganz einfach nicht darauf, wo sie hinlief. Zum Glück konnte ich ihr beide Male im letzten Moment ausweichen. Wenig später hatte sie jedoch kein solches Glück, und der arme Mr Forster aus Croakley überfuhr sie mit seiner Kutsche. Miss Harkness erlitt so schlimme Verletzungen, dass sie auf der Stelle tot war. Es war schrecklich. Zu furchtbar, um es in Worte zu fassen. Kurz darauf stellte ich Miss Bennet ein, die fünfte Gouvernante. Aber falls Sie glauben, dass es in Gaudlin Hall nicht mit rechten Dingen zugeht, denken Sie daran, Miss Caine, dass Miss Bennet sich bester Gesundheit erfreut. Ich glaube, sie ist nach London zurückgekehrt und arbeitet wieder in ihrer alten Stellung.«

»Wo war sie denn tätig, bevor sie nach Gaudlin Hall kam?«

»Sie war Lehrerin an einer Schule, genau wie Sie. Ihren letzten Wochenlohn habe ich auf das Konto ihres Vaters in Clapham überwiesen, denn Miss Bennet wollte nicht einmal mehr warten, bis die Bank öffnet und ich das Geld abheben kann. Können Sie sich das vorstellen?«

»Und Miss Bennet ist während ihrer Zeit hier nichts zugestoßen?«, fragte ich.

»Nein, natürlich nicht.« Er lachte leise und schüttelte den Kopf. »Allerdings war auch sie etwas hysterisch. Ehrlich gesagt, mochte ich sie nicht besonders. Sie kam immer wieder in mein Büro gestürmt und erzählte allen möglichen Unsinn über Gaudlin Hall. Mr Cratchett war der Ansicht, wir sollten sie in eine Anstalt einweisen lassen. Vielleicht hatte er recht. Sie führte sich auf, als wären wir in einer Spukgeschichte.«

»Aber sie wurde nicht verletzt?«, hakte ich nach. »Bitte, Mr Raisin, ich muss es wissen.«

»Nein, ihr ist nichts passiert. Wobei ... Einmal hat sie sich mit einem Küchenmesser verwundet«, fügte er nach kurzem Nachdenken hinzu. »Es war ein tiefer Schnitt, und sie wäre wohl verblutet, hätte Mrs Livermore sie nicht rechtzeitig gefunden und die Wunde versorgt. Außerdem gab es noch ein paar andere kleinere Vorfälle, aber –«

Ich stand auf und machte ein paar Schritte. Meine Gedanken überschlugen sich. Ich starrte auf die Bäume am Ende des Rasens und wäre am liebsten losgerannt und nicht mehr stehen geblieben, bis ich Gaudlin Hall weit hinter mir gelassen hätte.

»Miss Caine, ist alles in Ordnung?«, fragte Mr Raisin, erhob sich ebenfalls und trat hinter mich. Ich spürte die

Wärme seines Körpers. Es fühlte sich so anders an, als wenn die bösartige Erscheinung, die mich seit dem Tag meiner Ankunft in Gaudlin Hall verfolgte, hinter mir auftauchte. Am liebsten hätte ich mich umgedreht und wäre ihm in die Arme gesunken, um mich endlich wieder einmal geborgen zu fühlen. Doch selbstverständlich tat ich nichts dergleichen.

»Ja, mir geht es gut«, sagte ich, wandte mich um und lächelte ihn an. »Aber es ist schon spät. Ich habe Sie lang genug aufgehalten. Wenn Sie jetzt nicht gehen, werden Sie nichts mehr von Ihrem halben Tag Urlaub haben, und Mrs Raisin wird mir die Schuld an Ihrem Fortbleiben geben.«

»Ich kann Ihnen versichern, Miss Caine«, sagte er und trat näher, »dass Mrs Raisin allein mir die Schuld geben wird. Darin ist sie eine wahre Meisterin.«

Ich musste lachen.

»Ich bringe Sie zu Ihrer Kutsche«, sagte ich.

Als ich Mr Raisin nachsah, der in seiner Kutsche die Einfahrt hinunterfuhr, überkam mich tiefe Erschöpfung. Erst jetzt merkte ich, wie aufreibend die letzten Wochen gewesen waren. Am liebsten wäre ich auf dem Kies zusammengesunken und hätte laut schluchzend das Gesicht in den Händen vergraben. Ich wünschte, irgendjemand würde mich von diesem unheimlichen Ort fortbringen. Zuvor war mein Leben so einfach gewesen: Ich hatte meine Schülerinnen unterrichtet und mich um Vater gekümmert. Ich vermisste unsere Gespräche am Kamin, seine Bücher, das Haus und selbst Jessies ewiges Genörgel über ihre schmerzenden Gelenke. Jetzt bestand mein Leben nur noch aus rätselhaften Vorkommnissen, ungeklärten Todesfällen und brutaler Gewalt, die gegen alle Naturgesetze verstieß. Ich war kurz davor, der Hysterie zu verfallen, als ich in einiger Entfernung Gelächter hörte. Das Geräusch ließ mich aufblicken. Isabella und Eustace standen in der Nähe der Bäume auf dem Rasen und warfen einander einen Ball zu. Ich sah den Kindern eine Weile zu und überlegte, ob ich mich ihnen zugesellen sollte, entschied mich dann aber dagegen und kehrte zum Haus zurück. Nachdem ich die Tür hinter mir zugezogen hatte, stand ich in der Eingangshalle und sah mich um.

»Wo bist du?«, fragte ich leise.

Der Vorhang im Salon bewegte sich leicht. Ich stand wie angewurzelt da und starrte auf die Stelle. Im Haus regte sich kein Lüftchen.

»Wo bist du?«, wiederholte ich.

Da hörte ich plötzlich Stimmen. Zwei Stimmen. Ein leises Gespräch, nein, ein Streit. Sie kamen aus dem Haus. Ich wusste, dass es die Kinder nicht sein konnten, denn sie spielten draußen. Die Stimmen konnten aber auch nicht von Mrs Livermore und Mr Westerley stammen, denn das Krankenzimmer lag zu weit entfernt, als dass ich sie hätte hören können, zumal der arme Mann nicht in der Lage war, mehr als ein gequältes Röcheln von sich zu geben. Ich spitzte die Ohren und gelangte zu dem Schluss, dass die Stimmen von oben kamen, und zwar nicht aus dem ersten, sondern dem zweiten Stock. Ein unerwartetes Gefühl der Gelassenheit stieg in mir auf. Ich ging die Treppe hoch, und die Stimmen wurden lauter, blieben aber unverständlich. Trotzdem verspürte ich keinerlei Angst. Waren es überhaupt Stimmen? Das war schwer zu sagen. Vielleicht war es doch nur der Wind, der durch Ritzen im Mauerwerk pfiff.

Ich folgte den Geräuschen zu einer Tür am Ende des Flurs und legte mein Ohr an das Holz. Mein Herz setzte einen Schlag aus. Ich hatte mich nicht geirrt. In dem Zimmer wurde ein erbitterter Streit ausgetragen, zwischen einem Mann und einer Frau. Da das Holz die Stimmen dämpfte, konnte ich nicht verstehen, was sie sagten, aber ich erkannte die unterschiedlichen Stimmlagen und den Tonfall, der immer schärfer wurde.

Ich würde mich nicht länger einschüchtern lassen. Ich drehte den Knauf, stieß die Tür auf und marschierte ins Zimmer, ohne mich darum scheren, dass ich mich womöglich in Gefahr brachte.

Es war niemand da. In einer Ecke lagen ein paar alte Spielzeuge, und an einer Wand standen ein verstaubtes Schaukelpferd und ein Kinderbettchen. Davon abgesehen war das Zimmer leer.

»Wo bist du?«, rief ich außer mir vor Wut und Enttäuschung. Meine Worte mussten im ganzen Haus zu hören gewesen sein. Vielleicht zuckte sogar der unglückliche Mr Westerley, der in seinem Krankenbett vor sich hin dämmerte, zusammen und fragte sich, was los war.

»Wo bist du?«, schrie ich noch einmal.

Doch ich erhielt keine Antwort.

Kapitel

Als ich in der Paddington Station ausstieg, hatte ich den Eindruck, eine Reise in meine eigene Vergangenheit zu unternehmen. Arbeiter und Angestellte, die ihre Züge nicht verpassen wollten, hasteten an mir vorbei, und niemand beachtete die junge Frau, die mitten auf dem Bahnsteig stand, sich umsah und einen tiefen Zug von der schmutzigen Londoner Luft nahm, die sie so lange hatte entbehren müssen. Wäre irgendjemand stehen geblieben und hätte mich angesehen, wäre ihm aufgefallen, dass ich zugleich erleichtert und beunruhigt war. Ich war wieder zu Hause, aber dies war nicht mehr mein Zuhause.

Zum Glück regnete es an jenem Tag nicht, und so trat ich hinaus auf die Praed Street mit ihren vertrauten Blumenhändlern und Verkaufsständen und ging zu Fuß weiter zum Gloucester Square, wo das kleine Haus stand, in dem ich aufgewachsen war. Als ich darauf zuging, überkam mich eine seltsame Scheu. Ich fürchtete, dass ich beim Anblick des Hauses von Kindheitserinnerungen überwältigt werden und in Tränen ausbrechen würde, doch zu meiner Erleichterung blieben meine Augen trocken. Durchs Fenster sah ich, wie ein Mann mittleren Alters einem Jungen ein Buch zeigte. Sie begannen, es gemeinsam zu betrachten. Dann kam eine Frau, vermutlich die Ehefrau des Mannes und

Mutter des Jungen, mit einer Blumenvase ins Wohnzimmer und sagte etwas. Sie lachte über die Antwort des Jungen. In diesem Moment ging die Haustür auf, und ein etwa siebenjähriges Mädchen trat hervor, ein Springseil in der Hand. Als sie mich entdeckte, blieb sie stehen.

»Guten Tag«, sagte ich.

»Guten Tag«, antwortete sie. »Wollen Sie zu meiner Mama?«

Ich schüttelte lächelnd den Kopf.

»Ich kam nur zufällig hier vorbei«, erklärte ich. »Ich habe früher hier gewohnt. Ich bin in dem Haus aufgewachsen.«

»Ich heiße Mary«, sagte das Mädchen. »Ich kann schon alle Buchstaben lesen und die Bücher des Neuen Testaments in der richtigen Reihenfolge aufsagen.«

Mary. Wie meine verstorbene Schwester. Also lebte letzten Endes doch noch eine Mary in diesem Haus.

»Und was ist mit dem Alten Testament?«, fragte ich neckend. Sie verzog das Gesicht.

»Das kann ich nicht so gut«, murmelte sie schließlich. »Papa sagt, ich muss fleißiger lernen. Wann haben Sie denn hier gewohnt?«

»Bis vor Kurzem. Ich bin erst vor einem guten Monat ausgezogen.«

»Wir haben das Haus gemietet, bis unser eigenes fertig ist. Unser Haus ist viel größer.«

»Aber ist es auch so gemütlich?«

Ich hing an meinem alten Zuhause und empfand das Bedürfnis, es zu verteidigen.

»Ich glaube schon.«

»Mary!«

Eine Stimme aus dem Haus ließ das Kind herumfahren.

Die Mutter, eine liebeswürdig wirkende Frau mit einem offenen Gesicht, erschien im Türrahmen. Sie zögerte kurz, bevor sie mich mit einem Lächeln begrüßte. Ich grüßte höflich zurück, aber da mir nicht der Sinn nach einem Gespräch stand, verabschiedete ich mich von Mary und ging weiter. Mir gefiel die Vorstellung, dass in dem Haus wieder eine Familie wohnte. Es war einst ein glückliches Heim gewesen und konnte es nun wieder sein.

Madge Toxley hatte sich bereit erklärt, Isabella und Eustace einen Tag lang bei sich aufzunehmen und auf sie achtzugeben, auch wenn das, wie sie sagte, kaum nötig sei, weil sie so wohlerzogene Kinder seien. Isabella war fuchsteufelswild, als ich ihr sagte, dass sie einen ganzen Tag lang im Dorf verbringen würde, und sie wiederholte immer wieder, dass sie Gaudlin Hall nicht verlassen dürfe, aber ich erinnerte sie daran, dass sie nicht ganz so heftig protestiert hatte, als es um einen Nachmittag am Strand in Great Yarmouth gegangen war. Dieses Argument brachte sie zum Verstummen.

Madge war überrascht, als ich früh an dem Morgen mit zwei verschlafenen Kindern im Schlepptau vor ihrer Tür stand und sagte, ich müsse kurzfristig nach London und sie würde mir einen großen Gefallen tun, wenn sie bis zum Abend auf die beiden aufpassen könne.

»Aber sicher«, antwortete sie und öffnete die Tür weit, um die Kinder hereinzulassen.

Mein Blick fiel auf ihren Ehemann, Alex, der im Wohnzimmer stand, mich ansah und dann aus meinem Blickfeld verschwand.

»Ich hoffe, es ist nichts Schlimmes passiert?«

»Nein, nur eine Sache, um die ich mich kümmern muss. Das ist alles. Ich muss jemanden sprechen.«

Sie nickte halbherzig, schien mir aber nicht zu glauben. Ich begriff auf Anhieb, warum.

»Ich gebe Ihnen mein Wort darauf, dass ich wiederkomme. Ich lasse die Kinder nicht im Stich. Das verspreche ich.«

»Natürlich nicht, Eliza«, sagte sie und errötete leicht. »Das habe ich auch gar nicht –«

»Und selbst wenn, wäre es nur verständlich«, sagte ich und legte ihr beruhigend eine Hand auf den Arm. »Ich bin heute Abend zurück, ganz gleich, wie mein Tag verläuft.«

Die Spukgestalt, wer auch immer sie war, hatte es offenbar nicht auf die Kinder abgesehen. Ihre Angriffe waren allein gegen mich gerichtet. Trotzdem wollte ich kein Wagnis eingehen. Hätte ich die Kinder allein in Gaudlin Hall gelassen, wäre ich den ganzen Tag lang krank vor Sorge gewesen.

Die Bushaltestelle am Bahnhof Paddington war nur fünf Minuten zu Fuß von meinem ehemaligen Zuhause entfernt. Als ich dort ankam, setzte ich meine Tasche ab und stellte mich neben eine ältere Dame, um auf den Omnibus zu warten. Sie musterte mich geringschätzig von oben bis unten. Ich hatte keine Ahnung, was sie an mir auszusetzen hatte. Ich hatte meine Kleider am Morgen besonders sorgfältig ausgewählt, aber aus irgendeinem Grund erregte ich ihr Missfallen. Kurz glaubte ich, sie zu kennen. War das nicht Mrs Huntington, die manchmal auf mich aufgepasst hatte, als ich klein war? Doch dann fiel mir ein, dass die arme Frau ein paar Jahre zuvor, nachdem ihr Mann und ihr Sohn tödlich verunglückt waren, den Verstand verloren hatte und in eine Anstalt in Ealing eingewiesen worden war, also konnte sie es nicht sein. Allerdings sah die Frau an der Bushaltestelle Mrs Huntington so ähnlich wie eine Zwillingsschwester. Ich wünschte inbrünstig, der Omnibus möge kommen, denn ihr verächtlicher Blick beunruhigte mich und ging mir gehörig gegen den Strich. Endlich hielt der Omnibus vor uns am Straßenrand. Ich stieg ein, nannte dem Fahrer mein Ziel, zahlte einen halben Penny und nahm Platz.

Früher hatte ich nicht darauf geachtet, wie es in London aussah. Wenn man hier lebt, ist man den Anblick gewöhnt, doch als ich jetzt durch die Stadt fuhr, fiel mir auf, wie schmutzig die Straßen waren. Dazu kam die trübe Luft. Der Nebel schien sich nicht ganz aufzulösen, und übel riechende Rauchschwaden hingen zwischen den Häusern fest. Wie kam es nur, dass die Luft in der Hauptstadt so dreckig war, dass man kaum die andere Straßenseite sehen konnte? Das war ein großer Vorteil von Norfolk: Zumindest konnte man dort frei atmen. Für die frische Luft nahm ich gern das eine oder andere Gespenst in Kauf.

Ich hatte meinen Abstecher nach London so geplant, dass ich kurz vor Mittag in der Schule ankommen würde, und da nicht viel Verkehr auf den Straßen herrschte, war ich sogar noch etwas früher da. Als das Schulgebäude in Sicht kam, warf ich einen Blick auf meine Uhr. Es würde noch zehn Minuten dauern, bis die Glocke die Jungen in die Mittagspause entließ. Noch waren sie in ihren Klassenzimmern. Ich stieg aus dem Omnibus, lehnte mich an den Zaun und sah zur Schule hinüber. Es gab keinen Grund zur Eile. Ich würde meine Antworten noch früh genug bekommen.

Als ich dort stand, kam mir unweigerlich mein erster Morgen als Lehrerin an der St. Elizabeth's School in den Sinn. Es war ein merkwürdiges Gefühl gewesen, die Schule nicht mehr als Schülerin, sondern als Lehrerin zu betreten. Als die Mädchen in die Klasse kamen, war ich schrecklich verunsichert gewesen. Einige von ihnen waren den Tränen nahe, sahen mich furchtsam an und versuchten zu erkennen, was für eine Sorte Lehrerin sie in den nächsten zwölf Monaten unterrichten würde. Selbstverständlich war ich die jüngste Lehrerin an der Schule, und die meisten meiner Kolleginnen in den anderen Klassenzimmern hatten mich wenige Jahre zuvor noch unterrichtet. Daher wusste ich genau, wie streng und wie gemein sie sein konnten. Ich war von diesen Frauen, die mich am Morgen wie eine alte Freundin begrüßt hatten, viele Male geschlagen worden, und ihre Scheinheiligkeit hatte mich angewidert. Trotzdem war mir bang, als ich an meinem ersten Tag das Lehrerzimmer betrat und meinen künftigen Kolleginnen die Hand schüttelte, da ich diesen Raum als Schülerin nicht hatte betreten dürfen – außer, wenn ich betraft wurde.

An jenem Tag nahm ich mir fest vor, meinen kleinen Schülerinnen niemals Angst einzujagen und sie nicht einzuschüchtern oder zu schlagen. Sie mussten mich nicht lieben – es war sogar besser, wenn sie es nicht taten –, aber ich wollte alles daransetzen, dass sie mich achteten. In den drei Jahre, in denen ich an der St. Elizabeth's School arbeitete, gewann ich immer mehr Sicherheit. Bald bereitete mir die Arbeit große Freude, und ich gelangte auch zu der Überzeugung, dass ich gut darin war. Da ich annahm, dass die Zukunft keinen Ehemann und keine eigene Familie für mich bereithielt, würde ich mein Leben wohl in den vier Wänden meines Klassenzimmers verbringen, dachte ich. Im Laufe der Jahrzehnte würde ich immer älter und grauer werden, während die Königin und Prinz Albert unveränderlich von ihrem Porträt herablächelten. Meine kleinen Schülerinnen hingegen würden immer gleich blieben. Jedes Jahr würden sie ihre Pulte für die neuen Abc-Schützen räumen, von denen einige die kleinen Schwestern ehemaliger Schülerinnen sein würden. Insgeheim freute ich mich auf den ersten Schultag eines Mädchens, deren Mutter bereits bei mir im Unterricht gesessen hatte. An jenem Tag würde ich stolz sein auf das, was ich in meinem Beruf erreicht hatte.

Im Schulgebäude schellte eine Glocke, und das Klingeln riss mich aus meinen Gedanken. Ich trat durch das Tor, als die Türen aufgingen und eine Schar von Jungen heraus auf den Hof strömte. Manche ließen sich im Schatten der Platanen nieder und öffneten mitgebrachte Blechdosen, in denen sich ein ärmliches Stück Brot befand, andere rannten durch die Gegend, spielten Fangen und tobten sich aus, nachdem sie drei Stunden gesittet an ihren Pulten gesessen hatten. Zwei Jungen begannen sich zu streiten, und der Zwist artete bald in eine handfeste Prügelei aus. Ich fragte mich gerade, ob ich eingreifen sollte, als zu meiner Erleichterung ein Lehrer aus einer Seitentür trat. Er war ein einschüchternder Mann, und die Jungen bekamen es mit der Angst zu tun und rannten davon. Ich ließ den Tumult hinter mir, betrat das Schulgebäude durch den Haupteingang, sah mich in der fremden Umgebung um und bog auf gut Glück in einen Flur ein.

Immer noch schlenderten vereinzelt Jungen durch den Gang, Nachzügler oder Übeltäter, die von einem Lehrer, der ihnen eine Standpauke halten wollte, ein paar Minuten länger dabehalten worden waren. Durch die offenen Türen warf ich einen Blick in jedes Klassenzimmer. Ich war überzeugt, dass ich die Frau, die ich suchte, auf Anhieb wiedererkennen würde. Die meisten Lehrer hier waren Männer, was für eine Jungenschule natürlich nicht ungewöhnlich war. Ich hatte mich gewundert, dass überhaupt eine Frau an der Schule unterrichtete, und daraus geschlossen, dass es sich um eine äußerst fortschrittliche Einrichtung handelte. An der St. Elizabeth's School waren nur Frauen eingestellt worden. Nur einmal hatte es eine Abweichung von dieser Regel gegeben, im Fall von Arthur Covan, und so bald würde wohl niemand einen zweiten Versuch wagen wollen. Mir kam der Gedanke, wie schön es doch wäre, wenn die Lebenswelten von Männern und Frauen weniger getrennt wären. Sehr gern hätte ich mich hin und wieder mit einer Gruppe netter, junger Männer über den Unterrichtsstoff ausgetauscht.

Ich erreichte das Ende des Flurs und wollte gerade kehrtmachen, als ich sie entdeckte. Sie war allein in einem Klassenzimmer, wandte mir den Rücken zu und putzte die Tafel mit einem Schwamm. Ich beobachtete sie eine Weile und empfand eine Mischung aus Erleichterung, weil ich sie gefunden hatte, und Groll, weil sie ihr geruhsames Leben lebte, während ich jeden Tag Todesängste ausstand. Ich betrat das Klassenzimmer und ließ den Blick schweifen. Zum Glück war kein Schüler mehr anwesend. Mit einem kräftigen Ruck zog ich die Tür ins Schloss.

Sie zuckte heftig zusammen und wirbelte herum, eine Hand auf der Brust. Sie war kreidebleich, und ich fragte mich, ob sie schon immer so schreckhaft gewesen war. Als sie mich sah, lachte sie erlöst.

»Es tut mir leid«, sagte sie. »Ich war gerade mit den Gedanken woanders. Ich bin in letzter Zeit ein bisschen empfindlich. Das war nicht immer so.«

»Ich wollte Ihnen keinen Schreck einjagen«, antwortete ich, obwohl das nicht ganz der Wahrheit entsprach, schließlich hatte ich vorher nicht geschrieben, um meinen Besuch anzukündigen. Ich hatte befürchtet, sie würde sich weigern, mich zu empfangen.

»Machen Sie sich keine Gedanken.« Sie musterte mich genauer. »Wir kennen uns, nicht wahr? Sind Sie Mrs Jakes? Cornelius' Mutter?«

»Nein«, sagte ich und schüttelte den Kopf.

»Verzeihen Sie, dann habe ich Sie verwechselt. Wollten Sie zu mir oder suchen Sie nach jemand anderem?«

»Ich will zu Ihnen. Ich würde mich sehr freuen, wenn Sie ein paar Minuten Zeit für mich hätten.«

»Natürlich«, sagte sie, setzte sich an ihr Pult und bat mich, ihr gegenüber auf einem Stuhl Platz zu nehmen.

»Es tut mir leid«, fügte sie hinzu. »Ich habe Ihren Namen nicht ganz verstanden.«

Ich lächelte sie an. Tat sie nur so unschuldig oder wusste sie tatsächlich nicht, wer ich war? Hielt sie mich für einen Dummkopf? (Oder besser, hielt sie mich immer noch für einen Dummkopf?)

»Erkennen Sie mich wirklich nicht?«, fragte ich ungläubig.

Sie sah mich unverwandt an und wand sich verlegen auf ihrem Stuhl.

»Wenn Sie mir einfach sagen würden, welcher meiner Schüler ihr Sohn –«

»Ich bin keine Mutter eines Schülers, Miss Bennet«, sagte ich ruhig. »Ich komme Ihnen nur deshalb bekannt vor, weil wir uns schon einmal begegnet sind, und zwar vor gut einem Monat. Sie sind auf dem Bahnhof von Norwich mit mir zusammengestoßen. Wir beide ließen unsere Koffer fallen. An jenem Tag sahen Sie mir direkt in die Augen, und ich hätte schwören können, dass Sie wussten, wer ich bin. Deshalb verwundert es mich, dass Sie jetzt so tun, als würden Sie mich nicht erkennen.«

Sie erbleichte und musste schlucken. Sie hielt meinem Blick stand, bis sie es nicht mehr aushielt und wegsah.

»Natürlich«, sagte sie dann. »Sie sind Miss Caine, richtig?«
»Ja.«
»Ihr Besuch ... überrascht mich.«
»Das glaube ich gern.«
Ich wunderte mich selbst über meinen kalten Tonfall. Bis zu diesem Moment war mir nicht klar gewesen, wie zornig ich auf diese Frau war. Erst jetzt, wo ich ihr gegenübersaß, merkte ich, dass ich innerlich kochte. Sie war schuld an all meinem Leid, sie trug die Verantwortung für meine schlaflosen Nächte. Sie wagte nicht, mir in die Augen zu sehen und sah stattdessen auf meine Hände, die ich im Schoß verschränkt hatte. Ich legte sie flach auf das Pult, damit sie meine Narben besser sehen konnte. Sie verzog das Gesicht und wandte den Blick ab.

»Wie Sie sehen können, habe ich in Gaudlin Hall einigen Schaden davongetragen«, sagte ich. »Doch die Brandwunden sind meine geringste Sorge.«

Sie rang um Fassung.

»Dann sind Sie dort ... nicht glücklich?«

Ich lachte. Ich konnte nicht glauben, dass sie immer noch Unschuld vortäuschte.

»Miss Bennet«, sagte ich. »Wollen wir dieses Spielchen nicht lassen? Ich muss mit Ihnen über Gaudlin Hall reden. Ich bin eigens nach London gekommen, um dieses Gespräch mit Ihnen zu führen, und ich habe nicht viel Zeit. Ich muss den Nachmittagszug zurück nach Norfolk nehmen, und Sie, Sie haben zweifellos einen Haufen kleiner Jungen, die nach der Pause wieder in die Klasse gestürmt kommen.«

»›Gestürmt kommen‹ ist vielleicht nicht ganz der richtige Ausdruck«, sagte sie mit einem schiefen Grinsen.

Ich musste lachen. Zumindest war jetzt das Eis gebrochen.

»Das kann ich mir gut vorstellen. Ich war selbst Lehrerin, bevor ich nach Gaudlin Hall kam«, erklärte ich.

»Ich muss mich bei Ihnen entschuldigen. Dafür, dass ich Sie unter Vorspiegelung falscher Tatsachen nach Gaudlin Hall gelockt habe.«

»Es wäre netter gewesen, wenn Sie mir von Anfang an die Wahrheit gesagt hätten. Sie hätten mich zumindest in Gaudlin Hall empfangen können. Als ich spät am Abend dort ankam und kein Erwachsener im Haus war, verstand ich die Welt nicht mehr. Ich muss sagen, dass mir alles andere als wohl zumute war.«

»Aber das konnte ich nicht. Verstehen Sie doch, Miss Caine, ich konnte keinen Tag länger dort bleiben! Keine Stunde! Darf ich ganz ehrlich zu Ihnen sein? Ich bin sehr froh, dass sie wohlauf sind.«

Wieder lachte ich, aber diesmal klang mein Lachen bitter.

»Wohlauf? Ich lebe noch, wenn Sie das meinen. Aber ich wurde verletzt, immer wieder. Ein wilder Hund hat mich angegriffen. Ich wurde aus dem Fenster gestoßen. Wie Sie sehen, sind meine Hände völlig entstellt. Und es gab weitere Vorfälle. Ich möchte Ihnen zwei einfache Fragen stellen, Miss Bennet: Was geschah, als Sie in Gaudlin Hall waren? Und wie haben Sie es überlebt?«

Sie erhob sich, ging zum Fenster und blickte nach draußen auf den Hof, wo ein paar Jungen Fußball spielten.

»Ich weiß, dass Sie das nicht hören wollen, Miss Caine«, sagte sie nach längerem Schweigen, »aber ich möchte wirklich nicht über meine Zeit in Gaudlin Hall sprechen. Es tut mir leid, dass Sie den langen Weg auf sich genommen haben, aber ich kann nicht. Ich kann immer noch nicht schlafen, verstehen Sie das nicht? Ich bin ständig auf der Hut. Das haben Sie vorhin doch selbst gesehen.«

»Aber Sie sind mit dem Leben davongekommen«, sagte ich mit Nachdruck, »was man von Miss Tomlin nicht sagen kann. Oder Miss Golding. Oder Miss Williams. Oder Miss Harkness. Anders als ihre Vorgängerinnen, haben Sie Gaudlin Hall überlebt. Auch mich droht das Schicksal der anderen zu ereilen. Deshalb frage ich Sie noch einmal: Was geschah, als Sie dort waren? Ich bin der Meinung, dass Sie mir eine Antwort schuldig sind. Eine aufrichtige Antwort. Sie können mir helfen!«

Sie drehte sich um und machte ein gequältes Gesicht.

»Wenn Sie sagen, ich hätte überlebt, Miss Caine, dann verstehen Sie nicht, wie es mir geht. Ich lebe, das ist richtig. Ich atme. Ich gehe zur Arbeit. Ich esse. Ich gehe nach Hause. Aber ich finde keine Ruhe. Ich habe die ganze Zeit Angst, dass ... dass ...«

»Wovor haben Sie Angst, Miss Bennet?«

»Davor, dass sie mich findet.«

Ich wandte den Blick ab. Ihre Worte bestätigten immerhin, dass auch sie die Erscheinung gespürt hatte und von ihr gequält worden war.

»›Sie‹«, sagte ich nach einer Weile. »Sie benutzen die weibliche Form.«

»Glauben Sie denn nicht, dass es sich um eine Frau handelt?«

»Doch«, antwortete ich. »Natürlich. Ich glaube, dass es sich um die verstorbene Mrs Westerley handelt.«

Miss Bennet nickte und setzte sich an das Pult eines Schülers, nahm die Schiefertafel und drehte sie gedankenverloren in den Händen.

»Eins kann ich Ihnen sagen«, sagte sie schließlich. »Ich lasse mich nicht so leicht einschüchtern. Als ich klein war, sagte meine Mutter immer, ich hätte mehr Mut und Charakterstärke als meine beiden älteren Brüder. Als ich in Gaudlin eintraf und mir die Dorfleute von den Westerleys und den verstorbenen Gouvernanten erzählten, war ich überzeugt, dass es sich um schreckliche Zufälle handelte. Um eine Reihe unglückseliger Ereignisse. Ich hielt das Gerede der Dorfbewohner für Aberglauben. Es hieß, ein Geist gehe in Gaudlin Hall um und niemand, der dort lebe, sei sicher.«

»Aber Mr Heckling geht es gut«, wandte ich ein. »Und Mrs Livermore auch. Keiner der beiden wurde je angegriffen.«

»Aber Mr Heckling und Mrs Livermore sorgen auch nicht für die Kinder«, antwortete sie tonlos. »Noch interessieren sie sich großartig für die beiden.«

Darüber musste ich kurz nachdenken.

»Das stimmt«, sagte ich schließlich. »Wie lange hat es gedauert, bis Sie etwas gespürt haben?«

Sie schüttelte den Kopf und fuhr sich mit der Hand über die Augen.

»Bitte, Miss Bennet. Sagen Sie es mir!«

»Einen Tag«, sagte sie gleichmütig. »Oder eigentlich nur einen halben. Während Sie spät am Abend in Gaudlin Hall eintrafen, kam ich am Vormittag an. Noch am selben Abend geschah ein erster Zwischenfall. Der Tag war ohne besondere Vorkommnisse vergangen, und als ich zu Bett ging, war ich sehr müde. Ich schlüpfte unter die Decke und dachte, dass ich nach dem langen Tag tief und fest schlafen würde. Ich schloss die Augen. Ich weiß nicht mehr, was genau ich träumte, ich erinnere mich fast nie an meine Träume, aber ich entsinne mich, dass ich das beklemmende Gefühl hatte, erdrosselt zu werden. In dem Traum legte eine Frau mit dunklem Teint ihre Hände um meinen Hals und würgte mich. Dann ... Miss Caine, hatten Sie schon einmal das Gefühl zu träumen, und eine Stimme in Ihrem Kopf sagte Ihnen, dass Sie aufwachen müssen, um dem Albtraum zu entfliehen?«

»Ja«, sagte ich. »Ich kenne das Gefühl.«

»Genau dieses Gefühl hatte ich an jenem Abend«, fuhr sie fort. »Ich zwang mich aufzuwachen, weil ich dachte, dann würde die Frau verschwinden. Doch als ich die Augen aufschlug, stellte ich zu meinem Entsetzen fest, dass das Gefühl immer noch da war. Da waren tatsächlich Hände an meinem Hals. Jemand war dabei, mich zu erdrosseln. Natürlich packte ich sofort die Arme der Fremden, um sie fortzuziehen. Kurz spürte ich ihre schmalen Handgelenke ganz deutlich. Die Frau hatte erstaunliche Kräfte, aber in dem Moment, als sich meine Hände um ihre Unterarme schlossen, verschwand sie. Ich konnte wieder frei atmen, die Erscheinung war verschwunden. Ich sprang aus dem Bett und kauerte mich nach Luft schnappend in eine Ecke des Zimmers. Ich begriff nicht, was geschehen war. Hatte ein schrecklicher Albtraum meinen Geist verwirrt? Den Angriff hatte ich mir jedenfalls nicht eingebildet, denn mein Hals schmerzte heftig. Am nächsten Morgen wies mich Isabella als Erstes darauf hin, dass ich einen großen Bluterguss am Hals hätte.«

»Ich habe diese Hände auch gespürt«, sagte ich und sah ihr in die Augen. »Als ich in der ersten Nacht in Gaudlin Hall in jenem Bett lag.«

»Hat sie auch versucht, Sie zu erwürgen?«

»Nein, sie zog an meinen Füßen. Ich weiß nicht, was sie vorhatte, aber sie wollte mir Böses, so viel ist sicher.«

»Und zweifelten Sie daraufhin an Ihrem Verstand?«

»Nein. Ich hatte die Hände deutlich gespürt. Ich kann sie immer noch an meinen Füßen spüren.«

»Mir geht es nicht anders«, sagte Miss Bennet. »Die Erinnerung daran raubt mir den Schlaf.«

»Wie ging es weiter?«, fragte ich und lehnte mich vor. »Was ist Ihnen noch zugestoßen? Kommen Sie, Miss Bennet, jetzt können Sie mir auch den Rest erzählen.«

»Haben Sie gesehen, in welchem Zustand das Dach ist?«, fragte sie, und ich schüttelte den Kopf.

»Ich war noch nie dort oben.«

»An Ihrer Stelle würde ich mich auch künftig davon fernhalten. Das Haus sieht aus, als könnte es Jahrhunderte überdauern, aber in Wahrheit ist es ungeheuer baufällig. Der Mörtel bröckelt, und die Steine sitzen nicht mehr richtig aufeinander. Wenn nicht bald ein paar grundlegende Reparaturen durchgeführt werden, Miss Caine, wird irgendwann in den nächsten fünfzig Jahren ein Sturm das Haus zum Einsturz bringen.«

»Was wollten Sie denn auf dem Dach?«

»Ich male gern«, erklärte sie. »Ich habe kein großes Talent, aber es macht mir Freude. Wie Sie wissen, ist das Dach von Gaudlin Hall recht flach, und von dort oben hat man eine wunderbare Aussicht über die Norfolk Broads. Es war ein sonniger Tag, und ich nahm meine Staffelei und meine Farben mit aufs Dach. An jenem Tag gab es zwei Vorfälle. Erst kam trotz des schönen Wetters unvermittelt ein starker Wind auf. Er hob mich aus meinem Stuhl, und hätte ich mich nicht an einem der gemauerten Kamine festgeklammert, hätte er mich vom Dach geweht. Nach einer Weile legte sich der Wind genauso plötzlich wieder, wie er aufgekommen war, und ich verließ das Dach, rannte die Treppe hinunter und aus dem Haus. Ich stand unten auf der Einfahrt und versuchte, mich von dem Schreck zu erholen, als sich mehrere wuchtige Steinquader vom Dach lösten und zu Boden fielen. Einer verpasste mich nur knapp. Hätte er mich getroffen, wäre ich auf der Stelle tot gewesen. Ich lief auf den Rasen, und erst als ich mich in einer sicheren Entfernung vom Haus befand, hörte der Spuk auf.«

Ich schüttelte den Kopf. Ich war bisher noch keinen fallenden Steinen ausgesetzt gewesen. War das der Albtraum, der mich bei meiner Rückkehr erwartete? Würde ich eine Rüstung brauchen, um mich davor zu bewahren, zu Tode gesteinigt zu werden?

»Und dann war da noch der Vorfall mit dem Messer«, fuhr Miss Bennet fort.

»Was war damit?«

»Ich schnitt Gemüse für das Mittagessen, als das Messer – es hört sich albern an, ich weiß, aber es war, als hätte es mit einem Mal ein Eigenleben. Es griff mich an. Ich hielt das Messer in den Händen, und plötzlich richtete es sich gegen mich und drängte mich gegen die Wand. Als ich den kalten Stein im Rücken spürte, bewegten sich meine Hände wie von selbst auf mich zu. Die Messerspitze zeigte auf meinen Hals und drohte ihn zu durchbohren.«

»Und wie haben Sie das Messer aufgehalten?«

»Das habe ich nicht. Isabella kam in die Küche. Sie sagte einfach nur ›Nein‹, und ich erlangte die Kontrolle über meine Hände wieder. Ich ließ das Messer fallen und sank zu Boden, und als ich aufsah, stand Isabella über mir. ›Sie sollten wirklich vorsichtiger im Umgang mit scharfen Messern sein‹, sagte sie. ›Mutter lässt uns nie mit ihnen spielen.‹«

»›Lässt uns nie mit ihnen spielen?‹ In der Gegenwart?«

»Ja. Das fiel mir auch auf.«

»Und Isabella hatte keine Angst, nachdem sie die Szene mit angesehen hatte?«

Miss Bennet lachte.

»Isabella Westerley? Angst? Sie haben sie doch kennengelernt, Miss Caine. Sie leben seit einen Monat mit ihr zusammen. Glauben Sie, dass dieses Mädchen solche Gefühle hat? Glauben Sie, dass dieses Mädchen überhaupt Gefühle hat?«

»Das Kind ist schrecklich verstört«, sagte ich, weil ich Isabella in Schutz nehmen wollte. »Bedenken Sie nur, was sie alles durchgemacht hat. Die Mutter ist tot, der Vater in einem völlig entstellten Körper gefangen. Ganz zu schweigen davon, dass mehrere ihrer Gouvernanten tödlich verunglückt sind. Es wundert mich, dass sie vor Kummer nicht verrückt geworden ist.«

»Wer sagt, dass sie nicht verrückt geworden ist?«, meinte Miss Bennet. »Ich traue dem Mädchen nicht über den Weg. Ihr Verhalten kam mir von Anfang an seltsam vor. Ich ertappte sie mehrmals dabei, wie sie mir hinterherspionierte. Immer wieder tauchte sie urplötzlich vor mir auf und jagte mir einen Heidenschreck ein. Sie ist nur ein zwölfjähriges Mädchen, aber ich hatte Angst vor ihr.«

»Und wie kamen Sie mit Eustace zurecht?«, fragte ich und hoffte, sie hätte an ihm weniger auszusetzen, denn er war mein Liebling, mein kleiner Schatz.

»Ach, mit Eustace war es natürlich ganz anders …« Sie lächelte leicht. »Er ist ein so lieber Junge. Aber auch er ist, um ihre Worte zu gebrauchen, schrecklich verstört. Ehrlich gesagt, mache ich mir Sorgen um ihn.«

»Dürfte ich fragen, was Sie dazu veranlasst hat, so überstürzt aus Gaudlin Hall aufzubrechen? Gab es einen weiteren Vorfall? Etwas, was das Fass zum Überlaufen gebracht hat?«

»Man sollte meinen, das, was ich Ihnen geschildert habe, würde reichen«, sagte sie. »Aber ja, es gab einen weiteren Vorfall. Mit Hecklings Pferd. Sie kennen das Tier?«

»Ja«, sagte ich. »Es lässt sich durch nichts aus der Ruhe bringen. Manchmal denke ich, es wäre vielleicht an der Zeit, ihm sein Gnadenbrot zu gewähren.«

»Genauso hätte ich das Tier auch beschrieben«, erwiderte sie, »aber eines Tages griff es mich aus heiterem Himmel an. Heckling war nicht da, sonst wäre es wohl nicht dazu gekommen. Ich hatte Winnie etwas Würfelzucker mitgebracht. Ich unternahm fast jeden Morgen einen Spaziergang und brachte ihr einen Leckerbissen vorbei. Ich dachte immer, sie würde mich mögen. Doch als ich an jenem Tag die Hand in die Tasche schob, um den Zucker hervorzuholen, erhob sie sich plötzlich auf die Hinterbeine, und wäre ich nicht im letzten Moment beiseitegesprungen, hätten ihre Vorderhufe mich am Kopf getroffen und mich zu Boden geworfen. Ich bekam den Schreck meines Lebens. Ich stand wie angewurzelte da und starrte das Pferd an, in der Hoffnung, es würde sich wieder beruhigen, doch in seinen Augen funkelte Mordlust und es hatte Schaum vor dem Maul. Da ergriff ich die Flucht, Miss Caine. Ich rannte um mein Leben, und die alte Mähre verfolgte mich. Sie schnaubte und wieherte wie eine Meute Höllenhunde, und ich konnte mich nur mit knapper Not ins Haus retten und die Tür hinter mir zuschlagen. Sie hatte eindeutig die Absicht, mich totzutrampeln.«

»Das hört sich völlig absurd an«, sagte ich und dachte an das alte, sanftmütige Tier. »Aber mir ist etwas Ähnliches passiert, nur mit einem Hund. Ich bin sicher, dass er mir Böses wollte. Wäre Isabella nicht gewesen, wäre er mir an die Kehle gefahren und hätte mich zerfleischt.«

»Also hat Mrs Westerleys Geist Macht über Tiere«, sagte Miss Bennet und schauderte. »Ich frage mich, warum das so ist. Jedenfalls hatte ich nach diesem Vorfall die Nase voll. Ich schrieb die Annonce auf ein Blatt Papier, wartete im Haus, bis ich durchs Fenster sah, wie Heckling Winnie davonführte – sie hatte sich wieder beruhigt und war abermals vollkommen friedlich –, und lief ins Dorf. Dort telegrafierte ich die Stellenanzeige an den *Morning Star*. Ich nehme an, dort haben Sie sie gelesen.«

Ich nickte.

»Aber Sie sind nicht sofort aufgebrochen. Sie haben gewartet, bis Sie eine Nachfolgerin gefunden hatten.«

Sie lächelte.

»Miss Caine«, sagte sie ruhig, »ich habe wirklich allen Grund, mich zu schämen. Ich hätte die Annonce nicht in dieser Form aufgeben dürfen. Ich weiß, dass es so klang, als wäre ich der Hausherr von Gaudlin Hall und nicht nur die Gouvernante. Und wäre ich mutiger, hätte ich Ihre Ankunft abgewartet und Sie vor der Erscheinung, die in dem Haus ihr Unwesen treibt, gewarnt. Aber ich konnte das Risiko nicht eingehen, verstehen Sie? Die Gefahr war zu groß, dass Sie auf der Stelle kehrtmachen und den nächsten Zug zurück nach London nehmen würden. Natürlich war das feige von mir, das weiß ich selbst, aber ich musste dort weg. Trotzdem brachte ich eins nicht übers Herz: die Kinder zurückzulassen, allein mit der Erscheinung. Ich konnte sie ihr nicht schutzlos ausliefern. Bis ich wusste, dass Sie kommen würden, konnte ich nicht fort.«

Sie zögerte und schüttelte den Kopf.

»Nein, das stimmt nicht ganz. Ich konnte Eustace nicht schutzlos zurücklassen. Isabella braucht niemanden, der sie beschützt. Sie kommt gut allein zurecht.«

Ich stand auf und lief im Klassenzimmer auf und ab. Auf einer Wandkarte waren die Herrscher von England aufgeführt, von der Schlacht bei Hastings im Jahr 1066 bis zu

Königin Victoria. Für einen Moment war ich abgelenkt, denn die Karte erinnerte mich an angenehmere Zeiten. Wie sehr wünschte ich mir in diesem Moment, ich wäre wieder Lehrerin und würde auf meine Schülerinnen warten, die nach der Mittagspause ins Klassenzimmer gerannt kommen würden, bereit für den Nachmittagsunterricht.

»Und Sie, Miss Caine«, sagte Miss Bennet nach längerem Schweigen, »haben Sie sehr gelitten?«

Ich nickte und erzählte ihr kurz von dem Unheil, das mich seit meiner Ankunft in Gaudlin Hall heimgesucht hatte.

»Zum Glück haben Sie die Vorfälle überlebt.«

»Bisher«, antwortete ich.

»Aber Sie sind hier«, sagte sie lächelnd, kam auf mich zu und nahm meine Hände. »Sie sind doch hier. Sie sind ihrem Geist entkommen. So wie ich. Vielleicht verliert die Erscheinung an Kraft.«

Ich schüttelte den Kopf und entzog ihr meine Hände.

»Ich glaube, Sie haben mich missverstanden. Ich habe bisher überlebt, aber ich bin ihr nicht entkommen, wie Sie es nennen. Ich bin nur für einen Tag in London. Ich nehme heute Nachmittag den Zug zurück nach Norfolk, das habe ich doch schon gesagt.«

»Sie wollen ernsthaft zurück nach Gaudlin Hall?«

»Selbstverständlich! Wo soll ich denn sonst hin? Ich habe kein anderes Zuhause.«

»Gehen Sie fort«, rief sie und warf die Hände in die Luft. Die Anspannung, die sich über Monate in ihr aufgebaut hatte, brach jetzt hervor. »Ganz gleich, wohin! Gehen Sie zurück an die Schule, an der Sie unterrichtet haben! Gehen Sie nach Cornwall, Edinburgh oder Cardiff. Ziehen Sie nach Frankreich oder Italien. Reisen Sie nach Russland, wenn es sein muss, oder leben Sie als Dirne auf den Straßen unserer Hauptstadt. Alles ist besser, als an jenem schrecklichen Ort zu bleiben. Wenn Sie nicht völlig von Sinnen sind, Miss Caine, dürfen Sie nie wieder nach Gaudlin Hall zurückkehren.«

Ich starrte sie an, entsetzt über ihre Unbarmherzigkeit.

»Und wer kümmert sich dann um die Kinder?«, fragte ich bemüht ruhig und versuchte, meinen Unmut zu zügeln.

»Sie macht das.«

Ich schüttelte den Kopf. »Ich lasse die Kinder nicht mit ihr allein.«

Miss Bennet zuckte mit den Schultern.

»Dann wird der Geist Sie verfolgen, bis er es schafft, Sie zu töten. Wie bei den anderen.« Durch ihren Tonfall gab sie mir zu verstehen, dass sie dies für ebenso selbstverständlich wie unvermeidlich hielt. »Ihr Geist wird sein Ziel erreichen. Sie werden sterben.«

Die Worte trafen mich wie ein Messer.

»Aber warum?«, sagte ich mehr zu mir selbst als zu ihr. »Warum hat sie es auf mich abgesehen? Ich will den Kindern doch nur helfen. Ich sorge für sie. Und was ist mit der anderen Erscheinung? Dem alten Mann? Ihn haben Sie bisher nicht erwähnt. Welche Rolle spielt er in dem Ganzen?«

Miss Bennet runzelte die Stirn. Dann schüttelte sie den Kopf, als hätte sie mich nicht richtig verstanden.

»Wovon reden Sie?«

»Von der anderen Erscheinung«, sagte ich. »Im Haus gibt es doch noch einen zweiten Geist, einen Mann. Er hat mich gerettet, als Mrs Westerleys Geist mich aus dem Fenster gestoßen hat. Ich konnte seine Hände spüren. Auch Eustace hat ihn gesehen und mit ihm gesprochen. Offenbar hat er dem Jungen gesagt, er sei da, um mich zu beschützen.«

Miss Bennet schlang die Arme um ihren Oberkörper und blickte mich verängstigt an.

»Es tut mir leid, Miss Caine. Ich weiß wirklich nicht, wovon Sie sprechen.«

»Sie haben seine Anwesenheit nie gespürt?«

»Nein. Da war nur der bösartige Geist. Nur sie war da.«

»Vielleicht war er die ganze Zeit da, aber Sie haben ihn nicht bemerkt? Vielleicht hat er sie vor den herunterfallenden Steinen beschützt?«

Sie dachte eine Weile nach und schüttelte dann den Kopf.

»Ich würde es wissen«, sagte sie bestimmt. »Da bin ich mir ganz sicher. Ich würde es wissen, wenn da noch jemand gewesen wäre. Das schwöre ich.«

Ich nickte. Vermutlich sagte sie die Wahrheit, schließlich hatte sie keinen Grund zu lügen. In diesem Moment schellte die Glocke, und durchs Fenster sah ich, wie die Jungen auf dem Hof ihr Spiel unterbrachen, ihre Essensdosen einsammelten und sich vor der Tür versammelten.

»Ich gehe jetzt wohl besser«, sagte ich. »Ich bin Ihnen zu großem Dank verpflichtet, Miss Bennet. Dafür, dass Sie mir alles erzählt haben. Sie haben einige meiner Vermutungen bestätigt. Und so seltsam das auch klingen mag, ich bin froh, dass noch jemand das durchgemacht hat, was ich gerade durchmache. So muss ich nicht länger fürchten, dass ich verrückt geworden bin.«

»Aber Sie müssen verrückt geworden sein«, sagte Miss Bennet leise. »Nur eine Verrückte würde nach Gaudlin Hall zurückkehren.«

»Dann bin ich eben verrückt«, antwortete ich. »Das schert mich nicht. Die Kinder werden das Haus nicht verlassen, so lange ihr Vater dort oben in der Dachkammer liegt, das weiß ich mit Sicherheit. Sie sprechen nie von ihm, aber seine Anwesenheit tröstet sie. Ich werde sie nicht allein mit dem bösartigen Geist zurücklassen!«

Ich legte die Hand auf den Türknauf.

»Sie müssen mich für einen schrecklichen Menschen halten«, sagte Miss Bennet mit kummervoller Stimme, »weil ich die Kinder im Stich gelassen habe.«

Ich wandte mich zu ihr um und schüttelte den Kopf.

»Sie hatten keine Wahl. Sie haben getan, was Sie tun mussten, so wie es Ihrem Wesen entsprach. Aber auch ich muss tun, was meinem Wesen entspricht. Auf Wiedersehen, Miss Bennet.«

»Auf Wiedersehen, Miss Caine«, sagte sie. »Und viel Glück.«

Es war schon spät, als ich nach Gaudlin Hall zurückkehrte. Der Zug war mit Verspätung in London losgefahren und abermals in der Nähe von Manningtree aufgehalten worden. Die Reise war äußerst unerfreulich gewesen. Ein Mann mittleren Alters, der in meinem Abteil saß, hatte versucht, mir schöne Augen zu machen. Diese Erfahrung war vollkommen neu für mich, und zu einer anderen Zeit hätte ich sie vielleicht genossen, aber nicht unter diesen Umständen, und so war ich gezwungen, das Abteil zu wechseln. Leider fand ich mich neben einer älteren Dame wieder, die nichts Besseres zu tun hatte, als mir endlose Geschichten darüber zu erzählen, wie undankbar ihre Tochter und wie grausam ihr Schwiegersohn waren. Angeblich hielten die beiden sie von ihren Enkeln fern, und sie würde diesem Pack keinen Penny hinterlassen.

Madge Toxley hatte die Kinder zurück nach Gaudlin Hall gebracht, damit sie in ihren eigenen Betten schlafen konnten, und war sehr erleichtert über meine Rückkehr. Sobald ich durch die Tür trat, sprang sie auf, verabschiedete sich hastig und rief nach ihrem Kutscher. Als ich müde die Treppe hochstieg, schickte ich ein Stoßgebet zum Himmel. Ich wünschte mir inbrünstig, in dieser Nacht durchzuschlafen, damit ich Kraft für den folgenden Tag schöpfen und die nächste Katastrophe, die unweigerlich über mich hereinbrechen würde, überstehen könnte. Ich blieb auf dem Absatz im ersten Stock stehen und lauschte. Zu meiner Überraschung hörte ich aus Eustaces Zimmer Stimmen. Ich warf einen Blick auf die große Standuhr neben mir. Es war nach Mitternacht und die Kinder hätten längst schlafen müssen. Ich ging den Flur entlang, blieb vor seiner Tür stehen und spitzte die Ohren. Erst verstand ich nicht, was drinnen gesagt wurde, aber nach einer Weile hörte ich Eustace leise fragen:

»Und was, wenn sie nicht zurückkommt?«

»Sie kommt ganz sicher zurück«, lautete die Antwort, aber es war nicht Isabellas Stimme, wie ich erwartet hatte, sondern die tiefe Stimme eines alten Mannes.

»Ich will sie nicht verlieren, so wie die anderen«, sagte Eustace kläglich.

»Das wirst du nicht«, antwortete sein Gegenüber.

Ich öffnete die Tür und trat ins Zimmer. Es brannte kein Licht. Allein Eustaces Kerze neben dem Bett warf einen schwachen Schein auf sein Gesicht. Seine blasse Haut hob sich schneeweiß von dem Nachthemd ab. Ich sah mich um. Es war niemand sonst da.

»Mit wem hast du gesprochen?«, fragte ich, stapfte zum Bett, packte ihn bei den Schultern und wiederholte lauter: »Mit wem hast du gesprochen, Eustace?«

Er hielt verschreckt die Luft an, aber sosehr ich den Jungen auch liebte, ich war das Theater leid. Ich würde ihn nicht loslassen, bis er mir eine Antwort gab.

»Mit wem hast du gesprochen?«, schrie ich ihn an, und jetzt gab er nach.

»Mit dem alten Mann«, sagte er.

Ich hätte vor Ärger in Tränen ausbrechen können.

»Es gibt keinen alten Mann«, rief ich.

Ich ließ ihn los und machte eine Runde durchs Zimmer, bevor ich den Jungen wieder ansah.

»Hier ist niemand!«

»Er steht direkt hinter Ihnen«, murmelte Eustace, und mein Herz begann zu rasen. Ich fuhr herum, aber nein, das Zimmer war leer.

»Warum kann ich ihn nicht sehen?«, rief ich. »Wieso kannst nur du ihn sehen?«

»Jetzt ist er fort«, sagte Eustace gleichmütig und kuschelte sich unter die Decke. »Aber er ist noch im Haus. Er sagt, er bleibt hier. Er lässt sich nicht von ihr vertreiben, egal, wie sehr sie es versucht. So lange Sie hier sind, geht er nicht dorthin, wo er eigentlich hingehen sollte.«

Zwanzigstes Kapitel

»Ein Geist?«, fragte Pfarrer Deacons mit einem schiefen Grinsen und schnitt eine Grimasse, als wollte ich mich über ihn lustig machen.

»Ich weiß, dass es verrückt klingt«, sagte ich. »Aber ich bin mir ganz sicher.«

Er schüttelte den Kopf und bedeutete mir, in einer Bank im linken Teil der Kirche Platz zu nehmen. Es war die Bank der Westerley-Familie, auf ihr saßen die Kinder und ich jeden Sonntag. In einer Ecke war eine Messingplatte befestigt, auf der Name, Geburtstag und Todesdatum eines Vorfahren der Westerleys standen. Sie stammte aus dem 17. Jahrhundert. So lange gab es die Familie also schon mindestens.

»Mein liebes Kind«, sagte der Pfarrer und ließ sich ein Stück von mir entfernt nieder. »Die Vorstellung ist wirklich absurd«.

»Warum denn? Was sagte Shakespeare noch einmal, Herr Pfarrer? Es gibt mehr Dinge zwischen Himmel und Erde, als unsere Schulweisheit sich träumen lässt.«

»Shakespeare wollte seine Zuschauer unterhalten«, entgegnete der Pfarrer. »Er war Schriftsteller. In seinen Stücken kann den Wachen auf dem Wehrgang ein Geist erscheinen, ihnen den Namen seines eigenen Mörders nennen und

Rache fordern. Oder ein Geist kann an einem Festmahl teilnehmen, um seinen eigenen Mörder zu entlarven. Aber diese Dinge dienen doch nur dazu, dem zahlenden Publikum Schauer über den Rücken zu jagen. Im echten Leben, Miss Caine, kommen Geister sehr viel seltener vor. Sie sind Erfindungen der schönen Literatur.«

»Vor nicht allzu langer Zeit glaubte Ihresgleichen noch an Hexen«, bemerkte ich.

»Das war im Mittelalter«, sagte er und machte eine abfällige Geste. »Wir leben im Jahr 1867. Die Kirche hat sich weiterentwickelt.«

»Wenn damals eine Frau in den Verdacht geriet, eine Hexe zu sein, drückte man sie unter Wasser«, sagte ich bitter. »Ertrank sie, galt sie als unschuldig, aber allein der Vorwurf hatte zu ihrem Tod geführt. Überlebte sie, nahm man das als Beweis für ihre Schuld, und sie wurde auf dem Scheiterhaufen verbrannt. Natürlich traf das nur Frauen, keine Männer. Damals hinterfragte niemand diesen Aberglauben. Und jetzt kommen Sie und nennen mich wirklichkeitsfremd. Sehen Sie darin nicht eine gewisse Ironie?«

»Miss Caine, die Kirche von heute kann nicht für den Irrglauben der Vergangenheit verantwortlich gemacht werden.«

Ich seufzte. Es war vermutlich eine schlechte Entscheidung gewesen, einen Priester aufzusuchen, aber ich hatte nicht mehr weitergewusst und in meiner Not beschlossen, mich an Pfarrer Deacons zu wenden. Im Grunde war ich nie besonders fromm gewesen. Natürlich sprach ich hin und wieder ein Gebet und ging an Sonntagen in die Kirche, aber zu meiner Schande muss ich gestehen, dass ich schon immer zu den armen Sündern gehört hatte, deren Gedanken während der Predigt abschweifen und die kaum hinhören, wenn der Pfarrer aus der Bibel vorliest. Was sagte die Tatsache, dass ich mich hilfesuchend an die Kirche wandte, eigentlich über mich aus? Und was sagte es über die Kirche aus, dass sie mich in der Not abwies?

»Wir wissen so wenig über die Welt«, fuhr ich fort, da ich nicht zulassen wollte, dass er mich wie ein hysterisches Weib behandelte. »Wir wissen nicht, wo wir herkommen, und wir wissen nicht, wo wir hingehen. Wie können wir da überzeugt sein, dass es keine verlorenen Seelen gibt, die zwischen Leben und Tod schweben? Wie können Sie so sicher sein, dass das Unsinn ist?«

»Solche Gedanken kommen Ihnen nur, weil Sie in Gaudlin Hall leben«, antwortete er kopfschüttelnd. »Ihre Phantasie entzündet sich an der unglücklichen Geschichte dieses Ortes.«

»Was wissen Sie schon von Gaudlin Hall? Wann waren Sie denn zum letzten Mal dort?«

»Warum denn so angriffslustig, Miss Caine?«, erwiderte er, und ich spürte, dass er Mühe hatte, seine Wut im Zaum zu halten. »Das ist vollkommen unnötig, glauben Sie mir. Sie wissen vielleicht nicht, dass ich Mr Westerley hin und wieder einen Besuch abstatte.«

Ich hob eine Augenbraue, und als er mein skeptisches Gesicht sah, nickte er.

»Ich versichere Ihnen, das ist die Wahrheit. Zum ersten Mal war ich bei ihm, gleich nachdem er nach Gaudlin Hall zurückgebracht worden war, und seither habe ich ihn noch zweimal besucht. Sein Zustand ist wirklich erschütternd. Ein grauenhafter Anblick. Aber vielleicht haben Sie Mr Westerley ja auch gesehen?«

»Ja, das habe ich.«

»Wäre es nicht möglich, Miss Caine, dass Ihre Phantasie

mit Ihnen durchgegangen ist, nachdem sie ein so armes Menschenkind gesehen haben?«

»Das halte ich für sehr unwahrscheinlich«, sagte ich, fest entschlossen, mich nicht bevormunden zu lassen. »Schließlich haben Sie, Herr Pfarrer, ihn sogar mehrmals gesehen, während ich nur ein einziges Mal bei ihm war. Warum sollte ich da einem Wahn verfallen und Sie nicht?«

»Miss Caine, muss ich es wirklich aussprechen?«

»Was denn?«

Er seufzte.

»Ich fürchte, dass Sie mir meine Worte übel nehmen werden. Frauen sind nun mal besonders empfindsam und –«

»Schweigen Sie!«, rief ich. Meine Stimme hallte durch das Kirchenschiff. Ich schloss kurz die Augen und nahm mir fest vor, mich nicht aus der Ruhe bringen zu lassen. »Sagen Sie nicht, ich wäre zarter besaitet als Sie, nur weil ich eine Frau bin.«

»Nun gut, dann schweige ich. Aber vielleicht steckt mehr Wahrheit in diesen Worten, als Ihnen lieb ist.«

Ich überlegte, ob ich aufstehen und gehen sollte. Was hatte mich überhaupt hergeführt? Das alles war doch eine Farce: die Kirche, der Altar und dieser lächerliche Mann mit seinem Gewand und seinem selbstherrlichen Gebaren. Eigentlich war es unglaublich, dass die Gemeinde ihn durchfütterte, während andere hungerten. Wie dumm von mir zu glauben, dieser Mann könne mir helfen. Ich reckte das Kinn und wollte mich gerade würdevoll verabschieden, als mir ein weiterer Gedanke kam.

»Ich habe noch eine Frage, die nichts mit den Vorfällen in Gaudlin Hall zu tun hat. Vielleicht können Sie mir ja darauf eine Antwort geben?«

»Ich will es versuchen.«

»Glauben Sie an das Jenseits, Vater? Daran, dass die Gerechten in den Himmel kommen und die Ungerechten in die Hölle?«

»Selbstverständlich!« Er wirkte schockiert, dass ich überhaupt zu fragen wagte.

»Sie sind überzeugt, dass es den Himmel und die Hölle gibt, obwohl Sie keinen Beweis für ihre Existenz haben?«

»Meine Liebe, darauf beruht doch der christliche Glaube.«

»Natürlich. Aber wenn Sie an diese beiden Orte glauben, warum halten Sie es dann für ausgeschlossen, dass es einen dritten Ort gibt?«

Er runzelte die Stirn.

»Was meinen Sie? Was für einen dritten Ort?«

»Einen Ort, an den die Seelen der Verstorbenen kommen, bis sie in den Himmel vorgelassen werden oder zur Hölle fahren.«

»Sie sprechen vom Fegefeuer, Miss Caine.«

»Dann ist es eben ein vierter Ort«, sagte ich und musste angesichts der Vielzahl von Möglichkeiten lachen. »Sie glauben an drei dieser Orte, nicht aber an den vierten. Könnte es nicht sein, dass die Seele eines Verstorbenen noch eine Weile in unserer Welt verweilt, uns beobachtet und bisweilen sogar mit uns in Verbindung tritt? Dass sie uns angreift oder beschützt? Wie kommt es, dass Sie an eine Existenz im Himmel, in der Hölle oder im Fegefeuer glauben, nicht aber an eine solche Daseinsform?«

»Weil die Bibel einen solchen Ort nicht erwähnt«, erklärte er geduldig. Er sprach mit mir wie mit einem Kind. Verärgert warf ich die Hände in die Luft.

»Die Bibel wurde von Menschen verfasst! Der Text ist im Verlauf der Jahrhunderte so oft umgeschrieben und von einer Sprache in die andere übersetzt worden, dass jede Zeit ihre eigene Lesart entwickeln kann. Nur ein Dummkopf glaubt, dass die Bibel das Wort Jesu Christi wiedergibt.«

»Miss Caine, das, was Sie da sagen, kommt einer Gotteslästerung gleich.« Er wirkte zutiefst erschüttert. Als er weitersprach, zitterten seine Hände. Offenbar hatte ihm noch nie jemand so vehement widersprochen, schon gar keine Frau. Männer wie er waren es gewohnt, dass man ihnen mit Ehrfurcht und Respekt begegnete, ob sie es nun verdienten oder nicht. »Wenn Sie so weitermachen, muss ich unser Gespräch beenden.«

»Ich bitte Sie um Verzeihung«, sagte ich, weil ich ihn nicht noch mehr gegen mich aufbringen wollte. Nicht, dass noch der Zorn Gottes auf mich herniederging und das Dach zum Einsturz brachte. Dieser Gefahr war ich schon in Gaudlin Hall ausgesetzt, das reichte mir.

»Ich wollte Sie nicht beleidigen«, fuhr ich fort. »Ehrlich nicht. Aber Sie müssen zugeben, dass wir ungeheuer wenig über die Welt wissen. Da könnte es doch durchaus sein – ja, es ist sogar wahrscheinlich –, dass es Dinge gibt, deren Enthüllung uns überraschen und sogar schockieren würde. Dinge, die uns an den Grundlagen dessen zweifeln ließen, woran wir glauben.«

Darüber musste er erst einmal nachdenken. Er nahm die Brille ab, rieb die Gläser mit seinem Taschentuch sauber und setzte sie sich dann wieder auf die Nase.

»Ich bin kein besonders gebildeter Mann, Miss Caine«, sagte er nach längerem Schweigen. »Ich bin nur ein einfacher Dorfpfarrer. Ich strebe kein Bischofsamt an und gehe auch nicht davon aus, dass mir jemals eines angeboten wird. Im Diesseits strebe ich nach nichts anderem, als meiner Herde ein guter Schäfer zu sein. Aber natürlich lese ich Bücher und mache mir meine Gedanken. Ich muss gestehen, dass es Zeiten gab, in denen ich mich gefragt habe, worin der Sinn des Lebens besteht. Das ist nur menschlich. Unser Glaube ist eines der wichtigsten Dinge im Leben. Aber ich muss Ihre Argumente zurückweisen, weil Sie Gott außen vor lassen. Gott entscheidet darüber, wann wir in diese Welt kommen und wann wir sie wieder verlassen. Er macht keine halben Sachen und quält die Seelen der Toten nicht, indem er sie in der Schwebe lässt. Er ist kein Hamlet, da Sie schon Shakespeare zitieren. So etwas würde nur ein grausamer, rachsüchtiger Gott tun, nicht der barmherzige Gott, den wir aus der Bibel kennen.«

»Sie glauben also nicht, dass Gott grausam und rachsüchtig sein kann?«, fragte ich und versuchte, nicht zu lachen, um ihn nicht noch mehr zu provozieren. »Haben Sie die Bibel so oberflächlich gelesen, dass Sie seinen Jähzorn nicht erkennen?«

»Miss Caine!«

»Ich bin sowohl mit dem Alten als auch mit dem Neuen Testament vertraut, Herr Pfarrer, und ich habe den Eindruck, dass der Gott, von dem Sie sprechen, einen Hang zu Brutalität hat. Auf dem Gebiet ist er sogar Spezialist.«

»Wie können Sie so etwas nur sagen! Schämen Sie sich! Der Gott, den ich kenne, würde keines seiner Kinder so schändlich behandeln. Er würde niemals zulassen, dass die Seele eines Verstorbenen zwischen Leben und Tod gefangen ist! Er würde nicht zulassen, dass sie in dieser Welt verweilt!«

»Aber in einer anderen?«

»Nein!«

»Wissen Sie das mit Sicherheit? Hat Gott es Ihnen gesagt?«

»Schweigen Sie, Miss Caine! Denken Sie daran, wo Sie sind!«

»Ich befinde mich in einem Gebäude aus Stein und Mörtel, das von Menschen errichtet wurde.«

»Schluss jetzt! Ich will davon nichts mehr hören.«

Endlich riss ihm der Geduldsfaden. (Hatte ich auf diesen Moment gewartet? Hatte ich diesen schwachen Mann dazu bringen wollen, nicht wie ein Priester, sondern wie ein Mensch zu reagieren?)

»Verlassen Sie meine Kirche! Wenn Sie nicht den nötigen Respekt aufbringen –«

Ich sprang auf und warf ihm einen bösen Blick zu.

»Sie leben nicht in Gaudlin Hall, Vater!«, rief ich. »Ich bin Tag und Nacht dort, und die ganze Zeit verfolgt mich nur ein Gedanke.«

»Und was ist das für ein Gedanke?«

»In dem Haus spukt es.«

Er stieß ein unwilliges Brummen aus und verzog das Gesicht.

»Ich höre mir das nicht länger an.«

»Natürlich nicht!«, rief ich und wandte mich zum Gehen. »Sie verschließen ja auch die Ohren vor allem, was nicht in Ihr Weltbild passt. Sie sind genauso engstirnig wie alle Priester!«

Ich marschierte den Mittelgang entlang, und meine Schritte hallten auf dem Steinfußboden. Dann trat ich hinaus in das Licht eines kalten Wintermorgens. Am liebsten hätte ich laut geschrien. Vor mir auf der Straße gingen die Leute ihren Geschäften nach, als wäre alles in bester Ordnung. Molly Sutcliffe schüttete einen Eimer Seifenwasser auf die Straße vor ihrem Teeladen. Alex Toxley war auf dem Weg zu seiner Arztpraxis. Weiter hinten erblickte ich durch das Fenster des Anwaltsbüros schemenhaft Mr Cratchett, der mit dem Füllfederhalter etwas in sein Geschäftsbuch eintrug. Mr Raisins Pferd und seine Kutsche standen vor der Tür – also war der Anwalt da –, und mir kam ein Gedanke. Eine Frage, auf die ich dringend eine Antwort brauchte.

»Oh, Sie sind es, Miss Caine«, sagte Mr Cratchett und sah mit resignierter Miene von seinem Buch auf. »Was für eine Freude. Vielleicht sollte ich Ihnen einen eigenen Schreibtisch aufstellen lassen.«

»Ich weiß, dass ich unangemeldet komme, Mr Cratchett«, sagte ich. »Ich will Mr Raisin auch nicht seine kostbare Zeit stehlen. Er war immer sehr hilfsbereit. Aber ich habe eine Frage, die ich ihm dringend stellen muss. Wären Sie so nett, ihn zu fragen, ob er mich kurz empfangen kann? Ich verspreche auch, dass es nicht länger als zwei Minuten dauern wird.«

Er ahnte wohl, dass er mich schneller los sein würde, wenn er mir meinen Wunsch erfüllte, und so legte er seufzend seine Feder nieder und verschwand im hinteren Raum. Gleich darauf kam er zurück und nickte ermattet.

»Zwei Minuten«, sagte er und zeigte mit dem Finger auf die Uhr.

Ich nickte und marschierte an ihm vorbei. Mr Raisin saß an seinem Schreibtisch und machte Anstalten, sich zu erheben, aber ich bedeutete ihm, sitzen zu bleiben.

»Ich bin froh, dass Sie gekommen sind«, sagte er. »Seit unserem Gespräch neulich habe ich viel an Sie gedacht. Ich –«

»Ich werde Sie nicht lang aufhalten«, unterbrach ich ihn. »Ich weiß, dass Sie ein viel beschäftigter Mann sind. Ich habe nur eine kurze Frage: Spricht irgendetwas dagegen, dass ich fortgehe? Oder besser gesagt, dass wir zusammen fortgehen?«

Er starrte mich völlig entgeistert an.

»Dass *wir* fortgehen, Miss Caine? Sie und ich?«

»Nein, natürlich nicht Sie und ich.« Fast hätte ich laut gelacht. »Die Kinder und ich. Was wäre, wenn ich sie mit nach London nehmen würde? Oder auf den Kontinent? Ich wollte schon immer einmal im Ausland leben. Wäre das möglich? Schließlich sind Sie der Nachlassverwalter. Würden die Kinder Unterhaltszahlungen aus dem Vermögen ihres Vaters bekommen? Oder würde uns die Polizei verfolgen und nach Gaudlin Hall zurückbringen? Würde ich wegen Kindesentführung verhaftet werden?«

Mr Raisin dachte einen Moment über meine Fragen nach und schüttelte dann den Kopf.

»Das ist ausgeschlossen. Im Nachlass ist eindeutig geregelt, dass die Kinder das Haus nicht für längere Zeit verlassen dürfen, so lange Mr Westerley sich in Gaudlin Hall befindet. Auch nicht in Begleitung einer Aufsichtsperson.«

Meine Gedanken überschlugen sich, und mir kam eine verrückte Idee.

»Und was wäre, wenn er mit uns kommt?«, fragte ich.

»James Westerley?«

»Ja. Was, wenn er, die Kinder und ich gemeinsam nach London ziehen würden? Oder nach Paris? Oder nach Amerika, wenn es sein muss?«

»Miss Caine, haben Sie völlig den Verstand verloren?« Er stand auf und überragte mich nun um einen Kopf.

»Haben Sie nicht gesehen, in welchem Zustand der arme Mann sich befindet? Er braucht ständige Pflege.«

»Was, wenn ich das übernehme?«

»Ohne jede Ausbildung und medizinisches Wissen? Halten Sie das für eine gute Idee, Miss Caine? Nein, das ist ausgeschlossen.«

»Was, wenn ich eine Ausbildung mache?«, rief ich. Natürlich war mir bewusst, dass ich mittlerweile viel mehr als die angekündigten ein, zwei Fragen gestellt hatte.

»Was, wenn ich einen Krankenpflegekurs besuche und Sie davon überzeuge, dass ich mich gut um ihn kümmern kann? Darf ich ihn dann mitnehmen? Und die Kinder auch?«

»Miss Caine«, sagte Mr Raisin, kam hinter seinem Schreibtisch hervor, geleitete mich zu einem Sessel und nahm mir gegenüber Platz. Sein Ton klang jetzt sanfter:

»Ich spreche regelmäßig mit Mr Westerleys Arzt. Der Mann wird seine Dachkammer nie mehr verlassen. Das ist ausgeschlossen. Einen Transport würde er nicht überleben. Verstehen Sie? Er muss bleiben, wo er ist, und solange er lebt, müssen auch die Kinder in Gaudlin Hall bleiben. Es gibt keine andere Möglichkeit. Natürlich steht es Ihnen frei zu gehen, wir können Sie hier schließlich nicht festhalten, aber Sie selbst haben mir mehrmals versichert, dass Sie die Kinder nicht im Stich lassen werden. Bleiben Sie dabei?«

Ich nickte.

»Ja, dabei bleibe ich.«

»Dann gibt es nichts mehr zu sagen.«

Ich starrte auf das Teppichmuster, als könnte es mir eine Antwort liefern.

»Dann kann mir niemand mehr helfen«, sagte ich leise.

Bei mir dachte ich: Ich muss hierbleiben, bis sie mich tötet.

»Wie meinen Sie das?«, fragte er, und die Besorgnis in seiner Stimme rührte mich.

Ich schüttelte lächelnd den Kopf, und wir schauten uns an. Dann schweifte sein Blick zu meinen Lippen. Ich sah ihm in die Augen.

»Miss Caine«, sagte er langsam, schluckte schwer und errötete. »Ich würde Ihnen wirklich gern helfen, aber ich weiß nicht, wie. Sagen Sie mir doch bitte, was ich –«

»Sie können nichts für mich tun«, sagte ich resigniert, stand auf und strich mein Kleid glatt. Ich hielt ihm eine Hand hin, und er musterte sie kurz, bevor er sie ergriff. Unser Händedruck dauerte etwas länger als nötig, und strich da nicht sein Daumen ganz leicht über meine Haut? Ein bleischwerer Seufzer stieg in mir auf. Ich wollte wegschauen, aber seine Augen hielten mich fest, und vermutlich hätte ich noch länger so dagestanden oder wäre sogar der Versuchung erlegen, wäre mein Blick nicht auf den silbernen Rahmen auf seinem Schreibtisch gefallen. Das Bild ließ mich meine Hand abrupt zurückzuziehen.

»Ich hoffe, Mrs Raisin war nicht allzu erzürnt, als Sie nach unserer letzten Begegnung so spät nach Hause gekommen sind«, sagte ich vieldeutig.

»Mrs Raisin hat sich eine Bemerkung nicht verkneifen können.«

Er wandte sich um und betrachtete seinerseits das Bild. Seine Frau hatte einen harten Gesichtsausdruck und war etwas älter als er.

»Aber man muss sagen, dass Mrs Raisin noch nie mit ihrer Meinung hinter dem Berg gehalten hat.«

»Warum sollte sie auch?«, fragte ich und hörte selbst den angriffslustigen Unterton in meiner Stimme. »Leider hatte ich bisher ja nicht die Gelegenheit, sie kennenzulernen.«

»Vielleicht sollten wir Sie einmal zum Abendessen einladen«, sagte er höflich.

Ich schüttelte lächelnd den Kopf, und er nickte, denn er war kein dummer Mann und verstand ganz genau.

Ich zog mich zurück, und die Tür fiel hinter mir ins Schloss.

Einundzwanzigstes
Kapitel

Mein Schicksal war besiegelt. Da ich nicht bereit war, die Kinder allein zurückzulassen, vor allem Eustace nicht, der schon so viel Schlimmes durchgemacht hatte, musste ich in Gaudlin Hall bleiben, so lange Mr Westerley lebte. Wobei die Wahrscheinlichkeit, dass mein Arbeitgeber mich überlebte, leider recht hoch war.

Eines Nachmittags saß ich im Salon und versuchte zu lesen. In Mr Westerleys Bibliothek war ich auf den Roman *Silas Marner* gestoßen. Ich empfand eine tiefe Ruhe und hatte mich fast schon mit dem Gedanken abgefunden, dass ich in Gaudlin Hall bleiben würde, bis ich starb – wann auch immer das sein würde. Schritte auf der Einfahrt kündigten einen Besucher an, und ich beugte mich auf dem Sofa vor und spähte aus dem Fenster. Draußen unterhielt sich Madge Toxley mit Eustace und Isabella. Es war ein ungewohnter Anblick. Ich beobachtete die drei. Eustace plapperte munter drauflos und brachte Madge mit etwas, was er sagte, zum Lachen. Dann sagte Isabella etwas, und Madges Lächeln gefror. Die Worte des Mädchens schienen sie aus der Fassung zu bringen. Madge sah zum Haus herüber, und ein Schatten huschte über ihr Gesicht. Sie legte den Kopf in den Nacken und blickte hoch zu einem Fenster im obersten Stock. Kurz wandte sie den Blick ab, nur um gleich noch einmal hinzuschauen, als hätte sie dort oben etwas Unerwartetes gesehen. Erst als Eustace sie am Ärmel zupfte, wandte sie sich wieder dem Jungen zu. Sie wirkte zutiefst erschüttert. Ich wollte schon aufstehen und nach draußen gehen, doch dann ging mir auf, dass mir gar nicht der Sinn danach stand, mich an dem Gespräch zu beteiligen. Ich nahm an, dass Madge zu mir hereinkommen würde.

Und so war es auch: Kurz darauf klopfte es an der Tür. Als ich öffnete, warf Madge einen ängstlichen Blick über meine Schulter. Sie trat in die Eingangshalle und sagte:

»Sie sehen müde aus, meine Liebe. Schlafen Sie nicht gut?«

»Nicht besonders«, antwortete ich. »Aber ich freue mich über Ihren Besuch.«

»Ich wollte mich dafür entschuldigen, dass ich neulich bei Ihrer Rückkehr aus London so schnell verschwunden bin. Ich fürchte, das war etwas unhöflich. Außerdem hat mir Mrs Richards erzählt – kennen Sie Mrs Richards? Ihr Mann ist der Leichenbestatter von Gaudlin –, dass Sie heute Morgen aus der Kirche gekommen seien und ausgesehen hätten, als wollten Sie einen Mord begehen. Und als Nächstes seien Sie in Mr Raisins Büro gestürmt.«

»Machen Sie sich keine Sorgen«, sagte ich. »Ich versichere Ihnen, dass ich niemandem etwas zuleide getan habe. Mr Raisin und Mr Cratchett sind beide wohlauf.«

»Das freut mich zu hören. Wollen wir einen Tee trinken?«

Ich nickte und führte sie in die Küche, ließ Wasser in den Kessel laufen und stellte ihn auf den Herd. Immer noch hatte ich jedes Mal, wenn ich den Wasserhahn aufdrehte, ein mulmiges Gefühl, obwohl seit dem Nachmittag, an dem ich mir die Hände verbrüht hatte, immer nur kaltes Wasser herausgekommen war. Doch ich konnte nie ganz sicher sein, wann und auf welche Weise die Erscheinung mir abermals Schmerz zufügen würde.

»Und war Ihre Fahrt nach London erfolgreich?«, fragte Madge nach einer Weile.

»Das kommt ganz darauf an, was man unter erfolgreich versteht.«

»Ich vermute, Sie waren dort, um sich um das Erbe Ihres verstorbenen Vater zu kümmern?«

»Meinen Sie wirklich?«

»Nein ... Ich glaube, dass Sie aus einem ganz anderen Grund in London waren. Sie waren dort, um nach Harriet Bennet zu suchen, richtig?«

H. Bennet. Mir ging durch den Kopf, dass ich mich in all den Wochen nicht gefragt hatte, wofür das H eigentlich stand. Jetzt wusste ich es.

Der Kessel begann schrill zu pfeifen. Ich goss den Tee auf und stellte die Kanne und zwei Tassen auf den Tisch. Nach kurzem Schweigen sagte ich:

»Sie haben sich draußen mit den Kindern unterhalten.«

»Ja. Eustace ist ein lustiger kleiner Kerl, nicht wahr? Er ist wirklich lieb. Auf eine merkwürdige Art.«

»Ja, er ist ein reizender Junge.«

»Er wollte nicht, dass Isabella mir von Ihrem Abstecher nach London erzählt. Er sagte, Sie wären gar nicht dort gewesen. Sie würden London hassen und niemals dorthin zurückkehren. Ich glaube, er hat Angst, dass Sie fortgehen und ihn alleinlassen.«

Ihre Worte versetzten mir einen Stich, und mir stiegen Tränen in die Augen.

»Der arme Junge«, rief ich. »Ich muss ihm sofort sagen, dass ich nichts dergleichen vorhabe. Er braucht sich keine

Sorgen zu machen. Fürchtet Isabella auch, ich könnte fortgehen?«

Madge schüttelte den Kopf.

»Nein, ich glaube nicht. Verstehen Sie mich nicht falsch, aber ich habe den Eindruck, dass es sie wenig kümmert, ob Sie bleiben oder gehen.«

Ich lachte. Wie sollte ich ihre Worte sonst verstehen?

»Isabella hat vorhin etwas sehr Merkwürdiges gesagt«, fuhr Madge fort. »Sie, Eliza, könnten ruhig zurück nach London gehen und das wäre vermutlich auch besser für Sie, aber sie und ihr Bruder dürften Gaudlin Hall nicht verlassen. ›Sie‹ erlaube das nicht. Ich habe Isabella gefragt, von wem sie spricht, aber sie wollte es mir nicht sagen. Sie hat nur stumm gelächelt. Es war richtig unheimlich, so als kenne sie ein Geheimnis, das uns alle zum Verhängnis werden könnte. Soll ich?«

Ich starrte sie entgeistert an, bis ich verstand, was sie meinte. Ich nickte, und sie nahm die Teekanne, schenkte uns ein und reichte mir die Milch.

»Eliza«, fragte Madge dann. »Warum haben Sie Harriet Bennet aufgesucht?«

»Um sie zu fragen, was sie hier in Gaudlin Hall erlebt hat.«

»Und waren Sie zufrieden mit den Antworten?«

Ich wusste nicht, was ich sagen sollte. Was hatte ich mir eigentlich von der Begegnung mit Miss Bennet erhofft? Hatten mir ihre Erklärungen etwas gebracht?

»Madge«, sagte ich und beschloss, das Thema zu wechseln. »Bei unserer letzten Begegnung haben Sie mir von der Nacht erzählt, als Mrs Westerley Miss Tomlin getötet und Mr Westerley schwer verwundet hat.«

Mrs Toxley erschauderte und machte eine abwehrende Geste.

»Ich möchte nicht mehr darüber reden. Es ist meine feste Absicht, diese grauenvolle Nacht zu vergessen. Auch wenn das natürlich unmöglich ist. Ich werde die Szene immer vor Augen haben.«

»Sie haben auch gesagt, dass Sie Santina noch einmal wiedergesehen hätten.«

»Das ist richtig. Aber ich habe Ihnen das ganz im Vertrauen erzählt, Eliza. Sie haben doch niemandem etwas gesagt, oder? Alex wäre schrecklich wütend, wenn er davon erfahren würde. Er hat mir ausdrücklich verboten, sie im Gefängnis zu besuchen.«

»Ich habe mit niemanden darüber gesprochen und werde es auch in Zukunft nicht tun. Darauf gebe ich Ihnen mein Wort.«

»Danke. Verstehen Sie mich nicht falsch, mein Mann ist ein sehr liebenswürdiger, rücksichtsvoller Mensch, aber wenn es um Santina ging, duldete er keinen Widerspruch.«

»Madge, Ihr Geheimnis ist bei mir sicher«, sagte ich mit einem Seufzer und fragte mich, warum um alles in der Welt eine kluge Frau wie sie nicht ihre eigenen Entscheidungen treffen konnte. War sie etwa ein Kind, das vom Wohlwollen seiner Eltern abhängig war? Ich dachte an Mr Raisin und gab mich kurz einer verrückten Vorstellung hin: Wir beiden wären glücklich miteinander verheiratet und würden uns nicht um solche Konventionen scheren. Rasch schob ich den Gedanken beiseite. Das war jetzt nicht der richtige Moment für Hirngespinste.

»Sie müssen mir unbedingt von Ihrer letzten Begegnung mit Mrs Westerley erzählen«, fuhr ich fort. »Sie sagten, Sie hätten Santina im Gefängnis besucht?«

Madge biss sich auf die Lippe und sagte dann:

»Ich möchte wirklich nicht darüber sprechen, Eliza. Es

war eine äußerst unerquickliche Erfahrung. Ein Gefängnis ist kein Ort für eine Dame. Ehrlich gesagt, habe ich mich immer für recht unempfindlich gehalten. Ich dachte, ich würde auch mit schwierigen Situationen zurechtkommen. Aber ich hatte ja keine Ahnung ... Sie waren noch nie in einem Gefängnis, nehme ich an?«

»Nein«, sagte ich.

»Ich frage mich, warum Mr Smith-Stanley nichts gegen diese Zustände unternimmt. Einen solchen Grad der Verwahrlosung hatte ich noch nie gesehen. Natürlich finden sich die armen Frauen an diesem Ort wieder, weil sie die abscheulichsten Verbrechen begangen haben, aber ist das ein Grund dafür, sie in so einer grauenvollen Umgebung dahinvegetieren zu lassen? Ist der Freiheitsentzug nicht Strafe genug für ihre Laster und Verbrechen? Und bedenken Sie nur, Eliza, das war ein Frauengefängnis. Ich möchte mir gar nicht vorstellen, wie es bei den Männern zugeht.«

Sie nippte von ihrem Tee und dachte lange nach, bevor sie mir in die Augen sah und leicht lächelte.

»Offenbar haben meine Worte Sie nicht abgeschreckt. Sie sind fest entschlossen, mehr darüber zu erfahren, nicht?«

»Ja. Wenn Sie so freundlich wären, Madge«, sagte ich ruhig. »Ich frage wirklich nicht aus Voyeurismus. Ich bin nicht fasziniert vom Elend, falls Sie das befürchten, und ich bin auch nicht besessen von Mrs Westerleys Schandtaten. Ich muss nur wissen, was sie an jenem Tag, als sie dem Tode nahe war, zu Ihnen gesagt hat.«

»Es war ein sehr kalter Tag«, antwortete Madge, wandte den Blick ab und starrte in das Feuer, das im Herd loderte. »Daran erinnere ich mich gut. Als ich vor dem Gefängnis stand, war ich nicht sicher, ob ich tatsächlich hineingehen sollte. Ich hatte Alex angelogen, was ich nie tue, und ich empfand eine Mischung aus Furcht und schlechtem Gewissen. Ich stand vor dem Gebäude und dachte, dass ich es mir immer noch anders überlegen konnte. Ich könnte kehrtmachen, eine Droschke rufen und den Tag in London damit verbringen, Einkäufe zu machen oder meine Tante zu besuchen, die in Piccadilly wohnt. Doch ich tat nichts dergleichen. Vor dem Gefängnistor hatten sich Reporter versammelt, denn an jenem Tag fand immerhin Santina Westerleys Hinrichtung statt, und sämtliche Zeitungen hatten von dem Fall berichtet. Sie umringten mich und fragten nach meinem Namen, aber ich antwortete nicht und klopfte an das große Holztor. Ich hämmerte mit der Faust dagegen, bis ein Gefängniswärter mir öffnete, mich nach meinem Namen fragte und mich in einen Wartesaal führte. Da saß ich nun und zitterte, als stünde meine eigene Hinrichtung bevor.

Vermutlich wartete ich nur ein paar Minuten, aber es kam mir vor wie eine Ewigkeit. Schließlich betrat ein Aufseher den Raum und fragte nach meinem Anliegen. Ich erklärte, ich sei Mrs Westerleys Nachbarin und womöglich ihre engste Freundin, und der Aufseher teilte mir mit, dass sie in knapp zwei Stunden gehängt werden solle.

›Deswegen bin ich hier‹, sagte ich. ›Ich dachte, dass sie an ihrem letzten Tag vielleicht ein freundliches Gesicht sehen sollte. Natürlich hat sie ein grauenhaftes Verbrechen begangen, aber wir sind doch Christenmenschen, nicht wahr? Ein Gespräch mit einem Menschen, der einst ihre Freundin gewesen ist, könnte sie beruhigen. Vielleicht ist ihr Gemüt auf dem Weg zum Galgen dann weniger erregt?‹

Der Aufseher schien sich um all das nicht großartig zu scheren, sagte aber, Mrs Westerley habe das Anrecht auf einen Besucher, und da niemand sonst gekommen sei, werde er fragen, ob sie mich sehen wolle.

›Sie allein entscheidet das‹, verkündete er. ›Wir können sie nicht zwingen, einen Besucher zu empfangen, wenn sie es nicht will. Und ich würde es auch nicht versuchen. Nicht an einem Tag wie heute. Wir versuchen, ihr die letzten Stunden so angenehm wie möglich zu machen.‹

Vielleicht wollte er mit diesen Worten sein Gewissen beruhigen.

›Sie wird noch früh genug für ihr Verbrechen bezahlen‹, setzte er hinzu.

Dann führte er mich über den Gefängnishof, der völlig verdreckt war, Eliza, völlig verdreckt. Durch eine Tür betraten wir den Zellentrakt, und ich musste an den Zellen der Insassen vorbeilaufen. Die armen Frauen warfen sich gegen die Eisenstäbe. Was hatten sie verbrochen? Zumeist handelte es sich um Diebinnen, Einbrecherinnen und Straßenmädchen. Wer weiß, was für eine schwere Kindheit sie gehabt hatten? Sie schrien mich an und streckten die Hände durch die Gitter. Ich nehme an, dass diese Frauen nicht oft jemanden wie mich zu Gesicht bekamen, eine elegant gekleidete Dame … Manche flehten mich an, ich solle ihnen helfen, und beteuerten ihre Unschuld. Andere beschimpften mich derart unflätig, dass es einer Zigeunerin die Röte ins Gesicht getrieben hätte. Wieder andere starrten mich einfach nur aus toten Augen an. Ich versuchte, wegzuschauen, aber es war schauderhaft, Eliza, wirklich schauderhaft.«

»Das bezweifle ich nicht.«

»Und dieser Gestank! Meine Liebe, der Geruch war einfach unerträglich. Ich fürchtete schon, in Ohnmacht zu fallen. Schließlich gelangten wir zu einer fensterlosen Zelle aus Mauerwerk, und der Aufseher sagte, ich solle draußen warten. Er werde hineingehen und Santina fragen, ob sie mich sehen wolle. In dieser Zelle verbrachten die Insassen die letzten Stunden vor der Hinrichtung. Natürlich fühlte ich mich so ganz allein auf dem Gang unwohl, aber die Frauen befanden sich ja hinter Schloss und Riegel und konnten mir nichts anhaben.

Trotzdem war ich erleichtert, als der Aufseher zurückkehrte und mir sagte, dass Santina mich empfangen wolle. In der Zelle war es sehr still, Eliza. Das fiel mir als Erstes auf. Die Wände waren sehr dick, und man hörte das Geschrei der anderen Insassen kaum. Santina saß an einem Tisch und wirkte erstaunlich gefasst für eine Frau, die gleich darauf zum Galgen geführt werden würde. Ich nahm ihr gegenüber Platz, und der Aufseher ließ uns allein.

›Wie nett, dass Sie mich besuchen kommen‹, sagte Santina, und ich versuchte zu lächeln. Sie war so hübsch wie immer, trotz der Wochen, die sie im Gefängnis verbracht hatte. Ich muss sagen, Eliza, dass ich mich immer darüber geärgert hatte, mit welchen Augen die Männer, mein Ehemann eingeschlossen, sie ansahen. Aber sie legte es nicht darauf an, den Männern zu gefallen, das weiß ich. Sie war nicht kokett und machte ihnen keine schöne Augen, wie manch andere Frau. Sie war einfach sie selbst. Santina war eben eine Schönheit.

›Ich habe lang gezögert, ob ich kommen soll‹, sagte ich. ›Aber ich kam zu dem Schluss, dass ich Sie besuchen müsse. Gerade heute.‹

›Sie waren schon immer so nett zu mir‹, erwiderte sie mit ihrem leichten spanischen Akzent, den sie nie ganz abgelegt hatte. Natürlich war ihr Englisch fehlerfrei. Sie war eine kluge Frau und hatte die Sprache schnell gelernt. Doch der Akzent verschwand nie ganz. Ich weiß noch, dass ich sie lange Zeit anstarrte und nicht wusste, was ich sagen sollte, bis ich es schließlich nicht mehr aushielt und sie fragte, warum sie Miss Tomlin und ihren Ehemann angegriffen hatte. Wie hatte sie so etwas Grauenvolles tun können? War sie vom Teufel besessen?

›Sie wollten mir meine Kinder wegnehmen‹, sagte Santina mit finsterem Gesicht. ›Ich lasse nicht zu, dass irgendwer meine Kinder anrührt. Das habe ich mir geschworen, als ich mit Isabella schwanger war.‹

›Miss Tomlin war doch nur die Gouvernante‹, widersprach ich. ›Ein junges Mädchen, das Ihnen helfen und Sie etwas entlasten sollte. Sie hat die Kinder in Lesen, Schreiben, Rechnen und Geschichte unterrichtet. Sie war doch keine Bedrohung.‹

Als ich das sagte, als ich das Wort ›Bedrohung‹ aussprach, ballte Santina die Fäuste.

›Sie haben ja keine Ahnung, was alles passieren kann‹, sagte sie und schlug den Blick nieder, ›wenn eine Mutter ihre Kinder aus den Augen lässt. Was andere ihnen antun können.‹

›Aber niemand wollte den Kindern etwas zuleide tun, Santina‹, sagte ich. ›Niemand hätte ihnen auch nur ein Haar gekrümmt. Das hat James Ihnen doch versprochen.‹

›Er wollte, dass eine fremde Frau sich um sie kümmert.‹

›Nein, das stimmt nicht‹, widersprach ich.

Santina sprang auf und wurde so laut, dass ich fürchtete, der Aufseher würde hereinkommen und mich fortschicken.

›Keine andere Frau wird je für meine Kinder sorgen‹, schrie Santina. ›Keine Fremde! Das lasse ich nicht zu, hören Sie? Und sollten Sie, Madge Toxley, nach meinem Tod versuchen, mir die Kinder zu stehlen, dann werden Sie es bereuen.‹

Als sie das sagte, schlug eine Welle der Angst über mir

zusammen. Natürlich würde Santina nichts mehr ausrichten können, wenn sie erst einmal tot war, und jemand musste sich schließlich um Isabella und Eustace kümmern. Die beiden waren noch so jung. Doch als Santina diese Worte aussprach, war ich fest davon überzeugt, dass sie es ernst meinte. Können Sie das verstehen, Eliza? In diesem Moment entschied ich, dass wir die Kinder nicht bei uns aufnehmen würden, obwohl Alex und ich schon darüber gesprochen hatten. Fürs Erste waren Isabella und Eustace bei den Raisins, und ich muss sagen, dass das eine große Erleichterung für mich war. Obwohl ... Ich weiß nicht, ob Sie Mrs Raisin kennengelernt haben, aber ... wie soll ich sagen ... ihr Ehemann hat ein großes Herz. Trotzdem war ich überzeugt, dass die beiden bei den Raisins gut aufgehoben waren. Natürlich wusste ich da noch nicht, dass die Ärzte James aus dem Krankenhaus entlassen und zurück nach Gaudlin Hall schicken würden. Damals waren wir alle sicher, dass er nicht mehr lange zu leben hatte. Doch als er dann nach Hause zurückkam, folgten ihm die Kinder binnen weniger Stunden.«

»Glauben Sie denn, dass Santina unter einer Geisteskrankheit litt?«, fragte ich. »Wollte sie ihre Kinder deshalb ständig überwachen?«

Madge dachte kurz nach und schüttelte dann den Kopf.

»Das ist schwer zu sagen. Keiner von uns weiß, was sie in ihrer Kindheit genau erlebt hat. Vielleicht hat sie sich James anvertraut, aber er hat offenbar beschlossen, ihr Geheimnis zu wahren. Nach dem Angriff war er dann nicht mehr imstande, uns Einzelheiten zu erzählen. Wir haben nie einen von Santinas Verwandten kennengelernt. Ihre Eltern sind lange tot, und sie hat keine Geschwister. Als Alex sie aus Spanien mitbrachte, wurde sie von niemandem begleitet, keiner Freundin oder Cousine. Es war, als hätte Santina überhaupt keine Vergangenheit. Aber das war natürlich ein Trugschluss. Denn sie hatte ja eine Vergangenheit, eine sehr qualvolle sogar. Davon habe ich Ihnen ja neulich schon erzählt. Ich nehme an, dass Santina aufgrund dieser Kindheitserlebnisse einen seelischen Schaden davongetragen hat, der erst dann zutage getreten ist, als sie eigene Kinder bekam. Ich weiß, dass sie als Mädchen Schlimmes durchgemacht hat. Deshalb war sie wohl überzeugt, dass ihren Kindern ebensolches Leid widerfahren würde, sobald sie sie auch nur eine Sekunde aus den Augen ließe. Es gibt viel Grausamkeit in dieser Welt, das müssen Sie doch auch wissen, Eliza. Sie ist überall. Sie sitzt uns im Nacken. Unser Leben lang versuchen wir, ihr zu entkommen.«

»Glauben Sie das wirklich?«

Ihre finstere Weltsicht überraschte mich.

»Ja«, antwortete sie. »Ich habe es am eigenen Leib erfahren. Bevor ich Alex kennenlernte ... Ich hatte großes Glück, dass ich Alex kennenlernte. Warum, das spielt keine Rolle. Aber ich kenne Grausamkeit, Eliza Caine. Bei Gott, ich kenne sie.«

Ihr Gesicht wurde hart, und ich sagte einige Zeit nichts. Mir wäre es im Traum nicht eingefallen, ihre Erfahrung infrage zu stellen. Ich hatte immer geglaubt, mir wäre ein großes Unglück widerfahren, weil ich noch so jung gewesen war, als meine Mutter und meine neugeborene Schwester starben. Aber ich hatte eine glückliche Kindheit gehabt. Mein Vater hatte mich über alles geliebt und mir versprochen, dass er mich immer beschützen werde. Wie konnte ich da Santina Westerleys Vergangenheit verstehen? Oder Madge Toxleys?

»Als ich Santina zum letzten Mal sah«, fuhr Madge

schließlich fort,« lief sie erregt in ihrer Zelle auf und ab und sagte immer wieder, dass sie jede Frau töten werde, die versuchen würde, sich ihren Kinder zu nähern. Mittlerweile waren der Aufseher und ein Gefängniswärter in die Zelle gekommen, und die beiden versuchten, Santina festzuhalten. Das war keine leichte Aufgabe. Ich verließ die Zelle, ohne mich von ihr zu verabschieden, und rannte mit Tränen in den Augen aus dem Gefängnis. Ich fühlte mich schrecklich. Eine Stunde später war Santina Westerley tot. Sie starb am Galgen.«

»Nur ist sie eben nicht gestorben«, sagte ich ruhig. Madge starrte mich mit aufgerissenen Augen an.

»Wie bitte?«

»Oh, natürlich ist sie gestorben«, verbesserte ich mich. »Der Henker hat seine Arbeit getan. Er hat ihr das Genick gebrochen und die Nervenbahnen durchtrennt. Das Blut konnte nicht mehr fließen, und sie hörte auf zu atmen. Aber anschließend geschah etwas mit ihr. Sie ist immer noch hier, Madge. Hier in Gaudlin Hall. Ihr Geist geht in diesem Haus um.«

Madge Toxley starrte mich an, als hätte ich völlig den Verstand verloren. So hatte mich am Vormittag auch schon Pfarrer Deacons angesehen.

»Das kann doch nicht Ihr Ernst sein, meine Liebe.«

»Nein?«

»Allein die Vorstellung ist lächerlich. Es gibt keine Geister.«

»Zu Lebzeiten hat Santina Westerley Miss Tomlin getötet und ihren Ehemann schwer verletzt. Nach ihrem Tod hat sie Miss Golding an einem Seil erhängt, Ann Williams in der Badewanne ertränkt und Miss Harkness vor eine Kutsche gestoßen, sodass sie totgetrampelt wurde. Außerdem hat sie alles darangesetzt, Harriet Bennet zu töten, auch wenn ihre Bemühungen letztlich vergeblich blieben. Jetzt versucht sie, mich zu töten. Santina Westerley will nicht zulassen, dass ich für ihre Kinder sorge, dessen bin ich mir sicher. Sie hat schon mehrmals auf verschiedenste Weise versucht, mich aus dem Weg zu räumen, und sie wird nicht aufhören, bis sie ihr Ziel erreicht hat. Ihr Geist ist in den Mauern von Gaudlin Hall gefangen, dem Ort, wo sich auch ihre Kinder befinden, und so lange dieses Haus steht und sich Gouvernante um Gouvernante die Klinke in die Hand geben, wird sie ihr mörderisches Werk fortsetzen«, erklärte ich. »Aber ich kann hier nicht weg«, fügte ich resigniert hinzu. »Ich kann dem Beispiel meiner Vorgängerin nicht folgen. Deshalb bin ich zum Tode verurteilt. Ich werde so sicher sterben, wie auf die Nacht der Morgen folgt.«

Madge sah mich kopfschüttelnd an. Sie holte ein Taschentuch hervor und fuhr sich damit über das Gesicht.

»Meine Liebe, ich mache mir Sorgen um Sie«, sagte sie schließlich leise. »Ich glaube, Sie haben tatsächlich den Verstand verloren. Hören Sie nicht, wie verrückt das alles klingt? Hören Sie nicht, was Sie da sagen?«

»Sie sollten jetzt besser gehen, Madge.« Ich stand auf und strich mein Kleid glatt. »Und bitte sprechen Sie nicht mit den Kindern, falls Sie ihnen noch einmal begegnen. Sonst bringen Sie sich in große Gefahr.«

Madge erhob sich ebenfalls und griff nach ihrem Mantel.

»Ich werde mit Alex sprechen«, sagte sie. »Ich werde dafür sorgen, dass er Sie untersucht. Vielleicht kann er Ihnen ein Beruhigungsmittel verschreiben. Sie trauern immer noch um Ihren Vater, nicht wahr? Sie müssen ihn sehr geliebt haben, Eliza. Die Trauer hat Ihnen den Verstand vernebelt, das ist die einzige Erklärung. Er gaukelt Ihnen

Trugbilder vor. Ich werde mit Alex sprechen«, wiederholte sie. »Er wird wissen, was zu tun ist.«

Ich nickte lächelnd. Es war sinnlos, ihr zu widersprechen. Sie glaubte, was sie glauben wollte, und wies alles andere von sich. Madge würde niemals verstehen, was in Gaudlin Hall vor sich ging, schließlich war sie nicht Isabellas und Eustaces' Gouvernante. Zum Glück, denn das, was ich durchmachte, wünschte ich niemandem. Sollte Madge ruhig glauben, dass ich verrückt war. Sollte sie ruhig glauben, ein Pülverchen, ein paar Beruhigungstropfen und etwas Bettruhe könnten mich heilen. Sollte sie ruhig dem Tod meines Vaters die Schuld an allem geben. Das war nicht weiter von Belang. Ich war die Gouvernante von Gaudlin Hall. Ich trug die Verantwortung für die Geschwister, und genauso, wie Vater sich geweigert hatte, mich nach Mutters Tod in die Obhut meiner Tanten Hermione und Rachel zu geben, genauso, wie er darauf bestanden hatte, mich großzuziehen, zu beschützen und für mich zu sorgen, genauso würde ich mich um Isabella und Eustace kümmern. Ich würde sie nicht im Stich lassen, auch wenn ich dabei mein Leben ließ. Santina Westerley hatte kurz vor ihrem Tod ihre Absichten klar und deutlich zum Ausdruck gebracht, und meiner Einschätzung nach war sie eine Frau, die Wort hielt. Sie würde mich wieder angreifen, und die Wahrscheinlichkeit, dass sie beim nächsten Mal Erfolg haben würde, war recht hoch.

Ich brachte Madge zur Tür, verabschiedete mich und sah ihr noch eine Weile nach, während sie die Einfahrt hinunterging. Dann schloss ich die Tür, lehnte die Stirn an das Holz und fragte mich, was ich als Nächstes tun sollte. Als ich mich gerade umdrehen wollte, packte mich eine Hand am Nacken und schleuderte mich quer durch die Eingangshalle. Ich schrie auf, prallte gegen die Wand und ging zu Boden. Ich spürte, wie die unsichtbare Gestalt auf mich zugerannt kam, aber bevor sie mich erreichen konnte, stürzte von links die zweite Erscheinung herbei. Die beiden stießen mit einem Geräusch zusammen, das wie ein Donnergrollen klang. Ich hörte ein Brüllen und Fauchen, und dann waren beide Erscheinungen plötzlich wieder verschwunden. Zurück blieb nur ein wohlvertrauter Geruch.

In der Eingangshalle roch es nach Zimt.

Zweiundzwanzigstes Kapitel

Bei Einbruch der Dunkelheit war ich zu dem Schluss gelangt, dass mich Santina Westerley nicht in Frieden lassen würde, so lange ihre Seele zwischen Leben und Tod gefangen war. Selbst wenn ich weitere Angriffe überlebte, irgendwann würde sie mich in einem unbedachten Moment erwischen und mich töten. Würde ich sie sehen, fragte ich mich, wenn ich diese Welt verließ? Würden sich unsere Wege für einen Moment kreuzen, so wie Harriet Bennet und ich uns sechs Wochen zuvor an der Thorpe Railway Station begegnet waren? Oder würde ich mich einfach in nichts auflösen, während Santina Westerley bereits ihrem nächsten Opfer auflauerte?

Ich fragte mich auch, ob sich meine Vorgängerinnen wohl ebenso heftig zur Wehr gesetzt hatten wie ich. Hatten sie sich ängstlich in eine Ecke gekauert, oder hatten sie ihrer Angreiferin die Stirn geboten? Hatten sie um ihr Leben gekämpft? Hatten sie überhaupt gewusst, wer sie attackierte? Vermutlich nicht. Und noch einen weiteren Vorteil hatte ich, etwas, was mir Hoffnung machte: Ich hatte einen Geist, der mich beschützte.

Nach dem Angriff in der Eingangshalle saß ich lange Zeit zitternd auf dem Boden. Natürlich hatte ich immer noch Angst, aber jetzt, da ich wusste, wer die Erscheinung war und warum sie es auf mich abgesehen hatte, hatten die Begegnungen etwas von ihrem Schrecken verloren. Endlich verstand ich, wer in dem Haus sein Unwesen trieb. Jetzt ging es nur noch ums Überleben. Doch der Geruch nach Zimt, der immer noch in der Luft hing, brachte mich völlig aus der Fassung. Ich dachte an Eustace und seine Begegnungen mit dem alten Mann, und mir fiel es wie Schuppen von den Augen. Plötzlich wusste ich, wer mein Beschützer war.

Ich lehnte an der Wand und weinte. Seit meiner Ankunft in Gaudlin Hall hatte ich keine so große Trauer empfunden.

Konnte das wahr sein? Hatte Vater, genau wie Santina Westerley, diese Welt noch nicht verlassen? Wachte er tatsächlich an diesem schrecklichen Ort über mich? Es schien keine andere Erklärung zu geben, und als ich daran dachte, wie einsam er sich fühlen musste und wie schlimm es gewiss für ihn war, nicht mit mir sprechen zu können, überwältigte mich die Verzweiflung. Was waren seine Worte bei meiner Rückkehr aus Cornwall gewesen, als er Mutters Tod endlich verwunden hatte? *Ich werde dich beschützen, Eliza. Ich werde immer für dich da sein.* Irgendwie war es ihm gelungen, mit Eustace zu reden, aber nicht mit mir. Ich hatte keine Ahnung, warum. Fiel es den Seelen der Toten etwa leichter, eine Verbindung zu Kindern einzugehen? Ich konnte all diese Rätsel nicht mehr ertragen. Wenn ich überleben wollte, hatte ich keine Wahl. Ich musste Santina Westerleys Geist aus der Reserve locken. Ich musste dem Spuk ein Ende setzen.

Als es mir ein wenig besser ging, setzte ich mich an den Schreibtisch in Mr Westerleys früherem Arbeitszimmer. Ich zog mehrere Schubladen auf und fand Briefpapier und

Umschläge, auf denen das Wappen von Gaudlin Hall prangte. Ich legte ein leeres Blatt Papier vor mich hin, nahm die Feder und begann zu schreiben. Als ich fertig war, bezog ich mitten im Zimmer Stellung und las den Brief laut vor. Dabei nahm ich mir Charles Dickens' ausdrucksstarken Auftritt ein paar Wochen zuvor in dem Saal in Knightsbridge zum Vorbild. Ich bemühte mich, meine Stimme laut und fest klingen zu lassen, und sprach jedes Wort überdeutlich aus, damit es keinen Zweifel an meinen Absichten gab.

Lieber Mr Raisin,

Mit großem Bedauern muss ich Ihnen mitteilen, dass ich meinen Posten als Gouvernante von Gaudlin Hall aufgebe. Leider kann ich Ihnen nicht in allen Einzelheiten erläutern, wie es zu dieser Entscheidung gekommen ist. Nur so viel mochte ich sagen: Die Umstände hier sind unerträglich geworden. Ich glaube nicht, dass es gut für die Kinder ist, in diesem Haus aufzuwachsen. Deshalb habe ich beschlossen, Isabella und Eustace von hier fortzubringen. Wohin wir gehen, kann ich Ihnen leider nicht mitteilen. Aus Gründen, die ich später erklären werde, möchte ich den Namen des Ortes keinem Brief anvertrauen, aber wenn wir dort angekommen sind, werde ich wieder schreiben.
Ich versichere Ihnen, dass die Kinder bei mir in guten Händen sind. Ich werde für ihr Wohlergehen sorgen und sie in niemand anderes Obhut geben.
Bitte verzeihen Sie meinen überstürzten Aufbruch, aber sobald ich diesen Brief auf den Weg gebracht habe, werde ich die Koffer der Kinder packen. Gleich morgen früh reisen wir ab.

Ich möchte Ihnen für alles, was Sie für mich getan haben, von Herzen danken und hoffe, dass Sie mir immer in Freundschaft verbunden bleiben.

Ihre Eliza Caine

Als ich geendet hatte, stand ich einen Weile da und wartete ab, weil ich mit einer wütenden Reaktion rechnete. Die Vorhänge bewegten sich leicht, aber die Bewegung war zu schwach, als dass ich mit Sicherheit sagen konnte, dass der Geist ins Zimmer gekommen war und kurz davor war, mich anzugreifen. Es konnte auch nur ein Luftzug sein. Trotzdem war ich überzeugt, dass der Geist mich gehört hatte, dass *sie* mich gehört hatte, wo auch immer sie sich gerade befand, und dass sie über ihren nächsten Schritt nachdachte.

Ich steckte den Brief in einen Umschlag, legte mir einen Schal um die Schultern, denn draußen war es recht windig geworden, und verließ das Haus. Es war dunkel, aber der Vollmond stand hoch am Himmel. Ich ging auf Hecklings Häuschen zu, und als ich am Stall vorbeikam, wandte das Pferd seinen großen Kopf in meine Richtung und sah mich an. Unsere Blicke trafen sich, und ich schlug einen großen Bogen um den Stall, als mir einfiel, wie Winnie auf Miss Bennet losgegangen war. Mit einem Mal fürchtete ich, die Stute könnte sich losreißen und versuchen, auch mich niederzutrampeln. Einen solchen Angriff würde ich wohl kaum überleben. Doch an diesem Abend war sie ganz ruhig, und als ich an ihr vorbeiging, wieherte sie nur leise und wandte sich dann wieder ihrem Heu zu.

Ich klopfte an Hecklings Tür und bereute, keinen Mantel übergezogen zu haben, denn es war recht kalt geworden.

Während ich darauf wartete, dass er öffnete, zitterte ich am ganzen Leib. Als die Tür endlich aufging, stand Heckling in Hemdsärmeln vor mir. Zwei große Kerzen beleuchteten ihn von hinten, und er bot einen schaurigen Anblick. Er wirkte nicht besonders erfreut, mich zu sehen.

»Miss Caine«, brummte er und entfernte einen Tabakrest aus seinem Gebiss.

»Einen schönen guten Abend, Mr Heckling«, sagte ich. »Es tut mir leid, Sie so spät noch zu stören, aber ich habe hier einen Brief, der dringend ausgeliefert werden müsste.«

Ich hielt ihm den Umschlag hin, und er nahm ihn entgegen. Im Mondschein entzifferte er den Namen des Empfängers.

»Mr Raisin«, murmelte er. »In Ordnung. Ich bringe den Brief gleich morgen zu ihm.«

Er wandte sich ab und wollte gerade wieder die Tür schließen, als ich die Hand ausstreckte und ihn am Ellbogen berührte. Überrascht von der vertraulichen Geste, fuhr er herum. Kurz fürchtete ich, er würde mich schlagen, und wich einen Schritt zurück.

»Es tut mir wirklich leid, Mr Heckling«, sagte ich. »Aber der Brief ist äußerst wichtig. Mr Raisin muss ihn noch heute Abend lesen.«

Er starrte mich an, als könne er nicht glauben, was ich da sagte.

»Es ist schon spät«, sagte er. »Ich bin müde und wollte bald schlafen gehen.«

»Wie schon gesagt, ich entschuldige mich dafür. Aber ich fürchte, es geht nicht anders. Der Brief duldet keinen Aufschub. Ich muss Sie bitten, ihn jetzt gleich zu Mr Raisin zu bringen.«

Er holte tief Luft und stieß ein verärgertes Schnauben

aus. Es war offensichtlich, dass er viel lieber mit einem Krug Bier und einer Pfeife am Kamin gesessen und den lieben Gott einen guten Mann sein gelassen hätte.

»Nun gut«, sagte er schließlich. »Wenn es so eilig ist, fahre ich eben noch heute Abend ins Dorf. Soll ich auf Mr Raisins Antwort warten?«

»Sorgen Sie einfach dafür, dass er den Brief sofort liest«, sagte ich. »Ich gehe davon aus, dass seine Antwort nicht lange auf sich warten lassen wird. Haben Sie vielen Dank, Heckling.«

»Ja, ja«, knurrte er und bückte sich, um seine Stiefel anzuziehen.

Ich kehrte zurück zum Haupthaus, aber als ich die Tür öffnen wollte, hielt eine geheimnisvolle Kraft von innen dagegen. Der Zutritt zu Gaudlin Hall wurde mir verwehrt. In diesem Moment hörte ich über mir ein Rumpeln. Ein steinerner Wasserspeier löste sich von der Dachkante und fiel zu Boden. Ich wich ihm im letzten Moment aus, indem ich einen Satz zur Seite machte. Beim Aufprall zersprang der schwere Klotz in tausend Stücke. Die Splitter flogen durch die Luft, und einer traf mich an der Wange. Ich schrie auf und fasste mir ins Gesicht, aber zum Glück blutete ich nicht. Hätte mich der Wasserspeier getroffen, wäre ich auf der Stelle tot gewesen. Aber noch lebte ich. Ich presste mich an die Hauswand, während vor mir weitere Dachteile zu Boden krachten. Harriet Bennet hatte recht gehabt, das Haus war furchtbar baufällig. Als der Spuk vorüber war, rüttelte ich, ohne mir große Hoffnungen zu machen, abermals an der Eingangstür. Diesmal ließ sich der Knauf mühelos drehen. Ich stürzte in die Eingangshalle und warf die Tür hinter mir ins Schloss. Dann stand ich einen Moment lang keuchend da und versuchte, wieder zu Atem zu kommen.

War ich vollends dem Wahnsinn verfallen? War mein Plan vollkommen verrückt? Ich glaubte kaum, dass ich die Nacht überleben würde, aber ich würde nicht klein beigeben. In Gaudlin Hall war kein Platz für uns beide. Eine von uns beiden musste gehen.

Ich rannte die Treppe hoch und stürmte ins Ankleidezimmer der Kinder. An der linken Wand standen Isabellas Schrank und Kommode, an der rechten Eustaces'. In einer Ecke fand ich mehrere Koffer und wählte aufs Geratewohl zwei aus. Dann begann ich, die Sachen der Kinder zu packen.

»Was tun Sie da?« Eine Stimme in meinem Rücken ließ mich herumfahren. Isabella und Eustace standen im Nachthemd in der Tür. Isabella hielt eine Kerze in der Hand.

»Sie geht fort«, jammerte Eustace mit tränenerstickter Stimme und schmiegte sich an seine Schwester. »Ich habe doch gesagt, dass sie uns verlässt.«

»Wie schade«, sagte Isabella gleichmütig. »Aber sie hat recht lang durchgehalten, findest du nicht?«

»Ich verlasse euch nicht, mein Schatz«, sagte ich, ging zu ihm, nahm sein Gesicht in meine Hände und drückte ihm einen Kuss auf die Stirn. »Ich werde euch nicht im Stich lassen, alle beide nicht. Das verspreche ich euch!«

»Warum packen Sie dann?«

»Sie packt doch nicht ihre eigenen Sachen, Eustace«, sagte Isabella. Sie war ins Zimmer getreten und hatte einen Blick in die Koffer geworfen. »Siehst du das nicht? Sie packt *unsere* Sachen.«

Sie sah mich stirnrunzelnd an.

»Aber ich verstehe das nicht. Wollen Sie uns fortschicken? Wir müssen in Gaudlin Hall bleiben, das wissen Sie doch. Sie wird nicht zulassen, dass wir abreisen.«

»Und wer ist diese Sie, die das angeblich nicht zulässt?«, fragte ich herausfordernd.

»Unsere Mutter, wer sonst?«, erwiderte Isabella, als wäre das das Selbstverständlichste von der Welt. »Nur hier kann sie sich um uns kümmern.«

»Deine Mutter ist tot«, schrie ich, packte das Mädchen an den Schultern und schüttelte es. Ein flüchtiges Lächeln huschte über ihre Lippen. »Das begreifst du doch, Isabella, nicht? Sie kann sich nicht mehr um euch kümmern. Aber ich kann es. Ich bin am Leben!«

»Das wird ihr gar nicht gefallen«, sagte Isabella, schüttelte meine Hände ab und wich langsam zurück zur Tür. Ihr Bruder wich ihr nicht von der Seite. »Ich komme nicht mit, Eliza Caine, ganz gleich, was Sie sagen. Und Eustace auch nicht. Nicht wahr, Eustace?«

Der Junge sah von ihr zu mir und schien nicht sicher zu sein, für wen er sich entscheiden sollte. Doch ich hatte keine Zeit für derartige Diskussionen. Schließlich hatte ich gar nicht vor, die Kinder aus Gaudlin Hall fortzubringen. Es sollte nur so aussehen. Ich wollte Santina Westerleys Geist glauben machen, dass das meine Absicht war.

»Geht wieder ins Bett, alle beide«, sagte ich und scheuchte die beiden hinaus auf den Flur. »Ich komme gleich und rede mit euch.«

»Nun gut«, sagte Isabella mit einem seltsamen Lächeln. »Aber das wird nichts nützen. Wir gehen hier nicht weg.«

Die Kinder kehrten in ihre Zimmer zurück und schlossen die Türen, und ich stand im dunklen Flur und versuchte, ruhig zu atmen und mich zu entspannen.

Gleich darauf umfassten zwei eiskalte Hände meinen Hals, und ich riss vor Schreck die Augen auf. Ich wurde zu Boden geworfen und spürte einen anderen Körper auf mir, einen schweren Körper, auch wenn ich niemanden sehen konnte. Natürlich war es im Flur recht schummrig. Nur eine einzige Kerze brannte ein ganzes Stück entfernt in einem Wandhalter, aber ich wusste, dass ich selbst dann niemanden gesehen hätte, wenn es so hell gewesen wäre wie zur Mittagszeit an einem strahlenden Sommertag. Ich schnappte nach Luft und schlug mit den Händen in die Luft, um mich aus dem Griff der Erscheinung zu befreien.

Ich wollte um Hilfe rufen, brachte aber kein Wort heraus. Die unsichtbare Gestalt drückte mich zu Boden und bohrte mir ein Knie in den Bauch. Ein stechender Schmerz fuhr mir in die Brust. Ich hatte das Gefühl, dass es mich entzweiriss, und als die Hände sich noch ein wenig enger um meine Kehle schlossen, bekam ich keine Luft mehr. Mir wurde schwarz vor Augen, und ich fragte mich schon, ob ich dabei war, mein Leben auszuhauchen.

Da erklang über mir ein zorniges Brüllen, und der unsichtbare Körper wurde von mir fortgerissen. Ich hörte einen Schrei, den Schrei einer Frau, als der zweite Geist sie gegen die Wand schleuderte, und dann ein Rumpeln, als er sie die Treppe hinunterwarf. Das Geräusch eines Körpers, der die Stufen hinabstürzt, war unverkennbar. Dann kehrte wieder tiefe Stille ein.

Plötzlich hing wieder ein leichter Zimtgeruch in der Luft. Ich konnte nicht länger an mich halten.

»Vater?«, rief ich. »Vater, bist du hier? Bist du es wirklich?«

Doch alles war wieder ruhig. Beide Geister schienen verschwunden zu sein. Ich wurde von einem Hustenanfall geschüttelt. Der Hals tat mir furchtbar weh, und ich hatte immer noch diesen stechenden Schmerz in der Brust. Ich fragte mich, ob Santina Westerleys Geist mich so schwer verletzt hatte, dass eine Hauptschlagader gerissen war und ich innerlich verblutete. Doch wenn dem so war, konnte ich auch nichts dagegen tun. Ich ließ die Koffer der Kinder auf dem Treppenabsatz zurück und stieg die Stufen hoch, um zu meinem eigenen Zimmer zu gelangen.

Im Flur meines Stockwerks hingen Gemälde an den Wänden, und als ich an ihnen vorbeiging, lösten sie sich eines nach dem anderen von ihren Haken, flogen durch die Luft und krachten zu Boden. Ich schrie auf und begann zu laufen. Ein Gemälde sauste direkt auf mich zu und verpasste mich nur um wenige Zentimeter. Ich stürzte zu meiner Tür, riss sie auf und zog sie rasch hinter mir zu. Ich schob den Gedanken beiseite, dass das nichts brachte, schließlich waren Türen für Santina Westerleys Geist kein Hindernis. Vielleicht war sie längst hier. Vielleicht wartete sie auf mich.

Doch im Zimmer blieb es ruhig. Ich musste wieder husten, und als der Anfall vorbei war, setzte ich mich aufs Bett und dachte darüber nach, wie es weitergehen sollte. Mein ganzer Plan beruhte auf einer einzigen Annahme: Ich musste Santina Westerleys Geist dazu bringen, mich so heftig anzugreifen, dass der zweite Geist, der Geist meines Vater, den Spuk beenden würde. Ich wusste nicht einmal, ob das möglich war. Santina Westerley war schon einmal gestorben und trotzdem noch da. Vielleicht konnte man sie nicht noch einmal töten, vielleicht war sie jetzt unsterblich. Und wie kam ich überhaupt darauf, dass Vater stärker war als sie?

In diesem Moment wurde das Fenster mit einem lauten Krachen aus der Wand gerissen. Es segelte durch die Luft und krachte zwei Stockwerke tiefer auf die Einfahrt. Glas splitterte, der Wind heulte, und ich stieß einen Schrei des

Entsetzens aus. Jetzt war mein Zimmer den Elementen schutzlos ausgeliefert. Ich rannte zur Tür und wollte fliehen, prallte aber gegen ein unsichtbares Hindernis und geriet zwischen die Fronten. Santinas Geist befand sich irgendwo vor mir, Vaters in meinem Rücken. Ich begann wieder zu schreien und versuchte, mich freizukämpfen, aber sie waren stark, viel stärker als ich. Ihre Kraft war geradezu übermenschlich. Irgendwie gelang es mir, zwischen ihnen hindurchzuschlüpfen, aus dem Zimmer zu rennen und die Tür hinter mir zuzuschlagen. Der Flur sah aus wie ein Schlachtfeld. Die Gemälde lagen zerschmettert am Boden, der Teppich war von den Dielen gerissen und völlig zerfetzt. Die Tapete schälte sich von den Wänden, und von dem feuchten, schimmeligen Mauerwerk, das dahinter lag, rann eine faulige Flüssigkeit. Mir dämmerte, dass Santina aus Wut darüber, dass ich immer noch lebte, dabei war, das Haus zu zerstören. Meine Absicht war es gewesen, sie in Rage zu bringen – offenbar war mir das gelungen. Ich lief zum Ende des Flurs, riss die Tür auf und überlegte fieberhaft, wohin ich gehen sollte.

Ich hatte die Wahl zwischen zwei Treppen.

Die erste führte hoch zum Dach, einem sehr gefährlichen Ort, die zweite zu Mr Westerleys Zimmer. Ich schrie verzweifelt auf. Ich hätte niemals in diese Richtung fliehen dürfen. Wäre ich doch nur die Haupttreppe hinuntergelaufen und durch die Eingangshalle nach draußen gerannt. Im Haus war Santinas Geist am stärksten, hier hatte sie am meisten Macht. Je weiter ich von Gaudlin Hall wegkäme, desto sicherer wäre ich. Ich warf einen raschen Blick über die Schulter zu meinem Zimmer, in dem immer noch ein heftiger Kampf tobte, aber ich hatte das untrügliche Gefühl, dass Santina es merken würde, wenn ich noch einmal an der

Tür vorbeiliefe. Ein zweites Mal würde ich wohl nicht mit dem Leben davonkommen. Blitzschnell traf ich eine Entscheidung: Ich stieg die zweite Treppe hoch, riss die Tür am oberen Ende auf und zog sie rasch wieder hinter mir zu.

Dreiundzwanzigstes Kapitel

In dem Zimmer herrschte tiefe Stille, nur Mr Westerleys rasselnde Atemzüge waren zu hören. Ich presste mein Ohr an die Tür, lauschte eine Weile und zwang mich, nicht in Tränen auszubrechen. Ich wartete, bis ich wieder ruhiger atmete, nahm all meinen Mut zusammen, wandte mich um und betrachtete den Mann, der in dem Bett lag.

Es war ein schrecklicher Anblick. Mr Westerley hatte nicht mehr viel Menschliches an sich. Seine Arme lagen auf dem Laken, und ich konnte seine verstümmelten Hände sehen. Mehrere Finger fehlten ganz, andere waren nur noch Stummel. Sein Gesicht war ein einziges Durcheinander. Der Schädel war an vielen Stellen kahl und von Narben und Blutergüssen übersät, die nie mehr verheilen würden. Die Knochen auf der linken Seite waren dermaßen verformt, dass ich nicht genau hinzusehen wagte. Sein linkes Auge fehlte, dort war nur ein rotschwarzes Loch. Seltsamerweise war das rechte Auge unversehrt geblieben, und die tiefblaue Pupille blickte mich wachsam an. Die Wimpern und das Lid waren die einzigen Teile seines Gesichts, die menschlich aussahen. Die Nase war an mehreren Stellen gebrochen, und darunter klaffte ein zahnloser Mund. Man konnte keinen Unterschied mehr zwischen Lippen und Mundhöhle ausmachen. Das blasse Rosa der einen ging nahtlos in das helle Rot der anderen über. Ein Teil des Kiefers fehlte, und der Kochen, aus dem ein paar Zahnstummel ragten, lag frei. Trotz meines Entsetzens hatte ich großes Mitleid mit dem Mann. Dass er in diesem Zustand überlebt hatte, war grausamer, als wenn er bei dem Angriff getötet worden wäre, schoss es mir durch den Kopf.

Ein lautes Stöhnen entrang sich seiner Kehle, und ich schlug mir die Hand vor den Mund, weil ich es kaum ertragen konnte, ihn so sehr leiden zu sehen. Er stöhnte abermals, und es klang wie das Todesröcheln eines verwundeten Tiers. Plötzlich hatte ich das Gefühl, er versuche etwas zu sagen. Sein Mund formte die Worte, aber seine Stimmbänder waren so schwer beschädigt, dass er kaum zu verstehen war.

»Es tut mir leid«, sagte ich, trat an das Bett und nahm seine Hand. Es scherte mich nicht, wie sie aussah oder sich anfühlte. Der arme Mann verdiente es, von einem anderen Menschen berührt zu werden.

»Es tut mir leid, James«, wiederholte ich und sprach ihn mit dem Vornamen an, obwohl er gesellschaftlich über mir stand. Ich hatte den Eindruck, dass wir zumindest in diesem Moment ebenbürtig waren.

Sein Stöhnen klang jetzt etwas deutlicher, und ich spürte, dass er verzweifelt versuchte, sich verständlich zu machen. Er hob den Kopf ein klein wenig vom Kissen und stieß wieder dieses Röcheln aus. Ich näherte mein Ohr seinem Mund und lauschte angestrengt.

»*Töten Sie mich*«, stieß er hervor. Vor Anstrengung bildeten sich Blasen vor seinem Mund, und er schnappte keuchend nach Luft. Ich zuckte zurück und schüttelte den Kopf.

»Das kann ich nicht!«, rief ich entsetzt. »Das kann ich nicht tun!«

Ein dünner Blutsfaden rann ihm aus dem Mundwinkel über die Wange, und ich starrte bestürzt darauf und wusste nicht, was ich tun sollte. Er hob mühsam eine Hand und winkte mich näher.

»*Es geht nicht anders*«, ächzte er. »*Sie müssen den Bann brechen.*«

Da begriff ich, was er mir sagen wollte. Er hatte Santina geheiratet und nach Gaudlin Hall gebracht. Er hatte hier Kinder mit ihr gezeugt. Sie hatte ihn töten wollen, aber wie durch ein Wunder hatte er überlebt. Er war mehr tot als lebendig, aber noch atmete er, und solange er lebte, konnte sie nicht sterben. Die beiden konnten nur gemeinsam in den Tod gehen.

Ich hob die Hände zum Himmel und stieß einen verzweifelten Schrei aus. Warum musste ausgerechnet ich diese Tat vollbringen? Was hatte ich getan, um dieses Schicksal zu verdienen? Trotz meiner Bedenken schweifte mein Blick bereits durch die Kammer. Ich suchte nach etwas, womit ich dem Leid des Mannes ein Ende setzen konnte. Wenn ich schon zur Mörderin werden sollte, wollte ich es wenigstens schnell hinter mich bringen. Es war eine abscheuliche Tat, ein Verbrechen gegen Gott und die Natur, und ich durfte nicht groß darüber nachdenken, sonst würde ich davor zurückschrecken. Ich musste rasch handeln.

Auf einem Stuhl in einer Ecke des Zimmers, dem Stuhl, auf dem vermutlich Mrs Livermore saß, wenn sie über ihren Patienten wachte, lag ein weiches Kissen. Sie schob es sich gewiss in den Rücken, um es ein wenig bequemer zu haben. Das Kissen brachte ihr nach einem harten Arbeitstag Erlösung, und nun würde es James Westerley Erlösung bringen. Ich ging zu dem Stuhl, nahm das Kissen, trat wieder ans Bett und umklammerte es mit beiden Händen.

James Westerley schloss sein verbliebenes Auge, und ich spürte seine Erleichterung. Endlich würde es vorbei sein. Er würde befreit von seiner Existenz als lebender Toter. Ich würde zugleich seine Mörderin und seine Retterin sein. Ich hob das Kissen und wollte es ihm gerade auf das Gesicht pressen, als die Tür aus den Angeln gerissen wurde und zur Seite flog. Eine Kraft, wie ich sie nie zuvor gespürt hatte, erfüllte den Raum.

Es war, als stünde ich im Auge eines Wirbelsturms. Jedes Staubkorn, jeder Gegenstand im Raum, der nicht niet- und nagelfest war, erhob sich in die Luft und umkreiste mich. Selbst Mr Westerleys Bett löste sich vom Boden und schwankte hin und her. Ein gellender Klageschrei wie von tausend verlorenen Seelen hallte durchs Zimmer. Ich stolperte rückwärts zur Wand, als sich in meinem Rücken Steine aus dem Mauerwerk zu lösen begannen und hinaus in die dunkle Nacht flogen. Wenig später hatte die Dachkammer im obersten Stock von Gaudlin Hall keine Außenwand mehr. Ich stand schwankend an der Kante und starrte hinunter auf die Kieseinfahrt. Da packte mich eine Hand – eine wohlvertraute Hand, dieselbe Hand, die mir in meiner Kindheit so oft über den Kopf gestrichen hatte, die Hand, die ich jeden Tag auf dem Weg zur Schule gehalten hatte – und zog mich zurück ins Zimmer. Ich stolperte zu der Tür, die Mrs Livermore benutzte, um das Krankenzimmer zu betreten, riss sie auf und stürzte die gewundene Treppe hinab.

Die Stufen schienen kein Ende nehmen zu wollen. Ich verzweifelte an ihrer schieren Anzahl, doch irgendwann gelangte ich hinaus in die finstere Nacht. Endlich hatte ich wieder festen Boden unter den Füßen. Ich konnte kaum fassen, dass ich noch am Leben war. Ich rannte zu Hecklings

Häuschen hinunter, aber er war natürlich nicht da. Mittlerweile musste er Mr Raisin meinen Brief übergeben haben und befand sich vermutlich auf dem Rückweg. Sicher saß er auf seinem Kutschbock und verwünschte mich, weil ich ihn so spät am Abend noch losgeschickt hatte. Ich stieß die Tür auf, besann mich dann aber eines Besseren. Was brachte es, mich in Hecklings Häuschen zu verstecken? Nichts! Auch dort war ich nicht sicher.

Ich machte kehrt und lief zurück zum Haupthaus. Plötzlich wurde ich wieder vom Boden gehoben. Kurz hing ich in der Luft und fiel dann aus etwa drei Meter Höhe wie ein Stein zu Boden. Beim Aufprall schrie ich vor Schmerz auf, und bevor ich mich rühren konnte, packte mich der Geist abermals, hob mich hoch und schmetterte mich zu Boden. Diesmal schlug ich mit dem Kopf gegen einen Stein. Etwas Feuchtes rann mir über die Stirn, und ich fasste mir an den Kopf. Im Mondlicht leuchteten meine Finger tiefrot. Lang würde ich Santina Westerleys Angriffen nicht mehr standhalten. Ich hob den Blick und sah zu meinem Erstaunen, dass die Wände im dritten Stock von Gaudlin Hall Risse bekommen hatten. Das Dach war stellenweise eingestürzt, und links und rechts von der Kammer, in der ich mich kurz zuvor noch befunden hatte, stürzten Steine zu Boden. Ich sah mein eigenes Zimmer mit dem herausgerissenen Fenster. Mr Westerleys Bett stand mittlerweile fast an der Kante, und immer mehr Steine lösten sich aus dem Mauerwerk. So fiel Wand um Wand in sich zusammen, und früher oder später würde das ganze Gebäude einstürzen.

Die Kinder, schoss es mir durch den Kopf.

Wieder wurde ich hochgehoben und bereitete mich innerlich schon auf den bevorstehenden schmerzhaften Aufprall vor, aber bevor ich mich weit vom Boden entfernen konnte, ließ der Geist von mir ab. Diesmal fiel ich nicht tief. Ich hörte Santina schreien und meinen Vater brüllen. Wieder gingen die beiden aufeinander los. Ihr Kampf bewegte sich von mir fort, zurück auf Gaudlin Hall zu. Als ich mich gerade mühsam aufrappelte, hörte ich Hufgeklapper. Hecklings Kutsche kam die Einfahrt hochgefahren, doch anders als ich erwartete hatte, war Heckling nicht allein. Hinter ihm saßen Mr Raisin sowie Madge und Alex Toxley.

»Hilfe«, schrie ich und rannte auf sie zu. Ich ignorierte den Schmerz, der mir stechend durch den Körper fuhr. »Helfen Sie mir! Bitte!«

»Meine Güte«, rief Madge, sprang aus der Kutsche und lief auf mich zu. An ihrem fassungslosen Blick konnte ich sehen, dass ich keinen schönen Anblick bot. Ich war nie eine besonders attraktive Frau gewesen, und jetzt war mein Gesicht auch noch blutig und geschwollen.

»Eliza!«, rief sie. »Du lieber Gott! Was ist Ihnen zugestoßen?«

Ich taumelte auf sie zu, sank dann aber Mr Raisin, der ebenfalls ausgestiegen war und auf mich zugelaufen kam, in die Arme.

»Eliza«, rief er und zog meinen Kopf an seine Brust. Trotz meiner Angst und meines Schmerzes hatte ich ein flaues Gefühl im Magen, als er mich so zärtlich umfangen hielt.

»Mein armes Kind. Nicht schon wieder! Nicht schon wieder!«, rief er, und mir ging auf, dass er von Erinnerungen an die unheilvolle Nacht heimgesucht wurde, als er nach Gaudlin Hall gekommen war und Miss Tomlins Leiche und den grausam zugerichteten, leblosen Körper seines Freundes James Westerley vorgefunden hatte.

»Sehen Sie nur!«, rief Madge und zeigte zum Haus. Immer mehr Steine brachen aus der Fassade heraus. Immer noch trugen die beiden Geister einen erbitterten Kampf um die Vorherrschaft aus. Sie prallten gegen die Fenster im Erdgeschoss und rissen sie aus den Angeln. Eine ganze Seitenwand des Gebäudes begann zu bröckeln.

»Das Haus stürzt ein!«, schrie Madge.

Ich stieß einen gellenden Schrei aus. Isabella und Eustace waren noch im Haus! Ich entwand mich Mr Raisins Armen und rannte auf die Eingangstür zu. Er rief mir flehentlich hinterher, ich solle zurückkommen. Jede Faser meines Körpers schmerzte, aber ich wollte nicht darüber nachdenken, ob ich lebensgefährliche Verletzungen erlitten hatte. Ich nahm all meinen Mut zusammen, stürzte die Treppe zum ersten Stock hoch und rannte den Flur zu den Schlafzimmern der Kinder entlang.

Isabellas Zimmer kam zuerst, aber sie war nirgends zu sehen, und so lief ich weiter zu Eustaces' Zimmer, in der Hoffnung, sie alle beide dort vorzufinden. Aber nein, er war allein. Er saß weinend auf dem Bett, das Gesicht vor Angst verzerrt.

»Was passiert mit uns?«, fragte er. »Warum verschwindet sie nicht einfach?«

Ich hatte leider keine Antwort für ihn. Stattdessen hob ich ihn hoch, hielt ihn fest umklammert und lief mit ihm auf dem Arm die Treppe hinab und nach draußen. Alex Toxley nahm mir den Jungen ab und legte ihn auf den Rasen, um ihn zu untersuchen, während seine Frau, Heckling und Mr Raisin weiterhin auf den Kampf starrten, der vor unseren Augen tobte. Zwei körperlose Wesen hatten sich ineinander verkeilt und warfen sich immer wieder gegen die Mauern von Gaudlin Hall, rissen Fenster heraus und brachen Steine aus der Fassade.

»Was ist da los«?, rief Mr Raisin. »Was kann das sein?«

»Ich muss noch einmal ins Haus«, sagte ich zu Madge. »Isabella ist noch irgendwo da drin.«

»Sie ist dort oben«, sagte Heckling und streckte den Arm aus. Im dritten und letzten Stock konnte man direkt in Mr Westerleys Dachkammer sehen. Ich schnappte nach Luft. Die Steine lösten sich immer schneller aus dem Gemäuer, und das Zimmer begann zur Seite zu rutschen. Nicht mehr lange und es würde komplett einstürzen. Isabella stand am Bett ihres Vaters und blickte kurz zu uns herab. Dann legte sie sich zu ihm ins Bett und schmiegte sich an ihn. Im nächsten Moment gaben sämtliche Wände und Böden nach, und der linke Teil des Gebäudes stürzte in sich zusammen. Alles, was wir bis zuletzt gesehen hatten – das Krankenzimmer, Mr Westerley und Isabella in dem Bett und mein eigenes fensterloses Zimmer im Stockwerk darunter –, krachte in einer Wolke aus Steinen und Möbeln zu Boden. Diese Katastrophe konnte niemand überlebt haben, so viel war sicher. Endlich hatte der Tod Mr Westerley erlöst. Doch auch Isabella, für deren Wohlergehen ich zuständig gewesen war, war tot.

Ich hatte keine Zeit, groß darüber nachzudenken, denn in diesem Moment leuchtete zwischen den zertrümmerten Mauern ein weißes Licht auf, heller als alles, was ich je gesehen hatte. Für den Bruchteil einer Sekunde, kürzer als ein Augenblinzeln, sah ich Vater und Santina Westerley in tödlicher Umklammerung. Im nächsten Moment zerbarsten ihre Körper in unzählige Lichtsplitter, und davon geblendet mussten wir den Blick abwenden. Als ich wieder hinsah, war alles still. Das Haus war halb zerstört, und die Gewalten, die wieder und wieder gegen die Mauern des Erdgeschosses geprallt waren, waren verschwunden.

Santina Westerley war fort, das wusste ich auf Anhieb.

Ich empfand keine Angst mehr. Ihr Ehemann war von seinem Leid erlöst worden, und auch sie war dahingegangen. Wohin, das wusste niemand.

Ich sah von Heckling zu Mr Raisin, Madge und Alex Toxley und meinem kleinen Eustace, und die fünf starrten mich verdattert an. Offenbar wusste keiner, was er sagen oder wie er das soeben Geschehene erklären sollte.

Mit einem Mal ging mir auf, wie sehr mein Körper schmerzte, und ich bemerkte das Blut, das immer noch aus meiner Kopfwunde rann. Ich taumelte ein paar Schritte zurück auf den Rasen und sank stumm zu Boden. Ich weinte nicht, ich wartete einfach nur friedlich darauf, dass mich der Tod in seine Arme schloss.

Während die gedämpften Stimmen meiner Freunde an mein Ohr drangen und mir die Lider schwer wurden, spürte ich, wie ein Körper sich an meinen schmiegte und wie mich jene starken Arme umschlangen, die mir mein Leben lang vertraut gewesen waren und die ich seit über einem Monat so schmerzlich vermisst hatte. Zimtgeruch umhüllte mich, und dann spürte ich Vaters Kopf neben meinem. Seine Lippen streiften meine Haut und gaben mir einen zärtlichen Kuss auf die Wange. Er verharrte eine ganze Weile in dieser Haltung und drückte mich sanft, um mir zu bedeuten, wie sehr er mich liebte. Er wollte mir sagen, dass ich stark war und dass ich über diese schrecklichen Ereignisse und noch viele weitere hinwegkommen würde. Es war seine allerletzte Umarmung, und ich gab mich ihr ganz und gar hin. Nach einer Weile löste Vater sich von mir, die Kraft seiner Arme ließ nach, und anstatt der Wärme seines Körpers spürte ich wieder die kalte Nachtluft. Diesmal verließ er mich endgültig. Endlich konnte er an dem Ort, von dem es keine Rückkehr gibt, Ruhe finden.

Vierundzwanzigstes Kapitel

Die Beerdigungen fanden drei Tage später statt.

Eustace hatte sich wieder in sein Schneckenhaus verkrochen. Er wich mir nicht von der Seite und sagte tagelang kein Wort. Wenn ich das Zimmer verließ, wartete er an der Tür auf meine Rückkehr wie ein bedürftiger Welpe. Außerdem bestand er darauf, mit mir in einem Bett zu schlafen. Mr und Mrs Raisin hatten sich bereit erklärt, ihn bei sich aufzunehmen, während die Toxleys mir ihr Gästezimmer offerierten. Ich nahm das Angebot dankbar an, doch als ich Eustace bei den Raisins abliefern wollte, klammerte er sich an mich und gab deutlich zu verstehen, dass er bei mir bleiben wollte. So zogen wir beide in das Haus der Toxleys. Madge kümmerte sich rührend um uns.

Anders als meinen achtjährigen Schützling, hatten mich die letzten Stunden in Gaudlin Hall nicht allzu sehr erschüttert. Meine Ängste waren wie weggeblasen. Offenbar hatte die Tatsache, dass ich Santina Westerleys Geist die Stirn geboten hatte, mir Mut gemacht und mir eine ungeahnte innere Stärke verliehen. Ich wusste – ja, ich hatte es bereits in der Nacht gewusst, als ihr Ehemann in die Tiefe gestürzt war und sie mit sich in den Tod gerissen hatte –, dass Santina Westerley für immer fort war, denn ihre Seele war auf rätselhafte Weise mit der ihres Mannes verbunden gewesen.

Vermutlich hatte sie ihn in jener verhängnisvollen Nacht ein Jahr zuvor absichtlich nur schwer verletzt. Sie musste gewusst haben, dass man sie für den Mord an Miss Tomlin zu Tode verurteilen würde. Da ich keine Angst mehr vor ihrer Rückkehr haben musste, schlief ich tief und fest. Der arme Eustace hingegen wälzte sich unruhig neben mir im Bett herum. Seine Träume waren offenbar nicht ganz so friedlich wie meine.

Ich versuchte, mit ihm über Isabella zu sprechen, aber er schüttelte nur den Kopf, und ich hielt es für besser, nicht zu sehr in ihn zu dringen. Ich für meinen Teil weinte um Isabella in der Nacht, in der sie starb, und noch einmal auf ihrer Beerdigung, als man sie in einem weißen Sarg in das Grab ihrer Eltern bettete. Ich fand den Gedanken, dass die drei nun wieder für alle Ewigkeit vereint waren, tröstlich. Nach außen hin hatte Isabella ungeheuer beherrscht und frühreif gewirkt, aber ich war überzeugt, dass die grauenvollen Taten ihrer Mutter und die Hinrichtung durch den Strang ihrer Seele großen Schaden zugefügt hatten. Es war eine Tragödie, eine schreckliche Tragödie, aber jetzt war sie tot. Eustace hingegen lebte. Um ihn musste ich mich kümmern.

»Es gibt da eine recht gute Schule«, sagte Mr Raisin, als er mir am Tag nach der Beerdigung einen Besuch abstattete. Wir saßen in Madge Toxleys Wohnzimmer, und Mr Raisin hatte seinen Welpen mitgebracht, einen verspielten, etwa zwei Monate alten Zwergspaniel. Wir hatten Eustace überreden können, mit dem Hund nach draußen zu gehen und Stöckchen für ihn zu werfen. Ich behielt den Jungen durchs Fenster im Auge, aber er wirkte fröhlich und schien die Gesellschaft des Welpen zu genießen. Die beiden tollten ausgelassen über den Rasen, und zum ersten Mal, seit ich Eustace kannte, sah ich ihn aus vollem Halse lachen.

»Die St. Christopher's School befindet sich in der Nähe von Ipswich. Es handelt sich um ein Internat. Haben Sie schon einmal davon gehört, Miss Caine?«

Ich schüttelte den Kopf und fragte mich, warum er mir von der Schule erzählte. Suchten sie vielleicht eine Lehrerin?

»Ich glaube, das könnte genau das Richtige sein.«

»Für wen?«, fragte ich.

»Für Eustace, natürlich«, sagte er, als läge das auf der Hand. »Ich war so frei, mich mit dem Direktor in Verbindung zu setzen, und er ist bereit, sich den Jungen anzusehen. Sollte er einen guten Eindruck machen, und davon gehe ich aus, könnte Eustace zum nächsten Schuljahr dort anfangen.«

»Ich habe mir ebenfalls Gedanken gemacht, und ich hätte da eine andere Idee«, sagte ich und wog meine Worte sorgfältig ab. Mir war klar, dass ich eigentlich nicht über den Jungen entscheiden durfte.

»Oh«, sagte er und hob eine Augenbraue. »Und was ist das für eine Idee?«

»Ich habe vor, nach London zurückzukehren«, erklärte ich.

»Nach London?«

Bildete ich mir das nur ein oder huschte ein Schatten der Enttäuschung über sein Gesicht?

»Ja, in ein paar Tagen. Ich hoffe, dass ich an meiner alten Schule wieder als Lehrerin anfangen kann. Die Direktorin hat mich immer sehr geschätzt, und mit etwas Glück stellt sie mich wieder ein. Eustace würde ich gerne mitnehmen.«

Er sah mich überrascht an.

»Aber haben Sie nicht an einer Mädchenschule unterrichtet?«

»Doch. Aber auf der anderen Straßenseite gibt es eine Jungenschule. Dort könnte ich Eustace anmelden. Er könnte bei mir wohnen. Ich würde mich gut um ihn kümmern, so wie ich es schon in den vergangenen Wochen getan habe.«

Mr Raisin kratzte sich am Kinn.

»Das ist eine große Verantwortung«, sagte er schließlich. »Sind Sie sicher, dass Sie das auf sich nehmen wollen?«

»Ganz sicher«, sagte ich. »Um ehrlich zu sein, Mr Raisin, kann ich mir nicht vorstellen, Eustace zurückzulassen. Wir haben so viel zusammen durchgemacht. Ich kenne ihn besser als jeder andere. Ich glaube, dass ihm noch schwere Zeiten bevorstehen, und ich möchte ihm helfen. Wenn Sie als der Nachlassverwalter von Gaudlin Hall zustimmen, kann ich dem Jungen die Mutter ersetzen.«

Er nickte, und ich war erleichtert, dass er meine Idee nicht von vornherein ablehnte.

»Natürlich müssten wir das Finanzielle regeln«, sagte er stirnrunzelnd. »Das Haus mag zerstört sein, aber das Land ist viel wert. Außerdem hatte Mr Westerley viel Geld in Wertpapiere investiert. Eines Tages wird Eustace das alles erben.«

»Ich brauche kein Geld«, sagte ich rasch, um ihn zu beschwichtigen, »und Eustace vorerst auch nicht. Verwalten Sie sein Erbe, bis er achtzehn oder einundzwanzig oder fünfundzwanzig ist oder welches Alter auch immer im Testament festgelegt ist. Gehen Sie so umsichtig mit dem Geld um, wie Sie es bisher getan haben. In den nächsten Jahren können wir mühelos von meinem Gehalt leben. Ich bin keine besonders anspruchsvolle Frau, Mr Raisin, und ich lege nicht viel Wert auf Luxus.«

»Aber wir müssen trotzdem über Ihren Lohn reden. Ich könnte Ihnen weiterhin –«

»Nein«, sagte ich und schüttelte den Kopf. »Das ist sehr großzügig von Ihnen, aber wenn Sie mich bezahlen würden, wäre ich wieder nur Eustaces' Gouvernante, eine bezahlte Angestellte. Ich wäre aber lieber sein Vormund. Wenn Sie es vorziehen, könnten wir die Vormundschaft auch zusammen übernehmen. Es wäre mir eine Erleichterung, wichtige Entscheidungen mit Ihnen besprechen zu können. Aber ich möchte nicht dafür bezahlt werden. Sollten Sie als Eustaces' Nachlassverwalter für seine Schulbücher oder derlei Dinge aufkommen wollen, sage ich nicht Nein. Aber darüber hinaus sollte Geld keine Rolle spielen.«

Mr Raisin nickte zustimmend, und wir schüttelten einander die Hand. Dann standen wir auf und lächelten uns an.

»Sehr schön«, sagte er. »Ich sehe, dass wir uns einig sind. Wenn Sie mir die Bemerkung erlauben, Miss Caine, Eustace hat großes Glück. Sie sind eine wunderbare Frau.«

Ich errötete ob des ungewohnten Kompliments.

»Danke«, sagte ich und brachte ihn zur Tür.

Draußen rief er nach dem Hund. Das Tier blieb stehen und warf Eustace einen traurigen Blick zu, weil sein Herrchen ihr Spiel unterbrach.

»Er mag dich offensichtlich sehr, Eustace«, sagte Mr Raisin zu dem Jungen. Dann wandte er sich zu mir um.

»Nun müssen wir uns wohl voneinander verabschieden, Miss Caine. Ich werde Ihre überraschenden Besuche in meinem Büro vermissen.«

Ich lachte.

»Mr Cratchett ist sicher froh, wenn er mich nicht so schnell wiedersieht«, sagte ich, und er lächelte schwach.

Unsere Blicke trafen sich, und wir sahen uns einen

Moment lang in die Augen. Es gab noch viel mehr zu sagen, aber nichts, was ausgesprochen werden konnte. Was auch immer es war, es musste hier in Gaudlin bleiben.

»Zum Glück werden wir schon bald wieder miteinander zu tun haben«, sagte Mr Raisin schließlich seufzend. Er wandte sich zum Gehen und hob zum Abschied den Stock. »Lassen Sie mir so schnell wie möglich Ihre Londoner Adresse zukommen. Wir werden in den nächsten Jahren in enger Verbindung stehen. Auf Wiedersehen, Eustace. Viel Glück, mein Junge!«

Ich stand in der Tür und sah ihm nach, als er die Einfahrt hinunterging. Der Hund folgte ihm, blieb dann stehen und warf Eustace einen sehnsüchtigen Blick zu. Er setzte sich auf seine Hinterpfoten, und sein Blick ging zwischen seinem Herrchen und dem Jungen hin und her. Als Mr Raisin bemerkte, was los war, blieb er stehen und drehte sich um.

»So ist das also«, sagte er lächelnd.

Am folgenden Montag betrat ich die St. Elizabeth's School und klopfte an Mrs Farnsworths Tür.

»Eliza Caine«, sagte sie, und die Tatsache, dass sie meinen Vor- und Nachnamen gebrauchte, brachte mich kurz aus der Fassung, weil Isabella diese Gewohnheit gehabt hatte. »Was für eine Überraschung.«

»Verzeihen Sie die Störung«, sagte ich. »Haben Sie wohl einen Moment Zeit für mich?«

Sie nickte und wies auf den Stuhl vor ihrem Schreibtisch. Ich berichtete, dass die Stelle in Norfolk sich als ungeeignet herausgestellt habe und ich beschlossen hätte, nach London zurückzukehren.

»Ich meine mich zu erinnern, dass ich Sie vor einer überstürzten Entscheidung gewarnt habe«, sagte Mrs Farnsworth selbstgefällig. Sie war offensichtlich hocherfreut, dass sich ihre Befürchtungen bewahrheitet hatten. »Heutzutage sind die jungen Frauen schrecklich unbesonnen. Sie sollten häufiger auf uns Ältere hören.«

»Ich machte eine schwere Zeit durch, daran erinnern Sie sich doch sicher auch«, murmelte ich und wünschte mich weit fort. »Mein Vater war kurz zuvor gestorben.«

»Natürlich«, sagte Mrs Farnsworth verlegen. »Offenbar waren Sie nicht ganz bei Sinnen. Jedenfalls sagte ich damals, dass ich Sie nicht gerne gehen ließe, und das war nicht gelogen. Sie waren eine gute Lehrerin. Aber Ihre Stelle ist längst neu besetzt. Ich konnte den Unterricht für unsere Jüngsten schließlich nicht einfach ausfallen lassen.«

»Gewiss nicht«, sagte ich. »Aber wird nicht bald eine andere Stelle frei? Sprach Miss Parkins nicht davon, dass sie zum Ende des Schuljahres in den Ruhestand gehen möchte? Ich habe mich gefragt, ob Sie schon eine Nachfolgerin haben.«

Mrs Farnsworth nickte.

»Miss Parkins geht in Rente, das stimmt. Und nein, ich habe noch keine Nachfolgerin. Aber sehen Sie nicht, in welche Lage Sie mich bringen? Sie haben sich als unzuverlässig erwiesen. Nehmen wir an, ich würde Sie wieder einstellen. Woher soll ich wissen, dass Sie mich nicht abermals von jetzt auf gleich im Stich lassen? Schließlich haben Sie es schon einmal getan. Ich führe hier eine Schule, Miss Caine, und kein…« Sie hatte sichtlich Mühe, den Satz zu beenden. »Und kein Hotel«, fügte sie schließlich hinzu.

»Meine Lebensumstände haben sich verändert«, erklärte ich. »Ich versichere Ihnen, dass meine Entscheidung endgültig ist. Ich werde London nicht mehr verlassen. Um nichts in der Welt.«

»Das sagen Sie jetzt.«

»Ich trage mittlerweile Verantwortung«, sagte ich. »Eine Verantwortung, die ich zuvor nicht hatte.«

Sie hob langsam eine Augenbraue und blickte mich neugierig an.

»Tatsächlich? Und was ist das für eine Verantwortung, wenn ich fragen darf?«

Ich seufzte. Ich hatte gehofft, das Thema nicht anschneiden zu müssen, aber wenn dies das Argument war, das darüber entschied, ob Mrs Farnsworth mich wieder einstellte oder nicht, hatte ich wohl keine Wahl.

»Ich sorge jetzt für einen kleinen Jungen«, sagte ich. »Er heißt Eustace Westerley.«

»Ein kleiner Junge?«, fragte sie. Sie nahm die Brille ab, legte sie vor sich auf den Tisch und starrte mich entgeistert an. »Miss Caine, wollen Sie damit etwa sagen, dass Sie Mutter geworden sind? Dass Sie ein uneheliches Kind zur Welt gebracht haben?«

Vor sechs Wochen wäre ich vermutlich vor Scham tiefrot angelaufen, aber nach allen, was ich durchgemacht hatte, musste ich einfach nur lachen.

»Also wirklich, Mrs Farnsworth«, sagte ich. »Ich weiß, dass wir an der St. Elizabeth's School keine Naturwissenschaften unterrichten, aber ich könnte doch wohl kaum in so kurzer Zeit schwanger geworden sein und ein Kind bekommen haben.«

»Natürlich nicht, natürlich nicht«, stammelte sie und errötete. »Aber dann verstehe ich nicht, was Sie da sagen.«

»Es ist eine lange Geschichte«, erklärte ich. »Eustace ist der Sohn der Familie, die mich als Gouvernante eingestellt hatte. Leider sind seine Eltern auf tragische Weise ums Leben gekommen. Er ist ganz allein auf der Welt. Außer mir hat er niemanden mehr. Ich habe ihn in meine Obhut genommen und bin jetzt sein Vormund.«

»Ich verstehe«, sagte Mrs Farnsworth und dachte eine Weile nach. »Wie gutherzig von Ihnen. Aber glauben Sie nicht, dass diese Verpflichtung Sie von Ihrer Arbeit hier abhalten wird?«

»Wenn Sie so freundlich sind, mich wieder einzustellen, werde ich Eustace an der St. Matthew's School gegenüber anmelden. Ich bin überzeugt, dass es keine Probleme geben wird.«

»Na schön, Miss Caine.« Sie stand auf und schüttelte mir die Hand. »Sie können Miss Parkins' Stelle haben, wenn sie uns in ein paar Wochen verlässt. Aber Vorsicht! Enttäuschen Sie mich nicht noch einmal.«

Ich versicherte ihr, dass ich Wort halten würde, und verließ erleichtert die Schule. Offenbar konnte ich tatsächlich zurück in mein altes Leben. Zwar war Vater jetzt nicht mehr bei mir, aber dafür hatte ich Eustace.

Fünfundzwanzigstes Kapitel

Mehrere Monate vergingen. Eustace und ich bezogen ein kleines Haus in Camberwell Gardens, mit einem Garten, in dem der Hund herumtollen konnte. Bald hatten wir uns gut eingelebt. Morgens frühstückten wir zusammen und gingen dann zu Fuß zur Schule. Für den Weg brauchten wir nur zehn Minuten. Ich wartete am Tor, bis Eustace in seinem Gebäude verschwunden war, überquerte die Straße und begab mich in mein Klassenzimmer. Nach Unterrichtsschluss trafen wir uns wieder, gingen gemeinsam nach Hause, aßen zu Abend und lasen ein Buch oder spielten ein Spiel, bis es an der Zeit war, ins Bett zu gehen. Wir waren zufrieden mit unserem Leben.

In der neuen Schule blühte Eustace auf. Er schien die Ereignisse der vergangenen Monate vergessen zu haben. Irgendwann sah ich ein, dass er nicht darüber sprechen wollte. Hin und wieder versuchte ich, mit ihm über seinen Vater, seine Mutter und seine Schwester zu sprechen, aber er schüttelte nur den Kopf und wechselte das Thema. Manchmal kniff er auch die Augen zusammen und rannte davon. Er tat alles, um dem Gespräch aus dem Weg zu gehen. Ich dachte, dass er vielleicht über die Geschehnisse reden wollen würde, wenn er älter wäre. Wenn er dazu bereit wäre, würde ich für ihn da sein.

Mittlerweile hatte Eustace sogar Freunde gefunden, zwei Jungen aus unserer Straße, Stephen und Thomas, die auf seine Schule gingen. Ich freute mich immer, wenn sie zu uns nach Hause kamen, denn obwohl sie ziemlich frech waren, waren sie herzensgut, und um ehrlich zu sein, fand ich ihre Streiche lustig. Natürlich war ich auch erst zweiundzwanzig und damit selbst noch jung. Ich genoss die Gesellschaft der Kinder, und ich freute mich, dass sie sich so gut mit Eustace verstanden. Er hatte nie zuvor Freunde gehabt. Da war immer nur Isabella gewesen.

Kurzum, es ging uns gut und wir waren glücklich. Endlich waren wir zur Ruhe gekommen.

Sechsundzwanzigstes Kapitel

Diese letzten Absätze schreibe ich in einer Dezembernacht. Draußen ist es stockfinster, und der scheußliche Londoner Nebel hat sich wieder einmal über die Stadt gelegt. Im Haus ist es kälter als sonst. Schon seit ein paar Nächten friere ich bitterlich, obwohl ich immer eine zusätzliche Schippe Kohlen in den Ofen gebe und darauf achte, dass das Feuer den ganzen Abend nicht ausgeht.

Eustace war in den letzten Tagen ungewöhnlich still, und ich weiß nicht, warum. Gestern habe ich ihn gefragt, ob alles in Ordnung sei, aber er hat nur mit den Achseln gezuckt. Ich beschloss, nicht weiter in ihn zu dringen. Wenn ihn irgendetwas bedrückte, würde er es mir schon zu gegebener Zeit sagen.

Als ich vorhin im Bett lag, drang ein seltsames Geräusch an mein Ohr. Ich stand auf und warf einen Blick aus dem Fenster, konnte aber wegen des dichten Nebels nichts sehen. Ich stand reglos da und lauschte, bis mir aufging, dass das Geflüster nicht von draußen kam.

Ich trat hinaus auf den dunklen Flur, eine Kerze in der Hand, und ging zu Eustaces' Zimmer. Seine Tür war geschlossen, obwohl ich ihm eingebläut hatte, er solle sie immer einen Spalt offen lassen. Ich legte meine Hand auf den Knauf und wollte ihn gerade herumdrehen, als ich wieder dieses Wispern hörte. Es kam aus dem Zimmer. Ich legte mein Ohr an die Tür und stellte fest, dass es Stimmen waren, zwei Stimmen, die sich in ernstem Ton unterhielten. Mein Herz setzte einen Schlag aus. Spielte Eustace irgendein merkwürdiges Spiel? Führte er mit verstellter Stimme Selbstgespräche? Ich presste mein Ohr fester an das Holz und erkannte, dass die eine Stimme tatsächlich Eustace gehörte. Die andere war eine Mädchenstimme. Wie konnte das sein? Wir hatten noch nie Besuch von einem Mädchen gehabt. Seit unserem Einzug hatte außer mir kein weibliches Wesen das Haus betreten.

Ich lauschte angestrengt, weil ich verstehen wollte, was im Zimmer gesagt wurde, bevor ich die Tür öffnete, aber die schwere Eichentür dämpfte die Stimmen, sodass ich nur undeutliches Gemurmel vernahm. Da drang plötzlich ein Wort glasklar an mein Ohr. Ein einziges Wort, bestehend aus vier Silben. Eustace hatte es mit heller Stimme ausgesprochen, und es war von seinen Lippen durch die Tür an mein Ohr gedrungen. Mir gefror das Blut in den Adern, und ich erstarrte. Verwirrung und Angst stiegen in mir auf, als ich begriff, was er da gesagt hatte.

Es war ein Name gewesen:
»Isabella.«

»Bewegend, erhellend und stilistisch elegant.«

Irish Independent

Hier reinlesen!

John Boyne
**Das Vermächtnis
der Montignacs**
Roman

Aus dem Englischen von
Gabriele Weber-Jarić
Piper Taschenbuch, 512 Seiten
€ 10,99 [D], € 11,30 [A], sFr 16,50*
ISBN 978-3-492-30596-9

London, 1936. Owen Montignac, der attraktive, charismatische Spross aus gutem Haus, erwartet bang die Testamentsverlesung seines unlängst verstorbenen Onkels. Doch er wird nicht berücksichtigt. Die Alleinerbin ist seine schöne Cousine Stella, zu der er eine etwas fragwürdige Zuneigung empfindet. Zudem plagen ihn hohe Spielschulden – und so ersinnt Owen einen teuflischen Plan …

Leseproben, E-Books und mehr unter www.piper.de